SI SUPIERAS...

Si supieras...

Título original: *If You Only Knew*

Por acuerdo con Maria Carvainis Agency, Inc. y **Julio F. Yañez, Agencia Literaria.** Traducido del inglés **IF YOU ONLY KNEW.**
Copyright © **2015 by Kristan Higgins.** Publicado por primera vez en los Estados Unidos por **Harlequin Books, S.A.**

© de la traducción: Eva González Rosales

© de esta edición: Libros de Seda, S.L.
Paseo de Gracia 118, principal
08008 Barcelona
www.librosdeseda.com
www.facebook.com/librosdeseda
@librosdeseda
info@librosdeseda.com

Diseño de cubierta: Mario Arturo
Imágenes de cubierta: © Floral Deco/Shutterstock
Maquetación: Rasgo Audaz, Sdad. Coop.

Primera edición: febrero de 2018

Depósito legal: B. 30111-2017
ISBN: 978-84-16973-08-8

Impreso en España – Printed in Spain

KRISTAN HIGGINS

SI SUPIERAS...

A Shaunee, Jennifer, Karen y Huntley,
con mi más sincero agradecimiento
por las risas, el vino y, sobre todo, el amor.

Jenny

Hoy es uno de esos días en los que me doy cuenta de que seguir siendo amiga de mi exmarido fue un gran error.

Estoy en la *baby shower*[1] de Ana Sofía, la esposa de Owen y mi sustituta. De hecho, estoy sentada a su lado, un lugar de honor en este círculo de personas sonrientes y llenas de buenos deseos, y seguramente estoy sonriendo de oreja a oreja como todos los demás. Puede que incluso más, mi sonrisa de «Dios mío, ¿no es maravilloso? Está radiante», la que pongo tan a menudo en el trabajo, especialmente cuando las novias a las que visto están de mala leche, sus madres no dejan de criticarlo todo o sus damas de honor están furiosas y muertas de envidia. Pero esta sonrisa, la sonrisa que hay que poner en una fiesta como esta... Me exige un esfuerzo sobrehumano, en serio.

Sé que resulta increíblemente patético que haya venido, es verdad. Es que no quería parecer una amargada por no presentarme, aunque creo que amargada sí lo estoy, al menos un poco. Después de todo, yo siempre había querido niños. Sin embargo, cada vez que hablaba del asunto Owen decía que no estaba seguro de que fuera el momento adecuado, y que le encantaba nuestra vida tal como era.

Ya. Bueno. Después resultó que eso no era totalmente cierto, pero seguimos siendo amigos. No obstante, lo de venir hoy... Patético.

Sin embargo, esta mañana me he despertado muerta de hambre, pensando ya en la comida que servirían en la fiesta, que sería buenísima. Ana Sofía inspira a la gente. Además, voy a marcharme de la ciudad, así que las últimas tres semanas he estado intentando comer

---

1   N. de la Trad.: La *baby shower* es una fiesta con entrega de regalos que se organiza antes del nacimiento de un bebé, en la que se le hacen regalos a la madre y al futuro bebé. Es una costumbre típica de Estados Unidos.

o regalar toda la comida que tenía en el frigorífico. Eso sin mencionar que no he conseguido inventar una excusa creíble. Mejor ser un bicho raro aquí que quedarme en casa para ser la «pobre Jenny», zampándome una caja de galletas caducadas.

Ana Sofía abre mi regalo, que está envuelto en un papel decorado con alegres motivos navideños, a pesar de que estamos en abril. Liza, mi anfitriona, me fulmina con la mirada; esos dibujitos de Papá Noel rojos y verdes engullendo un trozo de chocolate son una afrenta a la atmósfera de la fiesta, puesto que Liza ya lo hizo saber en las invitaciones con esta frase:

Con el fin de crear un entorno hermoso y armonioso para
Ana Sofía, ceñíos por favor a la paleta de color melocotón
y verde salvia en vuestra vestimenta y en el papel de regalo.

Esto solo pasa en Manhattan, creedme. Para llevarle la contraria a Liza, me he puesto un vestido púrpura. Antes era amiga mía, pero ahora no deja de publicar en Facebook lo requetebién que se lo pasa con su súper mejor amiga, Ana Sofía.

—¡Oh! ¡Es monísima! ¡Gracias, Jenny! ¡Chicas, mirad! ¡Es preciosa!

Ana Sofía levanta mi regalo y con él se levantan toda una serie de grititos, murmullos y exclamaciones, además de un par de miradas de odio, pues mi regalo es el mejor. Alzo una ceja ante mis enemigas. «Chupaos esa, brujas.» En realidad, lo preparé anoche a la carrera porque se me había olvidado que tenía que comprar algo, pero ese detalle no tienen por qué saberlo.

Es una colcha para bebé en satén blanco con hojas, árboles y pájaros bordados. A ver, que solo me llevó dos horas. No está bordado a mano. No es para tanto. Además, me gano la vida cosiendo. Soy diseñadora de vestidos de novia. También soy consciente de lo irónico que eso resulta en esta situación.

—¿No podrías haber comprado un peluche, como hace todo el mundo? —murmura la persona a mi izquierda. Se trata de Andreas, aunque Andrew es su verdadero nombre: mi ayudante y el único hombre que hay aquí. Gay, por supuesto (¿hay algún hombre hétero que trabaje en la creación de vestidos de novia?). Además, odia y teme a los niños, lo que lo convierte en mi acompañante perfecto teniendo en cuenta las circunstancias. Necesitaba un aliado.

¿He mencionado ya que esta fiesta se está celebrando en el mismo apartamento en que vivía con Owen? ¿Donde, por lo que yo sé, fuimos muy felices? Sí. Liza es la anfitriona, pero se fue la luz de su apartamento gracias a la torpeza de los obreros que estaban colocando la encimera de cristal (el granito es muy de la década pasada) y por eso estamos aquí. Liza está histérica y no deja de sudar, legítimamente preocupada por el hecho de que su habilidad como anfitriona vaya a ser juzgada. Esto es el Upper East Side, después de todo. Nos encanta juzgar a los demás.

Los regalos, el mío incluido, bordean el absurdo. La invitación a la fiesta (impresa en papel Crane) pedía, por deseo de los padres, una donación a la organización benéfica de Ana Sofía: Aborbotones.org. Su nombre recuerda a un periodo menstrual especialmente malo, pero en realidad recauda fondos para la excavación de pozos de agua potable en África. Sí. Por tanto, todas hemos extendido un cheque y además hemos intentado superar a las demás con regalos. Hay un móvil Calder. Una edición de 1918 de los cuentos de Mamá Oca. Un osito de peluche de mohair Steiff que cuesta tanto como el alquiler del que pronto será mi antiguo apartamento en el Village.

Miro a mi alrededor. El apartamento está ahora amueblado con gusto. Cuando yo vivía aquí era más acogedor y bohemio: muebles cómodos y grandes, docenas de fotografías de mis tres sobrinas y el típico tapiz de Target, ese bastión de color y alegría para la clase media. Ahora la decoración es increíblemente elegante, con máscaras africanas que nos recuerdan a qué se dedica Ana Sofía y pinturas originales de todo el mundo. Las paredes están pintadas con esos aburridos colores neutros de nombre sexi: Niebla de Otoño, Crema de Birmingham, Témpano.

Ahí está la foto de su boda. Se casaron en secreto, así que gracias a Dios no tuve que ir ni, el Señor no lo quiso, diseñar su vestido, que es lo que habría hecho si me lo hubieran pedido, porque me sigo comportando de una manera bastante penosa en lo que a Owen se refiere y no sé cómo arrancármelo del corazón. Aunque fue el juez de paz de Maine quien les hizo la foto, es perfecta. Tanto la novia como el novio se ríen ligeramente de espaldas a la cámara, y el cabello de ella flota con la brisa marina. *The New York Times* publicó la foto en las páginas de sociedad.

Son realmente la pareja perfecta. Cuando Owen y yo estábamos juntos, aunque no alcanzábamos la perfección, creía que estábamos bastante bien. Nunca discutíamos. Mi madre pensaba que, como Owen es medio japonés, era mejor que esos «papanatas» con los que salía, esos con los que siempre esperaba casarme en un momento u otro, empezando por Nico Stephanopolous en octavo. «Los japoneses no creen en el divorcio, ¿verdad, Owen?», dijo cuando se lo presenté.

Él asintió, y todavía puedo ver su sonrisa dulce y omnipresente, la sonrisa del «Doctor Perfecto», como yo la llamaba: tranquilizadora y muy reconfortante para sus pacientes, de eso estoy segura. Owen es cirujano plástico, del tipo que arregla paladares hendidos y marcas de nacimiento y cambia las vidas de sus pacientes. Ana Sofía, que es peruana y habla cinco idiomas, conoció a Owen en Sudán once semanas después de nuestro divorcio, mientras él hacía su colaboración anual con Médicos Sin Fronteras y ella cavaba pozos.

Y yo diseño vestidos de novia, como creo que ya he dicho. A ver, no es tan frívolo como parece. Consigo que las mujeres tengan el aspecto que soñaron que tendrían en uno de los días más felices de sus vidas. Las hago llorar ante su propio reflejo. Hago realidad el vestido que han pasado cinco años imaginando, el vestido que llevarán cuando entreguen sus corazones, el vestido que heredarán sus hijas algún día, el vestido que personifica todas sus esperanzas y sueños de un futuro feliz y maravilloso.

Pero, comparado con lo que hacen Owen y su segunda esposa, sí, la verdad es que resulta más que frívolo.

En teoría debería odiarlos a ambos. No, él no me engañó con ella. Es demasiado decente para hacer algo así.

Pero la quiere. Supuestamente, podría odiarlo por quererla a ella y no a mí. No os equivoquéis; me destrozó el corazón. Pero no puedo odiarle, ni a Ana Sofía. Son demasiado buena gente, algo que resulta increíblemente desconsiderado por su parte.

Además, ser amiga de Owen es mejor que estar sin él.

La colcha ha terminado su ronda de halagos y ha regresado a las manos de Ana. La acaricia con ternura y me mira con lágrimas en los ojos.

—No tengo palabras para expresarte cuánto significa esto para mí.

«Oh, venga ya. Olvidé comprarte un regalo y la hice anoche a la carrera con un retal de satén duquesa. No es para tanto», me gustaría decirle.

—Bueno, no es nada del otro mundo —le digo. A menudo estoy como atontada, distraída, cuando estoy cerca de esta mujer. Andreas me pasa otro profiterol. Puede que tenga que darle un aumento.

—Estoy entusiasmada con tu nueva tienda —continúa Ana—. Owen y yo estuvimos hablando precisamente anoche acerca del gran talento que tienes.

Andreas me echa una mirada que lo dice todo y pone los ojos en blanco. Él puede odiar a Ana Sofía y a Owen sin problemas, y eso es algo que aprecio. Sonrío y doy otro sorbo a mi cóctel mimosa, que está hecho con naranjas sanguinas y un champán realmente bueno.

Si alguna vez estoy embarazada, aunque las posibilidades de que eso ocurra son cada vez menores, supongo que pareceré un globo al que no hayan dejado de hinchar, justo lo mismo que mi hermana cuando esperaba trillizas. Nada de una piel lisa y resplandeciente: mi hermana tenía acné y unas estrías que la hacían parecer víctima de un tigre de Bengala que acabara de atacarla. No dejaba de mascar antiácidos y eructaba constantemente. Sin embargo, mi hermana nunca se quejó.

Ana Sofía en cambio está resplandeciente. Su perfecta piel cetrina no tiene una sola imperfección o, de hecho, un solo poro visible. Tiene unas tetas fantásticas y, aunque está de ocho meses y medio, luce un vientre discreto y redondo. No se le han hinchado los tobillos. La vida es muy injusta.

—Acabamos de descubrir que un compañero de clase de nuestra hija es su hermanastro —dice la mujer más alta de la Pareja de Lesbianas #1. Una de ellas acaba de entrar a trabajar en la consulta de Owen, pero no recuerdo cómo se llama—. ¡Imagina si no lo hubiéramos sabido! ¡Podría haber terminado saliendo con su hermanastro o casándose con él! La clínica de fertilidad proporcionó catorce muestras del esperma de ese donante. Vamos a demandarlos.

—Es mejor que adoptar —dice otra—. ¿Mi hermana? Ella y su marido tuvieron que devolver al crío después de que incendiara la sala de estar por cuarta vez.

—Eso no es tan malo. Mi primo adoptó, y después la madre biológica salió de rehabilitación y el juez le entregó la custodia del niño. Después de dos años, ¿qué te parece?

En el otro lado del círculo parece haber estallado un debate muy acalorado acerca de quién tuvo el parto más duro.

—Estuve a punto de morir —dice una mujer orgullosamente—. Miré a mi marido y le dije que lo quería, y lo siguiente que recuerdo es que la camilla estaba allí...

—Yo estuve de parto tres días —declara otra—. Era como un animal salvaje, arañando las sábanas.

—Cesárea de emergencia ocho semanas antes, sin anestesia —dice alguien más con orgullo—. Mi hija pesó novecientos gramos. Estuvo en la UCI de neonatos cincuenta y siete días.

¡Ya tenemos una ganadora! Las otras madres la miran con resentimiento. La conversación cambia a las alergias alimentarias, vacunas, a que si hay que dormir o no con los niños en la misma cama y la lamentable escasez de programas para preescolares superdotados.

—Qué divertido —murmuro a Ana Sofía.

—Oh, sí —asiente. La ironía no es uno de sus puntos fuertes—. Me alegro mucho de que estés aquí, Jenny. ¡Gracias por pasar la tarde con nosotras! Debes de estar muy atareada con la mudanza.

—¿Vas a mudarte? —me pregunta una de sus guapísimas y educadísimas amigas—. ¿A dónde?

—A Cambry-on-Hudson —respondo—. Me crié allí. Mi hermana y su familia están...

—Oh, Dios, ¿te vas de Manhattan? ¿Tendrás que comprarte un automóvil? ¿Hay restaurantes allí? Yo no podría vivir sin el Zenyasa Yoga.

—¿Todavía vas a Zenyasa? —pregunta alguien—. Yo ya lo he dejado. Ahora estoy con Bikram Hot. La semana pasada vi allí a Neil Patrick Harris.

—Yo ya no hago yoga —dice una mujer rubia mientras examina una frambuesa—. Me he apuntado a una clase de trampolín en Ámsterdam. Me lo recomendó Sarah Jessica Parker.

—¿Y los *brunchs*[2]? —me pregunta alguien con la frente arrugada por la preocupación—. Si te vas de la ciudad, ¿qué vas a hacer cuando te apetezca desayunar tarde?

2   N. de la Trad.: El *brunch* es un desayuno tardío que se sirve a partir de las doce del mediodía.

—Creo que el *brunch* es ilegal fuera de Manhattan —respondo muy seria. Nadie se ríe. A lo mejor se creen que estoy hablando en serio.

Bueno, no hay duda de que adoro Manhattan. Como dice la canción, si lo consigues aquí, el resto del mundo es pan comido. Y yo lo he conseguido aquí. He trabajado para los mejores; incluso Vera Wang, de hecho. Los vestidos que he creado se venden en Kleinfeld Bridal y llevo quince años viviendo de mis diseños. Mientras estaba en Parsons fui nombrada diseñadora del año junto a otras candidatas. He asistido no a una, sino a dos fiestas en casa de Tim Gunn. Me saludó llamándome por mi nombre... Y, sí, es tan simpático como parece.

Pero por mucho que me guste la ciudad, su clamor, sus edificios y olores, su metro y su horizonte, en lo más profundo de mi corazón quiero un jardín. Quiero ver a mis sobrinas más a menudo. Quiero el «felices para siempre» que ha conseguido mi hermana, el que está viviendo mi exmarido y esta nueva esposa suya amable en exceso.

Solo espero estar corriendo hacia algo, y no huyendo de algo. La verdad es que el trabajo me parece un poco monótono últimamente.

Cambry-on-Hudson es un pueblecito adorable que queda a una hora al norte de Manhattan. Tiene varios restaurantes de primera y, por extraño que parezca, en algunos incluso sirven *brunchs*. En el centro hay un cine, árboles cargados de flores, un parque y un Williams-Sonoma. Difícilmente podría considerarse una aldea del tercer mundo, a pesar de lo que crean estas mujeres. Y la próxima tienda que abra allí será Bliss. Vestidos de novia hechos a medida. Mi bebé, ya que no tengo uno de carne y hueso.

Mi teléfono suena discretamente al recibir un mensaje. Es de Andreas, que se ha puesto los auriculares para no oír nada acerca de las historias sobre obstrucciones mamarias y pezones sangrantes que se relatan a su alrededor.

Fíjate en la nariz de la tía abuela. Espero que el bebé la herede.

Se lo agradezco con una sonrisa.

—¿Os habéis enterado de lo del ginecólogo que era padre de cincuenta y nueve bebés? —pregunta alguien.

—Eso es un episodio de *Ley y orden*.

—Inspirado en la noticia —murmura otra—. Una vecina de mi edificio era una de sus pacientes.

—Oh. Oh, no —murmura Ana Sofía.

Me dirijo a ella. Parece un poco perturbada.

—Seguramente no sea verdad —le digo.

—No... Creo... Parece que he roto aguas.

Se produce un silencio, seguido de un bramido colectivo.

Os ahorraré los detalles. Baste decir que, a pesar de que había una docena de mujeres que habían dado a luz compitiendo por quién lo había hecho mejor, la única que echó una mano a Ana Sofía fui yo.

—Oh, Jenny, está ocurriendo —dice—. Noto algo.

Veo en sus preciosos ojos marrones sorpresa y miedo, así que la ayudo a tumbarse en el suelo y me agacho entre sus muslos todavía delgados (en serio, es como si estuviera presumiendo de ellos). Le quito el tanga (mantiene las ingles depiladas, para vuestra información) y, Santa Madre de Dios, puedo ver la cabeza del bebé.

Busco en mi bolso el gel desinfectante para manos Purell, tamaño viaje (cualquiera que use el metro a diario lleva Purell), y me unto las manos con él.

—¡Traed toallas y calmaos! —ladro a las demás invitadas. Se me dan bastante bien las emergencias. Liza me pasa un montón de toallas, unas muy suaves que están a punto de quedar inservibles por lo que sea que salga de una mujer cuando da a luz.

—Deja que te ayude —gimotea Liza. De hecho, este sería un post de Facebook buenísimo:

¡Acabo de ayudar a parir a mi mejor amiga, jeje! – Con Ana Sofía Márquez Takahashi.

—Tengo ganas de empujar —jadea Ana, y lo hace, una vez, dos veces, una tercera vez, y aparece una carita... ¡un bebé! ¡Hay un bebé viniendo hacia mis manos! Un empujón más y ya lo tengo, baboso y cubierto de una mucosa blanca y pringosa y de un poco de sangre, pero increíblemente hermoso.

Tiene el cabello oscuro y unos ojos enormes. Es un milagro.

Lo saco por completo y lo dejo sobre el pecho de Ana.

—Es una niña —le digo, cubriendo al bebé con una toalla.

Los bomberos llegan en lo que parece que solo es unos segundos después, y yo me entrego a una fantasía rápida y profundamente satisfactoria: el bombero jefe se queda asombrado ante mi audacia, me mira de arriba a abajo y me invita a cenar con el acento de Brooklyn más bonito que el mundo haya oído jamás. Sus bíceps se tensan hipnóticamente y, al final de la cita, sí, me levanta en brazos solo para demostrarme lo fácil que le sería salvarme la vida, y un par de años después tenemos tres hijos robustos y unas gemelas en camino. Y un dálmata.

Pero no, su atención está concentrada en Ana Sofía, como debe ser, supongo, aunque me hubiera gustado que alguno de ellos se fijara en mí. Alguien corta el cordón y Ana llora de un modo precioso sobre su hija mientras Liza le sostiene el teléfono junto a la oreja para que mi exmarido pueda sollozar su amor y admiración por su esposa, que acaba de fundir el récord mundial de velocidad en la dilatación y el parto.

Puedo oír las arcadas de Andreas que llegan desde el elegante aseo de cortesía que se encuentra al otro lado del salón y que prevalecen sobre los murmullos de admiración de las invitadas a la fiesta y los bomberos musculosos que no dejan de decirle a Ana que es increíble y que su hija es preciosa.

Parece que voy a marcharme de la ciudad justo a tiempo.

Rachel

La última vez que me acosté con mi marido, me quedé dormida.

No después. Durante.

Solo un segundo. Adam ni siquiera se dio cuenta; creo que pensó que estaba en éxtasis y que formaba parte del gran final.

Pero lo hice. Me quedé dormida. Y me sentó tan bien... El sexo no estuvo mal, pero ¡la siesta...! Me sentía como si flotara; mis pensamientos se escabullían, me dejé llevar por el vaivén envuelta en el aroma cálido y reconfortante de mi marido y, solo por un segundo... me fui.

Esto ha estado perturbándome. Se lo conté a Jenny y ella se rio hasta que se le saltaron las lágrimas. Yo también, pero lo cierto es que estaba pensando en que una vez me prometí que nunca sería ese tipo de mujer: la que está demasiado cansada para hacer el amor. Esa para la que el sexo es solo una tarea rutinaria más en un mar infinito de días desdibujados.

—No seas tan dura contigo misma —me dijo Jenny con una palmadita en la mano—. Eres una esposa maravillosa. ¡Pero dile a Adam que necesitas una siesta, por el amor de Dios! O pídele un masaje la próxima vez.

Salvo que yo no quiero ser una de esas esposas que prefieren un masaje de espalda al sexo, aunque si Adam me lo propusiera, probablemente lloraría de gratitud. Catorce horas al día llevando niñas en brazos, colocando sillitas en el automóvil, recogiendo juguetes, sentada en el suelo, arrastrando bolsas de pañales porque Charlotte todavía se resiste a aprender a ir al baño... Claro que me duele la espalda.

Pero es un precio pequeño que hay que pagar. Nuestras hijas son tan adorables, tan increíbles, preciosas y maravillosas que casi no me creo que sean mías.

—¡Mamá!

Mi hija mediana, que se me ha quitado de encima un minuto después de Grace y un minuto antes de Rose, me saca de mi ensoñación.

El torso pequeño y regordete de Charlotte está manchado de pintura (no tóxica, hecha con tintes vegetales ecológicos). Cuando descubres que hay productos así en el mercado es imposible seguir usando otra cosa, y el club de las Mamás Perfectas de Cambry-on-Hudson, Nueva York, se asegura de que sepas qué tipo pintura usan exactamente tus hijas.

Hemos estado pintando con los dedos y siempre desnudo a Charlotte y Rose para hacerlo, Charlotte con su pañal de Barrio Sésamo, Rose con sus pequeñas braguitas de flores. Rose se ha salido de la cartulina al suelo de la cocina, pero no pasa nada: ya fregaré el suelo más tarde. Grace, por otra parte, está totalmente vestida, porque incluso a sus tres años y medio es muy pulcra. Tiene la pequeña frente arrugada mientras dibuja cuidadosamente en su papel. Mi niña seria. No es la primera vez que me preocupa que pueda tener Asperger; es demasiado pulcra, demasiado meticulosa. Una vez más, ha reducido un tercio la limpieza posterior.

—¿Qué te pasa, Charlotte? —le pregunto, acariciando sus rizos rubios.

—Me he hecho caca, mamá. Tengo el culito caliente. —Se mete una mano en el pañal y la saca para enseñármela—. Y pegajoso.

Dónde está este capítulo en los libros de cómo criar a los hijos, ¿eh?

—No pasa nada, cielo. Vamos a limpiarte.

Miro la cocina a mi alrededor; todos los cajones y armaritos tienen cierres de seguridad y las niñas y yo estamos confinadas en un espacio cerrado por vallas protectoras.

—Rose, Grace, voy a llevar a Lottie al baño, ¿de acuerdo? Quedaos aquí tranquilitas.

—¡No! ¡Yo también «vengo», mamá! —exige Rose. Tanto Rose como Charlotte van más retrasadas que Grace en el lenguaje, lo que el pediatra me ha asegurado que es normal en el caso de partos múltiples. Aun así, me preocupa un poco.

—Grace, ¿seguro que puedes quedarte sola? —le pregunto.

—Sí, mamá. Estoy haciendo círculos.

—Son preciosos, cariño.

Tomo a Rose en brazos, sostengo a Charlotte para que no pueda tocar nada con la mano llena de caca, y atravieso el salón hacia el baño de cortesía. Jolín. De algún modo, Charlotte ha conseguido limpiarse la mano en mi pierna, así que voy a tener que cambiarme otra vez. Bueno, así es la vida con tres hijas: una lavadora diaria. De todos modos iba a cambiarme antes de que Adam regresara.

En el grupo de trillizos al que las chicas y yo vamos de vez en cuando, hay madres que aparentan quince años más de los que tienen. Lucen varios centímetros de raíces canosas a la vista, llevan la ropa de su marido y huelen a leche rancia y vómito. Están agotadas y deprimidas. Eso me aterra, porque algunos días me siento como si estuviera un centímetro más allá de mí misma. No quiero que mis hijas piensen que me agotan; son los amores de mi vida. Soy la madre que de verdad las echa de menos las cuatro horas que van preescolar tres días a la semana. Ser mamá y ama de casa es lo que siempre he deseado.

—Hora de lavarse las manos, Lottie —digo ahora, dejando a Rose en el suelo y abriendo el grifo—. Rose, ¿tienes ganas?

—No —dice—. No, mamá, «dacias». No «teno» ganas.

Sonríe y el amor me inunda el corazón. Tengo que escribir lo que siento en un cuaderno de notas para contárselo a Adam después. «No, "dacias", no "teno" ganas». Intento atesorar estos pequeños momentos para contárselos, ya que él trabaja tantas horas extra. Además, mi memoria ya no es la que era.

Le lavo las manos a Lottie, después le quito el pañal y la aseo.

—Más caca —dice.

—De acuerdo —le contesto, y la pongo en el orinal. Rose y yo esperamos. Charlotte gruñe, y se pone colorada.

—¡No hay más caca! —anuncia por todo lo alto, y las tres nos reímos.

Me gusta tanto ser madre que es un milagro que el corazón siga cabiéndome en el pecho. Adam y yo hemos creado estas niñas perfectas y todavía no soy capaz de asimilarlo. Durante la mayor parte de mi vida he luchado contra mi timidez. Sigo siendo vergonzosa, a veces incluso con Adam. Ya sabéis a qué me refiero... Si tengo la barriga revuelta, uso el aseo de cortesía. Y todavía tengo que motivarme antes de ir a una fiesta.

Y aunque aún me sonrojo y me siento incómoda cuando estoy en público, tengo esto, la certeza de que mis hijas me adoran, de saber exactamente quién soy y qué estoy haciendo como madre. El recuerdo de mis días como diseñadora gráfica en Celery Stalk, una empresa que crea juegos de ordenador para niños, es borroso ahora, pero sigo sintiendo el esfuerzo que tenía que hacer para hablar con los demás, para intentar no preocuparme tanto. Cuando llegaba a casa, tardaba una hora en relajar los hombros.

Esto... Para esto es para lo que sirvo.

Las tres volvemos a lavarnos las manos. El dispensador de jabón es nuevo y las niñas siguen fascinadas por su magia. Pongo un pañal limpio a Charlotte, y estamos listas para irnos.

Justo cuando salimos del baño, Rose se agacha, se orina en el suelo y se moja las bragas.

—Uf —digo.

—Perdón, mamá.

La reserva habitual de papel de cocina no está debajo del lavabo. Vaya por Dios.

—Bueno, no pasa nada, cielo. No te preocupes ni un poquito. —Miro hacia el salón—. ¿Grace? ¿Cómo estás, corazón?

—Bien.

Sé por su voz que no está bien.

—¿Qué estás haciendo, cielo? —Atravieso el salón hacia la cocina, llevando a Rose de la mano. Está chorreando, lo que significa que también tendré que fregar el salón.

—Nada —dice Grace. Entonces se oye algo derramándose.

Cereales Cheerios. Por todo el suelo de la cocina. Esas cosas tienen un poder de deslizamiento impresionante.

—No tires los cereales, corazón. Es nuestra comida.

—Quiero más círculos —dice Grace, vaciando la caja—. Quiero colorear todos los círculos.

Charlotte está ya pisoteando los Cheerios, aplastándolos hasta convertirlos en polvo, lo que hace que Grace grite furiosa. Rose duda, y después ayuda a su hermana a pisotear.

—Tranquilizaos, chicas —digo, levantando a Grace en brazos.

—¡Mis círculos! ¡Mis círculos! —aúlla, arqueando la espalda tanto que casi se cae.

Hora de la siesta. Benditas palabras. Doy gracias al cielo porque mis hijas duerman tan bien.

Veinte minutos después, Rose tiene ropa limpia pero está llorando porque no la he dejado beberse el limpiacristales Windex que he usado para limpiar su pipí. Grace está enfadada y seria y ha dicho a sus hermanas que las odia, lo que hace que me estremezca; no creo que Jenny y yo nos hayamos dicho eso nunca, y no tengo ni idea de dónde han aprendido las niñas la palabra odiar, sobre todo en referencia a otros humanos.

Charlotte tiene cara de estar apretando otra vez.

—Mamá, más caca —confirma.

—Bueno —le digo—. No pasa nada.

Son las 1:34 de la tarde. Quedan seis horas para la hora de dormir.

Pero, no, no es para tanto. Es solo que... Bueno, es cansado, tener tres hijas de una vez. A la gente le gusta decirme lo afortunada que soy y, creedme, lo sé. Cuatro años intentando quedarme embarazada, tres con hormonas, cuatro intentando la *in vitro,* cuatro años de esperanzas y anhelos... Adam y yo hemos pasado mucho para tener esta familia.

Pero eso no significa que algunos días no sea cansado.

—Yo no «dormo» —me dice Charlotte—. Odio dormir. ¡Lo odio! ¡Lo odio!

Parece haberse contagiado de la ira de Grace.

—La siesta es un momento feliz —le digo, besándole la cabeza. Se frota los ojos y me fulmina con la mirada, pero será la primera en quedarse dormida. Grace será la última y necesitará unos buenos veinte minutos de mimos cuando despierte, sonrosada y confusa. Rose ya se ha acostado con el culito en pompa y el pulgar en la boca. Me sonríe atontada y cierra los ojos.

Su habitación es mi lugar favorito de nuestra preciosa casa: pintada de amarillo y verde, con móviles hechos por mí, una estantería saturada de libros y tres hamacas llenas de peluches. A diferencia de muchas otras casas que he visto, esta habitación no es una exposición, una idea adulta de cómo debería ser la habitación de un niño, con cuatro peluches de diseño y los libros ordenados por tamaños. No. Este dormitorio es de verdad, precioso, soleado, luminoso y espacioso. Lleno de libros que se leen.

—Que durmáis bien, mis cielos —digo, cerrando la puerta.

Charlotte patea la pared un par de veces, pero es una tradición. Ahora tengo una hora y media de lo que Adam llama «Tiempo Para Ti».

Paso el Tiempo Para Mí aspirando y fregando el suelo de la cocina, limpiando el baño, volviendo a colocar las tapaderas en los botes de pintura, lavando las brochas, rascando la pintura seca de la mesa, colgando el dibujo de Grace en el frigorífico. Después limpio el fregadero y compruebo el menú que planifiqué el fin de semana. La organización es una necesidad cuando tienes que ir al supermercado con tres pequeñas. La cena de esta noche es salmón con cuscús y almendras tostadas, y ensalada de brócoli. Meto una botella de sauvignon blanc en el frigorífico, saco el brócoli y la lombarda y hago una pausa para buscar en el ordenador.

Solo tardaré un segundo.

Busco en Google «hoteles de cinco estrellas, Nueva York» y examino la lista. El Surrey... No, demasiado elitista. El Península... Ya lo comprobé la semana pasada. Uno de los Trump... No, gracias, demasiado pretencioso.

Ajá. El Tribeca Grand. Entro y miro sus *suites,* después llamo.

—Hola, estoy interesada en reservar una *suite* un fin de semana de septiembre —le digo a la mujer, que tiene un acento precioso. Suizo, supongo, aunque desde luego no es un acento que me suene—. No, solo para una persona... Negocios con algo de diversión... Bueno, estoy mirando esa justo ahora, pero no estoy segura de que sea lo suficientemente grande. ¿Está libre la *suite* del ático el fin de semana del veintiuno? ¿Sí? Estupendo. Y la terraza de la azotea... es solo para los huéspedes del ático, ¿correcto?

El lavavajillas se pone en marcha mientras la mujer me habla del precio, los servicios, el restaurante, y me imagino tumbada en una *chaise longue* en la terraza, mirando la ciudad, o deslizándome en esa cama gigante, notando las delicadas sábanas de algodón. Me pediría un martini en el bar; un martini especial, no uno de la carta sino algo que el camarero me hiciera especialmente para mí.

Entonces miro el reloj, me doy cuenta de que solo me quedan cuarenta minutos del Tiempo Para Mí, doy las gracias a la mujer de acento suizo y saco la colada de la lavadora para meterla en la secadora.

Cuando Adam llega a casa justo antes de las siete en punto, estoy aseada (gracias a la ducha que me he dado mientras las niñas jugaban en el suelo del baño con mis brochas de maquillaje) y llevo ropa limpia. La casa está recogida y he conseguido poner algunas flores en un jarrón, después de sacarle a Rose un tulipán de la boca y llamar al teléfono de urgencias toxicológicas para asegurarme de que no le pasará nada. La cena está en el horno, el vino está en una hielera, la mesa está puesta, las niñas han comido y se han bañado y están preciosas con sus pijamitas, saltando arriba y abajo con nerviosismo al ver a su padre atravesando la puerta.

—¡Princesas! —exclama, arrodillándose para abrazarlas. Me sonríe. Dios, lo quiero.

Sigue siendo muy atractivo. Más atractivo, de hecho, que cuando nos conocimos hace diez años, uno de esos rostros aniñados que mejora con la edad. Su cabello negro está empezando a encanecer y le están saliendo patas de gallo. Pesa lo mismo que cuando nos casamos. También yo, aunque me ha costado bastante, y algunas cosas ya no están exactamente donde solían estar. Pero Adam casi no ha cambiado.

—Siento llegar tarde —dice, incorporándose para darme un beso.

—No pasa nada —contesto—. Podemos cenar después de meterlas en la cama.

Intentamos cenar todos juntos, pero a veces es imposible. Y, sinceramente, ¡qué agradable va a ser esto! Casi una cita. Con suerte, Grace no se levantará de la cama porque, si lo hace, Rose la seguirá.

—¡Papi! ¡Papi! ¡Papi! —corea Charlotte.

—Rose, suelta eso, cariño —dice mientras la niña intenta llevar su maletín—. Rach, yo las llevaré a la cama, ¿qué te parece?

—Eso sería maravilloso —le digo—. Les encantará.

Mucha gente de esta localidad trabaja en Manhattan. Dos de mis amigas tienen apartamentos en la ciudad, y el marido de una de ellas vive allí durante la semana. Un montón de gente no llega a casa del trabajo hasta las ocho o las nueve. Pero Adam siempre ha trabajado aquí, en Cambry-on-Hudson, desde que se graduó en Georgetown, y es una cosa más que agradezco. Pasa más tiempo con las niñas que la mayor parte de los maridos de mis amigas; es el tipo de padre que toma el té con nuestras hijas, las empuja demasiado alto en los columpios y les ha prometido un perrito para su cuarto cumpleaños.

En Cambry-on-Hudson, ser ama de casa es lo habitual, y los encantadores vecindarios están llenos de madres delgadas y con mechas que conducen todoterrenos Volvo Cross Country y Mercedes, madres que quedan para tomar café en Blessed Bean y van juntas de compras para buscar un vestido que llevar en el próximo acto benéfico.

Yo también hago algunas de esas cosas. Voy con las niñas a las clases de natación «Mamá y yo» del club de campo, aunque a mí todavía me da un poco de vergüenza asistir. Adam dice que nos viene bien ser miembros del club para su trabajo como abogado mercantil, por los contactos. Pero yo todavía me siento intimidada. Y también increíblemente afortunada.

Adam se quita la americana y la deja sobre la barandilla.

—¡Hora de un cuento! —anuncia, y después alza a las tres niñas en brazos y las lleva arriba. La nube negra de Grace parece haberse disipado, Charlotte grita de alegría y Rose ha apoyado la cabeza en su hombro y me dice adiós con la mano.

Recojo la americana de Adam automáticamente y la meto en la bolsa de la tintorería del armario del pasillo. Después voy a la cocina y me sirvo una copa de vino. Al salmón le quedan quince minutos. Oigo a Adam arriba, cantando «Bebé Beluga» a las niñas.

Este pequeño momento de paz es un regalo. Miro la cocina, que me encanta. Me gusta toda nuestra casa, una unifamiliar enorme de 1930 sin un estilo concreto, pero elegante, clásica e interesante. Jenny se burla de mí y me dice que esto es un retroceso, y es verdad, pero me encantan todas las labores domésticas: la repostería, la jardinería y la decoración. Nuestro hogar familiar fue casi perfecto hasta la muerte de papá, y mamá y él fueron tan felices y estaban tan unidos... que siempre, desde que tengo uso de razón, es eso lo que he querido.

El teléfono suena desde el armario del pasillo. Supongo que Adam se lo ha dejado en el bolsillo de la americana. No puedo permitir que lo pierda porque, como la mayor parte de la gente hoy día, es prácticamente un apéndice suyo. Saco el teléfono y miro la pantalla.

El mensaje es de un número privado. Tiene un adjunto. No hay texto.

Arriba siguen cantando «Bebé Beluga».

El teléfono suena de nuevo, y me sobresalto. Número privado de nuevo, pero esta vez hay una frase.

¿Te gusta?

Abro el adjunto. La imagen está ligeramente borrosa, no estoy segura de qué es. Un... árbol, quizá, aunque no parece muy sano. Parece enfermo, húmedo y blanquecino. Tiene un nudo de aspecto mojado y repugnante. Sea lo que sea, no sé por qué se lo enviaría alguien a Adam. Él no sabe nada sobre árboles.

Me late una vena del cuello. La vena del vampiro. Puede que sea una arteria. No lo sé.

—Bebé Beluga, bebé Beluga...

Es evidente que han enviado esto a Adam por error. Debe de ser así porque, de otro modo, Adam tendría el número guardado en su agenda. Su teléfono siempre está actualizado. De hecho, lo perdió la semana pasada y se volvió loco buscándolo. No podía perder todos esos contactos, dijo. Todos esos mensajes guardados, aplicaciones, entradas del calendario y el resto de cosas que yo no uso en mi teléfono, pues solo lo utilizo para llamar o mandar mensajes, a él o a Jenny, y por si en la guardería necesitan ponerse en contacto conmigo.

Creo que es un árbol. Estoy casi segura.

Pero Adam no sabe nada de árboles. Quien fuera seguramente había pretendido enviárselo al... al... guardabosques o algo así.

—Bebé Beluga... Bebé Beluga...

Reenvío la foto a mi teléfono.

Después la borro del suyo.

La vena palpitante me pone de los nervios. Vuelvo a guardar el teléfono en el bolsillo de su americana, la meto en la bolsa, regreso a la cocina y tomo un sorbo enorme de vino, y después otro.

Arriba, la puerta de las niñas se cierra. Adam siempre es más rápido arropándolas que yo.

Sus pasos resuenan al bajar la escalera.

—Nena, ¿has visto mi teléfono?

—No —miento—. Pero acabo de meter tu americana en la bolsa de la tintorería. A ver si está en el bolsillo.

—De acuerdo. —Se dirige al armario, saca el teléfono, lo mira. Después me observa con una sonrisa—. ¿Qué hay para cenar? Huele de maravilla.

—Salmón.

—Mi favorito.

—Lo sé.

Y entonces sonrío, aunque no tengo ni idea de qué cara estoy poniendo en realidad, y le sirvo un poco de vino.

Recuerdo lo que quería contarle. «No "dacias", mamá, no "teno" ganas».

No se lo cuento. Me lo guardo para mí.

Cuando nos vamos a la cama, un par de horas después, Adam comprueba su teléfono, me da un beso en la sien y se queda dormido en segundos.

Normalmente hacemos el amor los viernes por la noche, porque al día siguiente es sábado y Adam no tiene que levantarse temprano. Me dice que yo también puedo seguir durmiendo; las niñas son lo suficientemente mayores para jugar en su dormitorio una hora o dos, e incluso se ha ofrecido alguna vez a levantarse con ellas. Pero nunca las oye, así que me levanto yo de todos modos y después lo despierto a él, aunque ya no puedo volver a dormirme porque estoy oyendo a las niñas moviéndose y hablando.

Sin embargo, este viernes noche no hacemos nada. Un beso en la sien. Ninguna sonrisa expectante, ninguna caricia, nada de «Estás preciosa» o «Hueles muy bien», su típico saque en lo que se refiere al sexo.

Puede que se diera cuenta de que la última vez me quedé dormida, después de todo. Puede que esté siendo considerado.

O puede que sea otra cosa.

Jenny

Podría hacer dormida el viaje desde Manhattan a Cambry-on-Hudson. Nací en COH, un lugar que mi hermana no ha abandonado excepto para ir a la universidad, un lugar que visito al menos dos veces al mes.

Pero venir aquí a vivir es diferente. En muchos sentidos es perfecto, porque yo nunca he querido quedarme en Manhattan para siempre. COH es una localidad bonita a orillas del Hudson que se ha salvado de la crisis por su cercanía a la ciudad y una planificación realmente inteligente por parte del ayuntamiento. Hace años protegieron la ribera, que ahora está llena de edificios de ladrillo restaurados con tiendas de ropa y de artículos de hogar, una panadería y una cafetería, una galería de arte y un par de restaurantes y peluquerías.

Y Bliss.

Ahí, en el centro de la manzana, está mi nuevo negocio, con el nombre anunciado en brillantes letras de acero sobre la puerta. Rachel diseñó el logo, una sencilla rama de cerezo en flor, y hace tres días nos ocupamos del escaparate: flores de cerezo de seda rosa colgando de lazos blancos. El interior de la tienda es del rosa más pálido; los suelos de cerezo oscuro, recién pulidos y abrillantados.

En el escaparate, que tres mujeres jóvenes están admirando, hay un vestido sin tirantes *peau de soie* de encaje con diminutos capullos de rosa bordados en el chantilly.

Cambry-on-Hudson es también el hogar de tres clubes de campo, un club de equitación y uno de yates, pues se encuentra justo en la frontera del condado de Westchester. Con todos esos lugares de celebración y carteras abultadas, Bliss debería ir bien. Y quizá recupere el antiguo cosquilleo, ahora que no estoy rodeada por los recuerdos de Owen.

Echaré de menos la ciudad, pero admito que también me siento un poco aliviada por salir de allí. Es un lugar duro para vivir: el ruido constante, la bruma infinita de humanidad, los tubos de escape, el asfalto y el vapor extrañamente dulce que sale por las rejillas del metro. Caminar con tacones, serpenteando entre la multitud, agarrándote a las barras del metro y a las barandillas que han tocado miles de personas antes que tú te pasa factura. Y siempre puedo volver de visita, aunque mis amigos y colegas me han hecho sentirme casi como si estuviera en la milla verde hacia mi ejecución. Así son los neoyorquinos.

De modo que, bueno, sí. Este es un buen cambio. Llevo un año preparándolo y me muero de ganas de acabar con la mudanza. La vida será más tranquila aquí. Más fácil. No solo voy a mudarme porque Owen y yo nos hayamos divorciado. Sinceramente.

Subo la colina desde la ribera, donde se alzan manzana tras manzana hileras de viejas casas burguesas. Algunas calles están un poco descuidadas y el ambiente al otro lado de Broadway se enrarece rápidamente, ya que eso no es tan del condado de Westchester como el resto del condado de Westchester. La zona de la ribera, donde vive mi hermana, es bastante digamos «de gente bien», con enormes casas y vistas al Hudson.

Pero la avenida Magnolia, donde he alquilado mi apartamento, es encantadora sin pretensiones. Aquí vive gente de verdad, gente que se gana la vida trabajando.

Mientras camino hacia el número 11, me suena el teléfono.

Noto que mi optimismo, que tanto esfuerzo me cuesta mantener, está a punto de recibir un golpe duro. La llamada es del Ángel de la Muerte, también conocido como mi madre, Lenore Tate, viuda sufrida y pesimista profesional.

Será mejor que conteste; si no lo hago, llamará a la policía para que me busquen.

—Hola, mamá —le digo, asegurándome de parecer animada.

—Solo llamo para saber cómo estás. Cielo, lo siento mucho por ti. Es horrible que hayas tenido que mudarte —dice en su tono característico, triste con un toque de petulancia.

—No he tenido que hacerlo, mamá. He decidido hacerlo.

—Pareces deprimida. Bueno, ¿quién podría culparte?

Me palpita el ojo.

—No estoy deprimida. Estoy realmente contenta. Estaré más cerca de ti, y de Rachel, y de...

—Sí, pero estas no son exactamente las circunstancias ideales, ¿no? Deberías haber sido tú y Owen, no él y Ana Sofía. Aunque es bastante guapa. La niña también. ¿Te he contado que me acerqué a visitarlos la semana pasada?

—Sí. Me ya me lo has dicho nueve veces.

—Oh, estás contándolas. Pobrecilla. No puedo imaginar lo duro que debió de ser para ti ayudar al nacimiento del bebé que debería haber sido tuyo...

—De acuerdo, voy a colgar el teléfono ahora mismo.

No está totalmente equivocada y lo sabe. Ese es su poder maléfico.

—Iré a ayudarte a abrir las cajas. ¿Tienes algún aerosol de pimienta? El barrio es malísimo.

Cuando me fui a la universidad, mamá cruzó la frontera del estado para mudarse a un pueblecito elegante en Connecticut y comenzó a considerar COH un lugar parecido a los suburbios de Calcuta. Resulta irritante, pero al menos no vive demasiado cerca.

—Mamá, el barrio es precioso —le digo, usando el tono que uso para calmar a las novias.

—Bueno, no lo era cuando tu padre vivía. Si no hubiera muerto, todavía podría ser un lugar bonito donde vivir.

Esta es una de esas afirmaciones ilógicas e indiscutibles tan habituales en mi querida madre. El condado de Westchester a duras penas podría considerarse el centro del crimen y la delincuencia. Aunque COH hubiera empeorado (que no es el caso) no es que mi padre, que era dentista, hubiera podido llegar y arreglarlo él solo.

—Deberías haberte mudado a Connecticut, Jenny. Hedgefield habría sido perfecto para tu tiendecita. Todavía no comprendo por qué no quieres venirte aquí.

Porque tú vives allí.

—Tengo que colgar, mamá. No vengas. Te invitaré a cenar un día de esta semana, ¿de acuerdo?

—Ya no puedo comer lácteos. Me provocan unas diarreas terribles. Ana Sofía hizo unas empanadas deliciosas. Quizá podrías llamarla para pedirle la receta, porque a ti no se te da muy bien cocinar.

Respira profundamente, respira profundamente.

—¿Algo más?

—Bueno, no prepares pato. Me opongo moralmente al pato. ¿Sabes lo que les hacen a esas aves en las granjas? ¡Qué crueldad! Es una barbaridad. Pero me encanta la ternera. ¿Puedes hacer ternera? ¿O es demasiado difícil para ti?

—Prepararé algo delicioso, mamá.

No lo haré. Compraré algo delicioso.

—Te veo en un par de horas, entonces.

—No, no. No vengas, por favor. Ni siquiera estaré aquí. Tengo una novia ahora.

Es mentira, pero debo mentir por obligación para evitar una visita materna.

—De acuerdo. Puede que llame a Ana Sofía. Me pidió algunos consejos para conseguir que el bebé eructe, así que...

—De acuerdo, adiós.

Apuñalo con fuerza el botón para colgar. Mi tic se ha convertido en palpitación.

Me gustaría poder decir que la intención de mamá es buena, pero eso no sería totalmente cierto. Cuando las cosas van bien, ella no se centra en lo positivo, sino en lo que no lo es. Cuando las cosas van mal, sus ojos se iluminan, se yergue recta y su vida parece cobrar sentido. Ella ve mi mudanza a COH como el resultado del inevitable fracaso de mi matrimonio (siempre dio a entender que Owen era demasiado bueno para mí) y como un guante que he tirado a sus pies, un desafío. Si me fuera mejor después del divorcio (personal y profesionalmente), eso significaría que a ella también debería pasarle lo mismo.

Bueno, agua pasada no mueve molino. Si fuera vino, todavía. Pero me espera un largo día por delante abriendo cajas y quiero comenzar ya. Lamentablemente, el camión de la mudanza no está a la vista. Luis me dijo que conocía la calle, pero llegan tarde de todos modos, aunque se marcharan un segundo después de mí.

Con suerte, esta será la última vez que me mude... Y es exactamente lo mismo que dije cuando me fui a vivir con Owen. Él era el cuarto novio con el que vivía, pero creía que tendría más aguante. Bueno, en serio, esta podría ser la última vez de verdad porque mi nuevo apartamento es muy bonito. La mujer de la inmobiliaria me dijo que es posible que salga a la venta el año que viene; fue una compra impulsiva del propietario y mi contrato de alquiler es solo por un año... Una prueba, dijo, de que él podría querer venderlo.

Así que podría vivir aquí para siempre y, ¿por qué no? Es elegante y acogedora al mismo tiempo, una casa adosada de cuatro plantas en ladrillo pintado de gris oscuro con ribetes negros y la puerta delantera de color cerezo. Las ventanas tienen maceteros de forja y me imagino plantando hiedra y flores rosas y violetas. Los árboles de la calle están cubiertos de una pelusa verde, y el magnolio de la acera de enfrente está en plena floración crema y rosa.

Mi apartamento ocupa las dos plantas centrales del edificio: sala de estar, comedor, una cocina diminuta y un aseo en la primera planta, después tres dormitorios pequeños y un baño completo al subir la amplia escalera de madera. Me fue imposible resistirme a la bañera con patas victorianas. Tiene un pequeño jardín con una zona de estar de pizarra, que puedo usar si quiero, y un diminuto jardín delantero que pertenece al casero, que vive en la primera planta, el *pied-à-terre*, como lo llamó la agente inmobiliaria, lo que lo hizo sonar fabuloso y europeo. El propietario utiliza la cuarta planta como trastero, aunque con las tres ventanas abuhardilladas, la luz debe de ser fantástica. Si la casa fuera mía, usaría toda esa planta como despacho. O como cuarto de juegos para mis guapos y felices bebés.

Un hombre baja la calle paseando a un precioso Golden Retriever.

«Me mira, y nuestros ojos se encuentran. Vive al lado, en la preciosa casa de piedra rojiza, y está soltero, quien lo hubiera dicho, un cocinero que acaba de firmar un contrato para que se use su nombre en una línea de utensilios de cocina franceses de lujo. Su hermana está prometida y, ¿adivina quién está diseñando su vestido? Jenny Tate, ¿quién si no? ¡El mundo es un pañuelo! La boda se celebrará en Navidad, en la catedral de San Patricio. Yo llevo un vestido de terciopelo de color burdeos y él un esmoquin, y mientras bailamos, desliza un anillo de compromiso en mi dedo y se apoya sobre una rodilla, y su hermana (ataviada con un maravilloso traje de Línea A hecho de satén con un fajín largo de terciopelo verde) está encantada. De hecho, está ahí mientras me hace la proposición y llora de felicidad. Nos casamos y compramos una encantadora y antigua casa rústica con vistas al Hudson para que nuestros gemelos y nuestra niña puedan correr y jugar mientras nosotros cultivamos verduras en nuestro huerto ecológico y cruzamos a Jeter, nuestro leal Golden, y los niños serán todos de sobresaliente e irán a Yale.»

El hombre no hace contacto visual. En lugar de eso, grita algo al teléfono sobre «la zorra de tu hermana», así que lamentablemente lo tacho de mi lista de potenciales segundos maridos.

Owen nunca gritaba. Esa era una de sus muchas cualidades. Yo nunca, jamás, lo he oído levantar esa voz adorable y consoladora que tiene.

Espero hasta que el tipo se aleja lo suficiente (solo por si acaso es un asesino en serie, como mi madre afirmaría sin duda) y salgo del automóvil, me cuelgo mi alegre bolso de lunares del hombro y me miro en la ventanilla. Arg. Andreas y yo damos buena cuenta de las dos últimas botellas de vino de Owen anoche mientras veíamos *Thor 1 y 2* solo para disfrutar de las vistas. Con el divorcio conseguí quedarme con la mitad de la bodega de Owen: no eran muchas botellas, pero todas maravillosas, así que no la rechacé.

Una imagen de nuestro matrimonio me viene a la mente como un rayo: Owen y yo, de la mano, en un picnic en Nueva Escocia hace un par de veranos. Él recogió una margarita y me hizo cosquillas en la oreja con ella, y el sol se reflejaba en su cabello negro, que de tan resplandeciente casi me dolían los ojos. Su cabello era (es) adorable: se alza de un modo tal que desafía la gravedad. Es un pelo que siempre parece despeinado y eso lo hace atractivo, parece un niño. No es de extrañar que sus pacientes adoren a mi exmarido en cuanto lo ven.

El desconcierto es la peor parte. Eso es lo que no te cuentan en los artículos sobre divorcio. Hablan de la ira y la soledad, y de la distancia y de comenzar de nuevo y de ser comprensivo con uno mismo, pero no te hablan de las muchísimas horas que acabarás pasando en el agujero negro del «por qué». ¿Por qué? ¿Qué ha cambiado? ¿Cuándo? ¿Por qué decidiste casarte conmigo, y de repente ya no soy suficiente?

Pero no voy a comenzar esta fase de mi vida sumida en el desconcierto. «Que te den, Owen», pienso. Al hacerlo, me resulta tremendamente alentador.

El casero debía recibirme aquí para darme las llaves. Me tenso la cola de caballo, invoco una sonrisa y atravieso la cancela de forja hasta su puerta. Este jardín sería adorable con unas cuantas plantas y una pequeña mesa de café, pero ahora mismo solo hay en él una tumbona de playa desvencijada que sin duda conoció días mejores... Una de esas con estructura de aluminio y el asiento tejido con rugosa fibra de nailon. La imagen de un hombre gordo sin afeitar con una camisa de bolos que no es de su talla, rascándose el estómago con una mano, una cerveza Genesee en la otra y un perro sarnoso a su lado, salta a mi mente con una nitidez lamentable.

Pero no. ¡Nada de negatividad! En diez minutos me estaré mudando a mi precioso apartamento nuevo. Pondré agua a hervir, aunque ni siquiera me gusta el té, pero la idea de un té es muy reconfortante en este día frío y húmedo. La idea de un vino tinto resulta incluso más reconfortante.

Puede que invite al casero a tomar algo conmigo. O no, si se parece al tipo que acabo de imaginar. ¿Me dijo la agente inmobiliaria si era un hombre o una mujer? No me acuerdo. Mejor aún, un vecino vendrá a verme (no el hombre enfadado del Golden Retriever, un vecino diferente). Un hombre mayor, quizá, alguien con una botella de buen vino en la mano. «He visto el camión de la mudanza, y quería darte la bienvenida a la calle. Doy clases de literatura italiana en Barnard. ¿Tienes planes para cenar? Estoy preparando un asado», dirá. Pero, claro, ¿qué tipo de hombre soltero prepara un asado? Mejor tachar eso. Ya se me ocurrirá algo mejor.

Llamo alegremente a la puerta del casero: «¡u-na co-pi-ta de a-nís!».

No hay respuesta. Llamo de nuevo, menos animada y más fuerte. Todavía nada. Presiono la oreja contra la puerta, pero solo oigo silencio. Llamo otra vez.

Nada.

Vuelvo a mi automóvil y llamo a la inmobiliaria. Me salta el buzón de voz.

—¡Hola! Soy Jenny Tate. Mmm, parece que el casero no está aquí y el camión de la mudanza llegará en cualquier momento, así que... ¿Podrías llamarlo? ¡Muchas gracias! ¡Adiós!

Justo en ese momento suena el teléfono, pero no es de la inmobiliaria. Es Owen.

—Hola —digo.

—Hola, Jenny.

Habla en voz baja, con ese timbre tan familiar que hace que los padres de sus pacientes pongan de nombre Owen a su siguiente hijo, sea niño o niña. También funciona bien con las mujeres. Entre eso y su sonrisa amable y omnipresente, siempre parece estar a punto de contarte un secreto, y tú eres la única a la que puede contárselo porque eres especial. Las mujeres se vuelven un poco bobas cuando Owen Takahashi, doctor en medicina, está cerca. Podría decirte, «Oye, estoy pensando en estrangular un par de gatitos. ¿Te apuntas?», y te descubrirías respondiendo, «¡Ya te digo! ¿Cuándo empezamos?».

—¿Has llegado bien? —me pregunta.

—¡Sí! Muy bien —digo, mirando mi casa—. Me muero de ganas de que Ana Sofía y tú veáis la casa. ¡Y la niña! ¿Cómo está? ¡Me encanta el nombre que le habéis puesto, Natalia! ¡Es precioso!

Llevamos divorciados quince meses y medio. Pronto, espero, mi necesidad de mostrarme súper animada habrá desaparecido.

—Es preciosa, Jenny. No sé cómo darte las gracias.

—¡No! —exclamo, poniendo los ojos en blanco ante mi propia respuesta. Si Andreas estuviera aquí, me daría un buen tortazo—. Fue un honor.

Mejor un puñetazo.

—Escucha, Jenny, nos gustaría ponerle Genevieve como segundo nombre. Por ti.

Oh, Dios.

—Uh, bueno, pero yo no me llamo así —le digo. Por alguna razón, mamá solo me puso Jenny. Ni siquiera Jennifer.

—Sí, lo recuerdo —dice en ese tono de «Tengo un secreto» que me recuerda las mañanas de domingo en la cama—. Pero aun así.

¿Sabes qué, Owen? No lo hagas. ¿De acuerdo? No quiero que le pongas mi nombre a tu bebé. ¡Venga ya!

—Eso es muy... amable por vuestra parte. Gracias.

Se produce un silencio. Una gota de lluvia golpea el parabrisas, pero solo una, solitaria e inútil.

—Tú siempre serás especial para mí —me dice Owen en voz baja.

Aprieto los dientes. Lo que quiere decir es «Siento haber dejado de amarte y haber encontrado en Ana Sofía todo lo que necesitaba. Siento haber descubierto que me moría de ganas de ser padre (cuando estuviera con la esposa adecuada, claro) y ahora mismo estoy viviendo un sueño, gracias a la habilidad de tus manos y al útero increíble de mi perfecta mujer, que expulsó al bebé en cuestión de minutos. Sin rencores, ¿de acuerdo?».

—Bueno —le digo con la misma voz animada y de idiota—. ¡Tú también eres especial para mí! ¡Por supuesto! Me casé contigo, ¿no?

Pero, bueno, quiero decir que tanto tú como Ana seguiréis siendo especiales para mí. ¡Y también Natalia! ¿De acuerdo? Al fin y al cabo, no todos los días se asiste al nacimiento de un bebé. Fue divertido.

Se ríe como si fuera la persona más encantadora del mundo (lo que me dijo una vez, ahora que lo pienso).

—Ya te echo de menos. Te veremos la semana que viene para cenar, ¿verdad?

—¡Pues claro!

Porque, sí, iré a su casa a cenar el viernes que viene. ¡Qué civilizada soy! ¡Caramba con mi dominio de la urbanidad! ¡Somos tan neoyorquinos! En Idaho nadie podría seguir adelante con semejante mierda, a ver si me explico. Supongo que porque allí la gente es más sincera.

—Dale un beso a Ana Sofía y al bebé.

Antes de que pueda decir una estupidez más o de que deje ver la tontería o el sinsentido de esta situación, o todo lo anterior junto, cuelgo, me agarro al volante y le doy una sacudida.

—¿Por qué tienes que ser tan tontorrona? —me pregunto en voz alta— ¿Por qué, Jenny? ¿Eh? ¿Por qué no tienes un poco de dignidad? ¿Es demasiado pedir?

Me llega un mensaje de texto.

Es mamá:

Te he comprado un silbato antivioladores. La semana pasada hubo un ajuste de cuentas entre mafias en tu calle.

—¡No puede ser, mamá! —grito, estrangulando el volante con más entusiasmo aún— ¡No hubo nada de eso!

—Oye, ¿estás bien, Charlie Sheen? —pregunta una voz. Salto contra la puerta del conductor, agarrando el tirador de manera instintiva, no vaya a ser que se trate de un asesino mafioso o un violador. Hay un hombre mirándome a través de la ventanilla del pasajero.

—Eh... ¿puedo ayudarte en algo? —chillo.

—Estabas gritando. Me ha parecido que eras tú la que estaba pidiendo ayuda.

Parece hastiado, como si fuera la decimonovena loca con la que se topa hoy.

—Es que... Estaba... Estaba hablando sola. Trabajo sola casi siempre, y es una deformación profesional. Da igual, lo siento. —Intento recordar que soy una persona fabulosa y creativa con un historial impresionante en un oficio muy competitivo. Sin embargo, me siento ridícula—. Hola.

—Hola.

Tiene el pelo jodidamente bonito, castaño y rizado. Y los ojos azules. Azules grisáceos, en realidad. O tal vez azul verdoso. Sí, me está mirando como si estuviera loca, pero con unos ojos muy bonitos.

—La próxima vez no hagas tanto ruido —dice—. Hay niños por aquí cerca.

Noto que las mejillas me empiezan a arder, poco a poco. Es algo que suele ocurrirme cuando estoy delante de un hombre atractivo de menos de noventa y cinco años. Me aclaro la garganta y salgo del automóvil; el aire frío y húmedo hace que desee haberme puesto un jersey.

—Me llamo Jenny —le digo—. Estoy mudándome, pero el casero no está y es él quien tiene las llaves.

«¿Ves? Todo perfectamente normal, amigo.»

—¿Estás mudándote?

—Sí. A esta casa. La número 11. ¿Vives por aquí?

—Sí.

No sigue hablando. Puede que no quiera que la loca a la que acaba de conocer sepa dónde vive.

—Bueno, ¿no conocerás al casero, por casualidad?

Es alto. Y delgado. De repente, me dan ganas de darle de comer. Además tiene el pelo bonito a más no poder, incluso me parece todavía más bonito que en la primera impresión. Casado. Es imposible que alguien con semejante pelo pueda estar soltero. Lleva una camisa de franela desabrochada sobre una camiseta, y aunque parece que acaba de salir de la cama, en cierto sentido... funciona.

«Me trae una botella de vino y flores para darme la bienvenida al vecindario. Es constructor de barcos y va a invitarme a navegar por el Hudson la semana que viene, y las estrellas titilan y destellan sobre nuestras cabezas, pero él nunca se había sentido así antes; siempre creyó que el universo le mandaría una señal y, ¿qué es eso, un cometa? Si eso no es una señal, entonces qué podría serlo...»

—¿Estás desnudándome con la mirada? —me pregunta.

—¿Qué? ¡No! Solo estoy... No estaba mirándote, ¿de acuerdo? Solo necesito la llave, pero el bobo del casero no ha llegado todavía.

—Tienes delante al «bobo del casero».

Cierro los ojos, suspiro y después sonrío.

—Hola. Soy Jenny. La nueva inquilina.

—Leo. Mantén los ojos a raya, por cierto.

—Por favor, ¿me das las llaves?

—Claro. —Las tira sobre el techo del automóvil y yo las atrapo—. Bueno, ¿a qué venían esos gritos?

—Yo no los llamaría gritos, en realidad —digo.

—Oh, sí lo eran. Déjame adivinarlo.¿Problemas con los hombres?

—Te equivocas.

—¿Exmarido?

—No. Quiero decir, sí, tengo uno, pero no, él no es el problema.

—¿Ha vuelto a casarse ya?

—¿Me ayudas a subir algunas cosas? —le pregunto, forzando una sonrisa.

—Eso significa que sí. ¿Ella es más joven? ¿Una mujer florero?

Aprieto los dientes.

—Tengo que deshacer las maletas. Y no. Es catorce meses mayor que yo, pero gracias por preguntar.

Tiro de una bolsa de lona del asiento trasero. No soy la persona más organizada del mundo (es mi hermana quien ostenta ese título) y se me olvidó guardar la ropa interior en la maleta, así que la he metido en la bolsa de las herramientas, con el taladro, el martillo y una cerveza. Leo «el Casero» la ve pero no hace ningún comentario.

—Puedes ayudarme si quieres —le digo, alcanzando un helecho espada con la mano que me queda libre.

—Temo que lo malinterpretes. Ya me siento un poco mal.

—Pues mira qué bien.

Parece que este tipo es un capullo, a pesar de tener un pelo tan bonito.

Arrastro las bolsas los ocho peldaños que hay hasta mi puerta, y casi se me cae el helecho mientras busco las llaves.

—¡Oye, Leo! —llama una voz femenina, y ambos miramos hacia la calle. Una mujer de mi edad (más joven, seamos sinceros) arrastra a un niño pequeño de la mano mientras sostiene un pastel en la otra—. ¡Espero que hayas pasado un buen fin de semana!

—Gracias, lo mismo digo —responde—. Hola, Simón.

—¿Es tu hijo? —le pregunto.

Vuelve a mirarme pestañeando.

—Mi alumno. Le enseño a tocar el piano.

—Oh. Estupendo. Me encanta el piano.

Lo digo en serio, supongo que sí. Nunca he pensado mucho en ello. Me gusta Coldplay y Chris Martin toca el piano, así que eso cuenta, ¿verdad?

—¿El piano clásico?

Su tono de voz sugiere que es imposible que una mujer inestable como yo disfrute del piano clásico. Casi tiene razón; aparte de lo que oigo en las bodas, suelo decantarme por melodías creadas en este siglo.

—De hecho, sí —miento—. Me encanta la música clásica. Beethoven, y uh... Todos los demás.

Levanta una ceja.

—Nombra dos piezas.

—Mmm... «El hombre del piano» de Billy Joel.

—Oh, Dios.

—Y «Tiny Dancer» de Elton John.

De repente sonríe y su rostro, que ya es muy atractivo, se transforma en algo precioso.

—¡Simón ha estado practicando mucho esta semana! —dice la madre, y hablando de desnudar a alguien con la mirada, no es que ella sea demasiado sutil. Deduzco que Leo «el Casero» está soltero. Le echo una mirada rápida a la mano izquierda y no veo ningún anillo.

Así que está soltero. ¡Vaya! Siento un cosquilleo de interés. Después de todo, quiero casarme y tener hijos.

—Por Dios —murmura—. Soy una persona, ¿de acuerdo? No un trozo de carne.

Abre la puerta de su jardín y la mantiene abierta para que pase la madre, mientras revuelve el cabello de Simón.

La madre le pone el pastel (y casi las tetas) en las manos.

—Ruibarbo y fresas —anuncia—. Pensé que te vendría bien comer algo después de la clase.

Lo acompaña de una risa ronca que dice «fóllame». Su hijo, que tiene unos seis años, se limpia la nariz en el brazo y después lo restriega por la minifalda de su madre. Espero que esté pasando frío.

—Eres muy amable, Suzanne —dice Leo—. Venga, Simón, vamos a oírte tocar, amigo.

Pone la mano en el hombro del niño y lo acompaña dentro. No me doy cuenta de que sigo observándolo hasta que Suzanne me echa una mirada afilada antes de seguir a Leo hasta su apartamento.

A las cuatro y media de la tarde, ya tengo colocados los muebles, después de que los subieran los transportistas fortachones que llegaron cinco minutos después de que abriera la puerta. Se supone que Rachel vendrá esta tarde, así que le mandé un mensaje hace un rato, pero no me ha contestado. Ella no es una de esas personas que andan pegadas al teléfono. Seguramente se le ha ido el santo al cielo cocinando o haciendo algún estarcido o algo así. Adam va a llevar a las niñas al museo infantil para que Rachel pueda ayudarme, pero quizá le haya surgido algo.

Aun así, dejarme plantada no es propio de ella. Ni mucho menos.

Empiezo a sacar las cosas de una de las cajas en las que pone «Cocina». Nunca me ha gustado mucho cocinar. Comer, sí. Pero Owen cocinaba de vicio. Cuando nos divorciamos y me mudé al Village, mi diminuto apartamento estaba a dos puertas de un restaurante italiano, así que problema resuelto. No obstante, puede que ahora cocine más. Tal vez.

Las ventanas de la cocina dan al pequeño jardín. Leo ha tenido un flujo constante de alumnos durante todo el día, en un rango de edad que oscila de los cuatro o cinco años a la madurez. Todos los estudiantes adultos parecen ser mujeres, y no hay un solo padre a la vista. Muchas madres le llevan cosas envueltas en papel de aluminio. El sonido de las piezas de piano para principiantes llega flotando hasta aquí, así como las notas de algunas canciones populares; reconozco *Clocks* de Coldplay (¿Veis? No iba tan desencaminada) así como un par de canciones de Disney. También me llega el coqueteo que se da entre Leo y esas mujeres.

Owen nunca coqueteaba. Él era (es) sincero y amable, lo que le incapacitaba para ir flirteando por ahí.

Saco un batidor de mano que tiene una forma muy rara y me pregunto para qué servirá. Voy a echar de menos el Wok de Phil y el Porto Bello, eso seguro. En el Village tenía seis restaurantes grabados en el teléfono en marcado rápido. Pero Cambry tiene algunos sitios que no están mal y, por supuesto, Rachel me dará de comer siempre que quiera. Ella vive para dar de comer a los demás. Me encanta comer con ella, Adam y las niñas, en esa cocina enorme y soleada donde Rach siempre parece tener flores frescas en un jarrón y donde las niñas bendicen la mesa antes de empezar a comer.

La mayor ventaja de volver aquí es que las veré siempre que quiera. Incluso a diario.

Al pensarlo me invade una oleada de felicidad. Mi hermana es y siempre ha sido mi mejor amiga, y adoro a su marido, que es guapo y encantador y también lo suficientemente soso. Y mis sobrinas son las luces de mi vida. Nada sienta mejor que ver cómo me abrazan las piernas en cuanto atravieso la puerta de su casa. O sentir esas manitas, pequeñas y suaves, en las mías, o ver cómo apoyan la cabeza sobre mi hombro cuando se quedan dormidas en mi regazo. Cuando nacieron pasé dos semanas preciosas viviendo con Rachel y Adam, cambiándoles los pañales, intercambiándomelas con mi hermana dependiendo de si una u otra tenía hambre, haciendo la colada y doblando sus trajecitos.

Aunque nunca llegue a ser mamá, al menos soy una tía muy querida.

Saco un bonito cuenco de madera que conseguí en Australia cuando estuve de prácticas en las antípodas. La gallina con lunares rojos y naranjas que compré en Target; no es que sea exactamente un objeto irremplazable, pero es muy alegre y mirarla me anima. Otro par de bragas extraviadas. Una foto mía con Rachel, que coloco en la sala de estar sobre la estantería.

Este sitio me gusta de verdad. Puedo hacer cortinas para las enormes ventanas, unas hojas de encaje que quedarían perfectas y todavía dejarían pasar la luz. Colocaré una alfombra grande y antigua delante de la chimenea de gas. Mi sofá de terciopelo rojo y mi sillón de cuero parecen haber sido diseñados para esta sala de estar. Creo que compraré una mesa auxiliar y algunas orquídeas. Rach me dirá cómo mantenerlas vivas.

Algo en la calle me llama la atención. ¡Oh, bravo! Hablando de mi hermana, aquí está, delante de su monovolumen. Está un poco... rara.

Lleva el pelo recogido en una coleta despeinada, como yo, pero en mi caso es normal.

Además, viste unos *jeans* y una camiseta. Yo, que uso uniforme para trabajar (tengo cinco faldas rectas de color negro, cinco blusas de seda negra sin mangas, cinco blusas de seda negra con manga larga, y cuatro pares de zapatos de tacón con punta fina de Jimmy Choo), lo primero que hago cada día tras llegar a casa es quitarme la ropa elegante y ponerme un pijama o unos *jeans.* Mis días libres (domingo y lunes) son para holgazanear, como siempre.

Pero Rachel siempre está presentable, como dice mamá, normalmente la ves con un vestido y unos zapatos bonitos. No sé cómo lo hace, para ser sincera: criar a las niñas, mantener esa casa tan bonita y además estar estupenda.

Golpeo la ventana con los nudillos y agito la mano, pero ella no me oye, así que salgo a la escalera. Debería conseguir algunos pensamientos para colocarlos aquí fuera. Un macetero lleno de flores la haría parecer muy alegre.

—¡Ey, Rachel! —la llamo.

Levanta la mirada y me doy cuenta de que ha estado hablando con Leo, que está ahora sentado en la tumbona de playa, bebiendo cerveza. Un bulto multicolor de pelo está recostado a su lado. Supongo que es un perro, porque es del tamaño de un perro. Parece que la imagen mental que me había hecho del casero no iba demasiado desencaminada.

Bajo los peldaños para darle un abrazo a mi hermana.

—¡Hola! ¡Gracias por venir!

—Siento llegar tarde.

Miro a Leo de soslayo. Está acariciando al perro con una mano. Pone cara de... pícaro.

—¿Estás bien? ¿Te ha dicho algo? —pregunto en voz baja a mi hermana.

—¿Quién?

—Este. Leo. El casero.

—Oh, no. Es muy amable.

—Bueno, entra. Los de la mudanza se han portado de maravilla, y todavía estoy metiendo cosas en los cajones. ¿Quieres un té?

—¿Tienes vino?

—Caramba, no. Pero puedo ir al centro a comprar una botella.

—Yo sí lo tengo —dice Leo.

—No es necesario —le digo—. Pero gracias.

—Sería estupendo —dice Rachel.

—De nada. —Se levanta de la silla. Uno noventa, calculo—. *Loki*, quédate aquí —ordena. El perro, que parece a punto de morir, ni siquiera pestañea.

Mi hermana está un poco pálida.

—¿Te encuentras bien, Rachel? —le pregunto.

No responde, y sube los peldaños hasta el pequeño recibidor.

—Esto es precioso —dice no muy convencida. Y la cuestión es que a Rachel le encanta la decoración y todas esas cosas. Es una mezcla de Martha Stewart con María Von Trapp; de hecho, fue ella quien me encontró este sitio y, cuando vinimos a verlo con la inmobiliaria hace un mes, Rachel corrió por aquí como una niña en Navidad.

—Gracias —le digo—. Rach, estás rara, corazón.

Entonces saca su teléfono móvil y pulsa un botón.

—¿Sabes qué es esto? ¿Es un árbol? ¿Con algún tipo de enfermedad u hongo o algo?

Lo miro y hago una mueca.

—No. Es... ¿De dónde lo has sacado?

Porque... Joder.

—¿Qué es?

Trago saliva.

—Es... Mmm, es una va... Son las partes femeninas. La foto de una entrepierna.

Oye. Owen y yo veíamos un poco de porno de vez en cuando, hace tiempo. La foto está borrosa y tomada muy de cerca, lo que me parece bastante asqueroso, así que, sí, supongo que entiendo por qué Rachel, que es muy inocente, ha pensado que es un árbol enfermo.

—¿Quién te ha mandado semejante cosa?

Pero mi hermana no responde. Tiene la cara pálida como la cera y le tiemblan las piernas, y Leo la atrapa justo cuando atraviesa el umbral de la puerta.

Rachel

Una parte de mí que queda lejos se muere de vergüenza porque un auténtico desconocido me haya visto desmayarme. Nunca antes me había desmayado. Quiero decir, había querido hacerlo montones de veces, por lo general cuando estaba en una fiesta fingiendo que me lo estaba pasando bien o cuando intento comer algo a hurtadillas, pensando que nadie me ve. Siempre me ha preocupado mi aspecto al comer. Creo que en las fiestas debería haber pequeños recintos privados donde los invitados pudieran comer en la intimidad. Así que, como normalmente no como nada, el vino se me sube a la cabeza, como ahora, y eso me hace sentir incluso más cohibida, porque temo que la gente diga, «¡Menuda borrachera tenía Rachel en la fiesta de anoche!». De modo que, al final, ni como ni bebo: deambulo esperando desmayarme porque abandonar la fiesta, aunque sea en ambulancia, sería preferible a seguir fingiendo que me lo estoy pasando bien.

Sin embargo supongo que hoy me he ganado el desmayo. Y el amigo de Jenny me parece un encanto. Tiene la mirada triste. Le doy pena, porque soy una idiota.

Supongo que ya sabía lo que era. Intenté no pensar en ello durante toda la mañana, mientras observaba a Adam leyendo en su iPad y aceptaba los regalos de las niñas: un dibujo que Rose había hecho en la guardería, un tulipán de Charlotte, una goma del pelo de Grace. Charlotte parloteaba y Grace estaba sentada a sus pies con un cuaderno y un bolígrafo, simulando escribir un libro. Todas estaban muy contentas de disfrutar de la atención a medias de su padre. Antes nunca lo habría culpado por eso, ni por las respuestas a destiempo, ni las palmaditas que les daba en la cabeza sin prestarles atención en realidad. Trabajaba mucho. Se merecía un tiempo de descanso.

Pero esta mañana me pregunté qué estaría mirando. Quién estaría escribiéndole. Y, como siempre, tenía el teléfono móvil sobre la mesa, a su lado. Eso no era nada nuevo. Sin embargo, no me permití pensar demasiado en ello: le habían enviado un árbol por error. No volví a mirar la foto.

En lugar de eso, encendí el ordenador y busqué de nuevo ese hotel. Sus colores resultaban reconfortantes, chocolate, crema y blanco. El bar del vestíbulo tenía unas palmeras y un reloj preciosos. Seguí mirando las fotografías mucho tiempo después de que Adam se llevara a las niñas al museo; sabía que tenía que ir a casa de mi hermana, pero me quedé allí sentada, mirando la *suite* del ático e imaginándome lo tranquila y segura que me sentiría allí, tomándome un martini y disfrutando de las vistas de la ciudad.

—Rachel, bebe un poco más de agua, cielo.

Los ojos oscuros de mi hermana están llenos de preocupación. Obedezco. Estoy sentada en el viejo sofá de Jenny, que es precioso y suave. Mi hermana parece a punto de llorar. Y también muy enfadada. Todo al mismo tiempo. Leo (así se llama, Leo Killian, un nombre irlandés muy bonito) me mira con lástima. Dejo de derramar lágrimas, unas lágrimas que vienen de lejos, del tipo que, si no fuera porque mi hermana me sigue dando pañuelos, ni siquiera sabría que las estoy derramando.

Adam me quiere. Sé que me quiere.

Y pensar que creí que esa foto era de un árbol. De un agujero en la corteza de un árbol. De algún tipo de orificio, sí. Por Dios, ¿cómo puedo ser tan idiota? Casi cuarenta años y sigo siendo patéticamente ingenua.

Espero que no dé a las niñas macarrones con queso para cenar. Sí, son ecológicos, pero me gusta reservarlos para cuando el día ha sido realmente duro. Si él los usa, se me adelantará. Y, ¿sabéis qué? ¡Él nunca debería preparar esos macarrones con queso de bolsa! Soy yo quien tiene que hacerlos, porque soy yo quien está en casa con ellas todo el día, todos los días, y tengo derecho a sentir pereza de vez en cuando. Él debería prepararles pollo con brócoli y... y...

Oh, Dios, me está engañando.

Mis pensamientos se agitan y giran como aguas revueltas, rompiendo unos contra otros desde todas direcciones y retirándose antes de que pueda descubrir de dónde viene la corriente. Lo que pasa... Lo que pasa es que no sé qué pensar, ni hacia dónde nadar.

Leo me ofrece una copa de vino.

—Gracias —le digo.

¿Ha acabado mi vida? ¿La vida tal como la conocía?

El corazón comienza a latirme con fuerza, errático. Me encanta mi vida. Nuestra vida. Por fin parecíamos haber llegado al punto ideal. Antes, aunque me gustaba mi trabajo y mis compañeros y amigos, estaba esperando a que comenzara mi vida de verdad. El matrimonio. La maternidad. Justo cuando empezaba a preocuparme por que no iba a encontrar jamás a nadie, conocí a Adam. El noviazgo y la boda fueron extrañamente fáciles, pero a continuación pasé cuatro años intentando quedarme embarazada, inyectándome hormonas mientras intentaba desesperadamente que nuestra vida amorosa siguiera siendo divertida y espontánea... Y, por favor, no hay espontaneidad cuando intentas quedarte embarazada, pero yo hice todo lo posible por conseguir que Adam creyera que estaba pasando por una época especialmente caliente y creativa. Después llegaron treinta y tres semanas de miedo en estado puro porque, cuando estás embarazada de trillizas, eres una bomba de relojería y lo único que puedes hacer es rezar por llegar a las veintisiete semanas, y después otra semana más, y otra semana más.

Las primeras semanas después del parto, cuando dejaron que me llevara a casa a Rose y Grace pero Charlotte tuvo que quedarse en el hospital, y después con las tres, cuando siempre había al menos un bebé despierto, con hambre, llorando, necesitando un cambio de pañal, y me dolía la enorme incisión de la cesárea, y tenía los senos duros como piedras y siempre goteando... Incluso entonces me encantaba.

Pero este último año, en el que las niñas han empezado a dormir toda la noche, ahora que ya comen comida normal y que Grace ya no tiene los lácteos restringidos; ahora que nadie tiene alergia a los cacahuetes y Rose parece haber superado la bronquitis asmática... Me ha encantado cada día de cada mes, me he sentido muy agradecida por cada momento.

Por favor, que no terminen estos días. No quiero que las cosas cambien. Por favor, Dios, que Adam no me esté engañando.

Supongo que he dicho eso último en voz alta, porque mi hermana me aprieta la mano.

—Puede... —comienzo. Mi voz suena tan débil y quebradiza como el papel de arroz—. ¿Puede que alguien le haya mandado esa foto por error?

—Seguro —dice Jenny, pero está tensa y erguida a mi lado, así que está claro lo que piensa. Miro a Leo.

—¿Se habrán equivocado de número? —le pregunto. Es un hombre. Puede que él lo sepa.

Duda, y después se pasa una mano por el pelo.

—No.

—¿Por qué?

—Si enviaras una foto así, ¿no te asegurarías de hacerlo al número correcto?

Sí. Aunque yo nunca enviaría una foto así.

Bebo un sorbo de vino. La cabeza me empieza a palpitar.

Mi marido podría estar engañándome.

Mi marido está engañándome.

No asimilo estas palabras.

—Entonces, ¿eres profesor de piano? —le pregunto.

—Así es.

El vino que tengo en la copa tiembla como si hubiera un terremoto. Oh, no, es porque me tiemblan las manos.

—Algunas de mis amigas te traen a sus hijos. ¿Elle Birkman? Su hijo se llama Hunter. Y, mmm, mmm... Claudia Parvost. Su hija es Sophia.

—Claro. Buena gente.

En realidad, Elle y Claudia no son mis amigas. Estamos en el mismo club de lectura. Todas pertenecemos al club de campo de COH. Las niñas y yo vamos a clases de natación allí, «Mamá y yo». Elle acaba de operarse las tetas y ahora lleva un bikini de tiras que incomoda tremendamente al socorrista adolescente.

Al parecer, mi cerebro está dispuesto a divagar sobre cualquier cosa excepto esa... fotografía.

—Mis niñas... Queremos que aprendan a tocar un instrumento. Siempre he pensado que el piano es el más bonito.

Leo sonríe. Es una sonrisa triste, porque lo sabe.

—¿Qué edad tienen?

—Tres años y medio.

—¿Gemelas?

—Trillizas. —Sonrío, pero es una sonrisa rota y débil, tan insegura como un polluelo recién salido del huevo—. ¿Son demasiado pequeñas?

—No necesariamente. Si pueden quedarse sentadas durante media hora, no son demasiado pequeñas.

Es una respuesta amable porque no quiere negarme nada ahora mismo, porque soy una esposa estúpida y patética, la esposa que siempre es la última en saberlo, la esposa que no comprende a su marido, la esposa que nunca lo descubrirá, la esposa a la que van a dejar por otra.

Me bebo de un trago el vino hasta apurar la copa.

—Bueno, será mejor que me vaya —dice Leo.

—Sí. Gracias —responde Jenny, levantándose. Lo acompaña a la puerta y murmuran algo durante un segundo, sin duda relativo a mi terrible situación y a la pena que les doy.

Jenny regresa y se sienta a mi lado; su bonita cara refleja preocupación. Este se suponía que iba a ser su fin de semana. Se suponía que yo la ayudaría a ella, y se suponía que las niñas vendrían a animarla, porque su divorcio de Owen y la nueva familia que él ha formado son cosas muy reales, y ella lo quería tanto, y Dios, ojalá nunca la engañara; ella me dijo que no pero ¿quién puede saberlo realmente? Nadie. Eso es.

De repente me echo a llorar con ganas; no es que esté dejando caer las lágrimas sin más, sino que estoy llorando a moco tendido, con unos sollozos tan violentos que me desgarran el pecho.

—Oh, cielo —susurra Jenny, abrazándome—. Oh, cariño.

—No se lo digas a nadie. Primero tengo que decidir qué voy a hacer —consigo decir entre unas convulsiones horribles y estremecedoras.

—No, no lo haré —responde—. Y... Rachel, para cualquier cosa que necesites, estoy aquí. Si tú y las niñas queréis quedaros un tiempo...

—¡No! —grito, tan sorprendida que he dejado de llorar— ¡No! Es demasiado pronto para pensar en algo así. Ni siquiera sé si es verdad. Por favor, Jenny.

—Sí, tienes razón. Lo siento.

Recibo un mensaje en mi teléfono. Es Adam:

Estamos en casa. ¿Qué tal el apartamento de Jenny? ¿Quieres que vayamos?

Un mensaje totalmente normal. Como el de un marido normal.

—Mira esto —digo, limpiándome los ojos en la manga—. Quiero decir, en serio, seguramente fue un error. La persona que envió la foto marcó el número equivocado.

—Es que... Claro. Podría ser.

Miro fijamente el teléfono, después se lo paso a mi hermana.

—¿Podrías responder? Solo dile que esto es un caos y que llegaré tarde a casa.

Teclea mi respuesta, después me devuelve el teléfono.

Adam contesta:

De acuerdo, guapa. Te quiero.

¿Lo ves? Te quiere. Por supuesto que sí.

Cuando éramos novios hablamos sobre las infidelidades. Yo saqué el asunto a colación, aunque fue difícil porque el corazón me aporreaba el pecho. En serio, no soy de esas que dan un ultimátum así como así, pero creo que ciertas cosas hay que decirlas. «Si alguna vez me engañaras no podría seguir contigo», le dije, y él me aseguró que nunca, jamás haría una cosa así. Solo me quería a mí. Solo me deseaba a mí.

Adam no sintió la necesidad de advertirme de que la infidelidad sería también para él el fin de nuestra relación. Por supuesto, yo jamás le engañaría. No hizo falta decirlo, ni siquiera entonces.

A él le gusta nuestra vida tanto como a mí. No la pondría en peligro.

—Creo que todo esto no ha sido más que un error —digo con más convicción.

Porque, si no es así, a partir de ahora todo será diferente.

Llaman a la puerta. Jenny se levanta y mira por la ventana.

—Mierda. Es mamá. Me libraré de ella. ¿Por qué no te escondes en el baño?

Obedezco. Siento que me tiemblan las piernas y el vino me hace palpitar el cerebro, espeso y aletargado.

—Oye, mamá, no me siento demasiado bien —oigo que dice Jenny—. Tengo un dolor de cabeza tremendo. Y además casi he terminado.

—Debes de estar muy deprimida —dice mamá—. Tienes un aspecto horrible. ¿Ha sido muy doloroso?

—Mmm... En realidad no. Llevamos divorciados más de un...

—Claro que lo fue. Oh, cielo. Lo siento mucho por ti. Aunque Rob murió prematuramente, al menos ni siquiera tuvimos que pensar en el divorcio. Puede que no pasáramos muchos años juntos, pero hicimos que merecieran la pena. Tú ni siquiera tienes eso, pobrecita. ¿Quieres que te dé un masaje en la cabeza?

—Estoy bien.

Nada hace más feliz a nuestra madre que hablar de los problemas de aquellos que la rodean (incluso sus hijas, y a veces especialmente los nuestros) siempre que ella salga ganando. Aquellos cuatro años que estuve intentando quedarme embarazada, de lo único que sabía hablar era de lo fácil que le había resultado a ella. Como las niñas nacieron por cesárea, todas ellas con apenas dos kilos (lo que fue estupendo, ya que eran trillizas) mamá disfrutó contándome por enésima vez que Jenny y yo llegamos a este mundo con el doble de ese peso. «Ambas estabais totalmente sanas. Pero, bueno. Estoy segura de que las tuyas crecerán», me dijo, sonando ligeramente perpleja.

Si me viera ahora, caería sobre mí como un misil. Y, a diferencia de Jenny, yo soy incapaz de esconderle nada.

Casi no me reconozco en el espejo. Parezco aterrada. No puedo perder a Adam. No puedo. Lo quiero mucho, mucho. Tiene que ser un error.

Después de la muerte de mi padre no podía mirarme en el espejo, porque veía el dolor escrito en mi rostro con demasiada claridad.

Ahora es igual. Ojos demasiado abiertos. Piel demasiado blanca.

Todavía están hablando. Mamá no quiere marcharse; quiere hablar sobre la hija recién nacida de Owen y escuchar de nuevo la historia de que Jenny tuvo que asistir el parto.

—Mira, mamá, tienes razón —dice mi hermana—. Estoy muy deprimida, tengo una migraña...

—Yo nunca he tenido una migraña. Ni siquiera me ha dolido la cabeza.

—...y lo único que quiero es estar sola para poder revolcarme en el fango. Podríamos almorzar esta semana. Pásate por la tienda, ¿de acuerdo? Es bonita de veras.

—Sí, pero no es como Manhattan, ¿verdad? Espero que no acabes arruinada. Deberías haberte mudado a Hedgefield. Podrías haber vivido conmigo hasta estar asentada y...

—De acuerdo, mamá, ¡gracias! Adiós. —La puerta se cierra, y pasa otro minuto antes de que me diga—: Es seguro.

Mi compañera de habitación en la universidad era de Los Ángeles, y me describió qué se sentía durante un terremoto. Si no puedes confiar en que el suelo se mantenga firme, me dijo, el mundo entero parece ir del revés.

Ahora me siento así.

—¿Qué puedo hacer por ti? —me pregunta Jenny cuando salgo, tambaleándome sobre mis piernas temblonas.

—No lo sé.

Tengo que creer que Adam no era el destinatario de esa foto espantosa y asquerosa. ¿Cómo consiguen los ginecólogos pasar todo el día mirando entre las piernas de sus pacientes y no... y no vomitar?

Mi hermana me toma la mano. Aunque es más joven que yo, siempre se ha sentido más segura de sí misma.

Respiro profundamente. Soy madre. No soy una mujer débil y tengo que ser lógica, lista. Tengo tres hijas con ese hombre. No puedo dejarme llevar así como así.

—Tengo que hablar con él, supongo.

—¿Quieres que me quede con las niñas para que podáis ir a algún sitio? O yo me las llevaré. Podrían quedarse aquí esta noche. Me encantaría.

—No sé. Yo solo... No lo sé.

Mi hermana asiente, después tomo aliento lentamente.

—No quisiera preguntarte esto... —me dice—, pero ¿ha habido otras... señales de alarma?

Se refiere a cualquier cosa que pudiera demostrar sin asomo de duda que está engañándome.

—No lo creo. Últimamente ha estado cansado, pero es normal. Ha estado trabajando en un caso realmente complicado, y... bueno. Se le veía cansado.

Es solo que «cansado» nunca antes había significado «demasiado cansado».

Ella no dice nada. ¿Me compadece? ¿Está en desacuerdo conmigo? ¿De acuerdo?

Adam es abogado especializado en derecho mercantil. Sabe cosas que ahorran a sus clientes millones de dólares cada año. Es muy bueno en su trabajo; lo hicieron socio del bufete, donde es el segundo abogado con mayor antigüedad por detrás solo de Jared Brewster, que vivía en nuestra calle y solía sentarse conmigo en el autobús. Y como el abuelo de Jared fue el fundador de la empresa, yo diría que Adam lo está haciendo incluso mejor que él, seguramente. Es un hombre importante. Trabaja un montón, es cierto.

Puede que su amante sea una cliente.

Su amante. Se me revuelve el estómago con solo pensar en la palabra. Siempre la he odiado; es demasiado íntima, demasiado romántica, demasiado lisonjera. No quiero que mi marido tenga una amante. Ni siquiera he pensado nunca en mí misma como su amante. Fui su novia, después su prometida, después su esposa.

—Hay muchas cosas en juego —susurro.

—Sí.

Jenny me aprieta la mano, y detesto que me haga falta ese apretón. Normalmente soy yo quien la anima... Bueno, el año pasado al menos.

Son más de las siete y media, así que las niñas ya estarán casi seguro en la cama, profundamente dormidas.

Supongo que tengo que volver a casa.

Por primera vez en mi vida, siento miedo al pensarlo.

Me adentro en la casa como una sombra y subo directamente. Abro la puerta del dormitorio de las niñas y siento una oleada de amor tan fuerte que por un instante todos los pensamientos negativos acaban aplastados; esos pensamientos que, en las últimas veinticuatro horas, me han estado carcomiendo.

Esta habitación es pura. En esta habitación sé quién soy exactamente.

Mis pequeñinas están dormidas: Charlotte ronca suavemente, Grace se chupa el pulgar, Rose duerme del revés, con los pies en la almohada. Primero beso a Grace, luego a Charlotte, después pongo a Rose del derecho y la beso a ella también. Susurro «Mamá te quiere» a cada una de ellas, respirando su aliento dulce y salado.

Aquí, en esta habitación, estoy segura de lo que realmente importa. Nací para ser madre. Estas niñas son mi vida.

Parte del viscoso miedo se escabulle.

Bajo las escaleras, atravieso la sala de estar y entro en el despacho, donde Adam habla por teléfono. «Yo siento lo mismo», murmura, después repara en mí y se sobresalta.

Culpable.

—Hola —digo.

—Eric, mi preciosa mujer acaba de volver a casa —dice, sonriendo. ¿Inocente?—. ¿Podríamos hablar el lunes? Estupendo. Gracias. Claro que sí. —Cuelga y se levanta—. ¡Hola, nena! No te he oído llegar. ¿Quieres una copa de vino? Les he hecho a las niñas macarrones con queso, pero a ti podría hacerte una tortilla o algo así.

Por supuesto, tenía que hacer los macarrones con queso.

Y aun así, estas no parecen ser las palabras de un marido infiel.

—Tomaré un poco de vino —digo. Vamos a la cocina, me sirve una copa y bebo un sorbo. La cocina está desordenada; la limpieza me obsesiona, lo sé, pero el cazo de la poco nutritiva cena de las niñas está en el fregadero, donde la salsa de queso en polvo se está solidificando, y el correo se encuentra esparcido sobre la encimera, que no ha limpiado.

Normalmente me conformo con que Adam no vea pasar la tarde con sus hijas como una hazaña heroica, tal como hacen algunos padres. Pero me gustaría que al menos una vez limpiara como hago yo un millar de veces al día.

—¿Qué tal el apartamento nuevo? —me pregunta mientras saca una cerveza del frigorífico—. ¿Está Jenny contenta con él?

—Es estupendo —respondo. El corazón me late con demasiada fuerza e imagino una mano grande y horrible a su alrededor, estrujándolo sin compasión, haciendo que la sangre corra por mis venas. Arterias. Lo que sea—. Es realmente bonito.

¿De qué estamos hablando? Oh, sí. Del apartamento de mi hermana.

Él espera que le cuente algo más. Mi hermana le cae bien.

Me pregunto si le parece atractiva.

Dios, ¿de dónde ha salido eso?

—Adam, tengo que hablar contigo de algo.

—Claro, nena.

Espera a que hable con los ojos llenos de expectación. Me encantan sus ojos marrones. Los míos son de un azul aburrido; Jenny heredó los ojos oscuros, casi negros, de nuestro padre. Pero los de Adam son de un marrón claro, casi del color del *whisky,* especiales.

—Mmm... ¿Qué tal se han portado hoy las niñas? —le pregunto, temiendo de repente lo que voy a decir a continuación.

—Muy bien. Bueno, Rose se me escapó por el museo y a Grace se le desató el cordón de un zapato, ya sabes lo poco que eso le gusta. Además, tuve que llevarlas a las tres al baño de señoras y... varias mujeres me fulminaron con la mirada. Pero, de verdad, ¿qué se suponía que debía hacer? ¿Llevarlas al de caballeros? De ninguna manera. —Sonríe—. Mis niñas no van a ver los genitales de un hombre hasta al menos dentro de cuarenta años.

Sonrío. Un diminuto rayo de alivio parece atravesar esos nubarrones que tengo en la cabeza y que se asoman para ver si pueden quedarse.

Así no es como habla un marido infiel. Han debido equivocarse de número.

—Bueno, ¿de qué querías hablar? —me pregunta.

Me sujeto las manos, que todavía me tiemblan.

—Bueno, mmm, ayer pasó algo.

—¿Qué?

¿Debería enseñárselo? Quizá sería mejor que no lo hiciera. Quizá...

—¿Rachel? ¿Estás bien? ¿Qué pasa, cariño?

Se lo enseñé a Jenny y pregunté a Leo, que es un desconocido. Tengo que enseñárselo al que ha sido mi marido durante los últimos nueve años. Se merece saberlo.

Saco el teléfono móvil del bolso y abro el mensaje de texto para que la asquerosa foto ocupe la pantalla. Lo deslizo sobre la encimera hasta él.

Un color rojo intenso le sube desde el cuello del polo hasta la mandíbula y las mejillas.

Culpable.

Oh, Dios. Culpable.

Adam se aclara la garganta antes de devolverme el teléfono.

—¿Qué es eso?

—Ya sabes lo que es, Adam.

Me tiembla la voz.

—Sí, de acuerdo, me lo supongo. ¿Quién te lo ha enviado? ¿Y por qué?

—Te lo enviaron a ti.

Parpadea. ¿Está todavía más colorado?

—¿De qué estás hablando?

—Anoche, mientras acostabas a las niñas, alguien te mandó este mensaje. Yo me lo reenvié y lo borré de tu teléfono.

—¿Lo borraste? ¿Por qué? ¿Por qué no me has dicho nada? ¿Por qué no me lo dijiste anoche? —Aprieta los labios—. ¿Y por qué te pones a fisgar en mi teléfono de repente? ¿Por qué has hecho eso?

—Estaba metiendo tu americana en la bolsa de la tintorería, y lo vi.

—Así que tú... Tú... ¿Por qué no me dijiste que alguien me había enviado una foto porno?

—¿Quién te la envió?

—¡No lo sé! —Su voz rebota en los electrodomésticos de acero inoxidable—. ¿Cómo voy a saberlo? ¿Llamaste al número? Déjame verla de nuevo. —Vuelve a mirar el teléfono—. Número privado. —Me mira—. Podría ser cualquiera.

—Cualquiera enviando una foto de su entrepierna, claro.

Sueno como Jenny.

Me mira fijamente, con dureza.

—¿Crees que te estoy engañando?

No respondo. De repente, los papeles se han cambiado y soy yo la que se está poniendo roja como un tomate.

—¡Por Dios, Rachel! ¿Estás de broma?

—No subas la voz —le pido—. No despiertes a las niñas.

—¡Lo siento! ¡Estoy un poco cabreado! Mi esposa cree que estoy engañándola. ¡Debes de creer que soy un cabronazo!

—Adam, hay una foto de... eso en tu teléfono. ¿Qué se supone que debo pensar?

—Pues tal vez que «Oye, debe de ser un error, porque mi marido no es un puto idiota».

—Yo... Lo siento, ¿de acuerdo? —Tomo aliento, notando la quemazón de las lágrimas en los ojos—. No parece el tipo de foto que se envía por error, eso es todo. Creo que, si vas a enviar algo así a alguien, te fijas bien en que el número sea correcto.

«Gracias, Leo.»

—Se lo has contado a Jenny, ¿verdad? Apuesto a que se ha cebado bien conmigo. Últimamente odia a los hombres.

56

—No es verdad. Y no, no se ha cebado. Se lo enseñé porque... Bueno, porque no estaba segura de qué era. Esperaba que se tratara de un error. De verdad. Pero necesitaba hablar contigo de ello, esto es nuevo para mí, ¿entiendes?

Suelta una carcajada.

—Sí. Supongo. —Toma aliento y lo libera lentamente—. Te quiero, Rachel. Pensaba que tú también me querías. Esperaba que me concedieras al menos el beneficio de la duda.

—Claro que te quiero, Adam. Es solo que esto ha sido muy... raro y horroroso, y no sabía qué preguntarte, ni cómo hablarte de ello, ni... ni...

—¿Me crees?

Su voz es fría y brusca y, de repente, vuelvo a sentir miedo.

No quiero que las cosas cambien. Mañana tengo que hacer magdalenas, seis docenas, porque cada niña está en una clase de preescolar diferente y cada clase necesita dos docenas de magdalenas. Además, todos los domingos por la mañana llamo a mi suegra para informarla de los avances de sus nietas y, ¿qué le diría si Adam estuviera engañándome? Y Jenny acaba de mudarse, y vamos a tener muchas cenas largas y alegres y vamos a pasar unas encantadoras tardes de primavera en el patio trasero, y Adam... Adam lloró cuando nacieron las niñas. Lloró de verdad. Me adora, y adora a nuestras hijas, y adora nuestra vida juntos.

—Rachel, ¿me crees? —me pregunta de nuevo, más alto esta vez.

—Sí. Te creo.

Cierra los ojos y deja escapar un largo suspiro.

—Gracias.

Entonces rodea la encimera, se detiene a mi espalda y me abraza. Me besa en el cuello.

—Nena, te quiero. La foto es repugnante pero, venga, no te lo tomes así la próxima vez. Aunque espero que no haya una próxima vez, por Dios.

—Tienes razón.

Dos lágrimas se deslizan por mis mejillas y, sinceramente, no sé cómo sentirme. ¿Aliviada? ¿Asqueada? ¿Feliz?

Estaba equivocada. Todo ha sido un error.

Subimos. Hacemos el amor. Está bien, como siempre. Nos conocemos bien, sabemos lo que gusta al otro, qué decir y cuándo, qué movimientos emplear y dónde tocar para conseguir el mejor efecto. Se me pasa por la cabeza que debo alegrarme de que nuestro método anticonceptivo sea el preservativo, pero alejo ese pensamiento rápidamente.

Estamos bien. Seguimos siendo nosotros: Adam, las niñas y yo. Todo sigue igual.

Pero todo parece muy distinto.

Jenny

Al día siguiente tengo que ir a la ciudad para la prueba de una novia que es tan problemática que pedirle que venga a Cambry-on-Hudson podría provocarle un aneurisma cerebral. El vestido está colgado en su bolsa color rosa palo; tengo un centenar pedidas para Bliss, así como perchas especiales que soportan hasta diez kilos, porque algunos de estos vestidos son muy pesados. La novia, Kendall, es la típica que me trata como a una criada, que chatea en el teléfono móvil y se queja mientras estoy arrodillada a su lado, poniendo alfileres aquí y allá para hacer los cambios de último minuto que me ha pedido y ajustando las costuras ya que ha perdido cinco kilos de pura mala leche que tiene en las últimas dos semanas. Llamarla «la novia Godzilla» sería injusto para el pobre monstruo japonés.

Pero, primero, mi hermana.

Rachel me mandó un mensaje anoche, sobre las diez, diciéndome que todo había sido un error y que se sentía fatal por pensar que Adam la había engañado. Le pregunté si podía llamarla, pero me dijo que estaba muy cansada.

No estoy segura de creer a mi cuñado, y lo odio por ello.

Cuando conocí a Adam, Rachel estaba ya muy enamorada. Era su primer amor de verdad, aunque había tenido un par de novios antes, siempre de ese tipo de hombre infantil, amable, tímido y friki que lleva camisetas de *Doctor Who* y habla *klingon* como los humanoides de *Star Trek*. Pero Adam era distinto, parecía muy seguro de sí mismo y muy carismático. Rachel resplandecía a su lado. Salieron solo un mes o dos antes de que él se declarara... tras pedirnos permiso a mamá y a mí primero, lo que hizo que ganara enteros conmigo y convirtió la velada en un festival de «Echo de menos a Rob» para mamá.

Adam lloró cuando vio a Rachel en la iglesia el día de su boda, y no solo por el vestido (que era increíble, creedme, un Línea A de raso y encaje francés con escote cuadrado y acabado en pico y unas delicadas mangas japonesas). Mantuvo el sentido del humor durante los años de infertilidad y llevó flores a Rachel dos veces por semana durante todo el embarazo.

Es además un padre realmente bueno, aunque quizá no lo sea tanto como Rachel cree... Sabe que hace más que algunos de sus colegas, pero deja a Rachel lo más duro; levantarse en mitad de la noche cuando una de las niñas está con vomitera y hacer la compra en el supermercado con las tres a la vez. Pero es un padre que siempre está ahí y las quiere, y contribuye en la crianza de sus hijas. Y, afrontémoslo, a Rachel le encanta ser ama de casa.

Llamo a mi hermana justo antes de salir de casa.

—Oh, hola —dice—. Dame solo un minuto, ¿de acuerdo? Charlotte, cielo, tengo que hablar un momento, ¿me dejas? Por favor, ¿puedes darle eso a papá? Gracias, cariño. —Hay una pausa, y oigo cómo se cierra una puerta—. Hola.

—¿Qué tal va? —le pregunto.

—Bueno, le enseñé la foto —susurra— y parecía desconcertado. Después se enfadó porque yo hubiera pensado... ya sabes. No tiene ni idea de quién la habrá enviado. Pero la verdad es que fue muy comprensivo con todo este asunto.

—¿Comprensivo con qué?

—Con lo de que yo pensara que quizá tenía... un lío.

Aprieto los labios.

—Ah.

—Así que estamos bien. Creo que no es más que alguien que se ha equivocado de número. La verdad es que me siento fatal por haber dudado de él.

—Rach, no creo que sea poco razonable pensar que tu marido tiene una amante después de que un número privado le envíe la foto de unos genitales —le digo—. Espero que lo entendiera.

—Sí, sí, lo hizo —dice Rachel—. Está superado. En realidad estábamos a punto de salir para ir a la iglesia, así que tengo que darme prisa, ¿de acuerdo? Oye, siento mucho lo de ayer. Quería ayudarte con la mudanza, de verdad. Pero es que tenía la cabeza en otra parte.

—No pasa nada. Es lógico que la tuvieras en otra parte. —Hago una pausa—. Y me alegro de que las cosas no fueran lo que parecían.

Aunque me huele a chamusquina. A Leo, un total desconocido, le olió a chamusquina. Bueno, claro, hay una posibilidad de que Adam esté diciendo la verdad.

Pero mi instinto me dice que no.

—Es un marido maravilloso —dice Rachel—. Y ya sabes cuánto lo quieren las niñas.

—Sí. Lo sé. Vete, cielo. Yo tengo que ir a la ciudad para una prueba.

—De acuerdo. Oye, da las gracias a tu amigo de mi parte. Estoy muy avergonzada.

—¿Mi amigo?

—Leo.

—Oh, ya. De acuerdo, que tengas un buen día. Hablaré contigo más tarde.

Si Adam está engañando a mi hermana, le arrancaré los testículos. Y se los sacaré por la garganta.

Tomo el vestido y mi bolso y salgo. Leo está sentado en la tumbona, con los ojos cerrados, el perro a su lado y una botella de cerveza en la mano.

—Hola —le digo—. Un poco pronto para beber, ¿no?

—Sí, mamá —responde, tomando un sorbo sin abrir los ojos. El perro levanta la cabeza y me gruñe.

—Mi hermana quiere que te dé las gracias.

—Dile que no hay de qué.

—Y gracias también de mi parte. Fuiste muy amable.

—De nada. Se me da bien cazar al vuelo lo que les sucede a algunas mujeres.

Rasca la oreja de *Loki* y el perro emite un sonido gutural.

Hay algo llamativo en el rostro de Leo. Es angular y delgado, está sin afeitar. A pesar de sus palabras despreocupadas, tiene un par de arrugas entre las cejas. Me mira.

—Deja de desnudarme con la mirada —me dice.

—¿Porque eres gay? —sugiero.

—Solo en lo que a ti respecta, cariño. —Me guiña un ojo y, aunque acaba de insultarme ingeniosamente, no puedo evitar sonreír—. ¿Vas a ir al baile del instituto? —me pregunta, señalando la bolsa del vestido con la botella de cerveza.

—No. —Coloco el vestido con cuidado en el asiento trasero y cuelgo la percha del gancho—. Soy diseñadora de vestidos de novia.

—¿En serio?

—En serio.

—¿Eso es un trabajo de verdad? Quiero decir, todos son más o menos iguales, ¿no?

—Que tengas un buen día —le digo, agitando la mano. Bueno, agitando el dedo corazón. Leo se ríe y ahí está de nuevo, esa presión cálida en mi pecho.

—Quiero que le quites todas las rosas —exige Kendall.

Estamos en la sala de estar del apartamento del Upper West Side de sus padres y yo estoy arrodillada a sus pies, con el alfiletero en la muñeca, ajustando el vestido de una talla 00 a microscópica. Parece que los huesos están a punto de atravesarle la piel.

—La boda es dentro de seis días, Kendall —le recuerdo—. Es un poco tarde para cambiar el diseño por completo.

—Mira, las odio, ¿de acuerdo? Córtalas o haz lo que sea.

Diseñar trajes de novia a medida implica una cosa: la novia consigue lo que la novia quiere. Comenzamos el proceso, que tarda un año de media, con los emails que me envía la novia con fotografías de los vestidos que le gustan. Pero hay una razón por la que no va a comprarse ninguno de ellos, y es que tiene una talla difícil o que quiere algo absolutamente único.

Kendall quería algo único. Me envió treinta y nueve fotografías de vestidos que le gustaban, desde un minivestido a un corte princesa con una cola de cuatro metros. Le hice diecisiete bocetos; después, cuando por fin se decidió por uno (el que estaba cubierto de unas preciosas rosas de color crema) terminé haciendo veintidós alteraciones al boceto. Más tarde, cuando afirmó estar loca de contenta con el diseño, hice el patrón. Corté el vestido en muselina y la hice acudir a una prueba. Quería cambios en el vestido de nuevo; no había problema, pero a partir de entonces le costaría dinero. Un montón.

Por desgracia, el dinero no era problema. Siete vestidos de muselina y miles de dólares después, firmó un contrato de confirmación y pude proceder con el vestido real, un vestido entallado sin mangas con cuerpo de tul entrecruzado, un cinturón de cristales Swarovski anudado en la espalda con un largo y vaporoso tul y una falda que hace que parezca que se acaba de levantar de una montaña de rosas de seda blanca, doscientas setenta y ocho flores hechas a mano por esta servidora. Es precioso. Por supuesto que lo es.

En total, el vestido costará casi veinte mil.

—Si corto las rosas —le digo con paciencia—, tendré que hacer otra falda.

No se molesta en levantar la vista de su teléfono, que suena al recibir un mensaje.

—Oh, Dios, ¡tienes que estar de broma! ¿Mamá? ¡Mamá! —brama la dulce novia—. ¡Mama! ¿Dónde demonios te has metido? ¡Ahora Linley tampoco quiere venir a la boda! ¡Esas zorras! ¿Cómo se atreven a dejarme tirada?

Por qué será.

Media hora después se decide que sí, que Kendall tendrá otra falda, hecha de tul para combinar con el corpiño, una falda circular con cola que arrastrará dos metros tras ella. Pido el pago al completo más el extra por las molestias (lo llamo «tasa por alteración de emergencia») y espero mientras su pobre madre me extiende un cheque.

—Has sido maravillosa —me dice la madre—. Kendall, ¿no te parece que Jenny ha sido maravillosa?

—¿Qué? —dice Kendall, apartando los ojos del teléfono. Sus pulgares siguen tecleando el mensaje—. ¿Quién es Jenny? Oh. Sí. Claro.

—Será una novia preciosa —aseguro a la madre.

—Eres muy amable. Te recomendaré a todas mis amigas.

—Se lo agradecería mucho.

Por supuesto, estoy más que acostumbrada a las novias maleducadas. La planificación de una boda puede ser una época muy estresante. Pero, lo creáis o no, incluso las mujeres como Kendall pueden transformarse en un encanto durante su gran día. No siempre ocurre, pero a veces sí. Y, por suerte, la mayor parte de mis novias son mucho más amables que esta.

El portero me sostiene la puerta. Guardo el vestido de nuevo en el automóvil y estiro la espalda.

El cielo se ha despejado, los cerezos están en flor y decido dar un paseo por Central Park. Me encanta el murmullo alegre de la muchedumbre: los niños riendo y gritando, el caos que se siente al oír hablar idiomas que no conozco, un sin techo que le desea buenos días a todo el que pasa, el martilleo de los graves de la música que llega desde una zona donde unos chicos están dando volteretas para entretener a los turistas.

Esta ciudad ha sido mi hogar desde que cumplí los dieciocho años y, aunque solo llevo en COH un día, me siento como si llevara semanas fuera.

Central Park es sin duda la joya de la corona de la ciudad, con sus senderos sinuosos, las estatuas y los lechos de flores abarrotados de tulipanes negros y narcisos amarillos. La gente ha salido en manada: corredores, padres, niñeras y estudiantes. Un montón de bebés han salido hoy de paseo a tomar el sol. Yo me quedaría con ese, pienso, mirando un precioso niño de espeso cabello negro y ojos enormes. O tal vez con esa niñita del anorak violeta y la falda de cuadros roja.

Hay un hombre sentado en un banco, leyendo. Un libro de verdad, no el teléfono. No veo el título, pero eso no importa. Es rubio, lleva gafas y una bufanda que le abriga el cuello, pero no parece excesivamente apocado. Debe de tener unos cuarenta. Sin anillo de casado. Un rostro amable.

Pienso en hablar con él. Pero ¿qué podría decirle? «¡Hola! ¿Quieres ser el padre de un par de niños?». No, parece demasiado directo. Miro a mi alrededor buscando inspiración.

Oh.

Parece que he deambulado por el parque hasta el East Side. Estoy a dos manzanas de mi antiguo apartamento. Del apartamento de Owen, más bien. «Llamando al doctor Freud...».

Podría hacerles una visita. Ya sabéis... para autoflagelarme, por si no tuviera ya suficientes quebraderos de cabeza. Podría pedirles que me dejaran oler la cabeza de Natalia. Quizá podría metérmela en el bolso, en el que cabría un bebé con facilidad. En realidad estaría bien poner a prueba la capacidad portabebés de mi bolso. Sí. Podría funcionar. Aunque tendría que asegurarme de sacar primero las tijeras de costura.

Me vuelvo y miro al lector con bufanda.

—Hola. Bonito día, ¿verdad?

No levanta la vista. Estos neoyorquinos.

—¿Qué lees? —pregunto en voz más alta.

Eleva sus ojos hacia mí.

—Perdona, ¿me hablas a mí? —me pregunta con una bonita sonrisa.

—Solo me preguntaba qué estarías leyendo.

Levanta el libro.

—*El señor de los anillos.* Es la tercera o cuarta vez que lo leo, en realidad. Soy un poco friki de Tolkien.

«Mi vestido de novia se parece al de Arwen cuando por fin ve a Aragorn de nuevo. (Sí, ya lo sé, es una referencia a la peli en lugar del libro. Demandadme). Mis sobrinas son las pequeñas que llevan las arras y Rachel, mi madrina, lleva un vestido verde pálido. Mamá tiene un novio y no llora pensando en papá. Como regalo de boda, le he dado una primera edición de *El señor de los anillos* y...»

Y la novia de mi prometido se sienta y lo besa.

—Hola, cariño. Siento llegar tarde, pero te he traído un capuchino.

—Que tengáis un buen día —digo, pero están ocupados besándose.

Solo tardo dos minutos en llegar al apartamento de Owen. Todavía tengo el código del edificio, pero llamo al 15A de todos modos.

—Soy Jenny —digo, un poco avergonzada.

—¡Jenny! ¡Qué maravilla! —exclama Ana Sofía.

Cinco minutos después estoy sentada en mi antigua sala de estar, sosteniendo a la hija de mi antiguo marido mientras su mujer actual, a quien vuelve a valerle su ropa normal, me ofrece una taza de café. Han pasado trece días del parto. ¿Por qué pasar por todo eso de la barriga flácida si está claro que figuras en la lista de hijos favoritos de Darwin?

—¿Te acuerdas de Jenny? —pregunta Owen a su hijita con una sonrisa—. Ella te ayudó a llegar a este mundo.

—Es increíblemente bonita —digo con sinceridad. Ni un poro a la vista. Labios rosados, gruesos, mejillas adorables. «Se parece a ti», he estado a punto de decir, pero me aclaro la garganta—. Como Ana Sofía.

Sonrío a mi reemplazo.

—Gracias a Dios por estos pequeños momentos —dice Owen, inclinándose sobre mi hombro para acariciar la mejilla de su hija con un dedo.

No es cierto. Se parece a Owen: la misma mata de cabello negro, los mismos ojos dulces. Y entonces recuerdo, en una ardiente vaharada de vergüenza, cómo solía mirarlo mientras dormía, imaginando a nuestros hijos.

Es curioso, pero no pensaba que esto fuera a ser tan duro.

El destello del flash me hace volver a la realidad. Ana Sofía me ha tomado una foto. La imagino enseñándosela a Natalia algún día. «Aquí está la pobre tía Jenny, justo antes de volverse loca. Deberíamos ir a visitarla al psiquiátrico esta semana.»

—Te la enviaré, ¿quieres? —me pregunta.

—Claro —respondo. ¿Quién no querría una foto de su ex y su hija y su cabizbajo ser, después de todo? Puede que la amplíe y la cuelgue sobre el sofá—. Bueno, solo he pasado para haceros una visita. Tenía que probar a una novia a un par de manzanas de aquí, pero debería volver a casa. Todavía me queda media mudanza por hacer.

—Nos morimos de ganas de ver el nuevo apartamento —dice Ana Sofía, quitándome al cálido bebé de los brazos. Hago todo lo que puedo para contenerme y no arrebatárselo—. ¡Y estamos entusiasmados con la gran inauguración de Bliss!

La cuestión es que es sincera. Me encantaría odiarla (odiarlos a los dos) pero son demasiado amables.

—¡Yo tampoco puedo esperar! —digo con esa voz súper animada que adopto cuando estoy con ellos. Me pregunto si habrá algún servicio de acompañantes en COH.

Debería escapar de esta amistad, en serio, pienso mientras camino de vuelta por el parque hasta el aparcamiento donde está mi automóvil. Sé que quedar con Owen y Ana Sofía no me está haciendo ningún bien.

Es solo que, cuando Owen me rompió el corazón, también me suplicó que siguiéramos siendo amigos. Me dijo que no podía imaginar la vida sin mí, que desde que nos conocimos yo había sido alguien importante para él y que, incluso si lo nuestro no había funcionado (primera noticia para mí), lo mataría que eso fuera el final.

Todavía no estoy segura de si fue amable o egoísta por su parte. Por ahora me he decantado por amable.

Me fui de nuestro apartamento el día después de que Owen me dijera que no quería seguir casado, y fue como si me hubiera quedado dormida durante el Apocalipsis. El aire me parecía demasiado denso para respirarlo, y el pánico me atravesó como una cuchilla. «¿Cómo voy a superarlo? ¿Cómo voy a seguir adelante? ¿Cómo vamos a estar separados? ¿Cómo es posible que no me quiera? ¿Qué diablos ha pasado aquí? ¿Dónde estaba yo mientras todo se iba a la mierda?»

La única isla en el horizonte había sido la idea de que la semana siguiente almorzaría con él.

Podéis pensar que soy una idiota por mantenerme a su lado, esperando un par de palabras amables. Lo comprendo. Yo misma me siento así bastante a menudo. La cuestión es que hay un montón de palabras amables. Por no hablar de la magnífica comida que esos dos siempre tienen a mano.

Owen todavía me pregunta por mi trabajo. Adora a mi hermana, a mis sobrinas y a mi madre. Cree que soy guapa, divertida y lista. Admira mi creatividad. Tenemos un sentido del humor parecido. La conversación es fácil con él y desde que lo conocí (incluso durante nuestro rápido divorcio y su matrimonio posterior) no han pasado tres días sin que supiera de él. Ni siquiera cuando se iba a algún país del tercer mundo con Médicos Sin Fronteras. Ni siquiera ahora.

Bueno. Ser la exmujer de Owen sigue siendo mejor que las demás relaciones que he tenido, excepto una: cuando yo misma era su mujer.

No se trata solo de su trabajo, el Doctor Perfecto de las Manos Maravillosas y el Corazón Compasivo. No se trata solo de su aspecto, que sin duda no molesta a la vista. Después de todo, siempre me ha gustado Ken Wantanabe.

Se trata de todas esas cosas y de lo especial que es. De lo privilegiada que me sentí cuando me eligió, cuando me convertí en la esposa de Owen Takahashi.

En la mayoría de los matrimonios, el deseo y el amor se ven atemperados por la rutina. Si oyes a tu marido peyéndose en el baño segundos antes de salir y preguntarte si quieres darte un revolcón, normalmente no te apetecerá. Podrías, después de algunos minutos, pero antes tienes que perdonar a tu marido por... bueno, por ser humano. Por comerse un burrito de frijoles. Después de todo, tú también te lo comiste.

Descubres sus hábitos irritantes. Usa tu champú y no dice nada cuando se termina. Deja su ropa del gimnasio en un sudoroso montón en el baño. Cuando sus padres os visitan, corre a la licorería de la esquina para comprar la cerveza favorita de su padre, aunque le recordaste el día anterior que la comprara, y para ese recado tarda diez veces más de lo que debería, así que tienes que enviarle dos mensajes que dicen: «¿Dónde diablos estás? ¡Tu madre quiere saber por qué no estoy embarazada todavía!» Y él no responde, y afirma que no ha recibido ese mensaje cuando por fin atraviesa la puerta.

Es posible que te salude con un gruñido cuando vuelve a casa del trabajo pero se pone a cuatro patas y acaricia al perro durante diez minutos, usando esa voz mimosa que te suena vagamente familiar porque es la que solía usar contigo.

Es posible que sea aburrido y que te sientes frente a él noche tras noche mientras habla y habla sobre el bocadillo de atún que ha tomado para almorzar, sorprendida de que ese hombre sea la razón por la que no entraste en el Cuerpo de Paz.

Sí. Pero entre Owen y yo nunca fue así. En serio.

Si estaba enfermo, cosa que casi nunca ocurría, insistía en quedarse en la habitación de invitados... y usar el baño de cortesía. Yo le preparaba sopa y él la aceptaba, pero es médico y lo último que quería era extender los gérmenes. Emergía un día o dos después, limpio y duchado, y se disculpaba por su periodo de inactividad antes de hacerme la cena.

Pero si era yo quien estaba enferma... ¡Qué suerte la mía! Me encantaba estar enferma. Y ahí va un secreto: durante los cinco años que Owen y yo estuvimos casados, ni una sola vez estuve enferma. Pero no se lo digáis a él.

Lo admito, una noche me sentí un poco desatendida. Había preparado una cena realmente buena pero él llegó a casa tarde después de reconstruir varios rostros infantiles, así que no podía quejarme, ¿verdad? Mientras el *risotto* se coagulaba en la cocina, yo esperaba. Me mandó un mensaje diciendo que llegaría media hora tarde. Después de media hora, me mandó otro mensaje. «Lo siento. Llegaré casi a las ocho.» A las ocho y media, apareció por la puerta. Fingí que no me importaba, pero había recibido una llamada fabulosa (la revista *Bride* iba a poner uno de mis vestidos en la portada), y me había estado reservando la noticia durante todo el día porque quería contárselo en persona.

Así que serví el vino y nos sentamos (había puesto la mesa preciosa) y nos comimos el *risotto*, ya gelatinoso y viscoso, que Owen afirmó que estaba delicioso. Llegaba tarde, me explicó, porque había tenido que reconstruir la nariz de un niño en una operación especialmente difícil. Decidió quedarse hasta que el pequeño despertara de la anestesia y entonces el chico quiso jugar a Pokemon con él; no pudo negarse, y los padres lloraron de asombro porque su hijo era guapo de nuevo y ya no tendría que soportar las miradas y la crueldad de la gente estúpida, de modo que el horrible incendio que se llevó su nariz sería a partir de entonces parte del pasado en lugar de un recuerdo traumático que regresaba cada vez que el niño pensaba, tocaba o veía su cara, o cada vez que alguien le decía algo.

La portada de *Bride* parecía en ese momento bastante insignificante.

—¿Algo va mal, cariño? —me preguntó Owen al final.

Y como no podía decirle: «Estoy cansada de que seas tan jodidamente perfecto, ¡sobre todo cuando he hecho *risotto*!», le dije; «No, no. —Pausa—. No me siento demasiado bien. Lo siento, cielo».

—¡Oh, no! ¡Soy yo quien lo siente! ¡Y no he dejado de hablar! ¿Qué te ocurre, cariño?

Me inventé un par de síntomas (dolores, algunos escalofríos, migraña) sintiéndome perversamente feliz con la mentira que había conseguido que mi marido se sintiera culpable y me dedicara toda su atención. Me metió en la cama, puso una película que me encantaba y se fue a recoger la cocina.

—Voy a salir un par de minutos —me dijo—. ¿Necesitas algo?

—No —contesté, molesta de nuevo. Estúpido hospital.

Pero regresó quince minutos después con una tarrina de medio kilo de *Peanut Brittle* de Ben & Jerry, que es súper difícil de encontrar.

—He pensado que esta podría ser la mejor medicina —me dijo con esa sonrisa dulce que tiene. Después se tumbó en la cama a mi lado mientras yo comía directamente del envase. Más tarde, nos dimos la mano. No tuve que irme a dormir al cuarto de invitados, no señor. Owen quería estar cerca por si lo necesitaba. Me acarició el cabello mientras me quedaba dormida y me dijo que me quería.

Y era cierto. Pero nunca me necesitó. Yo nunca lo completé. Y él creía que ambos merecíamos más.

Todos aquellos otros matrimonios (esos matrimonios imperfectos con sus baños malolientes) tenían algo de lo que el nuestro carecía: ese momento en el llegas a casa después de tener el peor día del mundo y no puedes dar un paso más sin un abrazo largo y fuerte de tu pareja, porque solo él tiene los brazos para hacerlo. Solo él lo comprende de verdad.

No creo que Owen haya tenido un solo día en el que su vida fuera una mierda. Cuando nos conocimos ya era una estrella en ciernes camino de la grandeza. Y cuando yo tenía un día de mierda, cuando alguien criticaba mi trabajo o cuando un cliente me trataba como si trabajara en una línea de montaje, cuando una novia tenía una rabieta porque había hecho exactamente lo que me había pedido, me sentía como si mis quejas fueran insignificantes y poco importantes. Después de todo yo todavía tenía nariz, ¿no?

Me decía a mí misma que eso era bueno, que me ayudaba a mantener la perspectiva. Para tener cosas interesantes de las que hablar con mi marido, el heroico salvador de tantos rostros, el destructor de las deformidades, el cambiador de vidas, escuchaba charlas TED en mi ordenador mientras trabajaba. Leía novelas importantes. Escuchaba la NPR para tener cosas interesantes con las que contribuir a nuestras conversaciones durante la cena.

Pero estando con él nunca me permití tener sentimientos normales. Casi me daba miedo hablar mal de Marie, la diseñadora mezquina y con poco talento que me despedazó ante nuestros compañeros de trabajo después de que Vera dijera que mi trabajo era «espléndido». Una vez, un vagabundo se meó en el metro y no me di cuenta hasta que la orina llegó a mi asiento. Fue algo tan triste y horripilante que lloré mientras le daba todo el dinero que llevaba en la cartera ante las miradas de desaprobación de mis compañeros de viaje. Lloré todo el camino a casa y me di una ducha de cuarenta y cinco minutos. Metí la falda que llevaba en tres bolsas y la tiré a la basura. Y era una de mis favoritas.

Pero no se lo conté a Owen. Después de todo, él acababa de volver de Sri Lanka, donde había estado reconstruyendo los rostros de gente que había sufrido heridas de guerra. Mi encontronazo con el vagabundo... bah. No era nada comparado con lo que Owen había visto. Así que me lo guardé, como el resto de pequeños caprichos e irritaciones de la vida.

Existe un dicho: el verdadero amor te hace mejor persona. En su momento pensé que esa era mi evolución hacia una persona mejor. Pero no me di cuenta de que yo no era mejor; solo era menos yo. Quería desahogarme sobre Marie y sus críticas ruines. Quería que me consolaran por haberme sentado en la orina de otra persona.

Pero eso no era nada comparado con las cosas con las que Owen lidiaba cada día.

Y, de este modo, Owen y yo tuvimos un matrimonio muy feliz, una relación constante de afecto mutuo, de amor, conversaciones interesantes y viajes placenteros. Cuando sentía la necesidad de ser humana fingía un virus suave y Owen me atendía como haría con un paciente, y yo me sentía más especial y querida que en ningún otro momento de nuestros años juntos.

Éramos felices.

Sin embargo la vi, esa lenta erosión del amor. Del interés. De lo que Owen había sentido por mí desde el día que nos conocimos, de la increíble y halagüeña sensación que me proporcionaba saber que él me consideraba la persona más encantadora y adorable que había conocido. Durante un año, quizá dos, vi parpadear el amor de Owen como la electricidad durante una tormenta. Él nunca fue cruel, nunca se mostró impaciente conmigo. Estaba, sencillamente, abandonándome centímetro a centímetro con precisión quirúrgica.

No creo que él fuera consciente de lo que ocurría, pero yo lo noté y luché contra ello, de verdad. Intenté volverlo loco en la cama, aunque el sexo entre nosotros siempre había sido bonito e íntimo. Después de leer un artículo en *Cosmo*, una noche empecé a decirle guarradas mientras hacíamos el amor... Dejé caer la Bomba-F, como aconsejaba la revista. Él se apartó y me preguntó: «¿Qué acabas de decir?», tan pasmado como si acabara de rajarle la garganta.

Invitaba a nuestros amigos con frecuencia para demostrarle que éramos una pareja estupenda, que teníamos una vida maravillosa. Claro que sí, ¡estamos disfrutando de una cena con degustación de vinos! ¿Ves? Intenté reservar unas vacaciones, pero Owen me dijo que no podía tomarse días libres. Entonces reservé un fin de semana en Maine para que pudiéramos pasear por las playas rocosas y navegar hasta las islas Cranberry, para que pudiéramos hincharnos a comer langosta y reírnos y tomarnos de la mano y dormir hasta tarde. Pero aquel día llamaron a Owen para una operación de emergencia (una niña había recibido un disparo en la cara) y tuvo que quedarse todo el fin de semana en el hospital.

Así que, siendo sincera, no me sorprendió del todo cuando llegó a casa aquella noche aciaga y me dijo que no estaba viviendo la vida que creía que debía. Que, aunque me quería, no podía evitar sentirse un poco... vacío... últimamente. No era culpa mía, por supuesto. Era solo una sensación de que su destino estaba en otra parte.

Yo sabía lo que iba a pasar. Eso no lo hizo más fácil.

¿Hay algo más humillante que suplicar a alguien que se quede contigo? ¿Que siga queriéndote? La respuesta es no. Pero supliqué de todos modos. Durante cinco horas enteras, supliqué, lloré y grité. No podía dejarme. Él lo era todo para mí. Por favor, todo tenía que volver a ser como era cuando éramos felices.

Pero estaba decidido.

—Eres mi mejor amiga —me dijo con lágrimas en los ojos—. Jenny, lo siento mucho, mucho. Odio hacerte esto, pero siento que tengo que hacerlo. Igual que sabía que tenía que ir a la facultad de Medicina, aunque mi padre deseaba con todas sus fuerzas que fuera abogado. No eres tú. Es solo que... tengo que hacerlo.

«No eres tú.» La frase más idiota de la historia de las frases.

Me fui de casa al día siguiente. Por supuesto que era yo.

Tres meses después, Owen demostró que era cierto cuando conoció a Ana Sofía. Habíamos quedado para nuestro almuerzo semanal y no tuvo que decirme nada, lo supe sin más. Lo sabía porque reconocí la expresión de su rostro; antes solía mirarme así.

—Así que has conocido a alguien —le dije.

Él dudó.

—Por favor, sé sincero, Owen.

—Sí —me dijo—. Creo que sí.

Un mes después me presentó a Ana Sofía, cuyas palabras hacia mí fueron: «Owen lleva tanto tiempo hablando maravillas de ti que me moría por conocerte». Me abrazó. Yo le devolví el abrazo.

Y así ha sido. Quiero alejarme de ellos. Quiero estar cerca de ellos. Los quiero. Los odio. Odio tener que quererlos, y me siento culpable porque me encanta odiarlos. Juro que estaré ocupada la próxima vez que me llamen.

Mi teléfono suena mientras entro en la calle Magnolia.

—Hola, soy Ana Sofía. Jenny, estoy tan distraída que olvidé por completo preguntártelo. ¡Tengo entradas para la exposición de Alexander McQueen, y tú fuiste la primera persona en la que pensé! ¿Te gustaría ir?

Las entradas para esa exposición llevan meses agotadas. Por supuesto, ella tiene.

—Sí, me encantaría —le digo—. ¡Gracias, Ana!

—¡Estupendo! Te mandaré los detalles por email. ¡Adiós!

Inspiro hondo y salgo del automóvil.

Leo vuelve a estar en la tumbona. Parece profundamente dormido. Sin embargo, sé que se ha levantado en algún momento porque lleva un traje gris oscuro, camisa blanca y corbata de rayas. Tiene los brazos cruzados con fuerza sobre el pecho y el ceño ligeramente fruncido. El viento, que ahora es casi frío, le agita el cabello. A su lado hay un ramo de flores.

Parece... triste. No, triste no. Perdido, como si hubiera olvidado que debía ir a una fiesta y se hubiera rendido y acomodado para pasar la noche en esa tumbona. Un sin techo bien vestido con su perro sarnoso.

Me pregunto si debería despertarlo.

En lugar de eso entro, arrastrando el vestido de Kendall conmigo. Un segundo después, salgo con la manta de cuadros roja que Andreas me regaló por Navidad (de cachemir; es lo bueno de tener amigos con un gusto exquisito) y abro la puerta.

Loki gruñe. No le hago caso; no es muy grande y no creo que pudiera saltar en defensa de su dueño sin un trampolín. De hecho, me enseña los dientes, pero el resto de su cuerpo permanece tumbado sobre su cojín.

Intentando no resultar demasiado tierna o cursi (después de todo, conozco a Leo desde hace veintisiete horas), lo tapo con la manta y vuelvo a subir los escalones hasta mi nuevo hogar, pongo a Kelly Clarkson en Pandora y empiezo a abrir cajas.

Un par de horas después llaman a la puerta. Es Leo, con mi manta en una mano y el ramo de flores en la otra.

—¿Esto es tuyo? —me pregunta, levantando la manta.

—Sí. Parecías tener frío.

—Estaba bien.

—De nada.

Le echo una mirada fulminante y le arrebato la manta.

—Gracias.

Nos miramos durante un minuto.

—Entra —le ofrezco, y lo hace—. Iba a pedirte que subieras de todos modos. La luz de la sala de estar no funciona.

Es una lámpara preciosa, victoriana auténtica, creo, de marfil con hojas talladas.

—¿Qué demonios estás escuchando?

—¿Esto? Es Toby Keith. —Leo me mira como si estuviera a la vista del público en el zoológico. De acuerdo. Es pianista, o músico, o un esnob—. ¿Para quién son las flores?

—Oh. Mmm, para mi madre. No le gustaron.

—Son preciosas.

—Segú parece, no le gusta el naranja.

—Ah. —Espero a que me ofrezca las flores. No lo hace—. ¿Vas a arreglarme esa luz, Leo?

Se sienta en el sofá, suelta las flores y se saca una botella de cerveza del bolsillo del traje, le quita el tapón con el abridor de su llavero y se echa hacia atrás para poner los pies sobre la mesa de café.

—¿Has probado a cambiar la bombilla?

—Ponte cómodo. Y sí. No es la bombilla.

—Suena a que el interruptor está roto. Puede que sea un problema de cableado. Qué suerte que tengas un montón de luz natural aquí.

—Sería aún mejor si el casero me arreglara la luz. Creo que tú eres el casero, ¿no, Leo?

—Lo soy, pero no se me da bien arreglar cosas. Conseguí este trabajo por mi físico.

Sonríe.

—Bueno. Entonces, ya que eres un inútil, ¿podrías llamar a un electricista? —le pregunto.

—Lo convertiré en la nueva misión de mi vida. ¿Puede esperar hasta mañana, o hay un montón de nutrias bebé muriendo porque tu luz no se enciende?

Suspiro con paciencia exagerada.

—Puede esperar hasta mañana.

Da otro sorbo. Es una Indian Pale Ale, que me gusta bastante.

—La próxima vez trae cerveza para mí —le digo.

—Cómprate tu propia cerveza. —Sonríe al decirlo y, joder, es demasiado adorable—. ¿Cómo está tu hermana?

De acuerdo. Suspiro y me siento.

—Está... No lo sé. —Agarro un cojín y me lo aplasto contra el estómago. Rachel me envió hace un rato una foto de las niñas en el tobogán del parque. Sin texto—. Dice que está bien.

—¿Pero no lo está? —pregunta Leo.

Me detengo. Anoche fue amable en exceso. Sujetó a Rachel, la levantó en brazos y la dejó en este mismo sofá. Mientras yo decía: «¿Rachel? ¿Rach? ¡Rachel!», dejándome llevar por el pánico, él buscó un paño húmedo, se lo puso en la frente y después se quedó a su lado hasta que se recuperó. Supongo que tiene derecho a preguntar.

—Parece que su marido no tiene ni idea de quién lo envió —le digo.

—Ah. Entonces, ¿todo fue un error?

—Con eso es con lo que vamos a quedarnos.

Se encoge de hombros, un gesto galo que contradice su nombre irlandés, un gesto que dice: «Ah, pobrecilla, la gente es estúpida, qué le vamos a hacer».

—Parece una chica muy dulce.

—Lo es. —Hago una pausa, un poco incómoda con el asunto—. ¿Y ese traje, Leo? ¿Tenías una cita? Esas flores no eran para tu madre, ¿verdad?

—Sí, lo eran. Yo no tengo citas. Mi cuerpo es estrictamente para fines recreativos.

Noto que voy a poner los ojos en blanco.

—Entonces, ¿has dado un recital en algún sitio?

—No.

—¿Tengo que seguir adivinando, o tu perro te necesita y tienes que marcharte?

—Visito a mi madre todos los domingos.

—¿Estás seguro de que no eres gay?

Se ríe.

—Tienes toda la razón, Jane.

—Jenny.

—Como sea. —Mira mi apartamento—. ¿Te gusta el sitio?

—Claro. Es precioso. Más grande de lo que estoy acostumbrada. Y nací en Cambry, ¿sabes?

—No, no lo sabía.

—¿Creciste por aquí?

Me mira con cautela mientras toma otro sorbo de su botella de cerveza.

—En Iowa.

—Un chico del Medio Oeste criado con maíz, ¿eh?

—Ese soy yo. —Toma otro trago de cerveza—. ¿Y qué has hecho tú hoy? Eras coordinadora de bodas, ¿no?

—Tenemos que trabajar en tu habilidad para escuchar —le digo—. Soy diseñadora de vestidos de novia. Acabo de abrir Bliss aquí, en el pueblo. —Esto no provoca ninguna reacción en él—. Tenía una prueba en la ciudad para una novia muy irritante; después di un paseo por Central Park y más tarde fui a ver a mis, esto, amigos.

Me echa una mirada incrédula.

—¿No a tu exmarido y a su encantadora esposa?

—¿Cómo lo has...? Sí. —Él levanta una ceja—. Y a su preciosa recién nacida —añado.

—¿Estás quedándote conmigo?

—No es que sea asunto tuyo, pero seguimos siendo amigos.

—No, no es verdad.

—Sí, sí lo es. Tu perro me ha gruñido, por cierto. Mientras estaba tapándote con la manta.

—Harías que la Madre Teresa se sintiera mal. Volviendo a lo del ex... ¿Por qué seguís siendo amigos? ¿No es una tortura?

—¿Estás casado, Leo?

—¿Tengo pinta de estar casado?

—¿Divorciado? ¿Separado? ¿Eres terapeuta? En otras palabras, ¿sabes algo sobre mí o sobre Owen o sobre Ana Sofía o sobre el matrimonio y el divorcio? ¿Eh? ¿Lo sabes?

—No a todas las preguntas, y Ana Sofía... cariño. Es un nombre tremendamente sexi. ¿Es guapa?

—Algunos la encuentran atractiva.

Sonríe. Solo un poco, pero funciona.

—Sí, es guapa —admito—. En cuanto a por qué seguimos siendo amigos, tal vez él estaba tan destrozado por nuestra ruptura que no podía soportar pensar en no verme más. Quizá todavía compartimos un lazo muy especial y, a pesar de que el matrimonio no funcionara, queremos mantenernos en la vida del otro. Puede que admire y respete su...

—Para, para ya, no lo soporto más. —Se levanta y mira el techo—. Llama a alguien por lo de esa luz. Yo acabo de mudarme aquí y no conozco a nadie. Oh, ¿y podrías pedirle que pasara por mi casa? La tostadora no funciona a menos que la enchufe en el pasillo.

Lo miro un instante.

—Han saltado los plomos. Esa es probablemente la razón de que no tenga luz.

—Ah. Fascinante.

—¿Dónde está la caja de fusibles?

—¿Qué es una caja de fusibles?

—¿Hablas en serio? ¿Cómo conseguiste este trabajo?

—Ya te lo he dicho. Un buen físico y encanto personal.

—No puedo esperar a descubrir la parte encantadora. Vamos, te enseñaré lo que es una caja de fusibles, niño bonito. Llévame al sótano. ¿Sabes dónde está?

Salimos y al atravesar la puerta me gano otro gruñido de *Loki*.

—Desde luego, tu perro es guapo y todo un encanto —digo.

—Es viejo. Un poco de respeto. El sótano está aquí.

Me lleva a su apartamento, a un diminuto vestíbulo que da paso a una sala de estar más grande. En el interior hay un piano vertical cubierto de montones de papeles y libros de música. Está demasiado oscuro para ver nada más.

—Por aquí —dice, señalando la cocina, pequeña y reluciente. Abre la puerta del sótano y bajamos. Soy consciente de estar entrando en un lugar oscuro con un desconocido pero, incluso mientras lo pienso, sé que este tipo no es una amenaza para mí.

—Estás sorprendentemente callada —dice Leo, encendiendo una luz.

—Estoy sopesando las probabilidades de que me asesines aquí abajo.

—¿Y?

—Por ahora te considero inofensivo.

—Qué humillante. ¿Qué dices que estás buscando?

—Esto, mira. Fíjate en la caja de fusibles —digo, señalando la caja gris en la pared. Abro el panel y, como era de esperar, un interruptor apunta a la derecha en lugar de a la izquierda. Lo empujo de nuevo.

—Tecnología moderna. Enséñame esa tostadora.

La tostadora está conectada al mismo enchufe que la cafetera, que está en el mismo circuito que el microondas.

—Solo tienes que poner la tostadora allí y debería funcionar bien —le digo—. Esta casa es vieja. Podrías traer a un electricista para que actualizara el amperaje.

—¿Aprendiste todo esto en la academia de bodas?

Es alto. La luz de la cocina hace que su cabello brille con una tonalidad cobre, y la línea de su mandíbula es fuerte y afilada.

—Lo de desnudarme con la mirada, Jane. Tienes que dejar de hacerlo.

Pero sonríe mientras lo dice.

—Así que, ¿das clases aquí abajo? —pregunto, retrocediendo. Como él se puso cómodo arriba, yo hago lo mismo: enciendo la luz y deambulo por la sala de estar. Un sofá gris y una butaca roja complementan la alfombra oriental roja y azul. Hay una estantería llena de volúmenes sobre grandes compositores. Un busto de Beethoven me mira enfurruñado junto a una foto de un lago rodeado de pinos.

El apartamento está muy, muy limpio y aparte del Beethoven, extrañamente desprovisto de personalidad, que no es lo que esperaba de Leo, aunque es obvio que no lo conozco bien, nada desentona. Esperaba desorden y comodidad, no pulcritud y... bueno, más pulcritud. Si no fuera por las partituras, parecería un piso piloto.

—¿Solo enseñas piano, o tocas en alguna parte? —le pregunto.

—Solo enseño. A veces compongo la banda sonora de algo.

—¿Alguna película?

Sonríe.

—No, nada tan complicado. Audiolibros, sobre todo.

—Qué bien. ¿Fuiste al conservatorio?

—Sí. A Juilliard.

—¿En serio? Vaya, Leo, eso es muy impresionante. ¿Por qué no tocas en ningún sitio? Debes de hacerlo maravillosamente.

78

—En el mundo de los concertistas, creo que soy un notable bajo.

—En el mundo de los humanos, apuesto a que eres un sobresaliente.

—¿Y tú qué sabes? Escuchas música *country*.

Otra sonrisa.

—Qué estrecho de mente eres. Taylor Swift es un genio musical.

—Stevie Wonder es un genio musical, Jane. Taylor Swift es una mujer que todavía se lamenta por lo que le ocurrió en el instituto.

—Es Jenny. Me llamo Jenny. Así que escuchas a Taylor Swift...

—No. Pero tampoco vivo en una cueva.

—No, este es un lugar muy agradable. Muy ordenado. —Toco una tecla del piano—. ¿Me tocas algo?

—Por supuesto —dice. Se inclina sobre las teclas y produce algunas notas—. Y eso ha sido *Campanitas del lugar.* ¿Alguna petición más?

—¿Qué te parece *Paparazzi,* de Lady Gaga?

—Vete —dice, apoyándose sobre el piano. Ahí está esa sonrisa de nuevo. Se mete las manos en los bolsillos—. Gracias por arreglarme la tostadora.

—Ni la he tocado.

—Bueno, puedes hacerlo siempre que quieras, Jenny Tate.

Así que sabe cómo me llamo. Y está coqueteando. Y es alto y desgarbado y tiene una cara realmente curiosa, con todos esos planos angulares, esa sonrisa amplia y esas adorables arrugas alrededor de sus ojos.

Deja de sonreír.

—No te hagas ideas raras, señorita —dice.

—¿Cómo qué?

—Como «Oye, mi marido se ha casado con otra y han tenido un bebé y yo sigo soltera pero hay un tipo increíblemente guapo viviendo en la planta de abajo así que, ¿por qué no?». Mi cuerpo es solo para fines recreativos.

—No estoy pensando esas cosas, pero te felicito por ese excelente nivel de autoestima.

Sale al pasillo, abre la puerta y espera a que lo siga, cosa que hago.

—Estás pensando todas esas cosas. Lo llevas escrito en la cara.

—¿Sabes, Leo? En el día y medio que ha pasado desde que nos conocemos, no recuerdo haberte inmovilizado en el suelo y haberte forzado...

—Sí, yo también recordaría algo así, espero.

—...pero, de verdad, no estoy interesada en ti. Además, tienes a todas esas madres y treintañeras que se mueren por aprender piano, como los jóvenes lo llaman ahora. Así que ve a recrearte con ellas, amigo.

Una sonrisa tira de las comisuras de su boca.

—¿Quieres cenar esta semana?

Abro la boca, la cierro, después la abro de nuevo.

—¿Una cita?

Levanta las manos.

—¿Qué acabo de decir? No, no es una cita.

—¿Una salida con fines recreativos?

—Solo una cena.

—¿Por qué?

—Porque tengo que comer o me moriré —dice—. Déjalo. Es una mala idea. Retiro la oferta. Adiós, Jenny. Nos vemos por aquí.

Sonríe mientras me cierra la puerta, suavemente, en la cara.

Cuando vuelvo a mi apartamento, me doy cuenta de que me ha dejado las flores sobre la mesa.

Rachel

Los días siguientes me siento animada, fuerte e implacable. Nada puede desanimarme: ni Charlotte metiéndose una albóndiga en el pañal, ni Rose desgañitándose en el supermercado porque no la dejo nadar con las langostas, ni Grace diciéndome con frialdad que quiere más a la tía Jenny que a mí. Me siento muy, muy aliviada por lo de Adam, y estoy llena de energía. La casa nunca ha estado más limpia. Las niñas y yo estuvimos quitando las malas hierbas del jardín... Bueno, ellas jugaron con las palas mientras yo quitaba las malas hierbas. He horneado y congelado ocho hogazas de pan de plátano.

Solo me duele el estómago por la noche.

El lunes llevo a las niñas a la guardería para que pasen cuatro horas haciendo exactamente lo mismo que hacemos en casa (leer, cantar, hacer manualidades, picotear) y después voy a casa de Jenny para ayudarla a sacar las cosas, organizar y limpiar. Me pregunta cómo estoy; yo le digo que estoy de maravilla y lo dejamos así. El martes invito a mamá a almorzar y las niñas son dulces y cariñosas con ella. Escucho sus historias sobre papá y sonrío y asiento como si no las hubiera oído antes. Cuando se marcha, las niñas siguen dormidas y horneo tantas magdalenas que, cuando despiertan, las meto en el monovolumen y llevo una bolsa a Jenny, otra a su agradable casero (aunque no entiendo por qué es necesario un casero en una casa de dos plantas) y tres docenas para el albergue de indigentes.

El miércoles tenemos clase de natación en «Mamá y yo» y, cuando estamos en la piscina, Clarice Vanderberger me dice que me ve de muy buen humor. Yo sonrío y le digo que sí, que es imposible no estarlo con el tiempo tan maravilloso que estamos teniendo. Después chapoteo hasta Grace, que nada muy bien y está enamorada de Melissa, la instructora de natación, que en este momento está ayudando a Rose.

—¿Puedes creer que Jared Brewster vaya a casarse con esa mujer? —me pregunta Elle Birkman mientras su hijo se bebe el agua de la piscina a lametazos. Dios sabe qué tipo de productos químicos, gérmenes y fluidos corporales habrá en la piscina, pero ella no le dice ni pío.

—¡Mamá! ¡Mamá! ¡Mamá! ¡Mira! —me ordena Rose mientras Melissa la sostiene y sumerge la barbilla en el agua—. ¡Meto la cara, mamá!

—¡Qué bien, cariño! —exclamo—. Oh, Charlotte, cielo, no te bebas el agua. Es solo para nadar.

—¡Hunter se la está bebiendo! —se queja Charlotte. Grace me tira de la mano.

—Hunter, corazón, eso es caca.

Elle no le dice nada.

—En serio, ya sabemos cómo son los hombres, pero tampoco tiene por qué casarse con ella —me dice—. ¿Ha hablado contigo de eso? Me cuesta creer que vaya a hacerlo de verdad.

Jared es un viejo amigo. Jenny y yo siempre hemos sido muy íntimas, así que fue difícil para mí encontrar a otra persona con la que conectara tanto, pero Jared era especial. Los Brewster vivían subiendo la colina, así que técnicamente éramos vecinos, aunque su casa era realmente pija; tenían incluso una sirvienta interna. Él era uno de esos chicos que son limpios y amables, algo poco frecuente, de esos que te preguntan si has leído un libro o si has visto una serie de televisión, y te escuchan mientras respondes. Los viajes en el autobús escolar cimentaron nuestra amistad; nos sentamos juntos cada día desde la guardería hasta octavo. Él fue al instituto en la Academia Phillips Exeter, pero incluso entonces mantuvimos el contacto. Mamá solía preguntarme si estábamos saliendo (y rezar por que fuera así), pero no era el caso. No se trataba de eso. Pero es amable, simpático y divertido y te sientes tan cómoda con él como vistiendo un pijama de franela. Además de ser mi amigo más antiguo, trabaja con Adam en *Brewster, Buckley and Bowman*, o Triple B, como lo llaman.

Así que no voy a cotillear a su espalda.

—Chicas, ¿estáis hablando de Jared? —pregunta Claudia desde el otro lado de la piscina. Ella no le debe lealtad.

—Sí —dice Elle en el mismo momento en el que yo digo que no. Grace me tira otra vez de la mano y Elle remolca a Hunter por el agua hasta el lugar donde está Claudia, en busca de una mejor compañera de cotilleos.

En el vestuario, mientras lucho para volver a ponerles los vestiditos a mis hijas, que todavía están mojadas, Elle se quita el bañador para asegurarse de que todo el mundo (incluidos los niños) disfruta de la visión de sus nuevas tetas. Claudia pone los ojos en blanco, y yo sonrío. Personalmente, creo que el «antes» era más atractivo, pero Elle insiste en que Hunter le había destrozado el cuerpo.

A mí me parece bastante bonito.

Lleva hecha la depilación brasileña.

Como la mujer de la foto.

De hecho, Elle tiene un cuerpo jodidamente perfecto. No tiene estrías, porque le hicieron una cesárea dos semanas antes de salir de cuentas. El «Paquete Hollywood», lo llamó. La cicatriz apenas se le nota. Tiene el pompis redondo y alto, el vientre perfectamente tonificado.

De repente me quedo fría.

¿Habrá sido Elle quien envió esa foto?

—Mamá, te equivocas de pie, ¡el otro pie, el otro pie! —grita Rose alegremente. Le encanta el eco que hace el vestuario. Pero tiene razón. Cambio de pie y tengo mejor suerte calzándole la zapatilla.

A Adam ni siquiera le cae bien Elle. Dice que es una trepa. Pero quizá le gusta. No sé por qué estoy pensando en esto. Enviaron esa foto por error.

Tengo el estómago un poco revuelto.

—De acuerdo, niñas, esperadme aquí. Mamá va a vestirse también.

—Yo les echaré un ojo, Rachel —me dice Kathleen Rhodes. Tiene dos parejas de gemelos de siete y cuatro años (otra mamá *in vitro*) y la verdad es que es muy amable y servicial: me ha prestado varios libros para que el bebé duerma toda la noche y hemos quedado varias veces para que los niños jueguen juntos. No hay mucha gente dispuesta a aguantar tres niños además de los suyos. A Kathleen no le importa.

—Gracias —le digo.

Cierro la cortina del vestuario y me quito el bañador mojado. Es un bañador de estilo retro, rojo con lunares blancos y tirantes anchos. Cuando lo compré me gustó, pero ahora me parece de señora mayor.

Bueno. Después de todo, es lo que soy.

Miro mi reflejo en el espejo. A diferencia de los espejos de Nordstrom o Bergdorf, este no es un espejo mágico que me haga parecer más alta y delgada de lo que soy en realidad.

En general, me gusta mi cuerpo. Estoy orgullosa de lo que ha hecho, crear tres bebés a la vez y amamantarlos después. Hay una bolsa de piel que los abdominales no han conseguido vencer, pero tengo la misma talla que cuando estaba en la universidad. Además, mantengo el pecho bastante bien. Por supuesto, no es lo que era cuando tenía veinte años, pero no me avergüenza. De hecho, Kathleen me dijo una vez que envidiaba cómo me había recuperado del embarazo. Me dijo que ella tardó cuatro años. Todavía conserva unos kilos de más, pero los lleva bien.

Adam siempre ha sido halagador... Aunque, ahora que lo pienso, puede que no demasiado últimamente.

Tengo un cuerpo de madre. Espero que sea un cuerpo de madre sexi, pero es un cuerpo de madre, sin duda. Las estrías, que en el pasado fueron de un rojo chillón, se han desvanecido hasta convertirse en diminutas marcas plateadas, como pequeños cardúmenes de peces. Más que verlas, las siento. Las raras ocasiones en las que me doy un baño largo, me descubro acariciándolas mientras leo.

Soy corriente. Esa es la palabra. Tengo un cuerpo corriente. No está mal. Para ser madre de trillizas y tener casi cuarenta años, está realmente bien.

Pero no es el cuerpo de Elle.

—Elle hace ejercicio con un entrenador personal cinco días a la semana —me dice Kathleen diez minutos después cuando le cuento que me siento insegura. Nos encorvamos para colocar a los niños en las sillas del automóvil. Nuestros vehículos, ambos monovolúmenes, están el uno junto al otro—. ¿Quieres meter a las niñas en la guardería para poder irte al gimnasio? ¿O beber licuados de col para desayunar?

—No —le digo—. Definitivamente no.

—Y eres una puta preciosidad, Rachel —me dice. Siempre me asombra e impresiona lo malhablada que es—. Edward, si vuelves a morderme no volverás a tomar postre hasta Navidad. —Se dirige a mí—: ¿Estás bien, Rach?

—Oh, claro —contesto, cerrando la puerta—. Es solo que... No sé. Supongo que he llegado a la edad en la que me estoy volviendo...

—¿Invisible?

No había pensado así en ello, pero es cierto. Muy pocos hombres miran a una mujer que no deja de reñir a tres niñas. Y yo no tengo tiempo para mirarlos a ellos.

—Sí. Invisible.

—Sé cómo te sientes. El otro día, el tipo de la charcutería... Ya sabes, el de Gold's, el tipo bajito de los pendientes. —Asiento—. Bueno, me entregó mi pedido y me dijo; «Aquí tienes, preciosa», ¡y me sentí jodidamente agradecida! En serio, antes me decían cosas así una y otra vez. Todo el rato. Y ahora, nada. Cada vez tardo más y más en conseguir incluso un «No está mal». «Preciosa» es algo que dejé atrás en mi treinta y cinco cumpleaños. Así que me dieron ganas de besar a ese tipo y comprarle un automóvil. —Le da a Edward una cajita de zumo, entrega otra a Niall y cierra la puerta—. Disfrútalo mientras todavía lo tengas. ¿Quieres tomar café?

—Quizá la semana que viene —le digo—. Creo que voy a pasar por el despacho de Adam para comer.

Llamo a nuestra niñera desde el automóvil.

—Hola, Donna, soy Rachel Carver.

—¡Donna! ¡Donna! —grita Charlotte alegremente, y las otras dos niñas imitan la canción.

Sonrío.

—Sé que es muy precipitado, pero me preguntaba si estarías libre para quedarte con las niñas hoy.

—Me encantaría —me dice de inmediato—. ¿Cuándo quieres que vaya a tu casa?

—¿En veinte minutos? —sugiero.

Donna Ignaciato es el sueño de toda madre: una viuda jubilada que vive en nuestra misma calle, adora a los niños y se vio privada de sus nietos cuando su hijo se mudó a Oregón el año pasado. Es el tipo de abuela que mi madre no es: resuelta, cariñosa, hogareña; el tipo de niñera que saca la colada de la secadora y la dobla, y deja a las niñas más limpias y contentas que cuando te marchaste. No he recurrido a ella demasiado, solo cuando Jenny no estaba libre, porque a ella le encanta estar con las niñas. Mi madre no es de las que se ofrecen.

—¿Con todas? —me preguntó el invierno pasado cuando le pedí que se quedara con ellas—. ¿A la vez?

—No, Lenore —le dijo Adam—. Queremos que encierres a dos de ellas en el sótano y vayas rotándolas.

Yo sonreí y mamá replicó como siempre:

—Si tu padre estuviera vivo podríamos hacerlo juntos, pero...

Dejé que se librara, como siempre hago. Es mi trabajo, por así decirlo, ya que soy la hija sumisa y comprensiva. Además, si mamá se quedara con ellas estaría constantemente preocupada.

Cuando Donna llega a la casa, las niñas se arremolinan a su alrededor y yo subo a ducharme. Me seco el cabello, me maquillo, me pongo un vestido de cuadros rosas y negros y una rebeca rosa, con los pendientes largos de plata que Adam me regaló en Navidad y el colgante con forma de corazón que encierra una foto de cada una de mis hijas. Un brazalete. Tacones negros... pero bajos, porque es de día. Incluso perfume.

Hace cinco días acusé a mi marido de tener una aventura. Y aunque es comprensible que lo pensara (y aunque él lo ha dejado pasar muy generosamente) el daño está hecho.

—Estás guapa, mamá —me dice Grace cuando bajo. Me besa la rodilla y le acaricio el cabello sedoso.

—Debería estar de vuelta sobre las tres —le digo a Donna, que está ya cortando rodajas de manzana como tentempié—. Niñas, haced caso a Donna y divertíos, ¿de acuerdo? ¡Dad un beso a mamá!

Me detengo en la tienda *gourmet* que está justo al doblar la esquina de la tienda de Jenny. Puede que me pase por allí después de almorzar, si me da tiempo.

—¿Qué desea? —me pregunta la dependienta, y pido el sándwich favorito de Adam, un *panini* de pavo, aguacate y beicon. Ensalada de brócoli. Dos tés verdes. Tres galletas de chocolate. Para mí, una ensalada verde. Ese michelín no se me va de la cabeza.

«*Brewster, Buckley & Bowman*, Abogados», está en un antiguo edificio señorial con vistas al río Hudson. Está en la misma manzana que la antigua consulta de mi padre, lo que siempre me provoca una punzada de añoranza; me encantaba visitarlo en el trabajo, verlo con su bata blanca de dentista.

Entro en el venerable vestíbulo de Triple B, que fue fundado hace setenta años y da empleo a más de cuarenta abogados. Se ocupan de todo, desde divorcios a impuestos y defensa penal. La especialidad de Adam es el derecho mercantil; aburrido a primera vista, pero bastante interesante cuando entiendes de qué va. Bueno. Tengo que pensar eso. Estoy casada con él.

—¡Rachel! —exclama la recepcionista cuando entro en el bufete—. Ha pasado mucho tiempo. ¿Has venido a ver a Adam?

—Le he traído el almuerzo —digo, sintiendo que empiezo a sonrojarme. Cualquiera pensaría que no debería sentir vergüenza; llevo años viniendo aquí.

—Le avisaré de que estás aquí —dice Lydia—. Por si está con un cliente.

—Muchas gracias —respondo. Le dedico otra sonrisa y agarro con fuerza las asas de la bolsa de los sándwiches.

—No tienes que tener vergüenza, ¿sabes? —me dice Lydia.

«Oh, de acuerdo. Entonces pararé. Solo estaba esperando a que tú me lo pidieras.» Sé que lo dice que con buenas intenciones. Sonrío (incómoda) y aparto la mirada.

—¡Ey! —Un hombre sale al vestíbulo—. ¿Cómo estás, Rachel?

—Hola, Jared —le digo, empezando a sonreír de verdad.

—¿Traes el almuerzo al tipo más afortunado del mundo?

—Así es. ¿Cómo está Kimber?

—Muy bien. ¿Quieres ver una foto? Fuimos a Provincetown el fin de semana pasado. Fue estupendo.

—Claro.

A un tipo que saca su teléfono para enseñar fotos de su prometida hay que quererlo.

Me muestra siete imágenes de su adorada novia. He visto a Kimber un par de veces y es una auténtica belleza, aunque admito que me sorprendió la primera vez que la vi. Lleva el cabello teñido de un rosa fuerte que nunca pretendió pasar por natural, tiene un tatuaje que le cubre todo un brazo y lleva sombra de ojos y delineador con los colores llamativos de un pavo real.

—Casi puede sentirse lo feliz que está en estas fotos —le digo.

Jared sonríe de oreja a oreja.

—Gracias, Rach. Oye, tengo que salir corriendo. Tengo una comida de negocios tan aburrida que tendré que clavarme un puñal en cada ojo para evitar quedarme dormido. Oye, cenemos un día los cuatro, ¿de acuerdo?

—Eso sería estupendo.

—Da a las niñas un beso de mi parte.

—Adam te verá ahora —anuncia Lydia.

—¡Lydia! ¿La has hecho esperar? Sinceramente, Rach, la próxima vez ve directamente a su despacho. Eres su mujer. Tienes derecho.

Jared me mira con seriedad fingida y se marcha.

«Estaría bien cenar con Kimber y con él», pienso mientras atravieso el pasillo hacia la oficina de Adam, pequeña pero encantadora. Me gusta ver a Jared enamorado. Antes siempre había salido con la típica chica del club de campo, y no puedo recordar una sola relación que le durara al menos un año. Con Kimber, la conoció y fue una bomba, como me dijo.

Igual que entre Adam y yo.

—¡Nena! —exclama Adam cuando entro.

—Hola. He traído el almuerzo —le digo, pasando tras su escritorio para besarlo en la mejilla.

—Oh. Vaya, qué amable de tu parte. Mmm... Bueno, uh, no, está bien.

—¿Tenías planes?

—No, no. Quiero decir, sí, iba a salir a comer algo con un compañero, pero no pasa nada. Voy a enviarle un mensaje. —Sus pulgares vuelan, su teléfono emite un sonido y se levanta—. Cierra la puerta para que tengamos un poco de intimidad, ¿de acuerdo? ¿Qué me has traído?

—Pavo y aguacate.

—¡Esta es mi chica!

Sonríe y se levanta.

En el despacho de Adam hay un sofá pequeño y una silla, además de su escritorio, y nos sentamos allí mientras yo saco nuestro almuerzo. Mira su teléfono antes de guardárselo en el bolsillo.

A veces me dan ganas de lanzar esa cosa por la ventana. Me duelen las mejillas, lo que significa que he estado apretando los dientes sin saberlo.

—¿Cómo están las niñas? —me pregunta— ¿Se han quedado con tu hermana?

—No, con Donna —le digo—. Jenny está trabajando.

—Muy bien. Ah, pero ¿tiene horarios normales y todo eso?

Él nunca ha llegado a entender en realidad lo mucho que Jenny ha tenido que trabajar para llegar donde está, o cuánto tiempo se tarda en hacer un vestido de novia. Después de todo, es un hombre.

—Sí. Horarios normales y un poco más.

Tomo un bocado de ensalada.

Entonces se abre la puerta y entra Emmanuelle Pierre, una de las compañeras de trabajo de Adam.

—Bueno, ¿adónde vamos a ir? —pregunta.

A continuación me ve y se queda bloqueada un instante.

—Lo siento —dice—. Adam, creí que hoy íbamos a almorzar juntos. ¿Me he equivocado de día?

«Iba a salir a comer con un compañero.»

Un.

Y entonces lo sé. Lo sé.

Adam está engañándome con ella.

—Emmanuelle, te acuerdas de mi mujer, ¿verdad? Rachel, ya conoces a Emmanuelle, creo. ¿De la fiesta de Navidad en el club?

«Te he visto los genitales», quiero decirle.

—Mmm... —murmuro, porque tengo la boca llena de rúcula sin masticar.

«Puta calientapollas» es lo siguiente que se me pasa por la cabeza. Pero, claro que es una puta calientapollas; no podría ser puta si no calentara pollas, ¿no?

—Emmanuelle y yo estamos trabajando juntos en un caso —dice Adam.

—Claro —contesto, tragándome el bocado de forraje sin masticar. «¿En serio, Adam? Porque te dedicas al derecho mercantil y ella defiende a delincuentes, e incluso tu estúpida mujercita sabe que es imposible que trabajéis juntos en un caso.»

—Adam, no pretendía interrumpir tu pequeño... picnic —dice ella, y me repasa con la mirada, haciéndome sentir infantil con la rebeca rosa que llevo, tonta con los pendientes que me he puesto y que pretenden ser originales y, en definitiva, un fracaso con mi típico vestido de mujercita que ha salido a almorzar con su marido. Ella lleva un vestido negro sin mangas y cuello alto, Armani, quizá. Jenny lo sabría seguro. Lleva el pelo, oscuro y brillante, recogido en un moño impecable. Unos aretes de oro diminutos. Un anillo grande de oro repujado en el índice derecho. Ninguna joya más. Unos botines negros con tacones muy, muy finos que deben de tener unos diez centímetros de altura, con las suelas rojas. Son unos... ¿Cómo se llamaban? Christian Louboutin. Son absurdamente caros.

Estos detalles están atravesándome el cerebro como cuchillas afiladas, sin apenas derramar sangre.

Yo llevo un colgante con forma de corazón. Como si estuviera en el instituto, o algo así.

No. Dentro hay fotos de mis niñas. Soy madre. Emmanuelle no es madre, no señor.

Todavía no.

—Hablaremos más tarde, Adam —dice Emmanuelle despreocupadamente—. Me alegro de verte de nuevo, Rachel.

Entonces se va. Su perfume persiste como la radiación.

Adam suspira.

—Bueno. ¿Qué más tienes planeado para hoy?

Pone una cara cuidadosamente inexpresiva.

—Puto mentiroso —le digo. Le lanzó el té helado a la cara y salgo de su despacho.

La ventaja de tener tres hijas pequeñas es que no te dejan demasiado tiempo para pensar. Les preparo la cena, les leo poemas mientras comen, y después me termino sus macarrones con queso porque esa porquería está riquísima. Dejo que se bañen más rato de lo habitual, y les leo algunos cuentos extra y jugamos a los besitos de animales, que consiste en cerrar los ojos mientras yo ladro, maúllo o mujo suavemente en su cabello hasta que adivinan qué animal soy, o se ríen tan fuerte que no pueden hablar. Para variar, están sonrientes y cariñosas cuando les doy un último abrazo. Nadie se baja de la cama, ninguna pide agua, ninguna llora.

Obviamente, soy la madre más increíble del mundo.

Bajo, me sirvo lo que debe de ser una copa de vino de trescientos mililitros y me siento en el sofá a esperar.

Casi me hizo gracia la cara que puso cuando le tiré el té verde a la cara.

Una untuosa furia negra se retuerce y crece en mi interior. Intento diluirla con un par de tragos de vino, pero sigue ahí.

No puedo continuar tan enfadada. Bueno, claro que puedo. Lo estoy, de hecho, pero no debería tomar decisiones estando enfadada. Hay cinco personas a las que tener en cuenta, no solo dos.

Jenny me ha dejado dos mensajes. ¿Nota que ha pasado algo? No he contestado.

Adam no ha contactado conmigo. El miedo que sentí el fin de semana pasado vuelve a la vida con una sacudida.

¿Quiere dejarme?

Una imagen de mis hijas en el futuro aparece ante mis ojos con una claridad aterradora: tres niñas resentidas, quejumbrosas y confusas que tienen que pasar el fin de semana con papá... y Emmanuelle. Se convertirán en unas adolescentes horribles, llenas de *piercings* y tatuajes, y encontraré preservativos en la mochila de Rose y recibiré una llamada del instituto informándome de que Grace le ha dado una paliza a alguien y de que Charlotte vende «hierba» a sus compañeros de clase. Ya estoy furiosa con Adam por hacerles esto a nuestras hijas.

Furiosa y aterrada.

Y después estoy yo. Divorciada. Sola. Me imagino intentando rehacer mi vida... Yo, con cuarenta años, con una cicatriz de cesárea y la bolsa de piel después de parir a las hijas de otro hombre. Yo, tímida en los mejores días, socialmente inepta en los peores, intentando trabar conversación en la barra del Holiday Inn mientras los Yankees juegan en la tele, frente a una barra pegajosa y una copa de vino barato, sentada en una incómoda banqueta de vinilo.

Adam llega a casa a las ocho y siete minutos de la tarde. Nuestras hijas siempre han sido de las que se van pronto a la cama, así que estoy segura de que se ha parado en alguna parte (el despacho, un bar, la casa de su puta) hasta asegurarse de que están dormidas. Puede que sea un imbécil y un mentiroso, pero no quiere que las niñas nos oigan discutir.

Entra en la sala de estar, me mira, suspira y se sirve un *whisky*.

—Supongo que tenemos que hablar —dice, y los ojos se me llenan de lágrimas traicioneras, porque adoro su voz y ahora voy a tener que escuchar cómo me dice que tengo razón. Esta sala de estar no volverá a ser la misma jamás. Siempre será el lugar donde me dijo que me engañaba.

Se sienta frente a mí. Puedo ver la mancha del té verde en su camisa.

—Lo siento.

—¿Cuánto tiempo? —le pregunto.

—Unos tres meses.

¿Tres meses? ¡Por Dios santo! Estamos a finales de abril, así que casi todo abril, todo marzo, todo febrero.

Me regaló el colgante el día de San Valentín.

—Cuéntamelo todo —le digo, y mi voz suena estrangulada y frágil.

Suspira como si estuviera agotándolo, el muy estúpido, y comienza a hablar. Él no lo planeó. Ocurrió sin más. Ella se le insinuó. Él no pudo evitarlo. Es un hombre y, cuando una mujer guapa se insinúa a un hombre, es difícil que diga que no. Me quiere. No quiere el divorcio. Lo siente.

Y la cuestión es que lo sabía. Lo sabía cuando vi esa foto. Lo sabía cuando me llevó arriba para hacer el amor. Lo sabía antes de que Jenny me lo dijera.

Estúpida. Soy una estúpida.

—¿Por qué no le pusiste fin? —le pregunto. Mi verdadera pregunta es «¿Por qué lo has buscado en otro lugar? ¿Qué me falta para que hayas tenido que sacar la polla (por Dios, mi lenguaje se está deteriorando por segundos) y meterla donde no debías?».

No puedo mirarlo. Odio su rostro. Si lo miro ahora, le lanzaré la botella vacía.

—Le puse fin —dice, pero después de una pausa demasiado larga.

—No me mientas, Adam —le digo con tranquilidad—. Ya me has engañado antes. Me mentiste cuando te enseñé esa foto, y me estás mintiendo ahora. ¿Por qué no le pusiste fin?

Ahí está. Consigo mirarle la cara. Siento la mía como si tuviera un enjambre de abejas debajo de la piel, zumbando y picándome, llenas de veneno.

Se encoge de hombros otra vez, sin mirarme.

—El sexo era increíble.

La habitación da vueltas a mi alrededor.

—Mira, tú has preguntado —añade, y sí, hay acusación en su voz. «¡Eres tú quien me ha obligado a decírtelo!»—. Rach, te quiero. Es verdad, tú lo sabes. Y me encanta nuestra vida. Pero Emmanuelle... No sé. Es muy agresiva. ¡Al principio la rechacé, de verdad!

¿Quiere que lo felicite? ¿Que le dé una pegatina? ¿Que escriba su nombre en la pizarra de la cocina, como hago cuando una de las niñas hace algo especialmente dulce o gentil?

—Y entonces, un día, vino a mi despacho a hablar sobre un caso y cruzó las piernas y no llevaba bragas, y no pude evitarlo. Fue...

—Cállate, Adam. Cierra tu puta boca.

Estoy totalmente segura de que hoy es la primera vez que Adam me oye decir la palabra que empieza por P. Deja de hablar.

—Te dije que, si alguna vez me engañabas, me divorciaría —le digo con tranquilidad.

—No quiero el divorcio. Piensa en las niñas, Rachel.

—Yo siempre pienso en las niñas —siseo mientras la furia hace que el estómago se me retuerza—. Es lo único que hago, pensar en las niñas.

¿Estabas tú pensando en ellas cuando te follaste a otra? ¿Eh? ¿Es eso lo que hace un buen padre?

—Mira, lo siento. Lo siento de verdad, Rachel. Fui débil. Pero no quiero perderte.

Cuánto me gustaría mandarlo a la mierda ahora mismo. Decirle que no hay vuelta atrás. Que puede hablar con mi abogado.

Pero con solo pensar en el divorcio, un miedo frío me sube por las piernas. ¡No quiero divorciarme! Si lo hago, no habrá un marido que vuelva a casa cada noche, un padre que siempre está ahí para mis hijas, canciones como *Bebé Beluga* a la hora de irse a la cama. Tendremos que separar nuestras cosas, todas las cosas adorables que hacen de nuestra casa un hogar tan confortable y alegre. Todas las fotos de las niñas; él, evidentemente, querría llevarse algunas.

¿Cómo podría vivir sin que las cosas sean tal como son ahora?

La ira que siento se ve reemplazada por un miedo frío como el hielo.

—Cuando supiste que había visto la foto —susurro—, ¿le dijiste que las cosas tenían que terminar?

—No —admite—. Todavía no lo he hecho.

La gran pregunta espera en el fondo de mi garganta como la bilis.

—¿La quieres?

Duda.

—Yo... No. No como te quiero a ti. Pero, sí, hay... sentimientos.

Oh, Dios.

Me palpita la sien y tengo que obligarme a relajar los dientes.

Me levanto para marcharme. Dormiré en la habitación de invitados, me daré un baño largo en la bañera, tal vez abra otra botella de vino. Veré *Juego de tronos* y... y...

Me derrumbo incluso antes de salir de la sala de estar.

Adam me abraza.

—Nena, lo siento. Lo siento mucho, mucho. —Las lágrimas le alteran la voz—. Por favor, no tomes ninguna decisión ahora. Te quiero. Quiero a nuestra familia. No lo tiremos todo por la borda. He cometido un error. Lo solucionaré. Iremos a terapia de pareja, o de vacaciones, lo que quieras. Pero, por favor, no me dejes. No podría vivir sin ti.

Lo quiero mucho. Lo odio mucho. Él me eligió... De entre todas las mujeres a las que les habría encantado ser la esposa de Adam Carver, él me eligió a mí. Creamos esta hermosa familia, esta vida feliz... Bueno, obviamente no lo suficientemente feliz como para que mantuviera la cremallera de la bragueta cerrada, ¿verdad?

—Me voy a la cama —susurro—. Ahora mismo no sé qué es lo que quiero. Salvo estar sola.

—Descansa —me dice—. Mañana yo llevaré a las niñas a la guardería. Entraré tarde.

Ya no soporto mirarlo a los ojos. Esos preciosos ojos color caramelo que mienten tan bien.

Sintiéndome más cansada de lo que lo he estado en la vida, subo las escaleras, agarrándome a la barandilla con ambas manos. Paso junto a la fotografía de mis padres el día de su boda. Paso junto a la foto de Jenny y mía cuando éramos pequeñas, con vestidos de Pascua llenos de volantes. Paso junto a la foto de Adam, sonriendo de oreja a oreja y con los ojos húmedos mientras sostiene tres pequeños burritos con gorritos rosas.

Paso junto a la fotografía de nuestra boda. Yo con ese vestido impresionante y maravilloso que Jenny diseñó para mí, más guapa de lo que jamás creí que pudiera estar, sonriendo a Adam con tal adoración y... y... gratitud que me pongo enferma.

Sin pensarlo, quito la foto de la pared y la tiro por las escaleras a mi espalda. El sonido del cristal al hacerse añicos sobre las baldosas chispea y suena fuerte.

—Rachel.

Su voz suena dura y virulenta.

Miro hacia abajo.

—Antes de romper algo más, asegúrate... asegúrate de saber lo que quieres. Piensa en nuestra vida juntos, y en cómo sería la vida separados. —Su voz se suaviza—. Merece la pena luchar por nuestro matrimonio. He metido la pata, lo admito. Pero sería prudente proceder con cautela.

Vuelvo a darle la espalda, entro en la habitación de invitados y cierro la puerta.

Parece que acabo de recibir una advertencia.

Jenny

—Oh, Dios —se queja Andreas—. Mira las hordas. Esto es horrible.

Aunque todas las semanas amenaza con dejarlo, no creo que lo haga, a pesar del viaje de ida y vuelta desde la ciudad. ¿Qué otra persona le dejaría escribir su novela durante las horas de trabajo?

—Que haya hordas es bueno, Andreas —digo con paciencia, mirando la fila que serpentea manzana abajo—. Es estupendo. Es nuestra gran inauguración. Sonríe. Sé feliz. Y no abras esa puerta hasta que den las doce, ¿de acuerdo?

Es domingo, el sol brilla y las calles de Cambry-on-Hudson están llenas de gente paseando, desayunando y, sí, comprando. Fuera de mi tienda hay un enorme cubo metálico lleno de peonías tempranas, compradas en la floristería al otro lado de la calle. Una pizarra dice: «Bliss: Inauguración hoy de 12 a 5. ¡Entra, mira y disfruta!».

Mi madre es la primera persona de la cola. Eso me desmoraliza un poquito. Pero no, no. Aunque mi madre hablará sin cesar de su boda con papá, al menos lo hace de una manera muy romántica. Podría ser bueno para el negocio. Aun así, ojalá no se hubiese presentado en pantalones de chándal, hubiera sido mejor. Le dan un cierto aire de indigente. También lleva zapatillas. Y el pelo hecho un desastre. Todo forma parte del pack «Soy viuda», no sea que haya alguna duda de que su vida se vino abajo cuando papá murió.

Como siempre, una aguja fría me atraviesa el corazón.

Bueno. Tengo mucho que hacer antes de pensar de nuevo en el pasado.

Andreas abre el champán en el pequeño bar que he preparado para hoy. Champán rosa y *cupcakes* con cobertura rosa de Cottage Confections, la fabulosa confitería que queda cuatro puertas más abajo. Kim, la dueña, y yo nos hicimos amigas tan pronto como me dio la bienvenida con seis *cupcakes* de chocolate. Hemos acordado que recomendaremos el negocio de la otra. Andreas ordena las servilletas y coloca un cuaderno precioso para que la gente escriba sus correos electrónicos.

Para mostrar mi talento, la tienda está amueblada con maniquíes de costura con vestidos terminados de cada una de las líneas clásicas: Línea A, Mini, Línea A modificada, Trompeta, Sirena, Columna, Midi y, el más popular actualmente, Princesa. Los maniquíes están repartidos por Bliss como un precioso ejército, radiantes bajo las luces rosadas de la tienda: los cristales del vestido de la línea Princesa atrapan la luz y proyectan diminutos arcoíris, el raso del Midi resplandece.

Ahueco la cola del vestido en mikado de seda que está inspirado en Grace Kelly. Bliss no es el tipo de tienda que tiene vestidos ya confeccionados. No soy una dependienta; soy diseñadora. Pero guardo algunos vestidos a mano para las mujeres que quieren jugar a disfrazarse.

En otra zona de la tienda hay accesorios: velos, cinturones, tocados, guantes, ligas. Tendré que asegurarme de que mis sobrinas no causen demasiados problemas por allí. Tienden a considerar mi lugar de trabajo como su zona de juegos personal.

Colgadas de las paredes de ladrillo están mis mejores herramientas de venta: fotografías en blanco y negro de mis novias colgadas a intervalos precisos. Una fotografía es más grande que las demás: Rachel, con el vestido más bonito que he diseñado nunca.

La parte trasera de la tienda es donde se hace de verdad el trabajo. Por supuesto, está el probador con sus paredes pintadas de color melocotón y la tarima rodeada de tres espejos, así como un sofá y tres sillas tapizadas, una mesa de café con un álbum de fotos de mi trabajo. Es ahí donde llevo a cabo las reuniones y las pruebas, donde la novia me enseña las fotos de los vestidos que le gustan, donde hago todas las preguntas que les encanta contestar: cómo imaginas el día, tienes un tema, qué aspecto quieres tener.

El taller está al otro lado de la sala, donde Andreas y yo organizamos meticulosamente miles de muestras de tejido: raso, seda, gasa, organza, *charmeuse,* encaje (tengo más de cien muestras de encaje) y metros y metros de muselina, ya que hago una réplica de cada vestido antes de cortar la tela de verdad. En el centro de la habitación hay una enorme mesa de roble: mi espacio de trabajo, completo con cuatro máquinas de coser distintas.

En los estantes se alinean metros, tijeras y miles de alfileres, docenas de apliques distintos, multitud de cristales, abalorios y adornos. Nunca he entendido cómo puede ser desorganizado un diseñador. Me estremezco siempre que alguien de *Project Runway* pierde su tela.

Me encanta mi trabajo. Me encantan las bodas, de todos los tipos. Yo opté por una boda rápida en la playa, en Provincetown, un fin de semana en el que Owen y yo parecíamos ser la única pareja hétero dando el sí quiero. Vinieron Rachel y Adam, mamá, los estupendos padres de Owen, Andreas y su novio, algunos amigos de Nueva York. Almorzamos en un hotel de la costa a las afueras de Provincetown, y el sol brillaba, y bebimos y nos reímos y comimos. Mi vestido era vaporoso, de corte imperio con un fajín lila que flotaba en el viento, y Owen llevaba un traje azul oscuro con corbata lavanda.

Y míranos ahora.

Lo único que odio de la industria nupcial es que se concentre tanto en un único día. La gente se obsesiona con los detalles, se enfada con aquellos a los que quiere, se agota planeando un par de horas de un día que no significará demasiado en la vida en general. Incluso mientras diseño un vestido que costará miles y miles de dólares, siempre intento que cale ese mensaje: «No olvides que después de ese día vendrán miles de otros días. Sé cuidadosa. Quereos el uno al otro. No lo estropeéis».

A pesar de saberlo, yo lo estropeé. Diría que Owen y yo lo estropeamos, pero ahora mismo él es el hombre más feliz de la tierra.

Hago una parada técnica en mi pequeño aseo. Llevo el uniforme de trabajo, el cabello liso recogido en un moño, labial rojo. Intento parecer tan distinta de una novia como es posible... Un poco severa y sencilla, pero también elegante. Aunque paso mucho tiempo de pie, me encantan mis estupendos zapatos. Tener una habilidad es tener una habilidad, y llevar tacones diez horas al día es una de las mías.

—¡Hora de empezar! —exclamo, abriendo la puerta—. Bienvenidas a Bliss. Hola, mamá.

En realidad, la mayoría no está aquí para comprar un vestido de novia. Todavía no. Algunas son demasiado jóvenes, algunas no están prometidas, algunas solo quieren jugar a los vestiditos, que es algo que no haremos hoy. Pero todas son bienvenidas, porque nunca se sabe.

—Oh, Dios, ¡este se parece al de Kate Middleton! —exclama una joven. Las novias seguirán copiando ese vestido hasta que el pequeño príncipe George se case.

—Este parece una nube —dice otra, señalando una obra de arte con falda de tul. Sonrío y murmuro un agradecimiento, y después hablo un poco sobre los detalles técnicos. Alguien del periódico local me hace una foto. Puedo oír a mi madre discutiendo los pormenores de la muerte de mi padre.

La puerta se abre y entran mis tres sobrinitas.

—¡Tía, tía! —exclaman, levantando sus deliciosos bracitos.

—Hola, caramelitos —digo, inclinándome para besuquearlas—. ¡Estáis preciosas!

Se oye un suspiro entre la clientela. Charlotte, Rose y Grace van vestidas de niñas de arras, con diminutos vestidos de tul rosa con largos lazos rosas... Hechos por una servidora, por supuesto. Oye, estas niñas son la mejor publicidad que podría tener; ¿quién no las querría caminando hacia el altar, esparciendo pétalos de rosa?

—Estamos elegantes —dice Grace.

—Por supuesto que sí. —Entrego a cada una de ellas una cesta llena de galletas—. ¿Os gustaría compartirlas con esta gente tan amable? —les digo, y allá van. Rose se come una, pero eso solo añade encanto a su misión.

Entonces me incorporo, veo a mi hermana, y es como si me dieran un puñetazo en el corazón.

Adam debe de habérselo dicho. Lo sabe. Oh, Dios.

—Hola —jadeo, con la voz temblorosa.

—No pasa nada —me asegura—. Hablaremos más tarde. Pero estoy bien. No quiero que mamá se entere de nada.

No, por supuesto que no. Y Rachel tiene buen aspecto. Va bien vestida, como siempre, y, como siempre, tiene un ojo sobre las niñas. Me dedica una sonrisita. ¡Pero es como si hubiera envejecido de repente! Rachel, a la que todavía le piden el carné cuando salimos, de pronto tiene arrugas alrededor de los ojos y una languidez general en el rostro. Las lágrimas me inundan los ojos.

—No, no —insiste—. Este es tu día. Jenny, estoy muy orgullosa de ti. Papá estaría muy orgulloso de ti. Esto es precioso.

Papá estaría orgulloso de ella, pienso, si la viera manteniendo la calma, siendo tan generosa y fuerte como para acudir a un encuentro social solo por mí. Pero, claro, los sentimientos de papá serían contradictorios, ¿no?

—Hablando de cosas preciosas, hola, Rachel —dice Andreas. Le ofrece una copa de vino espumoso—. ¿Qué te parece?

—Me parece que mi hermana y tú sois dos genios —dice. Me mira y baja los ojos.

Incómoda. Se siente incómoda conmigo, la única persona ante la que nunca se muestra tímida, además de sus hijas. Se siente incómoda conmigo porque lo sé.

Ese maldito Adam.

—Bueno, no puedo hablar por Andreas, pero sí, yo soy un genio —digo, con firmeza fingida.

—Yo solo soy el poder en la sombra —dice Andreas.

—Hola —dice Charlotte, agarrándose a su pierna.

—Oh, Dios, aléjate de mí —replica él, provocando que Charlotte se muera de risa—. Vete, pequeño pulpo.

Agita la pierna, lo que hace que Grace se acerque y le agarre la otra. Rose está demasiado ocupada sentada debajo de una mesa, atiborrándose de galletas.

Pobre Rachel. Yo lo sabía, pero no quería tener razón. Nunca he deseado tanto estar equivocada.

—Andreas, ¿podrías vigilar a las niñas un segundo? —le pregunto.

—No. No me abandones.

No le hago caso.

—Ven, Rachel, hablaremos en la parte de atrás —le digo, tomándola de la mano y remolcándola a través del gentío—. Hola. Gracias por venir.

—No, Jenny, yo...

—Rach, vamos a hablar. Por Dios.

Entramos en mi despacho y cierro la puerta. Espero un segundo antes de abrir una rendija para ver si mamá nos ha seguido. No lo ha hecho. Cierro la puerta de nuevo.

—¿Qué ha pasado?

—Fui a su oficina y... vi a esa mujer. Ella entró y lo supe, sin más. —Un leve estremecimiento cruza su rostro—. Y esta vez él no lo negó.

99

—Oh, Rachel. Oh, cielo.

Me acerco para abrazarla, pero ella retrocede.

—No puedo —susurra—. No seas amable conmigo ahora, o me derrumbaré.

—¿Ha...? ¿Sigue...? ¿Qué te ha dicho? ¿Quién es? ¿La conoces?

—Emmanuelle St. Pierre. Una abogada.

—Ese es nombre de zorrón.

—Por favor, no bromees.

Hago una mueca.

—Lo siento.

—Me dijo que el sexo con ella es increíble. Que puede que esté enamorado. Pero no quiere divorciarse, porque a mí también me quiere.

Una nube negro azulada de maldiciones se arremolina en mi boca. Menudo cabrón. Así que mantendrá en casita a Rachel, la esposa perfecta, y después se irá a hacer guarradas con Emmanuelle. Claro. ¿Por qué no?

—¿Está mal que quiera estrangularlo? —le pregunto con los puños cerrados.

—No lo hagas. Mira, yo... Vamos a intentar arreglarlo. Mmm... Tenemos una familia. Debemos hacer las cosas bien. Es complicado.

—¡No es complicado! —siseo—. ¡Es un auténtico gilipollas, Rachel!

—Para. Eso no me ayuda.

—¿Qué vas a hacer? —le pregunto.

—No lo sé —susurra, y el estremecimiento atraviesa su rostro una vez más—. Eso significa que tenemos que ir despacio. Debemos pensar en las niñas. Y no quiero hablar de ello aquí.

—De acuerdo, por supuesto —le contesto—. Pero tenemos que hablar, Rachel. Ven a casa esta noche. O yo puedo ir a la tuya.

—No. Necesito estar con Adam. Tenemos un montón de cosas que resolver. —suspira—. Mira, no quería decírtelo hoy. Es tu gran inauguración. Volvamos fuera.

—Rachel, tú eres mucho más importante...

—Estoy bien, de verdad —me asegura, y ahí está de nuevo, esa fragilidad—. ¿No ibas a decir unas palabras? Vamos.

Por Dios. Si yo me siento como si el mundo hubiera perdido el centro, ¿cómo debe de sentirse ella?

Cuando volvemos a la sala, Rachel se acerca a Grace, que está probándose tiaras. Me dedica una sonrisa forzada antes de dirigir su atención a su hija.

Me tiemblan las manos. No obstante, hago una señal a Andreas y él golpea una copa de champán. Los murmullos cesan.

—Muchísimas gracias por venir hoy a Bliss —digo con una gran sonrisa. Me pregunto qué cara tengo—. Soy Jenny Tate y este es Andreas Calderi, nuestro representante masculino y mi ayudante. —Se oyen algunas risas y Andreas eleva una ceja perfectamente depilada—. En Bliss conseguiréis un vestido único diseñado especialmente para vosotras. Nunca hago dos vestidos iguales, así que podréis descansar tranquilas sabiendo que vuestro vestido será exclusivo.

Un par de jóvenes murmuran su aprobación. Sí, Dios no quiera que sus vestidos se parezcan a otros. Sé que es una ironía que sea tan cínica.

—También puedo modificar vestidos que tengáis ya, si queréis llevar el vestido de vuestra madre pero con un estilo actualizado, o si ya habéis comprado un vestido pero queréis algunos cambios. Eso no sería problema. Si vais a casaros y estáis encontrando problemas con las tallas tradicionales, yo soy vuestra chica. —Hay algunas mujeres que usan tallas mayores que se alegran al oírlo—. Si tenéis alguna pregunta, abordadnos sin miedo. Estaremos aquí toda la tarde. Mirad, bebed champán y hablad con Andreas si queréis concertar una cita. La primera es gratuita. ¡Gracias de nuevo por venir!

Durante la siguiente media hora contesto a preguntas, recibo cumplidos por los zapatos que calzo, escolto a Charlotte al baño, me contratan para diseñar un vestido de madrina para el invierno que viene y vendo el vestido de corte Princesa en tul. Mantengo un ojo sobre Rachel, que parece sorprendentemente normal, casi siempre en la parte de atrás con Andreas o buscando lápices de colores, una toallita húmeda o un libro o dos en su bolso gigante de mamá. Grace, armada con un cuaderno de Hello Kitty, finge tomar pedidos a sus clientes, que están fascinadas con su encantadora seriedad. Rose se ha acurrucado en una silla y parece un ángel allí dormida, y Charlotte está sentada debajo de la mesa de las bebidas, jugando con los cordones de los zapatos de Andreas.

Puede que mi hija esté aquí algún día. La imagen es tan fuerte y clara que puedo sentirla en el corazón, que se llena de un amor inmenso: mi hijita de cabello negro, disfrazándose con sus primas, sentada en el suelo para enseñar sus zapatitos de purpurina.

—No puedo creer que la gente pague tanto por un vestido —dice mamá.

—¿Puedes guardarte esa opinión para ti misma, por favor? —susurro. Ella suspira.

—Bueno, de acuerdo. Pero no puedo creérmelo.

—Sí. Me lo has dicho un millar de veces. Ve a beber champán. O mejor aún, ayuda a Rachel con las niñas, ¿de acuerdo?

Celebrar los logros de sus hijas no es uno de sus fuertes.

La puerta se abre y, como sal en una herida, aparecen Owen, Ana Sofía y su bebé, que duerme en una bandolera, haciendo que Ana parezca una india americana muy elegante. El rostro de mi madre se ilumina. El drama está servido. Es muy divertido para ella.

Owen viene directo hacia mí, me toma las manos y me besa la mejilla.

—Jenny, esto es increíble.

—Tiene razón, Jenny —lo secunda Ana Sofía—. Oh, ¡menuda tienda! Me dan ganas de casarme de nuevo.

Se calla al darse cuenta de lo que acaba de decir.

—A mí también —digo, para eliminar la incomodidad—. ¡Hola, Natalia!

Está incluso más bonita que la semana pasada. Pestañas largas y rectas, cejas elegantes, boca rosada y diminuta. Sus labios se mueven como si estuviera lanzando besos.

El anhelo que siento es tan fuerte que me duele el pecho.

—Jenny, siento interrumpir —dice mi hermana. Y añade con dureza, Dios la bendiga—: Owen, Ana, me alegro de veros. Vuestra niña es preciosa. Jenny, lo siento. La señora Brewster está aquí y dice que hay una pequeña emergencia con la boda de Jared. Le he dicho que tú te ocuparías.

—Echad un vistazo por aquí, chicos. Y muchas gracias por venir. Significa mucho para mí. —Mientras Rach me conduce a través de la gente, susurro—: Y gracias a ti por rescatarme.

—¿Qué hacen aquí? —me pregunta Rachel—. ¿Es que no pueden dejarte en paz? ¿Tienen que restregarte por la cara su vida perfecta?

Me alegra ver en ella algo de pasión. Por supuesto, siempre es más sencillo enfadarse por un ser querido que lidiar con tus propios problemas.

—No es eso —le digo—. Somos amigos.

Me echa una mirada cínica.

—Señora Brewster —dice—, recuerda a Jenny, ¿verdad?

—Supongo que sí. Sí.

—Muchas gracias por venir, señora Brewster. ¿Qué tal está?

—He estado mejor —afirma.

Cuando éramos niños, los Brewster vivían subiendo la colina, en una majestuosa casa antigua donde nos decían que no corriéramos, que no comiéramos y que no nos riéramos. La señora Brewster es la presidenta de la sucursal de las Hijas de la Revolución Americana, del Club de Jardinería, del Comité Femenino (que parece existir solo para vender tartas) y del consejo de administración del Club de Tenis. Su marido es el pastor de la Iglesia Congregacional de Cambry-on-Hudson. Él es amable de veras.

Sería un golpe maestro diseñar el vestido de novia para la esposa de Jared Brewster. La ceremonia tendrá lugar en la iglesia del señor Brewster, que es enorme y preciosa, y en un lugar como ese, el vestido normalmente también es grande y memorable... y caro. El banquete será en el club de campo, y la señora Brewster dice que aparecerá en *Town & Country* y en *Hudson Bride,* ambas revistas dirigidas a ese uno por ciento de las personas más ricas de Estados Unidos.

Podría venirme bien un encargo de ese tipo. Aquí arriba es habitual alquilar una limusina e ir a la ciudad, a Kleinfeld's y Vera Wang, para encontrar el vestido de tus sueños... y tal vez aparecer en un programa de televisión. Necesito que esos clientes vengan a mí. Trasladarme aquí fue un riesgo, y la bendición de los aristocráticos Brewster me resultaría muy útil. Un montón de madres instarían a sus hijas a ir donde Eleanor Hale Brewster les dijera que fueran.

—Disculpe, tengo que ayudar a Charlotte. Me alegro mucho de verla, señora Brewster.

Mi hermana se aleja de inmediato; sus hijas siempre le sirven de vía de escape.

Veo que Ana Sofía se ha arrodillado para que Grace pueda inspeccionar a su bebé. Mi sobrina mira a Owen.

—Es guapa, tío Owen —pronuncia con seriedad.

El título es como un vidrio roto en mi corazón.

Hora de concentrarse en el negocio.

—¿Qué puedo hacer por usted, señora Brewster? —le pregunto—. Sé que Jared va a casarse este verano.

—Esa mujer ha elegido un vestido ridículo —dice—. Necesitamos algo adecuado.

«Esa mujer», ¿eh? Toda una relación explicada en dos palabras.

—Bueno, para diseñar algo nuevo necesito casi un año, pero para una vieja amiga de la familia haremos una excepción, por supuesto.

Me mira como si intentara recordar cómo me llamo. Mensaje recibido: «Los tuyos nunca fueron amigos de los míos».

—Por supuesto, pagaremos una tarifa de urgencia o cualquier otro extra que consideres adecuado añadir.

Mensaje: «Vosotros, los obreros, haríais cualquier cosa por dinero». Me mira por encima de su huesuda nariz.

—No creo que... Kimber... comprenda lo que significa casarse con un miembro de la familia Hale-Brewster.

Cualquiera pensaría que este tipo de esnobismo murió hace un siglo o más. Se equivocaría.

—Bueno, me encantaría trabajar con ella.

—Trabajarás conmigo.

—Eso también me encantaría.

Sonrío firmemente. Estoy acostumbrada a las innumerables emociones y egos involucrados en las bodas, por supuesto.

Mi marido (exmarido) sostiene a Charlotte en brazos para que también pueda ver al bebé. Mamá se ha unido al círculo de admiradores. Suspiro.

La señora Brewster sigue hablando sobre la prometida de Jared, a la que no conozco. Las palabras «inapropiada», «inadecuada» e «inconveniente» se usan más de una vez. No es una sorpresa viniendo de la Reina Puritana. Rachel me ha dicho que Kimber es muy amable.

Jared era más amigo de Rachel que mío, ya que tenían la misma edad, pero nunca le importó que yo me uniera a ellos. Siempre que lo veo es cariñoso, divertido y amable. Un bombón en todos los aspectos, ese chico. Siempre me ha gustado que haya mantenido la amistad con Rachel.

Ojalá se hubiera casado con alguien como él.

Un cuchillo de ira caliente me apuñala el corazón. Solía encantarme Adam, y es bastante fácil decirlo en este momento en el que lo odio más de lo que nunca he odiado a nadie.

Justo entonces entra un verdadero arcoíris de mujer. Minifalda negra, botas de motorista, medias negras de rejilla, cazadora de denim y un tatuaje que le rodea el cuello con rosas. Lleva el pelo rosa. Me cae bien de inmediato. Viene directa hacia nosotras.

—Hola. Siento llegar tarde. Mmm, ¿soy Kimber Allegretti?

Sus ojos saltan de mí a la señora Brewster.

—No lo digas como si fuera una pregunta —le espeta la señora Brewster—. ¿Eres o no eres?

—Sí. Soy —dice Kimber, sonrojándose.

—Yo soy Jenny, la hermana de Rachel —me presento. Kimber parece tener unos veinticinco años. Y Jared tiene cuarenta, o casi—. Me alegro de conocerte. Rachel me ha hablado muchísimo de ti. Dice que le caíste bien de inmediato.

—¿De verdad?

Kimber sonríe de oreja a oreja.

Juro que he oído a la señora Brewster gruñir.

—Jennifer ha accedido a improvisar un vestido que sea más apropiado que esa broma que me enseñaste antes. No puedes haber planeado en serio llevar eso en la casa del Señor.

Kimber se muerde el grueso labio inferior.

—Supongo que no lo pensé bien —murmura.

—Yo diría que no.

—Bueno, estoy segura de que idearemos algo que os guste a ambas —afirmo—. Será precioso, Kimber. Y yo no improviso nada, señora Brewster. —Sonrío con firmeza—. Tengo un máster del Instituto de Diseño Parsons. Será increíble, no se preocupe.

—Mientras cubra esos tatuajes... —dice—. Sinceramente, no sé en qué piensan los jóvenes de hoy día.

Guiño el ojo a Kimber y, aunque me gustaría... oh, no lo sé, tapar la boca de la señora Brewster con cinta americana, sé que eso no mejoraría la situación. Parte de mi trabajo es ser terapeuta familiar y enseñar el arte del compromiso. Una mujer que quiere un vestido súper sensual cortado a la cadera se enfrenta a su madre, que le dice que va a parecer una golfa. Damas de honor odiosas que encuentran faltas a todos los aspectos del vestido y se mueren de celos porque no son ellas las que están subidas a la tarima delante del espejo.

Y luego están esas novias que preferirían llevar el vestido más feo del mundo con tal de no molestar a un familiar.

Mi trabajo es hacer feliz a todo el mundo, conseguir que la novia llore al verse en el espejo, que su madre diga que no puede creer que su niña haya crecido, que su padre gimotee todo el camino hacia el altar y que su novio no pueda contener la sorpresa y el asombro al ver por primera vez a su futura esposa.

El vestido es un símbolo para la pareja: esperanza, amor, belleza, promesa, compromiso.

Miro la foto de Rachel.

Mierda.

—Bueno —digo, aclarándome la garganta—, busquemos un momento para la primera cita.

—Mañana a las once —dice la señora Brewster.

—Déjeme consultar mi agenda —respondo con paciencia. Sé que estoy libre, pero no me gusta que me traten como si fuera una esclava—. ¿Hay alguien más que te gustase que estuviera presente, Kimber? ¿Una dama de honor o tu madre, quizá?

—Mmm, no, solo la señora Brewster —dice, hurgándose bajo la uña del pulgar.

—A veces también viene el novio, ¿sabes? —sugiero. Esta chica va a necesitar un aliado.

El rostro de Kimber se ilumina.

—¿En serio?

—No creo que Jared deba estar aquí —dice la señora Brewster.

—Señora Brewster, ¿por qué no echa un vistazo a ver si hay algo que le llame la atención? —le sugiero—. Tome un poco de champán. Andreas, ¿te importaría enseñar la tienda a la señora Brewster?

Mi encantador ayudante se acerca y se la lleva.

—¡Señora Brewster! ¡Qué honor tenerla hoy con nosotros!

Se acaba de ganar un aumento.

—Bueno, ¿cómo conociste a Jared? —pregunto a Kimber.

—Es que a veces canto en un bar. En Miller's, bajando la ribera. ¿Lo conoces?

—Claro. Solía colarme cuando era menor de edad —digo con una sonrisa.

—¿En serio? Pareces muy elegante para un sitio así.

—Es por los zapatos. No te dejes engañar. Entonces, ¿estabas cantando?

—Sí, *El hijo del predicador*. Y Jared se acercó y me dijo, «¿Sabes? Yo soy el hijo del predicador», y me pidió una cita.

—¡Qué historia tan maravillosa! Es un buen tipo. Lo conozco desde hace mucho.

—Lo adoro —dice sin pensar, después hace una mueca—. Quiero decir, claro, ¿no?

—¡Me alegro mucho! Te veré mañana. Oye, trae el vestido que tenías comprado, ¿de acuerdo? Puedes decirme qué te gustaba de él, y quizá podamos incorporar algunos de esos elementos.

—La señora Brewster me obligó a devolverlo.

—Ah. Bueno. De acuerdo, entonces te veré mañana y empezaremos de cero.

—Gracias, Jenny —dice con otra sonrisa enorme. Es posible que tenga un piercing en la lengua, porque cecea un poco—. Me alegro de conocerte.

—Y yo a ti.

Mis ojos vuelven a encontrar a Rachel. Lleva a Charlotte en la cadera y le mete el cabello detrás de la oreja.

Me acerco.

—Lottie, Andreas sabe hacer un truco de magia. ¡Ve a ver!

Mi sobrina escapa de los brazos de Rachel y corre hacia mi asistente, que teme a los niños.

—Debería irme —dice Rachel.

—¿Quieres que vaya a verte más tarde?

No es que quiera ver al capullo de mi cuñado, pero Rachel podría necesitar el apoyo. Parece agotada. Pero claro, si veo a Adam puede que le apuñale y le de en una arteria accidentalmente. Apuesto a que no me costaría nada cortársela con las tijeras de costura, ahora que lo pienso.

—O puedes venir tú a mi casa. Ya he terminado la mudanza. Tengo vino, y si quieres desahogarte...

—No. Necesito estar con Adam.

Me pregunto si seguirá enviándose mensajes calientes con su amante. Si será por eso por lo que Rachel teme dejarlo solo demasiado tiempo. Si estará con Emmanuelle ahora mismo, disfrutando de un sexo salvaje.

—De acuerdo —le digo.

—No me juzgues, Jenny.

Su voz ya suena resignada.

—¡No lo hago! Rachel, no lo hago. Solo quiero ayudar.

—No puedes. —Suspira—. Mira, lo siento. La tienda es preciosa. Estoy orgullosa de ti.

Parece abrumada, como si acabara de salir del Metro de Londres después del *Blitz*.

—¿Tomamos café mañana? —le pregunto.

—No lo sé.

Los ojos se me vuelven a llenar de lágrimas y mi hermana me sonríe con tristeza.

—Te llamaré más tarde. Te quiero.

—Yo también te quiero. Muchas gracias por venir, de verdad.

La ayudo a llevar a las niñas al automóvil, alzando a Grace en brazos y agarrando a Rose de la mano, y las sentamos en sus sillitas. Doy un abrazo a Rachel y me lo devuelve con fuerza.

—Lo único que he querido siempre es que Adam y yo tuviéramos lo que tenían mamá y papá —susurra. Entonces me suelta y se mete en el automóvil—. Adiós. Hablaremos pronto.

Tiene lágrimas en los ojos.

La observo mientras se aleja conduciendo.

Tiene más en común con nuestros padres de lo que imagina.

Cuando llego a casa esa noche, los pies me dicen que llevar tacones de diez centímetros durante todo el día es una habilidad con fecha de caducidad, y que la mía está ya a la vuelta de la esquina. Empiezo a subir los peldaños y me detengo en seco.

Oigo música.

En las dos semanas que llevo viviendo aquí no he oído nada más que esas canciones horribles y repetitivas de «Enseñando a sus Deditos a Tocar». Cualquiera pensaría que vivir en el piso de arriba de donde vive un pianista de Juilliard debería al menos proporcionarme un poco de música gratis, pero cuando vuelvo a casa Leo suele estar tirado en la tumbona del jardín, bebiendo cerveza con ese perro apestoso y antipático a su lado.

Pero justo ahora hay música: vacilante y melancólica. La melodía se eleva suavemente y me duele el corazón; es muy triste y hermosa. Se me pone la piel de los brazos de gallina.

Dios mío.

Atravieso el jardín en una especie de trance, de puntillas para que los tacones no resuenen sobre la pizarra, y me siento junto a su puerta, porque no quiero que sepa que estoy aquí. La música se enrosca a mi alrededor, un poco más rápida y menos triste, para adquirir a continuación un tinte oscuro y pesaroso antes de regresar a los acordes melancólicos que oí al principio y, Virgen Santa, si yo supiera tocar así jamás pararía.

Desde que me mudé he visto a Leo casi cada día. Ha subido para no reparar nada tres veces hasta ahora, y ha terminado quedándose durante más de una hora cada vez, bebiendo cerveza e insultándome. He conseguido sonsacarle algunos detalles personales: no tiene una novia estable, no es gay y su comida favorita es el pollo de Kentucky Fried Chicken, lo que no me explico. Parece la personificación del vago feliz.

Pensar que guarda esto en su interior resulta sobrecogedor. Me apoyo en la puerta y cierro los ojos.

Entonces se abre y caigo hacia atrás.

—Jenny —dice Leo, apartándose. La música continúa.

Me pongo en pie con torpeza.

—Pensé que eras tú quien tocaba.

—Es uno de mis alumnos. No soy la única persona del mundo que sabe tocar, lo creas o no. Entra.

Hay un niño pequeño sentado delante del piano vertical. Se detiene cuando me ve y cruza las manos pulcramente en su regazo.

—Evander —dice Leo—, esta es mi amiga Jenny. Jenny, te presento a Evander James.

—Eres fabuloso, cariño —le digo.

—Gracias —responde sin mirarme.

—¿Qué era?

Evander mira a Leo.

—*Estudio número tres* de Chopin en *Mi mayor, Opus 10,* más conocido como *Tristesse,* que significa tristeza en francés —dice Leo.

—Era precioso —murmuro, y la voz me suena ronca. Leo sonríe un poquito.

—No sé tocar la parte difícil —dice el niño.

—Todavía no —replica Leo—. Date una semana.

Llaman a la puerta y Evander baja rápidamente del banco y se queda junto al piano, con la mano sobre el instrumento como si no se decidiera a abandonarlo.

—Gracias, señor Killian —dice. Tiene los ojos clavados en el suelo.

—De nada, amigo. Y llámame Leo. —Abre la puerta y una mujer de mi edad entra en la habitación—. Señora James, me encantaría dar clases a Evander. Tiene mucho talento.

—Gracias. Me temo que no podemos permitírnoslo, pero le agradezco la clase de hoy.

Va vestida con un uniforme de enfermera y lleva Crocs. Al verme, asiente ligeramente.

—Hay una beca que me permite ofrecer lecciones a alumnos prometedores —dice Leo—. Me gustaría usarla con Evander. No le costará nada.

La mujer vacila.

—Su padre trabaja en el turno de noche, y yo de día. No sé si podré traerlo hasta aquí.

—¿No podría tomar el autobús escolar hasta aquí los jueves?

—Sí, pero no sé cómo llegaría después a casa.

—Puede quedarse aquí hasta que pueda recogerlo. O le pediré un taxi. El dinero de la beca es más que suficiente, y alguien con el talento de Evander solo aparece muy de vez en cuando.

Tengo que decir que estoy un poco sorprendida. Aunque he visto a Leo de vez en cuando con sus alumnos, siempre parece bastante distraído. Verlo intentando convencerla con tanto ahínco me muestra una parte distinta de su faceta de profesor.

—¿En serio? —pregunta la mujer.

Leo asiente.

—Juilliard puede darle mis referencias. También la Academia Elmsbrook... examinaron mi historial antes de que tocara allí el pasado febrero. Y puedo darle los nombres de los padres de los demás alumnos.

—Mmm... Bueno, deje que lo consulte con mi esposo —dice la señora James.

—Por favor, mamá... —susurra Evander.

—Ya veremos, cariño. Gracias, señor Killian.

—Leo. Lo has hecho de maravilla, chico. —Guiña el ojo a Evander, que le responde con una dulce sonrisa tímida—. La llamaré dentro de un par de días, ¿qué le parece?

—Sería muy amable de su parte. Gracias.

La madre me mira y sonríe.

—Su hijo tiene un gran don —le digo, como si entendiera algo de música.

—Sí —contesta, sonriendo al niño—. Hemos tenido mucha suerte.

La cola corta de *Loki* se agita cuando se marchan; el perro parece odiarme solo a mí.

Cuando la puerta se cierra tras ellos, me siento en el sofá de Leo.

—Eso es lo que se conoce como un niño prodigio, ¿eh? —pregunto.

—Sí.

—Y esa beca tuya... ¿Existe?

—No. —Sonríe—. ¿Te apetece un poco de vino, inquilina molesta?

—Me encantaría, casero extremadamente incompetente. Por cierto, gracias por venir hoy.

—¿Adónde?

—A la inauguración de mi tienda. Te invité, ¿recuerdas?

—Yo no estoy interesado en el negocio de las tartas de boda, Jenny.

—Vestidos.

—En eso tampoco. ¿Cómo ha ido?

—Bueno, veamos. Mi madre contó a al menos nueve personas lo desgraciada que ha sido desde que mi padre murió hace veintidós años; vinieron mi exmarido, su preciosa mujer y su bebé perfecto; y el marido de mi hermana le ha confirmado que el sexo con la otra es increíble.

—Mierda. Ahora desearía haber ido. —Se sienta en la silla frente a mí—. Siento lo de Rachel.

—Yo también. —No quiero pensar en mi hermana y en las horribles ideas que me inspira su situación, así que pregunto—: ¿Cómo has encontrado a un niño como Evander?

—Me llamó la profesora de música de Elmsbrook. Evander lleva tocando el piano desde los tres años, de oído, y ella le ha enseñado a leer partituras, pero la situación le queda grande. Él toca mejor que ella.

—Vaya. —Doy un sorbo al vino—. Así que eres nuevo en Cambry-on-Hudson, pero tienes un montón de alumnos. ¿Cómo es posible?

—Di un concierto en la escuela de primaria. Cuando las madres heteros y los padres gays vieron lo guapo que soy, por no mencionar mi increíble talento, corrieron a llamar a mi puerta.

—Yo todavía no te he oído tocar. Cuando oí a Evander pensé que eras tú.

—Soy mejor profesor que intérprete.

—Eso dices tú. Y aun así afirmas tener un talento increíble.

—Todos los alumnos de Juilliard tienen un talento increíble, querida. Pero tampoco estamos en Emmanuel Ax.

—¿Quién es ese?

—Vete.

Me dedica esa sonrisa asesina y el corazón se me revuelve en el pecho.

—¿Qué es lo que hace tan especial a un niño como Evander, aparte de unos dedos hábiles?

Leo ladea la cabeza, me mira y ahí está, esa irritante y maravillosa punzada de atracción.

—Las mujeres se sientan en la puerta a escucharlo. —Sonríe—. Tiene habilidad técnica, que es bastante fácil de aprender; prácticamente cualquiera puede llegar a ser diestro si dedica el tiempo suficiente. Lo que no se puede enseñar es la interpretación: hay que saber cómo expresar las notas, y no solo qué teclas golpear.

—Entonces, cuando estabas en Juilliard, ¿los mejores destacaban de entre los demás?

—Dios, sí. Todos los del programa de intérpretes crecimos tocando y escuchando. Ser capaz de tocar la sonata *Claro de luna* de Beethoven no es nada del otro mundo. Pero cuando alguien la interpreta de un modo que parece que nunca antes la has escuchado, cuando ese enorme y trillado caballo de batalla te llena de luz... Eso es excelencia.

—Ah. Qué poético estás esta noche.

—Es el vino. Cuando estabas en la escuela de vestidos de novia...

—Instituto de Diseño Parsons, muchas gracias. El Juilliard del mundo del diseño.

Levanta una ceja.

—Cuando estabas en Parsons, ¿sabías quiénes eran los mejores?

Sonrío.

—Entiendo. Sí. Los mejores te hacían contener la respiración ante la belleza de sus creaciones.

—Así que igual que es necesario algo más que saber coser para ser un gran diseñador, es necesario algo más que saber tocar para ser un gran intérprete. Evander tiene once años, pero ya toca con todo su ser. La mayor parte de mis alumnos se sientan aquí como bultos con brazos, pero él se convierte en una extensión del piano. ¿Has visto cómo lo ha tocado tras terminar?

—Sí. Como si fuera su amigo.

Leo pone los pies en la mesa de café.

—Exacto. —Se termina el vino y se sirve más, mira mi copa para ver si necesito otra. No, porque no me he bebido la mía tan rápido como él ha terminado con la suya—. ¿Eres una buena diseñadora, Jenny?

—Ven a mi tienda y lo verás.

—Puede que lo haga.

Su perro deambula hasta Leo, me enseña los dientes de la manera habitual y se sienta a sus pies.

—¿Has visitado hoy a tu madre?

Después de todo, es domingo.

—Sí.

Su sonrisa desaparece tan repentinamente como si hubiera una persona distinta en su lugar, y la... tragedia presente me provoca una oleada de miedo.

—¿Qué pasa?

—No ha sido un buen día —dice, acariciando la cabeza de *Loki* sin mirarme—. Tiene demencia.

—Oh, Leo, lo siento.

Asiente, todavía mirando al perro.

—Gracias.

—¿Tienes otros familiares cerca?

—No. Yo soy el único. —No dice nada durante un minuto. Toma un sorbo de vino y sus largos dedos acunan la copa con una elegancia que no pretende—. Decayó muy rápidamente y tuvo que trasladarse a una residencia. Fue... duro.

—¿Y tu padre?

—No está con nosotros.

En el último minuto he descubierto más cosas sobre Leo que en las últimas tres semanas.

Suspira.

—Así que ahora soy yo el guardián de los recuerdos. Mi... Nuestra familia, la gente que ha muerto... La mayor parte del tiempo olvida que llegaron a vivir. Y al olvidarlos, es como si se hubieran ido un poco más.

Sus ojos bajan de nuevo hasta el perro, que lo mira con adoración.

—Lo siento mucho —digo de nuevo.

Asiente. A continuación se yergue, todo interés y energía.

—¡Bueno! Estás buscando pareja, ¿cierto?

—Mmm... Bueno, sí. Quiero decir, sí, me encantaría casarme de nuevo. Y tener niños.

—¿Por qué?

—Porque sí, Leo.

Odio esa pregunta. «Porque creo en el amor. Porque nunca me he imaginado sin tener hijos.»

—Así que el marido de tu hermana está engañándola, tu marido te abandonó, tu madre es una viuda solitaria y sin embargo tú crees en el amor con A mayúscula y corazoncitos y mariposas.

—No olvides las palomas y los arcoíris. Y sí, creo en el amor. Es la piedra angular de mi negocio.

—Creía que la piedra angular de tu negocio era sacarles a las novias hasta el último dólar por un vestido diseñado para dar envidia a sus amigas.

—Te equivocabas.

Me lanza una sonrisa.

—¿Quieres que pregunte por ahí? ¿A ver si consigo encontrarte un hombre?

—Estás poniéndome de los nervios. Y no necesito tu ayuda. Lo creas o no, Leo, tengo mi público.

—Ah, ¿sí? ¿Alguien prometedor?

—Sí. Tengo una cita el martes, ya ves.

Antes de que tuviera que ocuparse de sus propios problemas, Rachel me concertó una cita a ciegas con un padre divorciado cuyo hijo va a la misma guardería que mis sobrinas.

Leo apoya la espalda en el respaldo del sofá.

—Bueno, no te olvides de informar al tío Leo. Quiero que me cuentes todos los detalles.

Me guiña el ojo.

Por alguna razón, eso me escuece.

—Gracias por el vino.

—De nada.

No se levanta.

Mientras atravieso el pequeño jardín hacia la escalera, no puedo evitar mirar su ventana.

Sigue allí, en el sofá, pero su halo irreverente y travieso ha desaparecido. En lugar de eso lo que queda es... Joder. Una completa y total soledad. Alguien debería advertírselo, porque parece llevar todo el dolor del mundo escrito esas cejas caídas que tiene, en la comisura de su boca, en la mirada confusa que desprenden sus ojos.

Leo Killian necesita ser amado.

Y allá vamos, con el sentimiento más estúpido que existe en el universo. Leo me ha dicho que no está interesado en mí. Sería una estúpida si no lo creyera.

«Pero le gustas», me dice una vocecita aguda en mi interior.

A Owen también le gustaba y todos sabemos adónde me llevó eso. Adam quiere a Rachel, y ahí está, haciéndole trizas el corazón como si lo frotase contra un rallador de queso.

Y mi padre quería a mamá. La imagen que ella guarda de él está como cristalizada en ámbar, donde la realidad no puede alcanzarla.

Me pregunto si habrá llegado el momento de contarle a mi hermana que, como su marido, nuestro padre también fue un adúltero.

Rachel

No me hago una revisión buscando herpes todos los días. No. Esta es la primera. Por eso me he puesto ropa interior nueva.

Parece que, desde que descubrí que Adam está/estaba engañándome, me he convertido en una cómica monologuista dentro de mi propia cabeza. Eso me ayuda a evitar la histeria y/o el asesinato. ¡Joder!

Meto a las niñas en el monovolumen y conduzco hasta la guardería, después nos decimos adiós con unos abrazos rápidos. Este, por supuesto, es el día en el que todo el mundo quiere hablar conmigo. Cuatro o cinco madres bien vestidas están reunidas al otro lado de la puerta, y tengo que pasar entre ellas.

—Rachel, ven a Blessed Bean con nosotras —dice Elle. Lleva un top tan ceñido que es un milagro que pueda respirar para hablar.

—Sí, Rachel. Nunca vienes —dice Claudia, haciendo girar su último anillo con un diamante solitario.

—Lo siento. Tengo un recado que hacer —me excuso.

—¿Has quedado con alguien? —sugiere arteramente Debbie «la Borde». Me mira con la ceja levantada—. Vas muy elegante, Rachel.

Sí, tengo que estar elegante para crear buena impresión sobre la sífilis o la clamidia o lo que sea que tenga. «¡Hola! ¡Sed pacientes conmigo porque, como podéis ver por este adorable vestido, soy súper simpática!»

—Yo también tengo que irme —dice Kathleen, aunque técnicamente no la han invitado a tomar café. Es mayor que las demás y, la única vez que vino, pidió un desayuno completo mientras Claudia, Debbie y Elle la observaban con la misma cara de satisfacción horrorizada que si hubiera estado chutándose heroína. ¡Joder!

—Vamos, Rach, volveremos juntas al aparcamiento. —Cuando estamos a una distancia segura, susurra—: ¿Va todo bien?

—Ajá. Pero gracias por preguntar.

No puedo mirarla porque noto que se me saltan las lágrimas y, si veo amabilidad en su cara, lo más seguro es me derrumbe, lo que excitaría muchísimo a Debbie «la Borde» y también a Claudia y a Elle.

—Llámame más tarde si quieres —dice Kathleen—. Detesto a esas zorras de ahí. Ale, ya lo he dicho. Tú eres la única persona de verdad que he conocido desde que nos mudamos aquí, y me encantaría que fuéramos amigas si es que de verdar eres tan agradable como pareces.

Me quedo boquiabierta.

—¡Oh, Kathleen! Gracias. Yo opino lo mismo. Quiero decir... En realidad ellas no son tan malas, pero tú también pareces muy agradable.

El rubor me cosquillea en las mejillas, pero es maravillosamente incómodo.

En un instante la veo viniendo a mi casa, sentada en la cocina, comiéndose esas galletas de limón que horneé anoche.

—¿Quieres...? Oh, espera. De verdad tengo que hacer un recado. Quizá...

—¿En otro momento, entonces?

—Sí. Por supuesto. —Dudo, pero después me obligo a decirlo—: Tengo algunos asuntos personales que resolver. Podría tardar un poco, pero me gustaría conocerte mejor, en serio.

Es mortificante. Odio ser tan tímida. Lo odio.

—Estupendo. Es decir, es una mierda lo de las cosas personales, pero avísame por si puedo ayudar.

Sonríe y sube a su monovolumen, que está abarrotado, sucio y huele a niño.

—Gracias —le digo—. Gracias.

Trago saliva con fuerza y me meto en mi automóvil.

Unos minutos después estoy ante la recepcionista de la consulta de mi médico.

—Rachel Carver, para ver a la doctora Ramanian —le digo.

—Su tarjeta sanitaria, por favor —me pide la mujer, que es extremadamente joven. Por su cara, diría que la muerte por aburrimiento es inminente. Le entrego mi tarjeta. Ella la mira y teclea. Y teclea. Y teclea—. ¿Cuál es la razón de su visita?

El horror me atraviesa como un relámpago de debilidad. ¿De verdad tengo que decirlo en voz alta?

—Mmm... ¿Una revisión?

—Se hizo una revisión hace cuatro meses —me dice, mirando la pantalla de su ordenador.

Me muerdo el labio.

—Yo... Lo sé. Necesito otra. Tengo una cita.

—Bueno, su seguro médico no la cubrirá. ¿Está enferma?

Habla demasiado alto. Siento que la cara me arde como si estuviera hirviendo, estoy coloradísima.

—Mmm...

«Mi marido está engañándome. Tengo que asegurarme de que no me ha contagiado nada.»

—¿Hola? Tengo que rellenar este formulario.

¡Parece tan aburrida! Y es guapa. Y muy joven, mascando su chicle y con todas esas pulseras de plata y el tatuaje de una letra china en la mano...

—No es asunto tuyo —le digo con dureza—. Se lo diré a la doctora. Tengo una cita, así que hazme pasar.

Vaya. Esta Nueva Rachel... es la hostia.

Pero a esta chica no parezco haberla impresionado mucho.

—De acuerdo. Tome asiento.

Como todas las consultas médicas, esta tiene sillas incómodas con una tapicería rasposa, revistas de viajes y ediciones muy antiguas de *Entertainment Weekly*. Escojo una revista al azar y finjo leer, pero tengo el corazón que me va a cien.

Napoleón Bonaparte murió de sífilis, ¿no? ¿O fue Al Capone? ¿O quizá ambos?

Dios mío, ¿y si tengo algo? Es completamente surrealista. Adam también se hará un análisis, pero dudo que esté sufriendo tanto como yo. De hecho, lo imagino entrando en la consulta de su médico y diciendo, «¡Aquí estamos para otro análisis, amigo! He estado pegándosela a mi mujer y, bueno, ¡la otra es un pibón!». Y el médico responde, «¡Así se hace, campeón!», y chocan los cinco y...

—¿Rachel? Oh, ¡eres tú! ¿Cómo estás?

Me hundo en la miseria. Es la señora Donovan, la que vivía en la casa de al lado cuando era pequeña. No es que no me caiga bien; es solo que estoy aquí con un propósito muy desagradable. Intento levantarme, pero está demasiado cerca y no quiero derribarla.

—¡Señora Donovan! Hola.

Sonrío, o lo intento, y le aprieto la mano libre. Con la otra sostiene su bastón y un enorme bolso de guata en el que parece que llevara escondido a un niño de ocho años.

—¿Cómo están esas tres preciosidades tuyas? —me pregunta.

—Muy bien —le digo—. ¿Quiere ver una foto?

Saco el teléfono móvil, pero ella lo rechaza.

—Odio esos chismes. ¿Tienes alguna foto de verdad?

—No. Lo siento.

—¿Qué haces aquí, querida? No estarás enferma, ¿verdad?

«Eso espero.»

—Oh, solo voy a hacerme un chequeo. ¿Y usted?

—¡Tengo unos picores horribles! —cacarea— ¡Y mocos! ¡En el sitio más raro, además!

Oh, Dios. Puede que ella también tenga una ETS. Me esfuerzo por no poner cara de horror aunque no diga nada, pero no sé si lo estoy consiguiendo.

—Mira —me dice, levantándose la camiseta de La Mejor Abuela del Mundo—. Mira cómo tengo el ombligo. ¿Ves cómo supura?

Hago un esfuerzo para no vomitar. Primero, porque es una barriga enorme y arrugada y me la ha plantado a apenas unos centímetros de la cara. Segundo, porque ese ombligo que tiene sobresale tanto que parece más bien un hocico, algo así como una especie de lechón rarísimo que estuviera intentando salir de su cuerpo.

Y sí, hay secreción.

—He estado usando esas toallitas para las hemorroides —continúa de ese modo alegremente natural que los viejos usan a veces al hablar de sus espantosos problemas médicos—. Pero está empeorando. Ahora es más espeso, y si aprieto...

—¿Rachel Carver?

Una enfermera abre la puerta y vuelo a través de la habitación.

—¡Buena suerte, señora Donovan! —grito sobre mi hombro.

Un par de minutos después estoy con la bata de hospital puesta esperando a que entre la doctora. Me he depilado las piernas para esta cita; está claro que quiero causar una buena impresión como esposa cornuda. Llevo viendo a la doctora Ramanian unos diez años. Me siento como si fuéramos casi amigas, ya que ha visto partes de mí que yo jamás he visto. Está al tanto de mis tremendos esfuerzos para quedar embarazada y vino a ver a las niñas cuando estábamos en el hospital, solo porque es una mujer muy amable. Siempre he querido preguntarle si le apetecía tomar un café o un refresco, pero ese modo despreocupado que alguna gente (como Jenny) tiene de hacer amigos siempre ha estado vetado para mí, y ahora la ventana se ha cerrado. No puedo decirle: «Oye, llevo nueve o diez años con la intención de preguntarte si quieres ser mi amiga, pero no he conseguido pronunciar las palabras. ¿Qué te parece ahora? ¿Funcionaría?».

Llaman a la puerta con brío.

—Adelante —digo.

—Hola, Rachel —me saluda al entrar, con los ojos sobre mi historial—. ¿Cómo estás?

—Bien, gracias, ¿y tú? —respondo automáticamente.

—Muy bien. ¿Qué puedo hacer hoy por ti?

He practicado lo que iba a decir durante el trayecto en automóvil hasta aquí, pero el corazón me golpea las costillas como un pájaro intentando escapar de una casa. Me aclaro la garganta.

—Creo que necesito un análisis de ETS —consigo decir, y no lloro, aunque me tiemblan las piernas recién afeitadas e hidratadas.

El rostro de la doctora Ramanian cambia, fundido por la compasión. No es difícil adivinar quién ha engañado a quién, supongo.

—Muy bien —me dice—. Vamos a examinarte.

Así que me subo a la camilla y dejo que indague en mi cérvix mientras intento respirar profundamente. Soy valiente, después de todo. Tuve trillizas. Durante las pruebas de fertilidad me han examinado, pinchado y pellizcado un centenar de veces.

Nunca encontraron nada malo en mí, por cierto. Adam tiene bajo recuento de esperma. Aun así, fui yo la que tuvo que tomar fármacos para estimular los ovarios y que los pocos espermatozoides que él tenía tuvieran más posibilidades de toparse con algún óvulo.

La doctora Ramanian es rápida y amable y me dice que me siente. Me saca sangre ella misma y me entrega un vaso para que orine.

—No tardaré mucho en tener los resultados. Te llamaré personalmente.

—Gracias —responde con energía la Nueva Rachel, que está al mando mientras me pongo la ropa sin ni siquiera esperar a que ella se marche—. Te lo agradezco.

Porque lo cierto es que la Antigua Rachel no puede con esto. La Antigua Rachel se echaría a llorar en el hombro de esta mujer.

La Nueva Rachel está pensando en lo satisfactorio que sería matar a su marido ahora mismo.

Jenny

Cuando yo tenía once años y Rachel catorce, dos adolescentes entraron en el Auto-Mart para robar y mataron a nuestro padre de un disparo.

A papá le encantaban esas asquerosas bebidas heladas que te pudren los dientes. Bueno, de algún modo tienes que evadirte, ¿no? A nosotras siempre nos pareció increíble que nuestro padre, el gurú de la seda dental, parara en un 7-Eleven o un Stewart's para tomar una bebida hecha de azúcar, sirope de maíz y Dios sabe qué más.

La noche del 11 de julio, papá decidió tomarse un granizado de sandía, su sabor favorito. El video de seguridad lo muestra en el mostrador de autoservicio de granizados, llenándose un vaso de cartón del tamaño de un barril. Mientras estaba concentrado en eso, entraron dos chicos con medias de nailon en la cabeza. Nerviosos, ansiosos, drogados... el peor tipo de delincuente. Apuntaron al dependiente con un arma y le ordenaron que abriera la caja fuerte.

Mi padre tapó su bebida, todavía ajeno a lo que ocurría, y echó mano a su cartera, su último acto en este mundo, porque fue entonces cuando el dependiente sacó su escopeta, los chicos dispararon, el dependiente disparó, y papá, que se quedó allí levantando las manos, murió.

Todo esto ocurrió en menos de quince segundos. Lo sé porque, cuando cumplí dieciocho, la policía me entregó el video. No era macabro; papá cayó hacia atrás, fuera de la pantalla, solo se le veían los zapatos. No sé qué esperaba encontrarme, pero me sentía obligada a conocer los detalles de lo ocurrido.

Hasta tres meses antes de ese horrible día, mi vida había sido feliz.

Mis padres eran maravillosos, gente estable y normal. A papá le encantaba ser dentista y mamá daba clases de arte en una residencia de ancianos. El trabajo de mamá era de media jornada, un trabajo perfecto para ella, que era creativa y un poco mojigata: era un trabajo que le ocupaba apenas unas horas y así no dejaba de lado su candidatura a madre del año. Venía a todos nuestros recitales, a todos nuestros conciertos, a todas nuestras exhibiciones de hípica. Horneaba galletas, ideaba temas para nuestras fiestas de cumpleaños, daba los mejores caramelos en Halloween... así como cepillos de dientes, por supuesto. Mamá nos hacía trenzas francesas, preparaba galletas de chocolate caseras y trabajaba las horas necesarias como voluntaria en nuestro colegio.

De vez en cuando nos hacía vivir una pequeña aventura: giraba demasiado rápido al entrar en el camino, haciéndonos gritar de miedo y alegría, o, si papá estaba en una convención de dentistas, nos dejaba tomar helado para cenar y ni siquiera teníamos que lavarnos los dientes después (aunque Rachel lo hacía, que conste).

Creíamos que todas las familias eran como la nuestra. Nuestros padres estaban felizmente casados (muy felizmente), nuestra casa era grande pero no extravagante, papá hacía lo suficiente para que viviéramos de manera acomodada, aunque no fuéramos ricos. No teníamos caballo, pero asistíamos a clases de equitación. Cambiábamos de automóvil cada cinco años más o menos. Veraneábamos todos los años: alquilábamos una casa en un lago de New Hampshire o visitábamos el Gran Cañón. Íbamos al cine juntos y jugábamos a juegos de mesa... juegos de siesta, solía llamarlos yo, orgullosa de mi sofisticado ingenio.

Mamá y papá hacían que la vida adulta fuera increíblemente deseable, y ni Rachel ni yo podíamos esperar para crecer. Las noches que salían, algo que ocurría todos los fines de semana, mamá se ponía un vestido, unas medias, se calzaba unos tacones y se echaba perfume. Iban a fiestas benéficas, a bailes en el club de campo y a cenas en casa de sus amigos, y cuando era su turno de ser los anfitriones, Rachel y yo recogíamos los abrigos, servíamos aperitivos y espiábamos desde el rellano de la escalera antes de subir a ver la tele.

Mamá era estupenda.

Pero papá era mejor.

Ahora me doy cuenta de que era un hombre increíblemente atractivo. Pero los padres son padres; por supuesto que pensábamos que era guapo. Cuando crecí me di cuenta de cómo hablaban las mujeres con él, cómo se reían, cómo le ponían la mano en el brazo después de que él les hiciera una limpieza dental. Los niños iban encantados a su consulta y en las actividades escolares corrían a enseñarle el diente perdido o solo para decirle hola. Papá jugaba al golf con sus amigos de vez en cuando e iba a un partido de los Yankees una vez al año con su hermano, pero en realidad estaba dedicado a mamá, a Rachel y a mí. Sus chicas. Nos adoraba.

Mamá era una madre realmente buena. Papá era perfecto.

A veces, Rachel o yo nos topábamos con nuestros padres besándose en la cocina, una imagen que Rachel adoraba y que yo fingía encontrar asquerosa. Me parecía que mamá tenía suerte de estar casada con el hombre perfecto: el tipo que conseguía que la gente fuera encantada al dentista, el mejor padre, la persona más buena del mundo. Nunca fue de otra manera.

Pasábamos los fines de semana haciendo senderismo junto al Hudson. La noche del domingo cenábamos *pizza* en Louie. A la hora de dormir, papá se sentaba en la silla entre la cama de Rachel y la mía y nos contaba historias largas y absurdas sobre gatos renegados, o ejércitos de niños que derrotaban a gigantes malvados con ingeniosas armas caseras. Los domingos por la mañana hacía tortitas con trocitos de chocolate, siempre que nos cepilláramos los dientes un poco más después.

A veces iba a su consulta después del colegio y atravesaba corriendo el pasillo, pues el sonido de la perforadora no me molestaba. Todos los miembros de su equipo eran mujeres, y parecían hincharse de amor al ver a papá levantando a sus hijas en brazos y presentándonos a sus pacientes. Papá siempre tenía tiempo para hacernos una revisión dental y darnos la grave noticia: «Parece que tendré que sacarte todos los dientes, pequeña. Están negros y podridos. ¿Es que tus padres no te dicen que te los cepilles?». Dejaba que Rachel y yo eligiéramos los pósteres que sujetaba con chinchetas al techo sobre la silla de exploración: un gato colgado de una rama con la leyenda «¡Aguanta ahí!», o un unicornio bajo un arcoíris y las palabras «¡No dejes de creer!». Había un cofre del tesoro lleno de juguetes para que los niños jugaran después de terminar su revisión, y Rachel y yo siempre elegíamos lo que había dentro.

Al otro lado del pasillo, frente a la consulta de papá, había un almacén no mucho mayor que un armario lleno de suministros dentales: cajas y cajas de dentífrico, hilo dental y cepillos, bombonas de óxido nitroso, uniformes sanitarios y cajas de mascarillas y guantes de látex, agujas y pinzas para los baberos, cubre sillas de plástico y vasos de papel.

A Rachel y a mí nos encantaba jugar allí, dejar notas para papá entre las cajas, o solo escondernos.

Lena, su higienista más joven, se comprometió justo allí, en la consulta, y papá fue cómplice. El padre de Lena había muerto años antes y ella le pidió a papá que la acompañara al altar. Rachel y yo fuimos a la boda y eso nos llenó de orgullo, que reconocieran a papá de aquel modo. «Me muero de ganas de casarme», me susurró Rachel, aunque en aquel momento solo tenía catorce años. «Quiero tener lo que tienen mamá y papá.» Yo no compartía ese sentimiento, todavía no; tenía once años y seguía enamorada de los caballos. Pero sabía a lo que se refería, aunque en aquel momento mi visión ideal de la vida adulta consistía en vivir en la casa de al lado de mis padres y tener un montón de gatos.

Rachel era la preferida de mamá; a ambas les encantaban las labores domésticas como la decoración, la pastelería y la jardinería. A mí me gustaba pensar que era más parecida a papá. Me sentaba a su lado en su enorme butaca, con su fuerte brazo a mi alrededor, y respiraba ese tranquilizador olor a papá: jabón Dial, hierba recién cortada y pasta de dientes Crest, el sabor original a menta.

Así que ya ves, la vida era normal y extraordinaria, banal y completamente feliz, y más que nada, segura. Nuestros padres nos querían y se querían, mi hermana era mi mejor amiga y teníamos todo lo que un niño no sabe que necesita hasta que lo pierde.

Entonces ocurrieron dos cosas. La consulta de papá era tan próspera que contrató otro dentista: el doctor Dan Wallace, mi primer amor. Se parecía a Johnny Castle de *Dirty Dancing*, ¿y qué niña no estaba enamorada de Johnny? El doctor Dan acababa de salir de la facultad de Odontología, era divertido y llevaba un sello de plata en la mano derecha. Nunca había conocido a un hombre que llevara un anillo solo como adorno, y eso hacía al doctor Dan insoportablemente interesante.

Yo no era la única que lo pensaba; Rachel no podía entrar en la consulta sin quedarse muda y sonrojarse, y Dios la ayudara si el doctor Dan se dirigía a ella. Cuando mamá lo invitaba a cenar, tenerlo en nuestro hábitat natural era una agonía de placer y mortificación: yo intentaba parecer más interesante y exótica de lo que era en realidad, Rachel se quedaba casi paralizada por la timidez, mi padre se reía de ambas y mamá ponía los ojos en blanco pero se aseguraba de servir un postre súper complicado y delicioso.

Solía hablar con el doctor Dan del colegio y de mis clases de clarinete, que él tocaba cuando tenía mi edad. A la avanzada edad de once años había encontrado por fin un hombre con el que me podía imaginar casada; arranqué a Bono de mi corazón para dar la bienvenida al doctor Dan. Por la noche imaginaba nuestra vida: yo sería una adulta de pleno derecho a los veintiuno, apenas diez años desde entonces, y nos daríamos un montón de abrazos, nos tomaríamos de la mano sin parar y nos besaríamos castamente en los labios (el sexo a los once años es todavía asqueroso). Celebraríamos fiestas elegantes, saldríamos a navegar y viajaríamos a París para ver la torre Eiffel.

La primera vez que papá dio muestras de haber cambiado un poco, yo estaba ahí. Un sábado por la tarde, él y yo fuimos a la farmacia para comprar compresas maxi para Rachel, que era incapaz de enfrentarse a la humillación de comprarlas ella misma o incluso acompañarnos cuando nosotros las compráramos. Encontré la marca que me había pedido (dos paquetes gigantes para almacenar) y recorrí los pasillos buscando a mi padre.

Estaba allí, en la sección de cuidados faciales, examinando un bote de crema hidratante.

—Papá, eso es de mujer —le dije con paciencia.

Se sonrojó y soltó la caja.

—Cierto, cierto —me contestó—. Últimamente tengo la piel un poco seca, eso es todo. ¿Ya has terminado?

Se dirigió a la caja.

Miré la caja que había soltado. Sérum de Noche Anti-Envejecimiento.

Y cuando subimos al automóvil, papá me dijo que había olvidado comprar cuchillas, corrió de nuevo a la tienda y volvió con una bolsa que estaba claro que contenía algo más que cuchillas. Yo no dije nada pero, más tarde, examiné el armarito del baño de mis padres. El sérum no estaba allí. Lo encontré debajo del lavabo, escondido detrás de un paquete de papel higiénico. No solo eso, tenía tinte para el pelo. ¡Tinte! ¡Para hombres! ¡Qué vergüenza! ¿Por qué se preocupaba papá por el envejecimiento? Era viejo. Él lo sabía.

Entonces Lena la higienista tuvo un bebé y se tomó la baja por maternidad, y papá contrató a otra persona en su lugar.

Apenas me fijé en Dorothy, que cuando yo iba a la consulta siempre estaba demasiado ocupada pavoneándose delante del doctor Dan. Pero su nombre empezó a ser habitual durante la cena y me saltó la alarma, porque algo más estaba ocurriendo: mi madre estaba irascible.

Dorothy no había conseguido encontrar un trabajo estable como higienista, dijo papá. «¿Y eso no te dice nada?», le preguntó mamá, inusualmente crítica. Dorothy era viuda y tenía problemas económicos. «¿Ya está allanando el camino para pedir un aumento?» Cuando papá sugirió que podían presentar a Dorothy a mi tío Greg, mamá dijo, «Rob, sé serio. Greg no va a salir con una higienista dental». Incluso a los once años, reconocí el menosprecio en la voz de mi madre. Ella adoraba a su hermano menor, que, por cierto, terminó casado con una estríper en paro.

Seguían hablando de Dorothy; era como si papá no pudiera evitar mencionarla. Yo no sabía por qué. A mí me parecía patética. Dorothy tenía una hija algunos años menor que yo. Las dos vivían en un barrio conflictivo de Brooks Mill, en un apartamento. Yo no conocía a nadie que viviera en un apartamento, solo en casas.

—He pensado que podríamos darle ropa de las niñas. Cosas que se les hayan quedado pequeñas —sugirió papá. Yo levanté la mirada bruscamente, porque no estaba segura de querer deshacerme de nada, y menos para dárselo a una desconocida.

—¿Qué edad dices que tiene? —le preguntó Rachel.

—Tiene seis años —contestó papá—. Está en primero.

El hecho de que lo supiera me puso celosa. Papá tenía dos hijas. No debería preocuparse de en qué curso estaba la hija de otra.

—Puede quedarse mi vestido amarillo, el de las margaritas —dijo Rachel—. Es bonito. ¿Te acuerdas, mamá? Lo llevé al concurso de Ciencias cuando estaba en la clase de la señora Norton. Y el peto con esos bolsillos tan bonitos. Oh, ¡y el vestido de terciopelo rojo! ¡Me encantaba ese vestido!

De este modo, avergonzada por la generosidad de Rachel (como ocurría a menudo), subí al desván y busqué algunas prendas para aquella niña pobre y misteriosa, también un par de peluches y libros.

El verano se convirtió en otoño, esa estación de hojas doradas y cielos grises. Yo jugaba al fútbol. Rachel estaba en el instituto y cada vez era mejor amazona; competía los fines de semana y siempre traía algún premio a casa. Habían ascendido a Mamá a un puesto de jornada completa como directora de actividades en la residencia de ancianos, y llegaba a casa justo antes de la cena, estresada y moviéndose a cientos de kilómetros por hora, intentando preparar la cena y organizando quién llevaría a Rachel al instituto y haciendo galletas para demostrar que seguía siendo «ese» tipo de madre.

Le encantaba su nuevo trabajo y tenía un montón de historias que compartir. En ese sentido, era diferente; antes solo hablaba de los residentes, a los que yo veía como personas trágicamente ancianas. Ahora nos contaba lo altanero que era el instructor de yoga, o la historia del fabricante de armarios que lloró cuando el señor Zeigler le enseñó los genitales, o nos hablaba de los niños que iban a tocar el violín y el piano o a cantar para los ancianos. Por primera vez parecía que mamá era el progenitor más interesante. Ya conocíamos a los empleados y clientes de papá, pero el elenco de mamá era totalmente nuevo. Seguía queriéndolo, claro, pero se había vuelto un poco... predecible.

Un viernes por la noche estábamos solos papá y yo, algo poco habitual, y me dijo que tenía que hacer una llamada rápida antes de poner la peli. Entró en el despacho mientras yo esperaba en el salón, pacientemente al principio pero después no tanto. Íbamos a ver *Eduardo Manostijeras*. Lisa, mi mejor amiga, ya la había visto dos veces y me había dicho que me encantaría Eduardo porque era muy guapo y extraño; había esperado meses a que estuviera disponible en la biblioteca y por fin la tenía allí.

Así que suspiré profundamente y accedí a esperar.

—Diez minutos, corazón —me dijo papá.

Después de veinte atravesé el pasillo.

—Lo sé, lo sé. Bueno, no fue exactamente lo mismo pero... ¡Sí! Exactamente... ¿En serio? ¿Eso hiciste?

Se rio, ese sonido grave y maravilloso, y sentí una punzada instintiva de celos.

—Papá —dije en voz muy alta—. ¿Vas a tardar mucho?

Levantó la mirada.

—¡Oh! Hola, cielo —me dijo. Levantó un dedo—. Escucha, debo irme. Mi princesa y yo vamos a ver una película. *Eduardo* Nosequé.

—¡*Manostijeras*! —exclamé. ¿Cómo había podido olvidar el título?

—*Manostijeras*... No lo sé. Le preguntaré. —Me miró—. ¿Crees que a una niña de seis años le gustaría?

—No. Es demasiado compleja.

—Oh —dijo, guiñando el ojo—. ¿Has oído eso? Demasiado compleja... De acuerdo. —Se rio de nuevo—. Adiós. Nos vemos el lunes. —Colgó—. ¿Quieres palomitas?

—¿Quién era? —le pregunté.

—Dorothy. De la consulta.

—Es fin de semana, papá —me quejé.

—Lo sé, cariño. Pero está sola. Solo tiene la compañía de su pequeña.

—¿Y? —le pregunté—. Podría casarse si quisiera. Puede que le guste estar sola con su hija.

—Puede —dijo—. Venga, vamos a hacer palomitas. Pero después tendrás que usar el hilo dental.

No mucho después de eso llegó el día que lo cambió todo. Mi entrenamiento de fútbol había sido cancelado debido a la lluvia y yo estaba deseando estar sola en casa. Rachel estaba en su clase de equitación (tomaba un autobús distinto los martes para llegar a los establos) y mamá todavía seguía en el trabajo.

Sin embargo, la llave no estaba en la roca falsa de nuestro parterre; el pequeño espacio estaba vacío, lo que significaba que el último en usarla no había vuelto a guardarla.

Sintiéndome agraviada y sacrificada, una pobre niña desamparada que ni siquiera tenía llave de su casa, caminé alrededor de ella y probé las ventanas. Todas cerradas. Nuestros vecinos tenían una llave, pero no quería ir allí. La señora Donovan era muy amable pero Richie, su hijo, acababa de cumplir nueve años y cada vez que me veía en el autobús escolar me preguntaba si llevaba sujetador.

Decidí caminar hasta la consulta de papá, lo mejor para martirizarme en la cruz del sufrimiento adolescente. Era muy posible que papá me invitara a chocolate caliente en el Corner Café para compensar aquella lamentable situación. Incluso mejor, ¡puede que pidiera al doctor Dan que me llevara él! No es que aquello hubiera ocurrido antes, pero era posible, al menos en mi imaginación. Entonces yo tropezaría, acercándome peligrosamente a un automóvil en marcha, y el doctor Dan me agarraría el brazo y tiraría de mí para ponerme fuera de peligro y salvarme la vida, y me rodearía los hombros con su brazo, cálido y fuerte y tranquilizador...

Por supuesto, no ocurriría nada más; habría sido repugnante. No, me diría que diez años pasan volando, que él no iba a irse a ninguna parte y que esperaba que yo siguiera yendo a la consulta todas las semanas para tomar chocolate y hablar. Me sonreiría y después volvería a su solitaria casa (donde algún día viviríamos después de casarnos) y esperaría a que pasaran los años.

Caminé bajo la fría lluvia hacia el centro, concentrada en este sueño adorable. La consulta de mi padre estaba en el edificio más alto de Cambry y la emoción de subir en el ascensor todavía no me había abandonado. Pulsé el botón del octavo piso y repasé mentalmente las historias que contaría al doctor Dan para entretenerlo y mostrarle que era madura y perspicaz. ¿El sándwich de atún podrido de Caleb Johnson? No, demasiado asqueroso. ¿Que Sydney Dane estaba saliendo con uno de noveno? No, porque eso me haría parecer muy joven. ¡Oh! La cojera del señor Heisman, un asunto de gran actualidad aquel día en el almuerzo. Así podría expresar mi compasión por aquellos menos afortunados. «Creo que es una herida de guerra», le diría al doctor Dan. «Pero no le gusta hablar de ello. Es comprensible, por supuesto.» Resultó que el señor Heisman se había torcido la rodilla saltando en un castillo inflable con su hija, pero yo no lo sabía entonces.

Salí del ascensor y atravesé el pasillo hasta la consulta de mi padre. El doctor Dan estaba justo allí, en la zona de recepción, apoyado sobre el mostrador de Lizzie, la recepcionista, con una sonrisa muy atractiva en su cara de Swayze.

—Iría a donde tú quisieras —estaba diciendo—. Le Monde me parece bien, si es ahí donde quieres comer.

Le Monde era un restaurante elegante junto al río Hudson. Mis padres iban allí en su aniversario.

Sentí en las mejillas el hormigueo abrasador de la humillación incluso antes de entender que estaba pidiéndole una cita a Lizzie.

—Ey, enana —me dijo—. ¿Cómo te va?

¿Enana? ¿Enana? No es lo que llamarías a la chica a la que vas a esperar. Un arpón de dolor me atravesó el pecho, rompiéndome las costillas y aplastándome el corazón. Aun peor, noté la quemazón de las lágrimas en los ojos. En un segundo estaría llorando, y entonces el doctor Dan lo sabría. Y también Lizzie. Todo el mundo.

—¿Está mi padre? —pregunté bruscamente—. Tengo... Tengo una urgencia.

—¿Estás bien? —me preguntó con el ceño fruncido.

—¿Dónde está mi padre?

—Creo que está en el almacén, cielo —me dijo Lizzie.

El almacén se encontraba al final del pasillo, en dirección al ascensor. Atravesé la puerta y corrí, con los *jeans* mojados golpeándome la piel descarnada y fría. Estúpida, estúpida, estúpida. ¿Cómo había llegado a creer que alguien como el doctor Dan me encontraría interesante? ¡Que me esperaría diez años! Era una idiota.

Irrumpí en el almacén y vi a un hombre y una mujer besándose, con los brazos entrelazados. Cuando entré, se apartaron de inmediato.

El hombre era mi padre.

Los latidos acelerados de mi corazón me tamborilearon en los oídos.

Un segundo. Dos segundos. Tres. El silencio se extendió entre nosotros como alquitrán fundido. Dorothy (¿Dorothy? ¿Le gustaba Dorothy?) se retorcía el dobladillo de la cazadora entre los dedos, mordiéndose el labio.

—¡Calabacita! —dijo mi padre con mucho, mucho retraso— ¡Qué agradable sorpresa! Esto... ¿Ya han terminado las clases? ¿Por qué estás mojada?

—Está lloviendo —dije. Sentía los ojos duros y secos.

—Claro, claro que sí. Mmm, Dorothy, ¿has encontrado lo que necesitabas?

—Sí, doctor Tate —dijo. Después nos rodeó y se marchó.

—Han cancelado el entrenamiento de futbol —dije con tono acusatorio.

—Claro, cielo. Vamos. Iremos a tomar chocolate. ¡Mi pobre Jenny! ¡Estás empapada! Debes de estar congelada.

Casi logró que me sintiera mejor.

—Estabas besándola.

Hizo una mueca mientras buscaba una respuesta.

—Ella estaba... Estaba disgustada. Eso es todo.

—Estabas besándola.

Papá suspiró y se agachó para mirarme a los ojos.

—Sí. Estaba besándola. Porque está disgustada. Pero quiero a mamá, y a vosotras, niñas, y si se lo cuentas a tu madre o a tu hermana, serán ellas quienes se disgusten. No lo pienses más, Jenny. No ha sido nada.

Pero yo lo sabía. Aquello era cualquier cosa excepto «nada», y la injusticia titilaba en el aire. La traición del doctor Dan se evaporó ante el calor de aquella injusticia.

—Deja que te invite a un chocolate, cariño —me dijo, y su voz, su voz de papá, era la misma de siempre, cálida, grave y amorosa, y lo odié en aquel mismo momento.

Pero me fui con él, me bebí el chocolate y me comí dos magdalenas francesas, y cuando mamá insistió aquella noche en que probara la cena, él le dijo que no la tomara conmigo.

No le perdonaría. Lo sabía. Le gustaba la tal Dorothy. ¿Cómo se atrevía?

Desde aquel día, la verdadera adolescencia estalló en cada uno de mis poros, se filtró en el aire que me rodeaba, malhumorada y consumidora. No se lo conté a Rachel cuando me preguntó con su voz dulce y amable si algo iba mal. Mi madre murmuró que ya había otra mujer menstruando en la casa y yo me fui echando pestes de la cocina. Cuando papá me preguntó si quería salir a dar una vuelta en bici aquel fin de semana, le dije que no y me quedé en mi habitación, furiosa porque después se lo preguntó a Rachel y salieron y se lo pasaron bien. Vaya descaro. Menuda traición.

La semana siguiente, mamá preguntó a papá qué tal les iba a Lena y el bebé. Estaban muy bien, contestó. Lena regresaría una semana después.

—¿Y Dorothy?

Mamá no levantó la mirada de su plato.

Los ojos de papá me atravesaron.

—Bueno, no necesito otra higienista. Pero le haré una carta de recomendación.

Se metió otro bocado de patatas y masticó. La piel de su garganta estaba flácida y se balanceaba con el movimiento de su mandíbula. Era curioso que nunca me hubiera fijado en eso antes.

Mi padre estaba envejeciendo.

Por supuesto, para una alumna de sexto, «viejo» es cualquier cosa más allá de los dieciocho. Pero en aquel momento sentí dos cosas: un triunfo salvaje y ardiente porque Dorothy iba a salir de nuestras vidas y una abrumadora repulsión por mi padre. No le perdonaría solo porque ella se fuera.

Y entonces, tres meses después, dispararon a mi padre en la cara y murió, y no vio un día más allá de los cuarenta y cuatro años, seis meses y un día.

La muerte afecta a cada persona de un modo diferente. En mi caso, me volví más protectora con mi hermana. Rachel siempre se esforzaba demasiado, era demasiado blanda, demasiado dadivosa. Después de la muerte de papá se volvió incluso más dulce y más tímida.

Mamá se convirtió en alguien totalmente distinto. La madre laboriosa, la terapeuta y la artista, la directora de todos los comités existentes había desaparecido. En lugar de la Mejor Madre del Mundo, mamá se convirtió en la Viuda Más Sufriente del Mundo.

Un temor insidioso (y una aversión, lo admito) creció en mí como moho mientras mi enérgica y competente madre se convertía en alguien que se quedaba dormido en su butaca cada noche aferrada a una foto de su boda con papá. Dejó de teñirse el pelo, ganó peso, comenzó a usar la ropa de mi padre. El trabajo, que el año anterior le había gustado tanto, empezó a ser demasiado para ella y volvió a la terapia artística, y después siguió recortando horas hasta dejarlo en un par a la semana. «No puedo soportar estar con toda esa gente vieja —me dijo una vez—. ¿Por qué Rob tuvo que morir tan joven? ¿Por qué no se llevó Dios a uno de ellos en lugar de a él?»

De lo único que hablaba era de lo felices que habían sido, lo «venturosos», una palabra que nunca antes la había oído decir. «Ojalá hubiera sido yo. Vosotras estaríais mejor si hubiera sido yo en lugar de Rob», dijo una noche con la voz empastada por la autocompasión.

Eso era otra cosa. Cuando mamá hablaba ya no era «papi», ni «papá», ni siquiera «vuestro padre». Solo era Rob, su marido. Mi madre fue un débil consuelo para nosotras en nuestro dolor, porque «al menos vosotras dos os tenéis la una a la otra». Lo que significaba que ella estaba sufriendo mucho más que nosotras. Y puede que fuera cierto, pero no parecía justo que una de nosotras estallara en lágrimas y a continuación mamá llorara más fuerte, más tiempo y más alto.

Así fue como cambié. Me volví cínica y más dura, aunque en realidad el cambio había empezado en el almacén de suministros dentales.

Una multinacional compró la consulta de papá y la Clínica Dental Tate se convirtió en la Clínica Dental Oak Hill. Los higienistas se quedaron, contrataron a una dentista sesentona que no creía en el óxido nitroso y el doctor Dan se mudó al sur un par de años después de la muerte de papá.

De vez en cuando pensaba en Dorothy... Me preguntaba si sabría lo de papá. Si estaría triste.

Y entonces, una noche, me desperté sobresaltada y decidí algo.

Había visto mal.

No habían estado besándose. Abrazándose, sí, quizá, pero no besándose. Papá nunca engañaría a mamá. Había sido yo; yo me había equivocado. Mis fantasías románticas sobre el doctor Dan me habían llenado el cerebrito de todo tipo de imágenes propias de una telenovela barata. Eso era todo.

Necesitaba llorar a mi padre, ese hombre maravilloso, dulce y amable. Ya no sería un adúltero. Quiero decir, ¡nunca lo fue, de todos modos! ¿Verdad? Ahora que mi madre era un despojo abyecto, tenía que volver a querer a mi padre, pensar que era ese hombre casi perfecto. Era demasiado difícil luchar, incluso en silencio, contra Rachel y mamá y su dolor sin adulterar.

En mi primer año de instituto tomé una asignatura optativa llamada Diseño Básico, y de repente, por fin, encontré algo que hacer en casa para distraerme de tanto luto. Pedí clases de costura por mi cumpleaños y una diminuta mujer italiana me enseñó a hacer costuras francesas y dobladillos, refuerzos y ojales. Rachel fue a la universidad a estudiar Diseño Gráfico; también era creativa y así se quedaría cerca, ya que iría a la universidad en New Paltz.

Cuando llegó mi turno me dirigí a la ciudad, a Parsons. Para cualquiera en el Empire State, Manhattan es la estrella resplandeciente que brilla en la desembocadura del Hudson como si fuera Oz. En menos de una semana ya conocía el metro, el mejor lugar para comer tailandés y ya me había presentado a todos mis profesores. Me convertí en la típica estudiante universitaria de Nueva York, vestida de negro y con unos zapatos enormes y feos, llevando mi cuaderno de bocetos allá donde fuera, viviendo orgullosamente en un apartamento del tamaño de un frigorífico con otras tres estudiantes. Iba a casa a menudo pero por poco tiempo, y me sentía agradecida al volver a la ciudad, «la» ciudad, donde empezaba a destacar. Me imaginaba casada con cada tipo con el que salía, pero ninguno cuajaba y me rompieron el corazón más de un par de veces.

Después, entre la carrera y el máster, pasé seis meses en Sídney con una beca de Chanel Australia. Hubo una ventisca tremenda y mi vuelo se retrasó diecinueve horas, más o menos. En lugar de quedarme en casa de una amiga o ir a casa en Cambry-on-Hudson, decidí pasar la noche en el JFK, deambulando con la multitud de pasajeros y personal del aeropuerto mientras los cielos plomizos nos arrojaban copos de nieve del tamaño de puños. Diseñé cuatro vestidos y un traje, entretuve a un niño coreano dibujándole personajes de *anime* y después me levanté, con el trasero dormido por haber pasado sentada en el suelo tanto tiempo.

Caminé por las amplias terminales, observando a la gente, mientras hablaba con mi madre y mi hermana para asegurarles que estaba bien y que no quería ir a casa, que estaría de viaje pronto. La gloria soleada y el buen ánimo de Sídney parecían tan lejanas como Plutón, y tenía los ojos irritados por el cansancio y el aire acondicionado.

Y entonces lo vi.

El doctor Dan Wallace, dentista, el antiguo compañero de mi padre, estaba sentado en uno de los muchos bares abarrotados. Todavía se parecía a Patrick Swayze. Cuando le toqué el hombro y le dije quién era, una sonrisa apareció en su cara y me abrazó con fuerza, oliendo a *whisky* y a Irish Spring. Cuando se apartó tenía los ojos un poco llorosos.

—Te invito a tomar algo —me dijo, y me di cuenta con cierto grado de cariño de que estaba medio borracho.

—¿Llevas aquí mucho tiempo? —le pregunté.

—Veinti... —Miró su reloj—. Veintisiete horas, más o menos. Camarero, una copa para mi amiga. Espera, Jenny, ¿eres lo suficientemente mayor para beber?

—Sí —dije, y pedí una copa de merlot—. Ya tengo veintidós.

—¡No! —exclamó el doctor Dan—. No me lo puedo creer. ¡Oh, Jenny! ¡Estás preciosa! Bueno, siempre fuiste una niña muy guapa.

Tenía una memoria impresionante, dado que había trabajado para mi padre durante un periodo breve. Le hablé de Rachel, de su licenciatura en diseño gráfico, de su trabajo para una empresa online. Mamá estaba contenta, mentí. Le iba bien. ¿Y él qué?

—Oh, estoy casado, muy felizmente —me dijo—. Tengo dos chicos, un niño y una niña.

Sacó su cartera para enseñarme fotos. Los niños eran una monada. Su mujer era encantadora. Entonces me di cuenta de que el doctor Dan ni siquiera tenía cuarenta años. No era tan viejo, ahora que él y yo éramos adultos. Vivía en Macon, Georgia, aunque seguía siendo un yanqui de corazón.

—Tu padre era un tipo estupendo —me dijo, arrastrando un poco las palabras—. Me trató realmente bien. Me dio una oportunidad.

—Sé que tú le caías muy bien —le contesté.

—Bueno, yo lo admiraba, eso está claro. Era todo lo que yo quería ser. El típico hombre de familia. Tenía una mujer preciosa, a vosotras, esa casa tan bonita... ¿Sabes? Me alegré mucho cuando dejó a esa mujer. «Rob, lo tienes todo. No metas la polla donde tienes la olla, aunque yo no sea quien para decírtelo. ¿Merece la pena arruinar tu matrimonio por esa mujer?», le dije. Porque, mira, aunque yo no estaba casado en ese momento, lo sabía. Tu madre y él eran la leche.

El camarero me miró, y yo lo miré a él. ¿Qué? ¿Qué quería? Oh. Estaba preguntándome si quería que me llenara la copa. La empujé un poco y el vino tinto empezó a caer. Tenía un tatuaje en la muñeca. El vino era Yellow Tail. Había una guinda en el suelo y estaba a punto de pisarla. Me temblaban las piernas.

El doctor Dan seguía hablando.

—¿Dorothy? —lo interrumpí— ¿Se llamaba así?

—Dorothy. Sí, eso creo. Lizzie la odiaba. Oh, por Dios, Lizzie... ¿Te acuerdas de ella? Salimos un par de veces. Tenía toda la razón, esa Lizzie.

Siguió con el tema, hablando y hablando y hablando, pasando de sus días en COH a su migración al sur, donde conoció a su mujer. Dejé de escuchar. Asentí cuando tocaba, después miré mi reloj y fingí que mi vuelo embarcaba en diez minutos. Le di un beso en la mejilla, le agradecí el vino y me marché.

Dorothy.

Podía ver su cara como si estuviera ante mí. Cabello rubio, raíces negras, boca de labios gruesos. Ojos azules. Una nariz grande, pero le quedaba bien.

Así que era cierto, después de todo. Mi padre había estado besando a Dorothy. De hecho, había tenido un lío con ella.

«Me alegré mucho cuando dejó a esa mujer.»

Eso ni siquiera sonaba a locura de una noche.

Un hombre de mediana edad, enfrentado a su agonizante juventud en el rostro del doctor Dan, una esposa que de repente se enamora de su profesión, dos hijas que ya no saltan a sus brazos por la noche... y una damisela en apuros con la forma de una madre soltera a la que le cuesta pagar las facturas.

Recordé los celos de mamá, su desdén ante los problemas de Dorothy. Pero la conocía lo suficientemente bien para saber que no habría tolerado que papá se acostara con otra.

Mamá no lo sabía.

Rachel no lo sabía.

Seis horas después, mi vuelo salió de verdad y en cuanto nos deslizamos sobre las pistas nevadas caí en un sueño profundo. Cuando desperté, en algún punto sobre el Pacífico, estaba decidida.

Nunca lo contaría. Era demasiado tarde.

El chocolate y las magdalenas no me engañaron entonces, aquel día lluvioso cuando tenía once años. Yo lo sabía. Le concedí el beneficio de la duda aquella noche cuando decidí que lo había imaginado todo, y me equivoqué al hacerlo. Había pasado los últimos doce años fingiendo que papá no era un adúltero.

Debería habérselo dicho a mamá cuando todavía había tiempo. Ella se habría enfrentado a él. Habrían ido a terapia de pareja. Se habrían divorciado. Se habrían separado, al menos temporalmente, y tras su muerte habría emprendido el camino a alguna otra forma de felicidad.

Y quizá... solo quizá, si él hubiera sido el hombre culpable que tiene que compensar su aventura, no habría ido a por aquel estúpido granizado de sandía. Si hubiera estado viviendo en un patético apartamento, preguntándose cómo pagar la pensión alimenticia y la manutención de sus hijas, quizá no se hubiera detenido para satisfacer su ansia de dulce.

Quizá, si lo hubiera contado, mi padre estaría vivo hoy.

Rachel

Mi análisis de ETS ha dado negativo.

Ha habido momentos en las últimas dos semanas en los que he conseguido olvidar que mi marido tiene una aventura. Los días en los que las niñas no tienen colegio, por ejemplo, cuando estamos hasta el cuello de arcilla, pintura o tierra, lo olvido.

Rastrillé parte del patio trasero para construir a las niñas su propio jardín y estaban tan guapas ahí fuera que les he sacado docenas de fotografías: Grace regando las alegrías rosas con una de las tres pequeñas regaderas que hemos pintado; Rose, riéndose y sucia, con una planta en cada puño; Charlotte tumbada sobre la tierra cantándole a su planta «púpura». Revelaré y colgaré una foto de cada niña en su dormitorio. Mi amor por ellas todavía me llena de tal luz y alegría que a veces mis pies casi abandonan el suelo, y cuando se acurrucan a mi lado, o me regalan una flor o una hoja, cuando me dibujan con una enorme sonrisa roja, sé quién soy.

En cualquier otro sitio, sin embargo, me siento confusa. Hace tres semanas era una esposa feliz, muy feliz y enamorada de su marido. Ahora el odio se acumula en mi interior como un ácido corrosivo que lanzo a chorros cada vez que pienso o veo a Adam. También me odio a mí misma, a esa estúpida mujer feliz que creía que preparando cenas creativas y usando ropa bonita mantendría alejado al lobo de mi puerta. No sabía que tenía un odio así en mi interior y me horroriza, es un monstruo que me consume y salta y clava sus garras al amor que sentía por él, y por nosotros.

Pero a veces me llama para ver si necesito algo antes de volver a casa y olvido que se ha acostado con otra y vuelvo a quererlo. Hasta que me acuerdo.

He llamado al Tribeca Grand cuatro veces esta semana. La pobre mujer de recepción está empezando a sospechar, estoy segura, pero ha sido muy amable, como si supiera quién soy exactamente y por qué nunca me hospedaré en un hotel como el suyo, al menos no sola. Me he fijado en que han actualizado las fotografías. Hay un bar en la *suite,* y otro en el vestíbulo. Un sofá largo y curvado con cojines rosas. Esa cama blanca y grande como un océano. ¿Qué haría yo allí? ¿Sentarme? ¿Llorar? ¿Beber pinot frío y ver *Sí, quiero ese vestido*?

Apuesto a que Emmanuelle se sentiría como en casa en esa *suite.*

Los últimos diecisiete días he leído docenas de artículos sobre infidelidad, y al parecer todas nos hacemos la misma pregunta, nosotras las estúpidas esposas: ¿qué tiene ella que no tenga yo?

En el caso de Emmanuelle, la respuesta está muy clara. Confianza. Estilo. Amoralidad. Ingles brasileñas.

No puedo pensar en ella. No puedo hacerlo sin que el monstruo se abra camino furiosamente con las garras a través de mi caja torácica.

Me llega un mensaje al teléfono. Es de Jenny.

Está sufriendo el daño colateral de este lío. Por primera vez en mi vida, me resulta difícil hablar con mi hermana. Vino a casa la otra tarde a jugar con las niñas, aunque no podíamos hablar de eso con ellas alrededor. Sé que quiere ayudar pero ¿qué podría hacer? Apenas soy capaz de mirarla a los ojos, porque veo todo el amor que tiene allí para mí y me derrumbo.

Esta noche, sin embargo, se quedará con las niñas porque Adam y yo vamos a ir a un consejero matrimonial.

Fue uno de mis ultimátums. Eso y lo de irme a dormir al cuarto de invitados. Las niñas querían saber por qué, así que les dije que estaba un poco resfriada, que por eso había tenido los ojos llorosos. Ya se han adaptado y corren a mi habitación por la mañana para meterse conmigo en la cama, oliendo a sudor y, en el caso de Charlotte, ligeramente a pipí, porque todavía tiene que llevar pañal por la noche. Adam suele aparecer en la puerta, descansado (¿cómo se atreve a dormir tan jodidamente bien?), esperanzado y un poco triste, lo que hace que me pregunte si ha practicado poner esa cara ante el espejo. Las niñas saltan y brincan y suplican a su papi que las alce en brazos. Al hombre cuya lengua ha estado en lugares en los que no quiero pensar.

Y por eso mi lista de ultimátums, intentando demostrarme a mí misma que Rachel es una Mujer Fuerte.

Antes creía saber con exactitud qué haría ante una infidelidad. Lo tenía muy claro. Si no podía tener lo que mis padres habían tenido, prefería estar sola. Divorciada. Sabía lo que me merecía, y no sería una de esas mujeres patéticas que se acomodan, que comen, beben o se matan de hambre para escapar de su miseria, que albergan una ira que es como una navaja automática, siempre lista para clavarse en la felicidad de otro.

Pero supongo que ya no sé nada.

Jenny viene a las seis y media.

—¡Hola, jirafitas! —exclama, y las niñas se escabullen gritando y riendo para rodearla.

—Tita, yo no soy una jirafa —dice Grace.

—¿Estás segura? —le pregunta Jenny.

—¡Yo sí! ¡Yo soy una jirafa! —grita Charlotte, apartándose de la pierna de Jenny y corriendo por la casa mientras relincha. Rose la sigue y Jenny levanta a Grace en brazos para abrazarla.

Entonces Adam baja la escalera.

—Hola, Jen —dice, y la expresión de mi hermana se endurece.

Él hace como si no se enterara.

—Nena, ¿estás lista?

Como si fuera una cita. Como si fuéramos a ir a cenar y a ver una peli. Como si no hubiera hecho nada malo.

—Te veré luego —le digo a mi hermana—. ¡Adiós, niñas! ¡Os quiero!

Solía decir «Os queremos», pero Adam tendrá que apañárselas solo esta noche. No pienso incluirlo.

—¡Os quiero, princesas! —dice, y sostiene la puerta abierta para mí.

Veinte minutos después estamos en el despacho de Laney Shields, que tiene un montón de títulos tras su nombre. La encontré buscando en Google «consejeros matrimoniales». La cubre nuestro seguro y en su página web resaltaban ciertas palabras reconfortantes: rapidez, compromiso, soluciones. Y, Dios, yo quiero una solución.

La consulta de Laney está en un edificio en el patio trasero de su casa. Es casi una diminuta casa de muñecas, con tres sofás y una silla, estanterías y mesas auxiliares. Y un montón de cajas de pañuelos, de los buenos, que llevan crema. Eso me parece de mal agüero.

—Entrad, entrad —dice amablemente. Me siento en el sofá de flores y, para mi fastidio, Adam se sienta a mi lado, como si estuviera ya intentando demostrar lo buen marido que es.

Laney ocupa la silla frente a nosotros. Tiene unos cincuenta años, el cabello liso y canoso y un rostro agradable. Unas maravillosas patas de gallo.

—Un par de cosas antes de comenzar —dice—. Solo podéis venir aquí si tenéis cita... Si necesitáis contactar conmigo con urgencia, debéis llamar. Si os veo por aquí sin una cita, llamaré a la policía.

—Por Dios —dice Adam.

—Bueno, hace varios años tuve un cliente que apareció con un arma —explica con tranquilidad—. Hay cámaras de seguridad por toda la propiedad, así como un sistema de alarma. Estoy segura de que no sois ese tipo de persona, pero una de mis normas es informar a los clientes por adelantado.

—Es comprensible —murmuro.

—Además —continúa—, este edificio está insonorizado, porque sabemos que las emociones pueden ser bastante ruidosas. No debéis preocuparos si lloráis o gritáis; nadie os oirá fuera de estas paredes. Sin embargo, tengo un botón del pánico justo aquí —Señala la parte inferior del brazo de su silla— por si las cosas adquieren un cariz físico. Si lo pulso, la policía estará aquí en menos de dos minutos.

La adoro. Está preparada. Y es evidente que no somos la peor pareja que ha tenido. ¡Nosotros no vamos a necesitar a la policía! Para ella, quizá seamos una pareja del montón, solo un marido infiel y su esposa llorosa. Apuesto a que nos deja como nuevos en dos sesiones.

Me siento animada y no sé por qué. Adam, por otra parte, parece incómodo y no deja de moverse. Me aparto un poco. Debería haberse sentado en otro sofá. No lo quiero aquí.

—Las cosas suelen ser más rápidas si sois sinceros —continúa—. Puede ser muy doloroso, pero pensad en ello como si tuvierais que reventar un grano. A menos que lleguéis al corazón de la infección, no se curará. Puede ser duro oír lo que el otro tiene que decir, pero es para lo que estáis aquí.

Me gustaba más cuando hablaba del botón del pánico. Los granos dolorosos no son ni de cerca tan divertidos.

—Bien, contadme por qué estáis aquí —dice Laney.

Adam y yo nos miramos el uno al otro. No dice nada. Capullo. Esa es una de las palabras favoritas de Jenny y se está convirtiendo también en una de las mías. Espero, mirándolo fijamente y preguntándome si sentirá el veneno que rezuma mi corazón.

—Rachel pensó que nos vendría bien ver a alguien —dice por fin—. Hemos tenido algunos problemas últimamente.

—¿A qué te refieres con eso?

No responde.

—Me puso los cuernos —digo—. Con una compañera de trabajo.

—¿Y esa relación continúa? —pregunta Laney.

—No —dice Adam.

Ella asiente.

—En este momento, ¿ambos sentís que queréis seguir casados? Vuestra respuesta podría cambiar más tarde, pero justo ahora, ¿qué diríais?

—¿Por qué cree que estamos aquí? —le espeta Adam.

Esto no parece afectarla.

—Adam, déjame aclarar por adelantado que estoy aquí por vosotros dos. No voy a posicionarme por Rachel solo porque tú tuvieras una aventura. No es mi trabajo hacerte sentir mal contigo mismo.

Eso es una pena. Adam lleva siendo adorado demasiado tiempo.

—También creo que es importante entender por qué tuviste la aventura. Y Rachel, no quiero que pienses en ti misma como una víctima. Tienes todo el derecho del mundo a estar enfadada y dolida, y son muchas las opciones que podrías tomar a continuación. El engaño ocurrió, y nuestro objetivo es dejar atrás ese dolor inicial y ver qué tipo de soluciones funcionarían mejor con vosotros dos. Esta consulta no tiene un objetivo final en mente. Sois vosotros quienes debéis decidir cuál es ese objetivo.

—De acuerdo —dice Adam.

Laney se echa hacia atrás en su silla.

—Adam, ¿por qué no me cuentas cómo empezó esa relación? Rachel, ¿podrás con ello?

—Claro —aseguro. Pero me tiemblan las piernas y tengo los músculos contraídos, como si quisieran sacarme de esta falsa casita de muñecas, y rápido.

Adam suspira.

—Bueno, Rachel es perfecta. Todo el mundo lo sabe. La ama de casa perfecta, la madre perfecta.

—¿Qué edad tienen vuestros hijos?

—Tres años y medio —dice—. Son niñas. Trillizas.

—Continúa.

—Y supongo que las cosas se volvieron un poco aburridas —dice, y me sobresalto. Dios, ¡no esperaba eso para nada! ¿Aburridas? Esa palabra me golpea el pecho y los ojos se me llenan de lágrimas—. ¡Lo siento! Mira, es solo que... De lo único que hablamos es de las niñas.

—Eso no es verdad. Siempre te pregunto por el trabajo, y tú...

—Deja que hable él, Rachel. Tu turno vendrá después.

Laney sonríe amablemente, me acerca un pañuelo y asiente a Adam.

—Sí, así que, ya sabe. Llevamos casados diez años —Son nueve años— y ella se ha convertido en Holly Súper Ama de Casa. Y sentí que comenzaba... a perder interés.

El muy capullo. ¿Cómo se atreve? ¡Llevo ropa interior a juego! ¡De encaje, aunque pique! ¡El mes pasado leí un artículo de *Cosmo* sobre nuevas técnicas en el mundo de las felaciones y las puse todas en práctica! ¡Yo! ¡Una madre! Y sí, todo el tiempo me preocupaba que las niñas pudieran entrar. No tenemos pestillo en la puerta.

—Emmanuelle es una mujer con la que trabajo. Es ingeniosa, increíblemente lista. No aguanta tonterías de nadie, y fue muy clara sobre lo que quería.

—¿Y qué quería? —le pregunta Laney.

—Sexo. Follar conmigo. —Las palabras son como puñetazos—. Al principio le dije que estaba felizmente casado.

—¿Consideras que eso es cierto? —pregunta.

—¡Sí! —Parece sorprendido. Me mira, ve mis lágrimas estúpidas y odiosas, y su rostro cambia. Toma la caja de pañuelos y me la pasa—. Oh, nena. Sí. Es solo que... No lo sé. Ni siquiera es que estuviera aburrido, cielo. He elegido mal las palabras. Era... La rutina, supongo. Y Emmanuelle es... es como una fantasía. Es pornografía.

—¿A qué te refieres con eso, Adam? —pregunta Laney. Y le echo una oscura mirada, porque no quiero saberlo.

—Era realmente agresiva y, ah, atrevida. Y tiene un cuerpo increíble.

Ahora entiendo por qué tiene Laney Shields un botón del pánico. La idea de estrangularlo se me hace muy, muy atractiva justo ahora.

Debe de habérmelo leído en la cara.

—Bueno, tu cuerpo también es estupendo, Rach, pero... Bueno, ya sabes a lo que me refiero.

—Te refieres a que yo llevé dentro a tus hijas en el especial tres por uno porque tú tenías bajo recuento de esperma, y mi cuerpo ha pagado el precio por ello.

—Exacto. Cúlpame de la infertilidad. Doctora Shields, tengo bajo recuento de esperma. Al parecer mi esposa quiere que el mundo entero lo sepa.

—Solo creo que es injusto que hables del cuerpo perfecto de Emmanuelle cuando fue tener a tus hijas lo que hizo del mío algo menos perfecto —escupo.

—Deja que Adam hable, Rachel —insiste Laney con calma.

Adam me mira triunfal, como si la profesora acabara de ponerse de su parte.

—Supongo que es eso. Emmanuelle parece haber salido de una película porno. Rachel es... como una esposa.

—Probablemente sea porque soy una esposa —suelto.

Esta es la nueva yo, cortesía de mi marido infiel. Enfadada. Brusca. Hostil. Todas las cosas que tengo derecho a ser, y todas las cosas que odio.

—¿Cómo terminó tu relación con Emmanuelle? —le pregunta Laney.

Adam se sienta más derecho y mira a Laney a los ojos.

—Le dije que no podía tener una aventura con una compañera porque quiero a mi mujer. Porque quiero a Rachel. Ella lo es todo para mí.

—Excepto una actriz porno —digo.

—¿Sientes algo por Emmanuelle? —pregunta Laney.

Adam se mueve.

—Bueno, sí. A ver, no es amor, sino... deseo. Es divertida. Es lista. Trabajamos en el mismo mundo.

—¿Cómo se lo tomó cuando le dijiste que había terminado? —pregunta Laney.

—Le pareció bien —murmura—. Creo que esperaba más, pero... —Su voz cambia a su tono de club de campo, más firme y alto—. Yo nunca dejaría a Rachel y las niñas.

¿Ves lo buen tipo que soy?

—¿Por qué no? —pregunta Laney.

—Porque... —Se le rompe la voz—. Porque las quiero. Te quiero, Rachel. Tú lo eres todo para mí. Y también las niñas. Me he equivocado. Creía que no haría daño a nadie, porque... porque no esperaba que lo descubrieras. No iba a durar mucho. Fui un estúpido, lo sé. Un niño que quiere todos los regalos. —Hace una mueca y se parece tanto a Grace en ese momento que mi corazón se agita sin quererlo—. Te quiero —susurra.

—Qué suerte tengo —digo, y ambos nos reímos durante un segundo, idénticas carcajadas de sorpresa.

—De acuerdo, Rachel, ¿por qué no me dices cómo te sientes?

—Bueno —digo, y de repente me siento más como mi antiguo yo. Tímida. Avergonzada por tener que hablar con una desconocida. Horrorizada por las oleadas de rabia, dolor y vergüenza que me atraviesan sin permiso ni control.

Agradecida por lo que Adam acaba de decir. Agradecida y débil por el alivio que siento.

Me quiere. Va a quedarse conmigo. Ella solo ha sido un desliz.

«Sí. Exacto. Y ha dicho que tú eres aburrida y que Emmanuelle es ingeniosa. Nadie te ha llamado nunca ingeniosa.»

Me tenso.

—Estoy muy enfadada —digo, y Laney asiente y sonríe con empatía—. Ya... Ya no confío en él, porque la primera vez que le pregunté al respecto me mintió. Quería acostarse con Emmanuelle, así que lo hizo. Yo tuve que hacerme un análisis de ETS la semana pasada. Eso definitivamente no estaba en mi lista de cosas pendientes. Le dije a la niñera que iba a hacerme la pedicura.

—Pero no tienes ninguna enfermedad de transmisión sexual. Yo nunca te pondría en peligro —dice Adam.

—¿Quieres una medalla? —Vuelvo a mirar a Laney—. Es duro aceptar que follarse su sueño porno fuera más importante que nueve años de matrimonio y tres hijas, y esta preciosa vida que hemos construido...

—Que tú has construido, querrás decir —me interrumpe—. Tu vida. Tu visión de lo que es valioso y precioso.

—¿En serio? Cuándo has querido tú otra cosa antes de que Emmanuelle y su vagina aparecieran en escena, ¿eh? Me dijiste que querías tener al menos dos hijos. Me dijiste que te parecía estupendo que fuera ama de casa mientras las niñas fueran pequeñas. ¡Compraste nuestra casa sin ni siquiera consultarme! Así que no me vengas con esa mierda de «Tú has acabado con mis sueños».

Creo que estoy gritando. Adam se ha quedado perplejo, me arde la cara y me tiemblan las piernas. No puedo seguir sentada a su lado un segundo más. Me paso al otro sofá. No soporto mirar a mi marido.

¿Cómo han podido llegar las cosas a este punto?

Laney se inclina hacia delante.

—¿Quieres seguir casada, Rachel? ¿A pesar de saber que Adam te ha sido infiel?

—No lo sé —susurro. Saco un pañuelo y me lo llevo a los ojos—. No lo sé. Ahora mismo casi lo odio.

—Bueno, yo te quiero —dice Adam con impaciencia—. El sexo y el amor son cosas distintas.

—Que te den —le digo.

—Muy bien. Ahora pareces tu hermana.

—No te atrevas a hablar de mi hermana.

—De acuerdo —dice Laney—. Adam, quiero que hagas algo justo ahora. Mira a Rachel y dile que lo sientes.

—Se lo he dicho un centenar de veces desde que esto ocurrió.

—Desde que lo descubrí, querrás decir. En realidad, la primera vez que te lo pregunté intentaste hacerme sentir culpable.

—Díselo de nuevo, Adam. Mírala con sinceridad.

Adam se vuelve hacia mí y, después de un segundo, sus ojos color caramelo pasan de la irritabilidad a... al amor.

—Lo siento —susurra—. Lo siento muchísimo, Rach.

Esta es la parte difícil. El amor. Lo miro, sintiéndome más vieja de lo que me he sentido nunca.

—Nos hemos quedado sin tiempo esta semana —dice Laney—. Pero este ha sido un buen comienzo.

Por alguna razón que no acierto a imaginar, Adam está más animado mientras regresamos en el automóvil.

—Ha ido bien. Tenía mis dudas, pero ha ido bien.

No respondo. La cabeza está matándome.

—¿Crees que podré recuperar a mi esposa? —me pregunta, sonriéndome de refilón.

—¿Qué?

—¿Podemos dormir juntos esta noche? Te echo de menos.

—No creo, Adam.

Suspira. Da unos golpecitos sobre el volante.

—Entonces, ¿cuándo?

—Cuando me apetezca volver a hacerlo. Y no es el caso.

Escuchadme. Es cierto que parezco Jenny, que siempre te suelta una respuesta rápida y borde.

Echo de menos a mi antigua yo.

—Lo que he dicho era cierto, cariño —dice Adam con dulzura.

—¿Lo de que soy aburrida o lo de que lo sientes?

—Lo siento. ¿Tengo que decirlo una y otra vez?

—Puede.

—Entonces lo haré. Lo siento. Lo siento. Te quiero. Perdóname.

De su voz se desprende una chispa de diversión y yo estoy demasiado cansada para enfadarme por eso.

Apoyo la frente en la ventanilla. Está fría. Una lluvia leve golpea el parabrisas. Los encantadores hogares de COH pasan a mi lado con sus elegantes colores, gris, blanco y amarillo, verde oscuro y rojo colonial. Macetas con pensamientos y coronas de campanillas decoran las puertas, y los jardines son exuberantes y densos.

—¿Te importaría llevarme al cementerio? —le pregunto.

—Claro, nena.

Ha vuelto a ser el Adam considerado, el Adam al que quiero.

Aparca en Eden Hills, el extenso cementerio que da servicio a COH y tres localidades más. Siempre me ha gustado venir aquí. Está a solo un kilómetro y medio de casa. A mi madre le parece angustioso y Jenny lleva años sin venir, pero yo lo visito un par de veces al mes para limpiar la tumba de papá. Justo la semana pasada estuvimos aquí las niñas y yo. Ellas saben que su abuelo está en el cielo, pero no han hecho todavía la pregunta difícil: cómo murió el abuelito. Grace será la primera, estoy segura.

—Volveré a casa caminando —le digo cuando se detiene junto la suave ladera donde está papá.

—¿Estás segura, cielo? Está lloviendo. Bueno, a ti te gusta la lluvia.

Me dedica una sonrisa triste.

—Te quiero —le digo. No puedo evitarlo. Lo hago y, como Laney ha dicho, ser sincera será de ayuda. He sido sincera sobre lo enfadada que estoy; puedo ser sincera también sobre el amor.

—Yo también te quiero. —Vuelve a tener los ojos llorosos, y eso me consuela. Y me entristece—. Tómate tu tiempo —añade, aclarándose la garganta—. Me aseguraré de que las niñas estén arropadas.

—Sé amable con Jenny.

Abro la puerta del automóvil.

—Sí. Toma. Llévate mi abrigo. —Busca detrás y me entrega su cortavientos—. Por si te da frío.

Me llevo el abrigo hasta la tumba de papá y observo a Adam mientras se aleja antes de extenderlo sobre la hierba mojada para sentarme. El olor a cobre de la lluvia contra el granito me alivia en cierto modo. Algunas de las tumbas que hay aquí son anteriores a la Guerra de la Independencia; la familia de la señora Brewster, los Hales (como Nathan) tienen un mausoleo, de hecho. Hay distintas secciones conectadas por senderos serpenteantes, árboles enormes y viejos, estatuas de ángeles. Todo el cementerio está rodeado por una valla de hierro. Cuando las niñas scan mayores, las traeré aquí para enseñarles a montar en bici.

Si es que seguimos viviendo en nuestra casa, claro.

Aparto un par de sámaras de arce que han caído sobre la lápida de papá.

Estoy segura de que mi padre se habría puesto furioso con todo esto; le habría dado un puñetazo a Adam en la cara al enterarse. Papá y mamá fueron esa pareja mágica que nunca perdió el interés del uno por el otro, que todavía intercambiaban esas miradas y sonrisas privadas cuando creían que Jenny y yo no mirábamos. Lo único que he querido siempre en una relación ha sido emular a mis padres. Ser tan buena madre como lo era la mía antes del incidente, encontrar a un hombre que nunca se cansara de mí.

Mamá y papá estuvieron casados diecisiete años, veinte juntos. Veinte años juntos me parece una eternidad ahora mismo.

Me gustaría tener a mi padre ahora, claro. Recibir un abrazo de tu padre te hace sentir más segura que ninguna otra cosa en el mundo, y en sus brazos no tienes que ser valiente, ni fuerte ni abnegada. Vuelves a ser la niñita de papá, y solo saber que está ahí hace que todo sea un poco mejor, aunque en realidad nada cambie.

Oigo un siseo y levanto la mirada. Un hombre conduce su bici por el sendero del cementerio, pasando sobre los charcos. Es Leo, el casero de Jenny, que fue tan agradable conmigo aquella noche.

—Hola —dice, aminorando la marcha hasta detenerse.

—Hola, Leo. Una noche húmeda para un paseo en bici, ¿no?

—No está tan mal. —Baja de su bici, pone la pata de cabra y se une a mí. Lee la lápida, que dice «Robert James Tate, amado esposo, querido padre».

—Lo siento —dice, sentándose a mi lado sobre el abrigo de Adam. No he estado tan cerca de un hombre que no sea Adam desde... Joder. Desde que acudía al tocólogo y, si no lo contamos a él, desde que trabajaba, cuando Gus Fletcher, que tenía una mirada risueña y coqueteaba con todas las mujeres del edificio, se inclinaba junto a mi ordenador y me pedía que modificara un diseño.

—Gracias —digo con retraso—. Fue un padre estupendo.

Leo asiente.

—¿Va todo bien? —Me echa una mirada de soslayo—. Es una pregunta estúpida. Perdona.

—Supongo que Jenny te lo ha contado.

—Lo he supuesto. ¿Cómo están tus niñas?

—Bien. Son maravillosas.

—Espero conocerlas algún día.

—Se te dan bien los niños, según he oído.

Sonríe. Tiene una de esas caras que no son demasiado bonitas (quizá demasiado angulosa) pero que es más atractiva debido a ello.

—Me gustan los niños.

—¿Tienes alguno? —le pregunto.

—No.

—Y no estás casado.

—No. Pero no me emparejes con tu hermana. Ella ya está medio enamorada de mí.

Sonríe de oreja a oreja y descubro que me estoy riendo.

—¿Por qué habría de ser eso algo malo? —le pregunto.

—Oh, no lo sé. No soy el hombre más estable ni el más serio.

—Parece una excusa.

—Lo es. Pero una excusa sincera.

Se pasa la mano por el pelo, que está empapado. No llevaba casco. Vaya.

—¿Puedo hacerte una pregunta, Leo?

—Claro.

—¿Serás muy sincero?

—Apuéstate algo.

—¿Soy guapa?

Levanta las cejas.

—Mmm... Mucho.

—¿En una escala del uno al diez?

—En este momento, 8,75. Cuando estás seca, 9,25. A tu pelo no le queda demasiado bien la lluvia.

Me echo el cabello húmedo hacia atrás.

—Cierto. Es muy generoso por tu parte.

—No. He sido preciso.

—¿Dónde estaría Jenny en esa escala?

—Tres.

—Oh, por favor. Jenny es un diez. —Se encoge de hombros de un modo bastante adorable—. ¿Estás seguro de que no quieres salir con ella?

—No quiero salir con nadie. Pero te lo agradezco. —Mira hacia la puerta—. ¿Puedo acompañarte a casa?

—No, gracias. Me vendrá bien estar un rato a solas.

Un rato a solas. Suena muy juvenil. «Mamá necesita un rato a solas», digo a menudo a las niñas cuando estoy en el baño, pero ellas entran y juegan felices a mis pies mientras sigo con lo mío. El baño se ha convertido en un lugar comunitario.

—De acuerdo, entonces.

Leo se levanta y me ofrece la mano.

Es una mano bonita, muy grande y cálida, con esos dedos largos de pianista.

—Jenny dice que fuiste a Juilliard.

—Sí. Piano, interpretación y composición.

—Me encantaría oírte tocar alguna vez.

—Estoy desentrenado.

Sonríe ligeramente y descubro que me gusta un montón, incluso sin conocerlo. Y me siento cómoda con él, lo que casi nunca ocurre cuando estoy con un hombre.

Leo me acompaña a la puerta del cementerio y me pregunta de nuevo si quiero un escolta por las infames calles de Cambry-on-Hudson.

—Estoy bien. Pero me ha gustado verte —le digo sinceramente.

—A mí también, Rachel. —Sube a su bici y se aleja—. ¡Nueve con veinticinco! —grita sobre su hombro.

—Ponte casco la próxima vez —le respondo. La madre que hay en mí—. Ocho setenta y cinco bajo la lluvia —murmuro. No está mal para alguien que pronto cumplirá cuarenta. Y sí, mi hermana es un diez, con su cabello brillante y sus ojos profundos, esa sonrisa irónica siempre lista para aparecer y esa piel perfecta.

Y esa zorra de Emmanuelle también es un diez, aunque de un modo muy diferente, más obvio. Me recuerda a una modelo de *The New York Times:* ligeramente aterradora, de belleza perfecta, con ángulos y delgadez por todas partes excepto en esa boca enorme, jugosa y hambrienta.

No me doy prisa en llegar a casa. Quiero que mi rato a solas dure un poco más.

Jenny

—No me juzgues —dice Rachel tan pronto como levanto el teléfono. Es lunes por la mañana, mi día libre.

—Odio cuando la gente dice eso. Es como decir, «No te ofendas, pero eres muy fea», o algo así.

Estoy tomando café junto al fregadero y espiando a Leo, que tiene un montón de madera y un hacha que apenas parece saber cómo agarrar.

—Espera, Rach. —Silencio el teléfono un segundo y golpeo la ventana—. ¡Para antes de que pierdas un dedo!

Él deja caer el hacha de inmediato y me sonríe, como si estuviera esperando que interviniera.

—Ya estoy de vuelta —digo a mi hermana.

—Necesito que vengas conmigo a un sitio —dice Rachel—. Pero no intentes disuadirme, ¿de acuerdo? Estaré en tu casa en veinte minutos.

Cuelga, sabiendo que voy a decir que sí. Lo admito, tengo curiosidad. Normalmente no es tan mandona. Es bastante estimulante.

Bajo los peldaños hasta el patio de Leo.

—¿Por qué estás intentando mutilarte? —le pregunto— ¿No terminaría eso con tu carrera?

—Buenos días, Jenny.

Maldición. Es demasiado... deliciosamente adorable. Quiero cocinar para él. Quiero abrazarlo. Quiero besarlo durante horas.

Levanta una ceja a propósito.

—Eres un leño, pero eso no significa que sepas cortar uno —digo antes de que pueda soltarme lo de siempre.

—Esa es buena.

Lleva lo mismo que siempre que no va a ver a su madre: *jeans* y una camiseta. Tiene una amplia variedad de camisetas. Esta es de un gris descolorido con letras azules que dicen «Academia de la Flota Estelar».

Menudo personaje. Pero, claro, yo sé lo que es la Flota Estelar, así que estoy en el mismo barco que él.

—¿Qué estás haciendo? O, mejor dicho, ¿qué no estás haciendo?

Tras una inspección más atenta, el montón de madera parece un triángulo. Un triángulo torcido y tímido.

—Es una rampa para *Loki*.

Miro al perro, que parece estar muerto.

—Una rampa para subir al... ¿cielo? —sugiero.

—A mi cama, que es más o menos lo mismo. —Me guiña un ojo—. O eso me han dicho.

—¿Quiénes, los perros de mal carácter?

Pongo el pie en la «rampa». Se derrumba.

—Suspendí carpintería —se excusa.

—No me digas. ¿No puedes subirlo a la cama sin más? —pregunto.

Leo duda.

—Tiene artritis y le duele que lo levante.

Aparta la mirada.

Lo entiendo. No quiere dormir al perro, aunque *Loki* esté a las puertas de la muerte. Intento pensar en algo amable que decir sobre el perro y no se me ocurre nada, así que me agacho y le acaricio la oreja. Me gruñe.

—Tiene mucho carácter —se me ocurre.

—Es el mejor.

Sí. Bueno, yo no diría tanto, pero la devoción de Leo por su fiel amigo resulta muy dulce.

—Mi hermana y yo tenemos planes hoy. ¿Quieres que te arregle esto más tarde? —le pregunto.

—Eso sería estupendo, Jenny. —Por una vez no está coqueteando ni tampoco dramatizando, sus dos vías de escape—. Saluda a tu hermana de mi parte.

Justo a tiempo, Rachel detiene el automóvil, agita la mano y me acerco.

—¿Estás muy colada por él? —me pregunta mientras me abrocho el cinturón.

—Mucho —reconozco—. Es guapo hasta lo indecente.

—Lo vi anoche en el cementerio. ¿Te lo ha dicho? Había salido a dar una vuelta en bici.

He visto salir a Leo con su bici. No lo he visto conducir, cosa rara. Pero, claro, quizá sale cuando yo estoy en el trabajo, y cuando estoy en casa recibe a sus alumnos y me atormenta con *Campanita del lugar*, *Cielito lindo* y *Suéltalo*. Ya me ha advertido que para Navidad quizá quiera comprar algunas espadas para hacer *seppuku*.

—Bueno, ¿adónde vamos, Rach? —le pregunto.

«Al infierno.» No lo dice, pero diez minutos después estoy en el infierno. O, como se le conoce también, en Medicina Estética y Antienvejecimiento Monarca s.l., parte de un precioso centro comercial a las afueras de Cambry-on-Hudson.

—Tú no necesitas esto —digo con firmeza—. Rachel, no dejes que Adam te haga sentirte poco atractiva. ¿Se trata de eso?

—No me juzgues —responde como si tal cosa mientras cierra la puerta del monovolumen—. Solo he venido a informarme.

—¡Eres perfecta! ¡Eres preciosa! Rachel, ¡te piden el carné cuando salimos! Todo el mundo cree que yo soy la hermana mayor.

—Me siento un poco... desaliñada, eso es todo.

—Pues cómprate un pintauñas verde. No necesitas hacerte nada.

Se vuelve hacia mí mirándome furiosa y eso es algo que no me esperaba.

—Quiero ver al cirujano plástico. ¿De acuerdo? Creía que sería más fácil contigo aquí, pero si vas a ser un coñazo, entonces vete.

Vaya por Dios.

—Lo siento. Es que te quiero y creo que eres preciosa.

—Lo sé. Gracias. —Toma aliento profundamente y me echa una mirada de disculpa—. Mira, es evidente que tengo la autoestima tocada. Solo siento... curiosidad. Mi amiga Elle se hizo un arreglito...

—Se hizo dos arreglos muy gordos. Esas cosas son como balas de cañón.

—...e incluso antes de que esto ocurriera ya había notado que tenía aspecto cansado. He estado pensando en ello.

—¿En serio? ¿Desde cuándo?

—Jenny, se me permite tener pensamientos sin levantar el teléfono de inmediato para llamarte. ¿Vas a ser un tostón? ¿O vas a apoyarme?

—Yo... Voy a apoyarte. Lo siento. ¡Vamos!

Finjo una sonrisa.

Rachel me lo ha contado todo desde que encontró esa foto en el teléfono de Adam. Sé lo de la sesión con la terapeuta, sé que le pidió que solicitara el traslado de Emmanuelle y que él le dijo que no podía hacerlo. Sé que llamó a AT&T, Verizon y Comcast para saber si tenía otra línea telefónica a su nombre. Sé que rompió la foto de su boda y que hizo que la enmarcaran de nuevo. Sé que el análisis de enfermedades de trasmisión sexual salió negativo. Sé que se pasó con la sal deliberadamente en la cena que le preparó una noche y que él se la comió de todos modos.

Pero ni una sola vez me ha comentado nada sobre cirugía plástica.

La consulta del médico está oscura como una cueva. Las ventanas son de cristal esmerilado y hay que introducir un código para entrar. Es como si fuéramos a entrar en un programa de protección de testigos en lugar de a la consulta de un médico. Cuando mis ojos se adaptan a la penumbra, veo que en realidad es un sitio bastante bonito. Hay un dispensador enorme de agua con limón y pepino y también agua caliente para el té, varios sofás negros elegantes y unos cubos que sirven de mesas auxiliares. Unos pajarillos trinan desde los altavoces invisibles. Una catarata falsa borbotea tras el mostrador de recepción, recordándome que me he tomado tres tazas de café esta mañana.

Rachel susurra a la recepcionista, con los hombros tensos, sonriendo para contrarrestar su timidez... y quizá la humillación que siente al estar aquí. No es demasiado original, ¿verdad? El marido tiene una aventura, la esposa decide hacerse un arreglito. Pero Rachel no es de las que se operan.

La preciosa joven de voz suave toma los datos de Rachel, y nos sentamos.

—Hola —dice una mujer a mi lado. Me sorprendo al verla y me rasco la nariz para disimularlo. Parece que alguien ha usado un bate de béisbol con ella. Tiene la cara hinchada y amoratada; el cabello apelmazado. Lleva un pijama y unas zapatillas. Tiene uno de los pies tremendamente hinchado y varios tubos salen de la parte inferior de su camisa.

—Hola —digo, recordando cómo se habla. Rach está mirando un número de la revista de Martha Stewart y fingiendo ser invisible.

—¿Vas a hacerte algo? —me pregunta la pobre, pobre mujer.

—¡No! No. Todavía no. Quizá. Algún día. No lo sé.

—Bueno, la doctora Louper es estupenda —dice—. De lo único que me arrepiento es de haber esperado tanto.

—¿Cu... Cuánto?

—Debería haberme hecho esto cuando tenía sesenta —me dice, con la habilidad de un ventrílocuo para hablar sin mover los labios—. Tengo ochenta y dos, ¿te lo puedes creer?

En realidad no tiene edad, ya que su rostro púrpura está más estirado que una berenjena.

—¿Qué te has hecho? —le pregunto, incapaz de contenerme.

—El paquete completo: párpados, bótox, un poco de relleno, implante en la barbilla, pómulos, labios, cuello, implantes de pecho, abdomen, trasero.

—Oh... Vaya —susurro. No puedo imaginar el dolor (y menos aún el precio) de todas esas intervenciones. Creo que es posible que esté sonriéndome. O haciendo una mueca. ¿Se ha levantado el trasero? ¿A los ochenta y dos? Yo pienso dejarme el trasero colgando y a mucha honra cuando tenga ochenta y dos. Ni de broma voy a...

—Te aconsejo que te lo hagas todo a la vez. Así no tendrás que volver diez o doce veces. Que te duerman y te lo hagan todo.

—¿Duele mucho? —pregunto a mi nueva mejor amiga.

—Es una agonía —responde—. No voy a mentirte. Cuando tenía dieciséis años me atropelló un automóvil. Esto duele más. Las primeras tres semanas lloraba pidiendo morfina.

Agito los párpados. Nunca he sido valiente con el dolor.

—¿Rachel Carver? —llama una enfermera.

Rach suelta la revista, se levanta y se pasa las manos por la parte delantera del vestido.

La sigo.

—¿Has oído eso? —siseo—. ¡Lloraba pidiendo morfina!

—¿Puedes relajarte, por favor?

—Rachel, esa mujer tiene el aspecto de haber sido atacada por una manada de gorilas.

No responde. Estoy siendo muy pesada pero ¡venga ya! Esto no es para mi hermana. Estoy casi segura.

La enfermera nos acompaña a un consultorio espacioso, mucho más bonito que los despachos de los médicos normales donde prácticamente tienes que sentarte en el regazo de tu acompañante. Entregan a Rachel un albornoz suave y, cuando se cambia, entra la doctora. Es una mujer de aspecto muy normal, lo que resulta reconfortante. De unos sesenta años, nariz grande y bonita, bolsas bajo los ojos.

—Hola, soy la doctora Louper —dice—. Rachel, ¿verdad? Encantada de conocerte. ¿Estás interesada en el pack para mamás?

—Ajá —dice mi hermana.

—¿Y por qué ahora?

Por qué, eso digo yo.

—Bueno, cumpliré cuarenta dentro de un par de semanas —dice Rachel, y la voz le tiembla un poco.

—¡Estás estupenda para tener cuarenta! —Es un halago de doble filo: «¡A los cuarenta es cuando todas están viejas, demacradas y flácidas, pero tú casi no lo estás!»—. Lo más importante que tienes que recordar es que esto es algo que debes hacer por ti. Si te hace sentir mejor contigo misma, adelante, ¿de acuerdo? Tienes tres hijas, según leo, así que, como la mayoría de las mujeres, apuesto a que ellas van primero y tú después. —Sonríe amablemente—. Esto es algo que vas a disfrutar en los próximos años.

Rachel parece convencida. No pongo los ojos en blanco, pero quiero hacerlo.

—Echemos un vistazo entonces —dice la doctora Louper.

Durante los siguientes quince minutos examina a Rachel como si estuviera a punto de comprar un caballo de carreras. Me sorprende que no le pida que vuelva la cabeza y tosa, sinceramente. La pellizca, le da golpecitos y le levanta el vientre, el pecho, los muslos y el trasero.

—Aquí falta un poco de relleno, tenemos esto un poco caído, un poco de celulitis aquí. Y por supuesto, la piel floja de aquí... ¡Has tenido trillizas, no es de extrañar! ¡Eres una súper heroína!

—Lo es —digo.

La doctora Louper sonríe.

—Podemos hacerte una abdominoplastia para librarnos de esa piel extra, moverte el ombligo hasta aquí arriba y tensarlo todo para que parezcas una adolescente, porque, sinceramente, no te sobra mucho peso.

—No le sobra nada de peso —digo, incapaz de contenerme.

—Tu hermana tiene razón. Y en cuanto al pecho, te recomendaría una elevación para recolocar a las chicas en su posición inicial, quizá unos implantes sutiles si las quieres un poco más grandes. —Sonríe de un modo tranquilizador, pero yo no puedo quitarme a la Mujer Berenjena de la cabeza—. Y mientras te tenemos en la mesa de operaciones, podemos hacerte una pequeña lipo en los muslos. Apenas necesitas nada, pero muchas mujeres lo hacen para inyectar parte de esa grasa en los labios vaginales y que las cosas por ahí abajo estén más mulliditas.

Sí. Así que Rachel podrá disfrutar de eso los años venideros porque, ¿qué mujer no está preocupada por eso? Después de todo, ¿no caminamos todas por ahí con espejos en las bragas para asegurarnos de que tenemos los genitales suficientemente rollizos? Intento recomponerme, pero estoy segura de que el disgusto se me ve en la cara.

—Podemos hacer incluso un pequeño estrechamiento vaginal para mejorar el placer sexual tanto para ti como para tu marido.

Mi hermana se echa a llorar.

Gracias a Dios.

—Por favor, denos unos minutos —le digo, abrazando a mi hermana. La doctora parece confusa, pero toma su portapapeles y se marcha—. Rachel... Oh, mi pobre niña.

Está sollozando con fuerza.

—No necesitas cambiar nada en ti —digo con voz temblorosa.

—Lo sé —susurra—. Es solo que no... No puedo evitarlo... ¡Me odio a mí misma por venir aquí, pero no puedo evitarlo! ¡Emmanuelle es tan guapa, Jenny! ¡Es siniestramente guapa! Es como Maléfica.

Quiero decirle «Y qué» o «A quién le importa» o «Eso no debería importar». Pero a mi hermana le importa.

—Seguro que no es tan guapa.

—Lo es.

—Bueno, pero tiene una vagina realmente fea —replico, y mi hermana estalla en una mezcla de risas y llanto—. Y es un zorrón —añado.

Me dedica una sonrisa llorosa.

—Me alegro mucho de que tú digas todas las cosas que yo no puedo —dice, secándose los ojos.

La doctora Louper abre la puerta.

—¿Va todo bien? —pregunta.

—Sí —dice Rachel—. Lo siento. No estoy preparada para esto.

—Es totalmente comprensible. Esto es algo que hay que hacer por las razones adecuadas —dice la doctora con amabilidad—. Vuelve si cambias de idea.

Llevo a mi hermana a comer, aunque es temprano, y le hablo de algunos de mis clientes: la chica rusa que quiere llevar un vestido totalmente cubierto de cristales Swarovski, sin importar que sea tan pesado que apenas pueda caminar con él; la novia con la talla EE de sujetador que lloró cuando le dije que no sería un problema hacerle un vestido.

—¿Y Kimber? ¿Cómo ha ido? —me pregunta Rach.

—Oh, esa fue una cita interesante. La señora Brewster quiere que lleve un vestido de manga larga y cuello alto. Que no se vea un centímetro de piel por ninguna parte. Las fotos que trajo eran tan feas que me sangraron los ojos. Kimber está siendo increíblemente comprensiva con ella, pero dudo mucho que sea el vestido de sus sueños.

—Jared está loco por ella. Por Kimber, digo.

—Bueno, a la chica se le ilumina la cara cada vez que pronuncia su nombre.

—¿Crees que durarán? —me pregunta Rachel, jugando con una hoja de lechuga.

—Sí, creo que sí.

Después de tantas novias, se me dan bien estas cosas.

—¿Crees que Adam y yo duraremos? —me pregunta.

—Yo... No lo sé. ¿Tú qué crees?

—Tengo que darle una oportunidad —dice—. ¿Te parece bien?

Pienso en sus lágrimas de hace una hora. En el análisis de venéreas y en los cinco días que tardó en recibir los resultados.

—No, Rachel. No lo hagas. Te mereces algo mejor.

La gratitud atraviesa su rostro tan rápido como un colibrí, y entonces desaparece.

—Me encanta mi vida —murmura en voz tan baja que apenas la oigo, y eso me rompe el corazón.

Entonces se anima, o finge animarse, más precisamente.

—¡Tienes una cita esta noche! Con Jimmy Grant, ¿verdad?

—Sí. Será mejor que sea normal, Rach, o me las pagarás.

Sonríe de oreja a oreja y es casi sincera. Jimmy es el padre divorciado cuyo hijo va a la misma guardería que las niñas.

—Es muy normal. Y bastante mono, además. Podría ser el definitivo.

Esa es mi hermana. Su vida es un caos, pero todavía quiere que encuentre mi final feliz.

Rachel y yo recogemos a las niñas y me paso una hora jugando al caballito con las tres (y probablemente rompiéndome un par de discos). Después me dirijo a casa. No quiero encontrarme con Adam, que según Rachel llegará a casa temprano, y prometí a Leo que terminaría esa rampa. Y, por supuesto, tengo una cita.

El otro día volví a Manhattan para la última prueba de una mujer encantadora que veía su vestido de novia como la mezcla perfecta de alegría y menosprecio. Tuve que soltar un poco las costuras para acomodar su vientre (está de tres meses, pero ya se le nota). Tiene cuarenta y tres años. Su prometido y ella están locos con lo del bebé. ¿Ves? No es demasiado tarde para mí, que tengo siete años menos.

En cualquier caso, lo que me sorprendió fue que la ciudad (La Ciudad) me parecía tanto desconocida como familiar. Sabía que tenía que salir de la autopista antes de la calle 14; sabía dónde encontrar aparcamiento en la calle Greene. Sabía que debía parar en Los Burritos de Benny para llevarme la cena, porque aún templados siguen estando mejor que cualquier otra cosa que puedas conseguir en un radio de cien kilómetros.

Pero, en menos de un mes, Nueva York ya no es mía. La ciudad siempre me ha parecido viva, un enorme y dentado dragón sentado sobre su tesoro: la inesperada callejuela llena de flores del Upper West Side, dándote la bienvenida para que te sientes y descanses; el indigente de la avenida Madison que te ofrece una crítica sincera de tu atuendo por cinco pavos; el edificio de piedra rojiza de la calle 81 donde no vive nadie, pero al que puede accederse a través de la puerta del jardín para merodear por sus habitaciones vacías como si fueras la dueña del lugar. Central Park al amanecer en junio, un paraíso dorado lleno de trinos sobre el reconfortante sonido de las sirenas de bomberos... reconfortante porque Los Valientes de Nueva York van de camino.

Lo que no esperaba era que la bondadosa y regia criatura me olvidara tan pronto como dejé atrás Manhattan. Me toleró mientras era una estudiante de dieciocho años, me dio una oportunidad, lo celebró conmigo cuando lo conseguí y me olvidó en el mismo instante en el que crucé el puente Henry Hudson. Siempre eres un niño de acogida en la ciudad que nunca duerme. En cuanto te vas, otra persona ocupa tu lugar.

Y aunque era difícil preverlo, me alegro. Es casi una confesión embarazosa. Me gusta Cambry-on-Hudson más de lo que esperaba. Me gustan los edificios y los árboles viejos, los pequeños callejones entre las casas, los patios diminutos. Sé dónde levantan la acera las raíces de los árboles, y sé que la hija mediana de los Ortega tiene una voz preciosa, que el gato que trepa al árbol junto a la ventana de mi dormitorio es de los Capistrano. Conozco a los viejos que se sientan a la puerta de la barbería del centro para jugar al ajedrez (Miles y Ben) y sé que Luciano tiene una berenjena a la parmesana para llevar mucho mejor que las de Firenze, que es tres veces más caro.

Sé que, si sale una música impresionante del número 11 de Magnolia, como ahora, es que Evander James tiene clase. Leo tiene algunos alumnos bastante diestros y algunos principiantes negados, y después tiene a Evander.

Las notas, pesadas y ominosas, golpean el interior del apartamento de Leo. Me detengo en la puerta y observo al chico mientras sus manos vuelan sobre las teclas, tocando con todo su cuerpo, sus brazos, sus hombros y su torso moviéndose con los sonidos. En su rostro se dibuja la intensidad y el fervor. Es como observar una fuerza de la naturaleza, como ver una corriente eléctrica moviéndose a través de él.

Incluso yo sé que es especial.

Leo está sentado a su lado con los brazos cruzados, observando las manos de su pupilo con el ceño ligeramente fruncido por la concentración. Me mira, guiña un ojo y vuelve a mirar a Evander.

La música se detiene y el muchacho sigue allí sentado un minuto, reverente y callado, antes de volverse hacia Leo, que se inclina hacia delante y dice algo señalando la partitura. Después ambos se levantan y un segundo después salen al patio.

—Hola, Harriet la espía —dice Leo.

—Hola, Maestro —saludo a Evander.

—Él es el maestro —apunta Evander casi en un susurro.

—¿Sí? A mí me recuerda a Voldemort.

Evander sonríe. Leo también, y noto ese delicioso tirón en el útero.

—Evander va a quedarse un rato por aquí —dice Leo, mirando a una madre que se acerca con su hijo.

—¡Leo! ¡Hola! ¡Me alegro de verte!

Es una de las Mamás Hambrientas, como las llamo yo: siempre llevan comida para Leo y lo miran con voracidad en los ojos. (Oye, al menos yo nunca le he ofrecido comida.) La Mamá Hambrienta arrastra a Sansa o Renfield, una niña de aspecto deprimido de unos diez años, y una cesta de picnic que parece cara en la otra mano. Me echa una mirada por encima antes de decidir que no existo.

—Escucha —ronronea—, no digas una sola palabra; he preparado demasiada comida para cenar, así que te he traído un poco. ¡De hecho, Renley —Eso es, Renley, no Renfield— está deseando que vengas a cenar una noche! ¡Y no es por presumir, pero he hecho algunos cursos de cocina en el Instituto Culinario!

Renley parece al borde de la muerte por aburrimiento.

—Hola, Renley. ¿Has practicado esta semana? —pregunta Leo.

—No. —Mira con furia a Evander—. ¿Qué hace él aquí? Es pobre. No puede permitirse las clases.

Evander mira al suelo.

—Es mi mejor alumno —dice Leo con dureza—. El mejor estudiante que he tenido nunca, y probablemente el mejor que tendré jamás.

—Bueno, Leo —dice la Mamá Hambrienta—, no es demasiado justo por tu parte que le digas a Renley que no es tan buena como...

—Pero no lo es —insiste Leo—. Renley, nunca, jamás, serás tan buena como Evander. Podría mentir y decirte que tienes talento y que solo tienes que seguir practicando, pero la verdad es que no es así. Evander, por otra parte, ya puede tocar a Bach, Chopin y Debussy mientras tú sigues lidiando con *El patio de mi casa* después de tres meses. Así que muestra un poco de respeto, o busca otro profesor.

Bueno, si había alguna duda de que estaba medio enamorada de Leo, ha desaparecido. Evander tiene los ojos abiertos de par en par.

Renley mira al niño.

—Lo siento.

Parece que lo dice en serio.

—¡No puedes hablar así a mi hija! —grita la Mamá Hambrienta.

—Acabo de hacerlo —replica Leo.

—Se acabó, esto ha sido demasiado —dice ella con frialdad—. ¡Vamos, Renley!

—¡Hurra! ¡Gracias, señor Killian! No se ofenda, pero solo venía porque mamá me obligaba. ¡Adiós, Evander!

Evander parece confuso.

Se marchan, la madre echando humo y Renley dando saltitos.

—Ahí va mi cena —dice Leo—. Bueno. ¿Quieres tocar un poco más, chico? La señorita Jenny y yo tenemos que construir una rampa de perro.

—¿Puedo ayudar? —pregunta el chico.

—Claro —respondo—. Puedes asegurarte de que Leo no se corta ninguna parte importante.

Leo ha dejado los materiales donde estaban. Los trozos de madera son iguales y tienen sentido: cuatro 2x4 para la estructura, una plancha de contrachapado y cuatro listones de madera más ligera para que *Loki* no se escurra. Como la pasarela de un barco.

—¿Quién te ha cortado esto? —le pregunto.

—La mujer de la tienda de bricolaje.

—Sabía que no habías sido tú —le digo. Él sonríe—. Evander, sostén esto, cielo. —Le ofrezco un listón de madera y tomo el martillo—. Voy a clavar este y después será tu turno.

El niño es una preciosidad: tiene unas pestañas absurdamente rizadas y los ojos verdes de Dereck Jeter. Algún día será un rompecorazones. Eso y también un prodigio.

—¿Cómo es que tú sabes hacerlo y el señor Killian no? —me pregunta.

—Algunos somos genios en otras cosas, Evander —dice Leo, sentándose en su tumbona y estirando sus largas piernas—. No seas tan duro conmigo.

Loki se derrumba a su lado. Lo miro para asegurarme de que su pecho peludo sigue moviéndose.

—Mi trabajo consiste en unir cosas —digo a Evander—. Soy diseñadora de ropa. De vestidos de novia, principalmente.

El niño me echa una mirada. Todavía es muy tímido, aunque lo he visto ya cuatro o cinco veces. Clavo la puntilla y le ofrezco el martillo.

—Te toca.

Él lo agarra con cuidado y da al clavo un golpe vacilante, después otro.

—Lo estás haciendo muy bien —confirmo. Pam, pam, pam. No parece decidirse a dar al clavo un buen golpe. Unos cincuenta martillazos después, la punta está dentro—. Buen trabajo.

—Gracias —me dice con una leve sonrisa en los labios.

—¿Puedo hacerte una pregunta?

—No, lo siento, no voy a casarme contigo —dice Leo—. Y Evander todavía es un poco joven, ¿verdad, amigo?

Esto arranca al chico una sonrisa de oreja a oreja. Echo a Leo una mirada indulgente, después clavo otra punta.

—¿Qué se siente siendo capaz de tocar como tocas?

Evander no dice nada durante un minuto, solo mira al suelo. Después me mira.

—Puedo sentir la música en mi interior —dice con una voz tan baja que apenas lo oigo—. Se hace cada vez más grande, y después me llega al pecho, me baja por los brazos y sale a través de los dedos.

Miro a Leo, que está escuchando con atención.

—¿Duele? —pregunto.

Evander se ríe.

—No. Es mi amiga. Mi mejor amiga.

—¿Tocas mucho?

—En realidad, no. Cinco o seis horas al día. Ojalá no tuviera que ir al colegio, porque entonces la música se calla.

Cuando estudiaba diseño había días que eran así para mí, días en los que decidía quedarme levantada hasta las cuatro de la mañana en lugar de dejar de coser, en los que me crujía la espalda audiblemente al levantarme.

Pero eso ya no me pasa. Puede que lleve en esto demasiado tiempo y haya perdido la emoción de la novedad.

Tomo de nuevo el martillo y muestro a Evander el siguiente paso.

Media hora después, la madre del muchacho aparca un Honda desvencijado con un abollón en el guardabarros delantero y un par de parches oxidados cerca de las ruedas.

—Hola, cielo —dice, y la cara de Evander se ilumina. Corre dentro para buscar sus cosas y Leo se levanta de la tumbona y va a hablar con ella. No oigo lo que dicen, pero la señora James sonríe y cuando

Evander pasa volando junto a mí con un «Adiós, señorita Jenny» no puedo evitar la conocida punzada de amor, envidia y anhelo.

—Sí, quiero un hijo. Un niño como Evander, tímido, un poco raro, solitario y encantador. Una niña como la seria y lista Grace, o como la vivaz Rose, o la amable Charlotte. Incluso una niña como Renley. Creo que la metería en cintura en cuestión de días. Le enseñaría modales y amabilidad. Sería una madre cariñosa, firme, divertida. Enseñaría a mis hijos que son especiales, por supuesto, pero no más que cualquier otro niño. Mis hijos se irían a la cama temprano. Comerían verdura. Nos acurrucaríamos para leer juntos, en un dormitorio donde la luz entra cada mañana como una bendición y mi marido me traería una taza de café y...

—Jenny.

—¿Qué?

Salgo de mi ensueño.

La señora James se ha marchado y Leo está ante mí. Estoy de rodillas y eso hace que la situación resulte un poco incómoda, porque le estoy mirando fijamente el paquete, así que me incorporo.

—¿Has terminado? —me pregunta—. Tengo que irme.

—Yo también, en realidad. Y sí. Terminado.

Sus ojos parecen hoy más grises que azules. Un reflejo del cielo, seguramente.

—Tienes una cita.

—Sí. Así es. —No dice nada—. Mi hermana me ha emparejado con un amigo suyo. Vamos a ir a St. Arpad's, en Ossining.

Fue una sugerencia de Jimmy; él vive allí, aunque su exmujer y sus hijos viven aquí en COH.

—¿A St. Arpad's? —pregunta Leo.

—Sí. Es húngaro.

—Lo sé. Ahí es a dónde voy yo también.

—¿En serio? ¿Tienes una cita, señor Fines Recreativos? ¡Creía que lo tuyo eran los aquí te pillo, aquí te mato! ¡Una cita! —Sí, estoy celosa—. ¡Estupendo! Así podré verla. O podríamos cenar juntos, ¿qué te parece? ¿Quieres que vayamos en el mismo automóvil? Podríamos inventarnos una palabra clave por si las cosas se tuercen.

Puede que esté pasándome un poco.

A Leo no parece hacerle gracia.

—No es una cita. Solo es alguien a quien conozco. —No está mirándome—. Escucha, hazme un favor, ¿de acuerdo? No me hables en el restaurante. Y no me saludes, ¿quieres?

Hago una mueca, sorprendida.

—Vaya. Qué amable, Leo.

—Ella es un poco... difícil. Si finges que no me conoces, te lo agradeceré.

—Claro. Tampoco estableceré contacto visual. Y saldré del comedor haciendo reverencias. Y quizá podría limpiarte el váter, ahora que la rampa del perro está terminada.

—Es complicado. Lo único que pasa es que no quiero que la conozcas.

—Oh, calla de una vez.

Dejo caer el martillo sobre los adoquines y subo las escaleras. Doy un portazo para enfatizar mi punto de vista.

No me hables. Por qué ha dicho eso, ¿eh? Vivo de alquiler en el edificio que se ocupa de mantener... mal, debo añadir. No ha arreglado una maldita cosa y el agua de mi ducha sigue saliendo hirviendo o congelada. Pensaba, dado el número de veces que ha subido a mi casa y el número de veces que hemos hablado este último mes, que éramos más o menos amigos.

Supongo que no. No si no se me permite saludar.

St. Arpad's es un restaurante oscuro, silencioso y clásico. Sus camareros, encorvados y canosos con uniforme de tres piezas, murmuran en húngaro (supongo) y se mueven en silencio con fragantes bandejas de comida. Jimmy y yo estamos ya en un reservado, y me ha dado un beso en la mejilla en la entrada. Es bastante guapo, lo que yo ya sabía gracias a Twitter, Facebook y Google. Pero en persona es incluso mejor. Cabello castaño, ojos azules, altura media. Huele bien, además. Armani, creo. Tiene las manos limpias.

Dicho eso, no sé si lo reconocería en una rueda de identificación, porque a cinco mesas de distancia está Leo, enfrascado en una conversación con una mujer que tiene el cabello precioso, liso y rubio. Me fijé al pasar y es bastante guapa, va vestida de rojo. «Alguien a quien conozco», ya, claro. El rojo es un color de cita. Aparte de eso no puedo ver mucho más, gracias al gordo con la calva brillante que impide que la vea a ella pero no a Leo, que está frente a mí... aunque no hacemos contacto visual, por supuesto. Eso indicaría que le importo.

Parece jodido. Incluso cuando sonríe parece que se le acaba de morir el perro. Y aunque me ha prohibido que lo salude, esa cara triste tan estúpidamente bonita me dice algo.

El camarero, que es bajito y parece tener noventa y siete años, se acerca y recita entre jadeos lo que supongo que son los platos especiales. Szabolcs, dice la placa con su nombre. No entiendo una palabra de lo que dice. Podría estar diciéndome que sus tataranietos están en la cocina siendo devorados por una manada de lobos. Asiento y sonrío.

—Yo tomaré el pollo —digo. Szabolcs dice algo que tiene un montón de sonidos sht, tsz y ejht—. Suena bien.

Así es cómo termina la gente comiendo gatos, creo.

—*Gulasch* para mí —dice Jimmy.

Szabolcs se aleja en silencio. Me ofrecería a llevarlo, pero no quiero hacer una escena.

—Así que eres divorciada —dice Jimmy.

—Sí. Sí. Desde hace ya un año y medio.

—Qué mal.

Se sirve más vino; yo apenas he tocado el mío. Ha pedido una botella. Era más barato, me dijo.

—No, fue todo muy civilizado. Pero gracias.

Sonrío incómoda.

«Jimmy me toma la mano. "Algo increíblemente empático y sensible sin dejar de ser masculino", dice (perdonadme pero mi imaginación no está teniendo una buena noche). El roce de su mano hace que me estremezca. "Yo siento exactamente lo mismo", respondo, y durante el resto de la noche no conseguimos apartar la mirada el uno del otro y nos reímos, y me lleva a casa y me dice que no puede creer que hayamos encajado tan bien y...»

No. No está funcionando. No con Leo sentado ahí enfrente.

De repente, echo tanto de menos a Owen que es como una herida abierta. Llevo sin pensar en él un par de días, al menos conscientemente, y añoro su cabello gracioso e infantil, su sonrisa dulce. El anhelo por mi antigua vida me abofetea con fuerza.

Me pregunto qué estarán haciendo Ana Sofía y él justo en este momento. Owen era (es) un gran cocinero. Probablemente está preparando la cena mientras su mujer amamanta a Natalia, que por supuesto no ha llorado desde que nació y está de hecho perfeccionando su tercer idioma. Como Ana Sofía es de un país menos estreñido que el mío, aceptará una copa de vino («¡Qué curioso que estos estadounidenses provincianos piensen que todo es malo para el bebé!») y Owen la besará en los labios con ternura.

Cuando nos conocimos, Owen no besaba muy bien. Yo le enseñé un par de cosas.

Jimmy bebe. Yo intento buscar la típica conversación de la primera cita y no se me ocurre nada.

—Bonito sitio —digo.

—Ajá —responde Jimmy.

Leo tose. No lo miro.

Szabolcs trae nuestra cena por fin y, bueno, la mía huele celestial. El pollo nada en una salsa dorada, espolvoreada de un alegre pimentón y con una montaña de puré de patatas a un lado como si fuera una isla. Jimmy le hinca el diente a su *gulasch*.

Animada por la comida, como siempre, se apodera de mí un chute de energía conversacional.

—¿Y qué hay de ti, Jimmy? Tú también estás divorciado, ¿verdad?

—Sí.

No dice nada más y se traga un bocado de estofado con el vino. Esa es su respuesta completa. Suspiro y sigo comiendo; está increíblemente rico, suculento y delicioso. Me pregunto si podría beberme la salsa de algún modo. Me pregunto si Jimmy se daría cuenta si lo hiciera.

Le pregunto si le gusta leer. No. (¿En serio? ¿Y lo admite?). Le pregunto si ve la tele. Sí, lucha libre. No me pregunta qué veo yo. Le pregunto si tiene sobrinos. Sí. ¿Te gusta algún deporte?, le pregunto. Supone que sí.

Mierda.

Mientras no puedo dejar de mirar a Leo. ¡No es culpa mía! Está justo en mi línea de visión. A menos que levante la mano para bloquearlo, casi estoy obligada a verlo.

Tiene el pelo precioso. Es absurdo que un hombre tenga un pelo tan bonito como el suyo, castaño dorado con rizos marcados, como un emperador romano o algo así. Le crece desde la frente y lo lleva corto. Si se lo dejara largo tendría el pelo de una princesa Disney, lo juro por Dios. No está comiendo mucho. Tampoco parece estar bebiendo, solo escuchando a la mujer del vestido rojo y asintiendo de vez en cuando.

Jimmy, por otra parte, acaba de servirse lo que quedaba del vino en su copa.

—¿Vas a beberte eso? —me pregunta.

—Sí —respondo, acercándome la copa.

—Eso suponía. —Se bebe la mitad de su vino—. Así que tu hermana es la de las trillizas, ¿verdad? —pregunta, un poco alto. Voy a tener que asegurarme de que no conduzca. Joder.

—Sí. Tres niñas. Son la luz de mi vida.

Sonrío amablemente.

—Oh, estupendo.

—¿Y tú? ¿Tienes sobrinas o sobrinos?

—No, digo «Qué bien, otra mujer que quiere tener hijos». Quiero decir, ¿no es por eso por lo que estás aquí?

—Mmm... ¿Disculpa?

Miro a mi alrededor, consciente de que varias mesas se han quedado en silencio.

—¿Quieres tener hijos?

—Bueno, yo... Sí. Quiero. Sí. Pero no es por eso por lo que...

—De puta madre. —Jimmy hipa—. Bueno. Me quieres por mis fluidos, ¿no es eso?

—¿Qué? Mmm... ¡No!

—¡Sí, claro que sí! ¡Quieres mi esperma!

—¿Puedes bajar la voz, Jimmy?

—¿Sabes qué? Soy una persona, ¿de acuerdo? ¡Una persona de carne y hueso!

—Soy consciente de ello.

—¿De verdad? Porque parece que solo me quieres por mi esperma. Has entrado en mi página de Facebook, ¿no?

—¡No!

Quiero decir, sí, pero no había nada sobre su esperma, por el amor de Dios.

—Qué te parece un poco de romance primero, ¿eh? ¿Podemos al menos aprendernos el apellido el uno del otro antes de que me pidas una prueba genética?

Parece que he tocado un punto débil. O, más probablemente, Jimmy es un borracho y un capullo.

—De acuerdo. —Me levanto—. Me ha encantado conocerte. Pagaré al *maître* la mitad de la cena.

—Y yo te dejaré una muestra de tejido para que puedas comprobar si tengo lo que estás buscando.

—No lo tienes —replico. Es una buena respuesta, pero él sigue vociferando así que nadie llega a oírla. Una pena.

Camino hacia la salida. Uno de los camareros levanta las cejas. Lo que faltaba. Ahora soy «esa mujer que quiere esperma». De hecho, cuando paso oigo murmullos. Leo, sin embargo, ni siquiera me mira. Evidentemente tampoco viene en mi rescate. No es que necesite que me rescaten, pero si se hubiera levantado y dicho, «¡Hola, Jenny!» y me hubiera dado un beso en la mejilla, sin duda me hubiera gustado.

El *maître* no está en su puesto. Espero, sintiendo los ojos de todo el restaurante sobre mí. Ah. Aquí viene alguien. Zoltan, dice su placa. Hace que mi camarero parezca un adolescente.

—Todo delicioso, ¿verdad? —resuella.

—Sí. Gracias. Quiero pagar la mitad de nuestra cuenta.

Suspira.

—¿Tu camarero? ¿Quién es?

No tengo la más mínima idea de cómo se pronuncia el nombre de mi camarero. De hecho, cuando intento recordarlo solo consigo un borrón de consonantes.

—No estoy segura. Su nombre tenía una C. Y una S. Y una Z.

Mientras, Jimmy está pronunciando un discurso feroz sobre que los hombres ya no son necesarios ni se les valora en la sociedad más que por sus pequeños nadadores, y que si las mujeres se salieran con la suya, todos los hombres estarían encadenados en celdas y solo los sacarían cuando una mujer estuviera ovulando. Lo que en realidad suena bastante bien por ahora.

—¿Y si dejo sesenta dólares? —sugiero— ¿Bastará con eso?

—Volveré enseguida —susurra Zoltan antes de escabullirse.

Sí. Había olvidado que las malas citas apestan.

Y ahora Leo y Vestido Rojo se acercan. Miro impasiblemente hacia delante, esperando que Leo entienda el mensaje de «Vete a la mierda» que estoy esforzándome tanto por expresar. Me rasco la nariz con el dedo corazón por si acaso no lo entiende.

—Bueno, ha sido estupendo verte otra vez —dice Vestido Rojo—. Tienes buen aspecto.

—Tú también —responde Leo—. Uh, ¿por qué no te acompaño a tu automóvil?

Me echa una mirada que finjo no notar.

—Vete a un banco de esperma, ¿de acuerdo? —grita Jimmy.

La rubia se pone su gabardina (Burberry, muy aburrido, ¿y por qué tiene que ser tan guapa?). Después toma el rostro de Leo entre las manos y me tenso, esperando el beso.

No se besan. Leo le agarra las manos y las sostiene, evitando que se acerque más. Ella no parece desalentada, solo lo mira. Tiene los ojos llenos de lágrimas.

—Leo... —dice.

—Lo sé —la interrumpe—. Gracias, Beth, gracias. De verdad. Te acompañaré.

Me echa otra mirada y sostiene la puerta para que ella salga. ¿A quién le importa? A mí no.

—¡Métete un jeringazo, zorra! —grita Jimmy. Varios húngaros ancianos tienen a Jimmy agarrado por los brazos y lo están arrastrando lentamente hacia la parte de atrás, donde espero que le den una paliza con mangueras de goma, envases vacíos de crema agria o cualquier otra arma que tengan a su alcance.

Szabolcs, mi viejo amigo, se arrastra hasta el mostrador.

—La cena corre por cuenta de la casa —susurra.

—De acuerdo. Estupendo. Gracias.

Así que quedar en evidencia delante de todo el restaurante y que me griten me ha salido gratis.

Salgo y la lluvia me enfría la cara. Respiro profundamente y subo a mi automóvil.

¿Sabes qué? Una inseminación artificial cada vez me parece mejor idea.

He tenido cinco citas desde mi divorcio. Dos tipos fueron muy agradables; afirmaron que sería estupendo verme de nuevo pero nunca me llamaron. Esperé el tiempo apropiado (seis días, según mis libros de consejos) antes de llamar yo (en lugar de enviar un mensaje) a John, y más tarde a Marcus, y les dije (una vez más, según los libros) que había (en el caso de John) una exposición en el museo de Nueva York sobre túneles de metro (un tema típicamente masculino), y (en el caso de Marcus), una cata de cerveza casera (lo mismo), y que yo iría (demostración de que tenía intereses más allá del trabajo) y que me gustaría que me acompañasen.

En ambos casos me saltó el buzón de voz. No me devolvieron las llamadas.

Las otras tres citas consistieron en un hombre que me contó, con todo lujo de detalles, la primera vez que vio a su madre desnuda y cómo lo hizo sentirse eso... Muy, muy bien, por cierto. El Tipo Nº 2 era bastante agradable, pero nuestra cita cayó en picado cuando, justo mientras terminábamos de cenar, encontró un diente en sus fetuccine. Un diente humano. Eso fue suficiente para que me dieran arcadas, pero tengo que reconocer que él guardó la compostura. Nos invitaron a la cena (aunque no es que fuéramos a seguir comiendo) e incluso le dieron una tarjeta regalo de doscientos cincuenta dólares como disculpa. Cuando estábamos a una manzana del restaurante, mi cita empezó a reírse y me contó que el diente era suyo, y que lo hacía siempre. Tuvieron que sacarle una muela y la guardaba para aquello. Y el Tipo Nº 3 llegó, se sentó, me echó una mirada larga y dura, después miró su teléfono y se marchó.

Y ahora tenemos a Jimmy el de los Fluidos.

A veces no puedo evitar preguntarme cómo conseguí a Owen.

Nos conocimos en una fiesta; él era médico residente y a mí acababa de contratarme Vera Wang. Estaba tan entusiasmada por el hecho de que Vera Wang me hubiera contratado que hubiera intentado ligarme a Robert Downey Jr si me lo hubiera encontrado. Me sentía muy segura y fabulosa. ¡Allí estaba Owen, atractivo, divertido y tan mono, tan normal, tan amable! Me escuchaba, se reía de mis chistes, me llamó tras decir que lo haría, y yo no tenía ni idea de lo raro y maravilloso que era eso.

Tengo treinta y seis años. Tenía veintiocho cuando conocí a Owen. Puede que sea eso. Mi edad.

Por el momento no me importa.

Pero, por supuesto, sí que me importa.

Cuando llego a casa las luces del apartamento de Leo están apagadas. Bien. Estupendo. Deja que se dé un revolcón. Con su aspecto, no va a mantenerse célibe. Lo entiendo. Solo le interesa divertirse. No le gusto. No en ese sentido. Por lo que a mí respecta, como si fuera gay.

Y, ¿sabéis? Eso es estupendo. Mira a mi hermana. Mírame a mí. Mira a mi madre. Nadie tiene un buen matrimonio. Nadie.

De acuerdo, sí, sí, mi tía Ángela es muy feliz. Y también mi mejor amiga del instituto. Y mis vecinos del Village eran una pareja fantástica.

Pero por lo demás... Ya sabéis a lo que me refiero. Aparte de esos tres, no existen los matrimonios felices.

Adoptaré. Oh, ¿sabes qué? Iré al banco de esperma, me haré una foto allí y se la enviaré a Jimmy Grant con una nota: «¡Gracias por la idea!».

Puede que haya llegado el momento de adoptar un perro.

Llaman a mi puerta. Puedo ver por el cristal lateral que es Leo.

—No estoy en casa —grito.

—Oh. De acuerdo. —La puerta se abre un segundo después—. Tengo llave —dice como si se disculpara—. Soy el casero.

Se me tensa la garganta. No es justo que sea así y no quiera acostarse conmigo, casarse conmigo y ser el padre de mis hijos, y sé que es estúpido, pero esos son los pensamientos que me pasan por la cabeza.

—Bueno, eres un churro de casero.

—Lo sé. Lo siento.

—Toma clases, ¿por qué no lo haces? No hace falta ser un genio.

—Me refiero a que siento lo de esta noche.

Maldición. Una disculpa. Vuelvo a estar colada por él. El odio juvenil era más fácil.

Entonces se acerca a mí y me toma las manos, y mi corazón se convierte en un caramelo caliente y empalagoso.

—Jenny, confía en mí cuando digo que no debes tener nada que ver conmigo. Eres estupenda, pero...

—Oh, cállate —digo, apartando las manos—. Me encantaría tener algo que ver contigo. Tú eres el gallina.

Sonríe, esa contradicción triste, hermosa y alegre.

—Confía en mí.

—¿Por qué debería? Ya ni siquiera me caes bien.

—No, no es cierto. No puede serlo. Tú eres mi única amiga.

Entonces me da un beso en la frente y siento el ligero arañazo de su barba de un día y quiero apuñalarle el corazón y trepar sobre él como si fuera un árbol al mismo tiempo.

Y entonces se vuelve y se dirige a la puerta, llevándose mi corazón aturdido con él.

A las tres de la mañana decido buscar su nombre en Google.

Espío a Owen por Internet. No estoy orgullosa de hacer algo así, pero todos necesitamos algo con lo que entretenernos, ¿verdad? Tengo alertas configuradas tanto para él como para Ana Sofía. Podría escarbar en el pasado de Leo y descubrir por qué dice que no tiene amigos.

Y entonces decido no hacerlo. Para empezar, esas malditas alertas de Google no me dan ninguna alegría cuando leo de nuevo sobre lo perfectos y altruistas que son Owen y Ana Sofía. Para seguir, no es que me ayuden precisamente a pasar página.

Y tercero... Por alguna razón, creo que Leo Killian se merece algo mejor.

Porque puede que yo sea su única amiga.

Rachel

He vuelto a dormir con Adam. Dormir. No tenemos sexo. Se había vuelto demasiado agotadora, toda esa rabia mojigata, ese «Todavía duermo aquí por lo que tú has hecho». Laney me ha preguntado qué me gustaría que Adam hiciera para demostrar que es sincero. Ser sincero, fue mi respuesta. «El perdón es difícil —me dijo, haciéndome sentir mezquina y frágil—. No tienes que volver a confiar en Adam, no de inmediato, pero eso significa que debes aceptar lo ocurrido y comenzar a dar pasos para dejar atrás la infidelidad.»

Así que, una vez más, la carga está sobre mis hombros. Planear la boda, aunque fue una auténtica alegría, fue cosa mía. Una vez que descubrimos por qué no podía quedarme embarazada, la carga también estuvo sobre mí, con todas aquellas horribles inyecciones de hormonas que me afectaban tanto que tenía que meterme en el baño del trabajo para llorar, y todo el mundo lo sabía y era tan amable conmigo que eso me hacía querer llorar más. Lo único que Adam tenía que hacer era usar bóxers y disfrutar del sexo. El embarazo... Mío de nuevo. Soy yo la que tiene una cicatriz de diez centímetros y una bolsa de piel. La decoración de la casa, la pintura, contratar a la gente para reparar la fontanería y la electricidad... Cosa mía. El cumpleaños de su madre, también soy yo quien tiene que recordarlo. Viajes, vacaciones, planes de fin de semana, todo mío.

Y aunque nunca diría que mis hijas son una carga, la enorme responsabilidad de criarlas es mía al noventa y nueve por ciento.

Y ahora el futuro de nuestro matrimonio depende de mí. Soy yo la que tiene que perdonarlo. Quien tiene que aceptar sus disculpas. Quien debe dejar esto atrás. La primera noche me tumbé inmóvil a su lado. Él me miró con cara de perro triste y me dijo, «Gracias, Rachel», y eso fue todo lo que pude hacer para no mandarlo a la mierda.

En ese momento, odié nuestra cama. La cama de la habitación de invitados estaba inmaculada y era más pequeña, perfecta para uno.

Pero tengo que dejar atrás lo que ha pasado. Si no lo hago, la furia me corroerá hasta convertirme en nada.

Pienso en Emmanuelle y el odio que siento por ella no está manchado por el amor. Imagino mi venganza, cómo la empujo por una escalera mecánica en el centro comercial (no sé por qué, se me ocurrió de repente), mostrando las suelas rojas de sus Christian Louboutin al caer. Me imagino abofeteándola. La imagino espiando desde detrás de un árbol mientras los cinco estamos de picnic en el parque, Adam tan enamorado que no puede apartar los ojos de mí, las niñas riéndose y cantando, y Emmanuelle muerta de envidia y deseos de tener lo que yo tengo. Se ahoga sabiendo que ella no fue más que un revolcón y que yo soy su esposa, y las lágrimas anegan sus ojos, con la cara fea y manchada de pegotes de máscara de pestañas mientras ve todo lo que yo soy y lo que tengo.

Claro. Eso podría ocurrir.

Ella sigue trabajando en Triple B. Ese ha sido otro golpe a traición en el estómago. Adam no tiene ningún poder sobre eso, me ha dicho. «Supongo que podrías decírselo a Jared, a ver si puede despedirla. Siempre ha sido amigo tuyo, no mío», me dijo. Una vez más, la carga está sobre mis hombros. Y Adam sabe que yo no se lo diré a Jared.

Así que Adam y Emmanuelle siguen viéndose. Imagino que todavía hablan. Le pedí que enviara su currículo y empezara a buscar otro trabajo, pero él se rio y me preguntó si sabía cómo estaba el mercado para los abogados hoy en día. «¿Quieres que conservemos esta casa, Rach? —me preguntó—. ¿Quieres que las niñas sigan en su guardería de pago y que vayan a ballet el año que viene? Entonces quieres que me quede en Triple B.»

Ahí estaba de nuevo, la amenaza en la sombra. «Sí, he sido un chico malo, pero no te pases.» Sacaré el tema en la terapia, aunque juro por Dios que a Laney le cae él mejor que yo.

Gracias a Dios hoy hay reunión del club de lectura, porque necesito salir de casa y pensar en algo que no sea esto. El club de lectura está compuesto por Elle Birkman, Claudia Parvost, Debbie la Borde y Kathleen la Simpática. Elle es la anfitriona, y Adam hace que llegar a casa pronto para que yo pueda ducharme y cambiarme parezca algo grande. Prepara la cena a las niñas. Macarrones con queso otra vez.

—Tienen que tomar verdura —le digo.

—¡No, mamá! —exclama Grace—. No tenemos.

—¡No, mamá! ¡No! —la secundan Rose y Charlotte, y justo así, vuelvo a ser yo la mala. La carga del brócoli... sobre mis hombros.

—Mamá tiene razón —dice Adam, enfatizando el punto «Mamá es un ogro».

—Buenas noches, corazones —me despido. Grace se niega a ofrecerme la mejilla, así que le beso la cabeza.

—Hueles bien —me dice Rose con una sonrisa.

—Gracias, cielo.

—¿Por qué te vas, mamá? ¡Yo quiero que te quedes en casa! —exclama Charlotte.

—¿Qué? —pregunta Adam—. ¡Creía que te encantaba la noche con papá! Supongo que, si no te gusta la Noche con Papá, tendremos que cambiarla por... ¡La Noche con el Oso!

Las niñas chillan y gritan de miedo y risa; Charlotte se hace pipí encima. Puedo imaginarlas ya en el diván dentro de veinticinco años. «Mamá siempre salía a beber con sus amigas. Al menos papá era divertido.»

El club de lectura se reúne una vez cada dos meses. Aparte de la terapia de pareja y de las muy ocasionales salidas nocturnas con mi hermana, paso en casa veintinueve noches de treinta, y aun así las niñas me lo echan en cara. Ni una sola vez se han quejado por las reuniones de Adam hasta tarde, que podrían o no haber sido tapaderas para las increíbles sesiones de sexo pornográfico. Yo salgo a mi estúpido club de lectura y me castigan por ello.

—Usa Clorox Clean-Up para el pipí —digo a Adam.

—Niñas, enseguida vuelvo —dice, siguiéndome al vestíbulo—. ¿Vas a contárselo? —me pregunta en voz baja.

—¿Contarles qué, Adam?

Sé lo que quiere saber. Si voy a hablarles de Emmanuelle.

—Mira —murmura—, sé que no tengo derecho a pedirte nada, pero lo haré de todos modos. Cuanta más gente sepa esto, más duro será conseguir que las cosas mejoren. Que vuelvan a la normalidad.

—Entonces deberías haberlo pensado antes.

—Nena, lo sé —dice. Me mira durante un largo minuto y la irritación atraviesa su rostro. Conozco esa cara muy bien. Es la cara de «Ya te he dicho que lo siento». La cara de «Qué más quieres de mí».

Debe de ver algo en mi cara. Estoy bastante segura que es mi expresión de «Te odio». Una cara que nunca existió hasta La Foto.

—Cuéntaselo si lo necesitas —dice con cansancio.

—¡Papá! ¡Papá! ¡Vuelve! —grita Charlotte.

—Pásatelo bien.

No voy a contarlo. Él lo sabe, y yo lo sé.

Una hora después hemos pasado de la parte «Sigo siendo muy profunda» del club a lo mejor de nuestras noches juntas: el cotilleo. Escucho con poca atención, consumida por los pensamientos de Adam. ¿Estará mandándose mensajes sexuales con Emmanuelle? ¿Estará viendo porno por Internet? ¿Chateando con chicas calientes de dieciocho años? Hace un par de semanas esos pensamientos no habrían siquiera entrado en mi cerebro de rubia. Ahora no puedo dejar de preguntarme si venir esta noche ha sido un error.

—Esa es la cuestión. Supongo que está con ella por el sexo —dice Elle. Levanto la cabeza—. Quiero decir, el rollo ese de chica mala gusta mucho a los hombres.

—¿De quién estáis hablando? —pregunto.

—De Jared y su novia tatuada —me explica Lucienne.

—A Harmon no le gustan de ese tipo —dice Claudia con orgullo—. A él solo le gustan las mujeres muy elegantes.

El mes pasado, cuando Claudia no estaba aquí, Elle y Debbie hablaron largo y tendido sobre la sexualidad de Harmon y llegaron a la conclusión de que tiene carencias en el departamento hetero.

—Rachel —dice Elle—, tú los conoces a ambos. ¡Háblanos de ellos!

Doy un sorbo a mi vino tinto, que me provocará dolor de cabeza más tarde esta noche.

—Están enamorados de verdad —digo, mirando el queso brie. Engorda mucho. Le doy un buen bocado y lo mastico.

—Un poco como el cuento de la Cenicienta, ¿no? —pregunta Kathleen.

—Su madre es tatuadora —dice Debbie—. Son chusma.

—No, Debbie; como siempre, te equivocas —le digo con calma—. Su madre es enfermera. Se sacó el título a los cuarenta, de hecho.

—He oído que tu hermana está haciéndole el vestido —dice Kathleen—. La tienda es preciosa, por cierto.

—Sí, es verdad —le respondo—. Le diré que te ha parecido bonita.

—Oh, ¿Bliss? ¿Es esa? —pregunta Debbie— ¿Y cómo va a ser el vestido? De zorrón, apuesto. ¿De putón verbenero?

—Debbie, no seas tan cabrona —le espeta Kathleen.

—Mi hermana no hace vestidos de zorrón ni de putón verbenero, Debbie —digo, y mi voz me suena inusualmente dura a mis propios oídos—. Así que, si alguna vez necesitas otro vestido de novia, tendrás que comprarlo en otra parte.

—¡Oh! ¡Ahí lo llevas! —cacarea Claudia, disfrutando. Ella y Elle chocan la mano.

—Rachel, sinceramente —dice Debbie, riéndose aunque su mirada es fría—, ¿qué te está pasando?

Sé que espera que sea algo escabroso y horrible. Cáncer. Eso le alegraría el día.

Por supuesto, no voy a contarles lo de Adam y Emmanuelle. Ellas no son ese tipo de amigas. Kathleen podría serlo, supongo, pero todavía no. Elle y Claudia, jamás. Olvida a Debbie; la conozco desde el instituto y ya era una víbora entonces. No, todas se alinearían con quien tenga los lazos sociales más fuertes, y en mi caso, ese es Adam. Mira cuántas amigas de Jenny prácticamente la pisotearon para convertirse en las mejores amigas de Ana Sofía. Y Jenny es el tipo de persona que sabe ser una buena amiga. Yo siempre he sido demasiado tímida. Tengo a Jenny. Tenía a Adam. Tengo a mamá.

Puede que necesite hacer más amigas. Miro a Kathleen, que me devuelve la sonrisa casi como si supiera algo.

La charla entre las otras tres ha vuelto a la boda de Jared, que será enorme, y a si las invitarán o no, cosa por la que matarían. ¿Quién va a hacer el pastel? Cottage Confections, por supuesto. Nada menos que lo mejor para la señora Brewster.

—¿Adam será uno de los padrinos? —me pregunta Elle.

«Adam está follándose a una mujer del trabajo», estoy a punto de decir. Se estaba follando. Un tecnicismo.

—No, no lo creo. Lo siento, chicas, tengo que irme. Había olvidado que tengo que hacer magdalenas para llevar mañana a la guardería.

Es cierto. Nunca antes había olvidado una responsabilidad tan monumental y vital. Magdalenas. «¡Rachel, te necesitamos! —me dijo la directora de la guardería—. ¡Nadie más sabe hacer magdalenas sin gluten, sin frutos secos y que aun así estén ricas!». En el momento me sentí emocionada. Validada. Así de patética era.

Camino hacia mi automóvil y Kathleen me sigue.

—Oye, deberíamos quedar para almorzar o para tomar café alguna vez —me dice.

—Eso sería estupendo.

Sonrío y, por primera vez esta noche, creo hacerlo de verdad.

—¿Va todo bien, Rachel? —me pregunta.

Hago una pausa. Sería tremendamente agradable desahogarme con alguien que no fuera Jenny. Pero Kathleen y yo todavía no nos conocemos tan bien.

—Sí. Pero gracias.

—No hay de qué. —Suspira—. Bueno. De vuelta a las grandes obras de la literatura.

Pone los ojos en blanco y vuelve a casa de Elle.

Subo al automóvil y me dirijo a casa. Es hora de hacer magdalenas y mostrar al mundo quién soy yo.

Al día siguiente, Adam me sorprende apareciendo en la obra de las niñas. Se produce un pequeño revuelo entre los padres y abuelos reunidos... El sexismo todavía reina en este tipo de acontecimientos y la mayor parte de los asistentes son mujeres, con la excepción de Gil Baines, que es bombero y tiene horario flexible, y Maury Benitz, que vuelve a presentarse a la alcaldía este otoño y está aquí para recordar a la gente lo maravilloso que es.

Adam nunca antes había venido a una fiesta de la guardería, a menos que sea después del trabajo, como la exposición de arte. Pero hoy, a las diez y once de la mañana, aquí está él.

—Oh, Dios, qué suerte tienes —murmura Claudia—. ¡Adam! ¡Hola! ¿Cómo estás?

—Aquí, para ver a mis princesitas —dice con despreocupación, rodeándome con el brazo—. Y a mi reina, por supuesto.

—Dais mucho asco.

La mujer sonríe y mira hacia el escenario.

—Qué sorpresa —murmuro sin mirarlo directamente.

—Quiero hacerlo mejor —susurra, besándome el cuello. La piel se me eriza o se me pone de gallina. O ambas cosas. La señorita Cathy, la maestra de las niñas, nos saluda con la mano. «¡Mira a los Carver! ¡Qué bonita pareja!»

Durante la siguiente media hora observamos a nuestras hijas, que son margaritas, retorciéndose sobre una manta marrón para interpretar el ciclo del crecimiento. Cantan una canción sobre el sol y la lluvia y noto que los ojos se me llenan de lágrimas, como me ocurre tan a menudo con estas cosas. ¡Los niños son todos tan hermosos e inocentes! Sobre todo los míos. Aunque podría no ser objetiva.

Se merecen una familia feliz. Yo crecí en el abrazo cálido y seguro de algo así hasta el día en el que murió mi padre. Mis niñas se merecen eso también.

Adam me pasa su pañuelo. Todavía lleva uno, cada día. Yo debería saberlo; los lavo y plancho. Me pregunto si alguna vez le habrá dado alguno a Emmanuelle. O por qué. No me atrevo a usarlo. La imagino de nuevo cayendo por las escaleras mecánicas.

Pero las mujeres como Emmanuelle no se caen. Aunque una esposa despechada las empuje, de algún modo consiguen que las cosas acaben saliendo como ellas quieren.

Las niñas se alegran mucho de ver a su padre después de la obra. Lo rodean con sus dulces brazos y le preguntan si las ha visto, y si quiere conocer a Tyrion o Jennasys, sus amigos, y después lo arrastran para visitar el baño, que es uno de sus lugares favoritos de la guardería porque los lavabos son diminutos.

—Tienes mucha suerte —dice la señorita Cathy—. Es un hombre maravilloso.

—Sí —digo automáticamente.

—No solo es guapo; está aquí —murmura Claudia—. Si es bueno en la cama, tendré que hacer que te maten.

—Es muy bonito que tu esposo haya venido, querida —me dice una mujer mayor, una abuela, a juzgar por el fervor con el que se abrió camino a empujones hasta la primera fila para grabar la actuación—. En mi época, los maridos nunca hacían ese tipo de cosas.

Es hora de irnos; uno de los inconvenientes de estas fiestas, de las que hay al menos tres al mes, es que salimos temprano. Hoy no habrá Tiempo Para Mí. Me alegro de pagar miles de dólares para que las niñas vengan aquí.

Por no mencionar mis magdalenas. Estuve hasta las tres de la mañana para terminarlas, teniendo cuidado de esterilizar las encimeras, los moldes, los cuencos, la batidora y las espátulas, de modo que Aria Temkowsi no sufra un shock anafiláctico, para que Cash Boreas no sufra una erupción. Les puse una cobertura en espiral usando mi juego de repostería especial de Williams-Sonoma, y son preciosas, las malditas magdalenas.

Pero lo único que hace todo el mundo es mirar a Adam con ojos de cordero por lo buen padre que es.

—Tengo que irme corriendo —dice cuando volvemos al aparcamiento—. ¡Chicas, habéis estado increíbles!

—¿Quién lo hizo mejor, papá? —le pregunta Rose. Esto es algo que ha adquirido recientemente, ese sentido de competición. Me pregunto si habrá notado algo en mí, mi resentimiento hacia Emmanuelle.

—Las tres sois mis favoritas —dice—. Las tres sois las mejores.

Se arrodilla, las besa y abraza.

Es un buen padre. Lo sé.

—Os veré en casa —murmura. Después me besa suavemente los labios—. Te quiero.

—Luego nos vemos.

Parece decepcionado porque no repito sus palabras. Palabras que antes solía decirle cuatro o diez veces al día.

Su paciencia no va a durar mucho. El pensamiento resuena como un diapasón junto a mi oreja.

Coloco a las niñas en sus sillitas y subo al asiento del conductor.

—¡Espera! —grita Grace—. ¡No hemos probado las magdalenas! ¡Hay magdalenas!

—¡Nooo! —aúlla Rose.

—¡Mami! ¡No! —añade Charlotte.

De ninguna manera voy a volver a entrar en ese edificio para seguir oyendo hablar de lo maravilloso que es Adam.

—¿Sabéis qué? —les digo—. ¡Mejor vamos a comer helado! ¿Quién quiere helado? ¡Yo sí! ¿Y sabéis qué más? ¡Podéis ponerle encima lo que queráis!

Esto las silencia de inmediato.

—¿De verdad? —me pregunta Grace.

—Sí. Lo que queráis. ¡Dos cosas, incluso!

Se vuelven un poco locas en Ben & Jerry's. *Chunky Monkey* con ositos de goma y trocitos de Oreo para Charlotte. *Phish Food* con almendras cubiertas de chocolate y galleta para Grace. *Cotton Candy,* cubierto de virutas de colores y más ositos de goma, para Rose.

Les hago preguntas y ellas responden tonterías mientras comen, y es evidente que están encantadas conmigo, porque no les estoy limpiando las manos ni la cara, no les digo que coman más despacio... Aunque en mi interior estoy librando una batalla para contenerme. No, ahora yo soy el progenitor divertido, eso está claro. ¿A quién le importa la verdura?

Vuelvo al automóvil después de usar demasiado jabón en el baño del Ben & Jerry's porque el jabón del Ben & Jerry's es mucho más divertido que el de casa. No tenemos que comer. Jugaremos en el patio un poco y, ¿sabéis qué? Quizá sea el momento de adoptar un perrito. Seré yo quien lo anuncie, y quien las lleve a la tienda de animales para elegir uno (o tres, uno para cada una) y llegaré a ser el progenitor divertido, muchas gracias.

Y después, hora de la siesta. Mi tiempo. Y hoy quizá haga de verdad algo para mí. Compraré cosas por Internet. Veré *Vengadores* para disfrutar de las vistas. Tengo casi cuarenta años, pero no estoy muerta.

—Mamá —dice Charlotte—, no me siento bien.

Y entonces llega el sonido que toda madre conoce.

El sonido de un pequeño estómago expulsando lo que tenía dentro.

Vomitan como piezas de dominó en cadena, una después de otra, bin, ban, bun.

—¡Mamá! ¡Charlotte ha vomitado y yo también! —exclama Rose, disgustada. Sufre otra arcada.

—¡Mamá! ¡Mamá, ayuda! —ordena Grace—. ¡Mamá! ¡Haz que pare!

Otro sonido de vómito muy sustancioso.

Me detengo tan pronto como puedo, pero yo misma estoy con arcadas. Dios, el olor es tan denso que puedo saborearlo. Lácteos agrios, azúcar y quién sabe qué más, oh, sí, la avena del desayuno y trocitos de zanahoria, además del *hummus* que les preparé para el recreo.

—¡Oh, niñas, mamá lo siente mucho! —digo, volviéndome hacia el asiento trasero. Grace me vomita en el pecho, parece casi a propósito.

—¡Mamá! —exige, indignada por el ultraje.

—¡Mamá! ¡Me siento mal! —dice Rose.

—¡Mami, mami, mami! —gime Charlotte, para no quedarse atrás. Tiene otra arcada, como si supiera que dudo de su sinceridad.

Siempre llevo toallitas húmedas, así que limpio a las niñas. Rose está llorando porque ha vomitado sobre su vestido favorito, y Grace está llorando con rabia porque tiene vómito en el regazo y «¡Está caliente, mami!», y Charlotte está llorando porque uno de sus ositos de goma ha salido entero, y eso la ha impresionado.

—Lo siento mucho, chicas —digo, esforzándome por no llorar yo también—. Llegaremos a casa lo antes posible, ¿de acuerdo?

Cierro su puerta y entonces empiezo a sollozar, un horrible llanto descorazonador y ruidoso, y afortunadamente las niñas no pueden oírme porque siguen berreando, pero estoy sollozando, las manos me tiemblan y no puedo dejar de llorar. Me vengo abajo, cubierta de vómito en la cuneta de la Ruta 9. No puedo conducir así. Creo que podría estar histérica, y los ruidos que me salen de la boca y la garganta son horribles. ¡Dios mío, escúchame!

Quiero que las cosas sean como eran antes. Echo de menos a Adam. Echo de menos amar a mi marido. No puedo con esto. Es muy duro. Es demasiado duro.

Entonces un vehículo se detiene y un hombre sale de él.

—¿Rachel? —dice, acercándose.

Todavía estoy llorando, así que tardo un minuto en descifrar quién es. Sonríe, sus ojos se convierten en dos alegres arcos, y lo sé.

—Gus... Hola —sollozo—. Me alegro de verte. ¿Qué tal te va?

El volumen de las niñas en el interior del vehículo se ha elevado a alaridos furiosos.

—Yo... Muy bien —dice—. Pero a ti no, supongo. A menos que esté de moda llevar vómito por encima.

—Mis hijas... Han tomado demasiado... demasiado helado, y han... han vomitado.

Mis sollozos se intensifican.

Él hace una mueca.

—Vaya por Dios.

Asiento e intento controlarme. Sueno como un gato al que estuvieran estrangulando lentamente.

—¿Necesitas ayuda?

—¿Qué?

—¿Quieres que te ayude? Suena como si llevaras comadrejas rabiosas ahí dentro.

—Mmm... No. De verdad, no, puedo apañármelas.

—¿Puedo abrir la puerta del automóvil? —me pregunta.

Asiento. Desliza la puerta y las niñas se callan de inmediato al ver a un desconocido.

—Vosotras debéis de ser las Hermanas Vomitonas —dice.

—No tienes gracia —replica Rose, y su comentario la hace reír antes de vomitar de nuevo.

—Eso es repugnante —dice Gus. Busca algo en la parte de atrás: la mochila de Rose. La abre y saca su caja de la merienda—. Si necesitas vomitar de nuevo —le dice—, hazlo aquí dentro. ¿De acuerdo? Tú también, Princesa Pota.

Charlotte acepta su fiambrera de Hello Kitty, y yo tomo la mochila de Grace y le doy la suya: de automóviles Matchbox. No es la niña más femenina.

—Mamá, ¿por qué lloras? —me pregunta Rose.

—Oh, cielo —digo, sin saber todavía por qué lo hago—, es que siento haberos dejado tomar todo ese helado. No debería haberlo hecho. Siento mucho que os sintáis mal.

—No pasa nada —dice amablemente, y entonces me pongo a llorar más fuerte y con lágrimas más calientes.

—Te diré qué vamos a hacer —me dice Gus. Voy a llevarte a casa.

—No, no es...

—Oh, venga ya. ¿Cómo podría vivir conmigo mismo si no lo hiciera?

Una hora más tarde, las niñas y yo estamos limpias de nuevo. Les he dado un baño, les he puesto sus pijamas y las he metido en la cama a dormir la siesta.

—Te queremos —dice Grace somnolienta, hablando por sus hermanas como hace a menudo.

—Yo también os quiero, angelitos míos. Mucho, mucho.

Voy a mi habitación y me pongo unos *jeans* y un jersey. Me lavé mientras las niñas chapoteaban en la bañera. No llevo maquillaje. Mi cabello parece haber evitado la vomitona, pero me lo cepillo y lo recojo en una cola de caballo antes de bajar.

Gus acaba de entrar con un cubo y detergente de la lavadora en las manos.

—Lo he limpiado lo mejor que he podido pero, Dios santo, mujer, lo que había ahí dentro era aterrador. Probablemente tendrás que llevarlo a que lo limpien bien. O prenderle fuego.

Sonríe y sus ojos casi desaparecen.

—¿Te apetece un café? —le pregunto—. ¿O tienes que volver al trabajo?

—Me encantaría.

Se lava las manos en el fregadero de la cocina mientras preparo café. Saco también algunas galletas (de avena ecológica y comercio justo, con arándanos ecológicos de agricultura sostenible) y nos sentamos en la mesa de la cocina.

—¿Cómo va el trabajo? —le pregunto.

Gus sigue en Celery Stalk Media, la empresa donde yo trabajé durante siete años antes de dejarlo en mi sexto mes de embarazo, un acto de piedad para mi jefa, Adele, que estaba aterrada por si las niñas se me escurrían en cualquier minuto. Era (es) una empresa encantadora con unos quince empleados, un lugar alegre e informal, como cualquiera esperaría que fuera. Diseñábamos software educativo para niños, después de todo, lecciones disfrazadas de juegos. Yo no he mantenido el contacto; algunas de las mujeres vinieron a visitarme cuando las niñas tenían unos meses, una época borrosa y agotadora que apenas recuerdo. Les envío una tarjeta por Navidad, un fotomontaje, y siempre recibo un par de emails sobre lo bonitas y grandes que están las niñas.

En Celery Stalk había muchas mujeres coladas por Gus, que es tan amable que parece mentira. Es mono, más que guapo; tiene la cara redonda y algunas entradas que no intenta esconder; lleva el pelo rapado. Solo mide un metro setenta. Adele, nuestra jefa, le preguntó una vez cuál era su procedencia étnica. Italiana, contestó, aunque una de sus bisabuelas era esquimal, lo que explicaba esos ojos felices. Creo que lo que lo hacía tan popular entre las mujeres era sencillamente su alegría.

Me pidió salir una vez, dos días después de mi primera cita con Adam. Como el que no quiere la cosa, en plan, «¿Quieres ir a tomar algo algún día?», y a mí me pilló por sorpresa; habíamos trabajado juntos durante más de dos años y nunca había mostrado un interés especial por mí. Me sonrojé tanto que me dolió la cara y murmuré que no bebía, o algo así, pero que quizá podríamos salir en grupo alguna vez, que Eliza había mencionado un sitio nuevo al que quería ir.

Pilló el mensaje. No pareció guardarme rencor. Y lo cierto es que yo lo olvidé, atrapada en mi relación con Adam, que era alto y tan guapo y me envió flores al día siguiente con una tarjeta que decía: «Me gustas un montón, Rachel Tate». Todavía tengo esa tarjeta, en nuestro álbum de fotos, junto a una rosa prensada del ramo.

—¿Estás saliendo con alguien, Gus? —le pregunto, extrañamente relajada. Una vez que un tipo te ha visto cubierta de vómito, sollozando a un lado de la autopista...

—No —responde—. Lo estuve, durante un tiempo. Una mujer amable llamada Alice. Vivimos juntos unos años, pero...

Se encoge de hombros.

—Pero te rompió el corazón —digo.

—Yo no diría eso. —Sonríe un poco—. Es una buena persona, pero no éramos el uno para el otro. Seguimos siendo amigos.

—Mi hermana y su ex siguen siendo amigos —le cuento—. Yo no entiendo cómo es posible.

—Tiene sus momentos incómodos. —Hace una pausa, pero sigue aún allí, la alegría que adora todo el mundo y que te hace pensar que Gus Fletcher no ha vivido un solo día malo en su vida. Es una idea ingenua, pero consoladora—. Tus hijas son preciosas, por cierto. Incluso cuando gruñen.

—Siento que Grace te mordiera —le digo, notando el inicio de una sonrisa.

—Era la primera vez que alguien lo hacía. Más tarde lo tuitearé.

Da un sorbo a su café, con los ojos todavía alegres.

—Mi marido me ha puesto los cuernos —le digo.

—Ah, mierda.

Pierde la sonrisa.

Y entonces se lo cuento todo. La foto, que me lo negó todo, que me sentí culpable por haber pensado mal, que lo supe en cuanto los vi juntos en la misma estancia. La rabia, el miedo, el horrible e insoportable dolor, incluso la fantasía de las escaleras mecánicas, que lo hace reír. A mí también.

No lloro. Solo hablo. Y Gus me deja hacerlo. Hablo durante cuarenta y cinco minutos, según el reloj. Y, cuando termino, cubre mi mano con la suya, me la aprieta y la retira.

—Lo siento —es lo único que dice, y sus ojos risueños me miran con amabilidad.

—Siento haberme desahogado contigo.

—Yo no.

Tiene una cara muy amable. Me pregunto qué habría pasado si me hubiera pedido salir una semana antes. De todos mis compañeros, Gus siempre fue el que mejor me caía.

Bueno. No tiene sentido pensar esas cosas.

Se marcha quince minutos después.

—Gracias por todo —le digo, y mi voz se rompe un poco, porque la magnitud de su encanto, de su apoyo y amabilidad, me golpea en una oleada de calidez.

—Me alegro mucho de haber pasado por allí con el automóvil —dice, y sé que habla en serio. Sonríe de nuevo—. Da las gracias a las niñas por explotar de ese modo. Llámame si necesitas limpiar el vehículo alguna otra vez.

Entonces se marcha y esa noche, sobre las nueve, mientras Adam está viendo los Yankees y yo navego por Pinterest, pensando en volver a pintar nuestro dormitorio, recibo un email.

Es de Gus. Contiene su número de teléfono y las palabras: «Ha sido estupendo verte de nuevo».

Jenny

Desde que abrí Bliss me han contratado once novias. También he tomado la decisión de vender un par de vestidos de muestra. Nunca había tenido escaparate y ahora me parece una tontería tener ocho vestidos en la tienda que no están a la venta. Como Andreas me señaló tan sabiamente (mientras escribía capítulos de su escabrosa fantasía urbana erótica gay), la compra por impulso no nos viene mal.

Y por eso he diseñado algunos vestidos más y los dos estamos cosiendo hasta que nos sangran los ojos, más o menos. Pasamos muchas horas discutiendo si nuestros famosos favoritos son gays o héteros, y cómo serían en la cama. Él me habla de su novela, de su novio y de cuánto desearía conocer a uno o dos hombres héteros para mí.

El trabajo extra también me ayuda a mantener a Rachel fuera de mi mente. Es desesperante, no poder hacer nada para ayudarla con su tristeza. No puedo contaros cuántas veces he planeado la muerte de mi cuñado. Después me siento muy culpable, porque hasta hace muy poco me caía muy bien. Hacía muy feliz a mi hermana.

Ahora ella evita mis llamadas.

—¿Qué le pasa a Rachel? —me pregunta mamá un día que no consigo encontrar una razón para que no venga a la tienda. Merodea por aquí, tocando distraídamente las telas y chasqueando la lengua con desaprobación de vez en cuando. Andreas, que la confunde (¿Un hombre? ¿En una tienda de vestidos de novia? Pero ¿por qué?), le ha traído una taza de café y se apoya en el mostrador para empaparse de todo para su novela. Ha basado un personaje en ella.

—No lo sé —miento—. A mí me parece que está bien. El otro día nos lo pasamos muy bien con las niñas. —De hecho, me quedé con ellas de niñera; Rachel apenas me dijo una palabra, estaba distraída y pálida—. Vinieron a mi apartamento y les construí un fuerte de almohadas, y Rose...

—¿Crees que Grace es autista?

Esta es mi madre, capaz de quitarle toda la alegría a una conversación en menos de un segundo.

—No —digo con firmeza.

—Bueno, a tu hermana le pasa algo. Dios sabrá de qué podría quejarse; tiene una vida perfecta. Y no debería dar nada por hecho: yo también tenía una vida perfecta y desapareció en un instante. Le he dicho que supere su mal humor, sea por lo que sea, y se muestre agradecida.

Tomo aliento para armarme de paciencia. Andreas corre hacia su portátil, que está en el taller, inspirado.

—Puede que no recuerdes cómo era en realidad, mamá —le digo amablemente, aunque me arde el estómago—. Puede que no fuera tan perfecto y que lo hayas...

—Oh, por favor. Tu padre y yo estábamos locamente enamorados. No podíamos quitarnos las manos de encima.

Primero, puag. ¿Qué hijo quiere oír hablar de la vida sexual de sus padres, incluso (o sobre todo) si ya es adulto? Segundo, como no puedo soportar este tipo de historia revisionista, digo:

—Sí, pero ¿recuerdas el último año? Tú estabas trabajando mucho y papá...

—¿Estás celosa? ¿Es eso, cariño? ¿Por lo felices que son Owen y Ana Sofía?

Mejor que se concentre en mí que en Rachel. Sin embargo, todavía me duele la constante necesidad de mi madre de ganar, de haber tenido una vida mejor, un matrimonio mejor, un amor más grande y verdadero que el de sus hijas. Sinceramente creo que el hecho de que Rachel tuviera trillizas hizo que mamá se sintiera superada. Después de todo, Rachel tenía un tercio más hijas que ella. Añade a eso la resplandeciente felicidad de mi hermana y esa sensación dulce e inocente que emana (que emanaba), y mamá siempre tiene que meter la puntilla. Su facilidad para quedarse embarazada. Dos hijos es el número perfecto, según «estudios que he leído». Esos estudios son imposibles de localizar, pero ella sigue afirmando que eso es lo que dicen los expertos.

Y, por supuesto, papá era un santo, el padre perfecto, el mejor marido.

Entonces, como siempre, empiezo a sentir una irritante compasión por ella, mezclada con rabia. Ella quería a mi padre. Nunca superará su muerte.

—Venga, mamá —le digo—. Deja que te invite a comer. Han reformado Hudson's y ahora es realmente bonito.

—Deberías comer en el sitio nuevo que han abierto en mi ciudad —dice—. Es excelente. La mejor comida francesa del noroeste, según *The Times*.

—¿Sí? ¿Cómo se llama?

—Oh, no lo recuerdo. —Agita la mano con desdén. Esto es porque, si lo recordara, podría buscarlo en Google y demostrar que su afirmación sobre la crítica de *The Times* no es cierta—. Betty y yo almorzamos allí hace poco. El chef salió a saludarnos y nos preparó un aperitivo especial. Fue realmente increíble. Totalmente único.

—Ya lo veo, mamá. Lo que sea que sirvan en Hudson's no será tan bueno como lo que hay en Hedgefield. ¿Quieres comer conmigo de todos modos? Yo invito.

—Bueno —dice, adoptando una expresión dolida—. Solo pensé que te interesaría saber de un sitio bueno. No tienes por qué ponerte tan susceptible.

Dos horas después, mamá se despide de mí con un beso en la mejilla. Mando un mensaje a Rachel para advertirle que mamá podría pasar por su casa y Rach aprovecha para llamarla por teléfono fingiendo que tiene cita con el médico. Mamá le advierte sobre las vacunas, tanto a favor como en contra, diciendo básicamente que las niñas están condenadas tome la decisión que tome.

Me pregunto si mamá sería más feliz, no sé, sabiendo que papá no era perfecto. Si habría seguido a delante. Si, de algún modo, lo lloraría menos.

No sería justo decírselo ahora, estoy casi segura. A su manera, ella es feliz en su miseria.

Pero me pregunto si debería contárselo a Rachel. Puede que eso la destrozara, saber que nuestro padre fue infiel. O quizá se sentiría más segura sabiendo que papá quería a mamá, muchísimo, y que una aventura no es siempre el fin de la felicidad conyugal.

No lo sé. Lo último que quiero es empeorar las cosas.

—¿Te importa si me voy a casa antes? —me pregunta Andreas, metiendo la cabeza en el taller, donde estoy diseñando un vestido de corte sirena para una de mis nuevas clientas—. Seth y yo tenemos una cita.

—Muy bien —le digo—. Restriégamelo por la cara. Por qué no tiene Seth un hermano hétero, ¿eh?

—Tiene una hermana lesbiana. ¿Quieres darle una oportunidad?

—Algunos días, sí —contesto—. Sería más fácil que lidiar con hombres.

—Dímelo a mí —dice Andreas.

Me quedo sola en la tienda.

Tengo un montón de trabajo, pero... No sé. Me sigue faltando algo. Estos días funciono con el piloto automático. Todavía me encanta diseñar vestidos, pero no me he sentido realmente entusiasmada en mucho tiempo. Esperaba que tener mi propia tienda me revitalizaría, pero sigo sintiéndome como si estuviera haciendo una chapuza, saliendo del paso. Los vestidos siguen siendo preciosos, mis novias siguen encantadas; probablemente soy la única que nota que algo falla.

Miro uno de los vestidos expuestos, el maravilloso y dulce traje de aire *hippy* con mangas caídas y corte imperio. Me encantó hacer ese vestido. La novia canceló la boda, por eso tengo todavía el vestido, pero le iba como anillo al dedo y a ella le encantaba. El hombre era el problema, no el vestido.

Suena la campana sobre la puerta y entra mi cita de la tarde: Kimber, que viene a ver el vestido de muselina que he hecho según los bocetos que ella (y la señora Brewster) aprobaron.

Desafortunadamente, la Dama Dragón está también aquí, con su cabello gris fijado con laca en un casco ferozmente elegante y el rostro inflexible y frío.

—¡Hola! —digo, abrazando a Kimber, que sonríe de oreja a oreja—. ¡Me alegro mucho de veros de nuevo! Venid al vestidor. ¿Os apetece una taza de café o té?

—Terminemos con esto —dice la señora Brewster. La sonrisa de Kimber se crispa antes de morir.

—Claro —digo, siempre animada con mis clientes—. Bien. Obviamente, el vestido será de esa seda preciosa que elegimos la última vez. Este es solo para la prueba y que os hagáis una idea de cómo quedará. Os enseñaré las muestras de encaje y empezaremos a trabajar para hacerlo realmente especial.

—Me muero de ganas —dice Kimber, aplaudiendo.

Como cubrir los tatuajes era un punto de vital importancia para la señora Brewster (y como Kimber se mostró sumisamente de acuerdo) he ideado un vestido entallado y muy elegante con escote corazón y una elegante falda drapeada. Las mangas francesas de encaje y el corpiño del mismo tejido camuflarán la mayor parte de sus coloridos tatuajes. La espalda también irá cubierta de encaje. La base será seda marfil y el encaje uno muy fino y delicado (después de todo, la boda será en julio). Con la silueta de Kimber y su piel cetrina, estará increíble con él.

—Deja que te ayude a vestirte y después se lo enseñaremos a la señora Brewster.

La respuesta de su suegra es mirar su reloj.

En el probador, Kimber se queda en sujetador y bragas, ambas rosa fucsia. Sus tatuajes son rosas que suben desde la cadera por el costado hasta enroscarse en su cuello. Además tiene alas de ángel entre los omoplatos, y una manga completa. Y le quedan bien, con el cabello rosa y las orejas con *piercings*. Tiene tal aire de inocencia que parece el ángel del rocanrol.

—¡Esto es muy divertido! —susurra—. ¡Espero que a la señora Brewster le guste! Me gustaría mucho que fuéramos amigas.

Su confesión es sincera y dulce.

—Jared te quiere, de modo que estoy segura de que a ella también le gustarás. Y no es por presumir, pero este vestido es perfecto. Estarás preciosa. Toma, deslízatelo sobre la cabeza. No mires. Deja que te suba la cremallera. El vestido de verdad tendrá botones, pero esto es para que te hagas una idea.

Kimber cierra los ojos y me deja trabajar.

El vestido le queda a la perfección, y esa figura... Bendita, sea, tiene el tipo de Scarlett Johansson.

—Todavía se me ven los tatuajes —dice Kimber.

—Lo sé. Este es el vestido interior, solo el cuerpo y la falda, ¿ves? Pero después viene el encaje... Lo elegiremos hoy. Te he hecho una chaquetilla para que te hagas una idea de cómo quedará.

Desliza los brazos por las mangas y deja que le abotone la casaca improvisada.

—Puedes elegir el encaje que quieras —le digo—. Puede ser un encaje *alençon,* que es más pesado, o puedes decidirte por algo más ligero y vaporoso. Personalmente creo que algo ligero quedaría mejor, pero es decisión tuya. Y puede llevar cuentas, si quieres un poco de brillo.

—¡Oh! ¡Lo del brillo suena muy bien!

Termino con el último botón.

—Abre los ojos.

Abre los ojos y sus labios se separan con una expresión a la vez soñadora y asombrada.

—¿Soy yo de verdad? —pregunta.

—Claro. Estás increíble. ¿Se lo enseñamos?

Salimos a donde la señora Brewster espera con cara de estreñida. Su rostro no cambia, aunque Kimber está radiante.

—¿Qué le parece? —le pregunto.

—Todavía puedo ver esos tatuajes ridículos —espeta—. Pensé que habías entendido cuál era nuestro problema.

—Este encaje es solo para la prueba —le digo con tranquilidad—. Podemos elegir algo con menos calado si...

—No —dice la señora Brewster—. Nada de encaje. No debe verse ningún tatuaje. Es una boda en la iglesia, no una ceremonia civil. El padre de Jared es el pastor de la congregación. No puede parecer que su hijo se está casando con una... prostituta.

Joder.

Kimber traga saliva. Tiene los ojos brillantes por las lágrimas.

—Estoy segura de que nadie pensaría eso, señora Brewster —digo, ganándome una mirada glacial—. Kimber, es tu día. ¿Qué opinas tú?

Ella mira a la señora Brewster.

—Mmm... Supongo que algo más... ¿opaco? Porque entiendo lo que quiere decir la señora Brewster. Es un día formal, así que quizá sería mejor sin encaje. ¿Qué otra cosa podríamos hacer? De verdad, me encanta la forma. Será precioso de todos modos, ¿verdad?

—No es muy modesto —apunta la señora Brewster—. Se le marca demasiado el... trasero. ¿Y una cintura más alta? Un vestido de corte princesa sería más apropiado para una boda en la iglesia.

La única petición de Kimber fue cualquier cosa excepto un corte princesa. La señora Brewster, ella y yo hablamos del asunto en nuestras dos primeras reuniones.

—Podríamos probar —dice Kimber con docilidad.

—Bien. Jennifer...

—Mi nombre es Jenny, en realidad. No es un diminutivo.

—¿Puedes improvisar un vestido con corte princesa?

Fuerzo una sonrisa.

—Sí, puedo diseñar un vestido princesa a tiempo para la boda, si es eso lo que Kimber quiere.

—Entonces elijamos la tela. ¿Tienes raso?

Se levanta y pasa junto a Kimber para acercarse a la pared de muestras de tela.

Diez minutos después la señora Brewster ha elegido un raso clásico, una tela pesada y lustrosa. Bajo su ojo crítico, dibujo un boceto de un vestido de corte princesa clásico. Cuello alto, manga larga, espalda alta.

—Vas a pasar mucho calor, sobre todo si el día es caluroso —digo a la novia, que está mordiéndose la uña detrás de la señora Brewster.

—Cósele unas almohadillas para el sudor —dice la señora Brewster.

—¿Kimber? ¿Te gustaría añadir algo, cielo?

Se acerca y mira el dibujo.

—Mmm... ¿Puede que un toque brillante? ¿Algo pequeño?

—Claro. Podemos añadir unas cuentas aquí, y tal vez aquí también...

—No —dice la señora Brewster—. Eso es muy chabacano.

—Tengo desde cristales de Swarovski a perlas y...

—Debería ser modesto. Sin adornos. De líneas puras, como fue el mío.

—De acuerdo —asiente Kimber—. A mí también me gusta simple.

—Yo no he dicho simple —replica la señora Brewster con los dientes apretados. Es la primera vez que se dirige a Kimber directamente en esta cita, y puedo sentir el odio saliendo de ella en oleadas—. He dicho «de líneas puras». Hay un mínimo de clase que tienes que adoptar, Kimber, si vas a ser vista en sociedad con mi hijo.

Es bastante difícil imaginarse a Kimber y la señora Brewster siendo amigas, a pesar de las esperanzas de la pobre chica.

Las miro a ambas. La señora Brewster no se digna a mirarme.

—Déjeme comprobar algunas medidas, entonces —digo, buscando el metro—. Kimber, si no te importa volver al probador... —Cuando la tengo allí susurro—: Kimber, no dejes que te avasalle. Es tu boda.

—Yo solo... Yo solo quiero que ella lo apruebe —susurra—. Cuando nos hayamos casado estoy segura de que se relajará un poco. No quiero empezar con mal pie. Es solo un vestido.

—Tienes razón, pero es un vestido importante. Tampoco deberías odiarlo.

—No... No es eso. Estoy segura de que será precioso, Jenny.

Sí. Un ángel del rocanrol, un querubín con esos ojos azules enormes y su perfecta boca rosada. Le doy un abrazo.

—Jared y tú vais a tener unos hijos preciosos —le digo.

—Gracias —contesta, sonrojándose—. Me muero de ganas. Me encantan los niños. ¿Las trillizas de tu hermana? Dios mío, ¡las adoro!

Se pone su ropa y la señora Brewster vuelve a decirme para cuándo puede volver a pasar por la tienda... no al revés. Pero, bueno, una recomendación suya sería muy buena para mi negocio. Si me pone en su lista negra, lo notaré.

—Kimber, no te lo he preguntado. ¿A qué te dedicas? ¿O eres cantante profesional?

La señora Brewster resopla.

—Soy nutricionista. Bueno, en realidad no. Todavía no. Pero estoy intentando conseguir el título. Trabajo en el comedor de un instituto. Tratando de que a los chicos les guste la verdura, ¿eh?

Sonríe de oreja a oreja.

—Qué bien. Debe ser estupendo trabajar con críos.

—Lo es —dice—. Siempre he querido...

—Gracias por tu tiempo, Jenny —la interrumpe la señora Brewster—. Kimber, vamos. Tenemos que hablar con el *catering*.

Suspiro mientras se marchan y me preparo para cerrar la tienda. Pobre Kimber. Me pregunto si Jared sabe cómo la trata su madre. Puede que le pida a Rachel que le diga algo. Pero, claro, Rach tiene sus propios problemas. Quedaré con Kimber para tomar algo, eso haré. Rachel, ella y yo disfrutaremos de una noche de chicas. Apuesto a que a Rachel también le vendrá bien.

Llego a casa (esta vez no hay música abajo) y, cuando estoy a punto de servirme una copa de vino, alguien aporrea mi puerta.

—¡Jenny! Mierda, Jenny, ¿estás en casa?

Corro a la puerta.

—¡Leo! ¿Qué...? Oh, no.

Leo lleva a *Loki* en brazos. El perro está temblando.

—Le ha dado un ataque. ¿Puedes llevarme al veterinario?

—Claro. —Pillo las llaves y bajo corriendo la escalera; abro la puerta del pasajero y Leo sube—. ¿Adónde?

—A la urgencias. Está en Poughkeepsie. ¿Puedes correr?

Por supuesto que puedo correr. Soy de Nueva York. La velocidad es lo normal en mi tribu.

—Agárrate —le digo, pero está acunando al perro, que sigue sacudiéndose, y diciéndole lo buen amigo que es, pidiéndole que no se muera, que no lo deje.

Tengo un nudo en la garganta y lágrimas en los ojos. *Loki* es viejo. No sé qué esperanza de vida tiene esa raza en concreto, la de *Loki,* pero me descubro rezando para que Leo no lo pierda todavía. Quiere mucho a ese perro.

—Está en Manchester Road —dice lacónicamente, y lo miro por el espejo retrovisor. Su expresión es trágica; tiene los ojos muy abiertos e indeciblemente tristes, y sé que está intentando mantener la calma. Es algo horrible y duro de ver.

—Creo que sé dónde es —digo. Hace mucho tiempo, Rachel atropelló a un gato y llevamos al pobre animal a ese mismo lugar. El gato lo superó y nosotras lo visitamos cada día hasta que fue adoptado.

—¿Puedes ir más rápido? —me pregunta, y su voz se rompe un poco. Y también mi corazón.

Piso el acelerador un poco más.

Cuando me detengo en el aparcamiento, Leo apenas espera a que el vehículo se detenga; sale y corre al interior. Yo corro tras él.

—Soy Leo Killian —dice a una de las mujeres tras el mostrador—. He llamado.

—Pasa —le dice la mujer, y Leo entra. Empiezo a seguirlo, pero otra mujer me detiene.

—Necesitamos algunos datos —me dice, entregándome una carpeta.

—Yo... Yo solo lo he traído hasta aquí. No sé demasiado.

—Bueno, inténtalo de todos modos. Es solo el nombre, la dirección, ese tipo de cosas.

Quiero ir con Leo.

—¿Puede esperar?

—No. Necesitamos una garantía de pago y alguna información básica.

—De acuerdo.

Agarro la carpeta y me doy la vuelta para sentarme. Hay una mujer con una cacatúa, y algo en ella hace que me detenga. Al principio no la reconozco.

Después sí.

Es Dorothy.

La Dorothy de mi padre está aquí.

Veintidós años mayor, pero sé que es ella. Para mis adentros, lo sé. La cara me palpita cuando la sangre se me sube a la cabeza y lo único que puedo pensar es «Es ella, es ella, es ella». Cabello rubio, raíces negras, todavía muy guapa.

—Hola —dice, y por supuesto no me reconoce. Yo era la hija de su jefe. Trabajó para él durante tres meses. Me ha visto cinco veces, como mucho, y yo tenía once años.

—Hola —respondo, sentándome.

Su pájaro grazna. Es tan extraño... Dorothy, la amante de mi padre, tiene un ave exótica como mascota.

—Se llama *Perry* —me cuenta.

—Oh. Mmm, es precioso.

—Ha empezado a arrancarse las plumas. Solo quiero asegurarme de que no es nada.

—Ya.

—¿Qué le pasa a tu perro?

—Uh... Le ha dado un ataque.

Miro la carpeta y empiezo a rellenar lo que puedo: el nombre de Leo, su dirección; la edad de *Loki:* quince años; la raza: pastor australiano/mestizo. Pero tengo el corazón desbocado y me arden las mejillas. Primero, porque Leo podría estar ahí dentro, despidiéndose de su perro.

Y segundo, porque Dorothy está aquí.

Me acerco al mostrador.

—¿Puedo entrar?

—Ya está un poco mejor —me dice la mujer—. Los ataques son algo común en perros viejos. Te dejaremos pasar dentro de unos minutos, ¿de acuerdo?

—De acuerdo. Gracias.

Vuelvo a mi asiento. Dorothy sonríe.

—Es un perro bonito —dice muy amablemente.

Mierda.

Debería decirle quién soy. Podría preguntarle por qué hizo aquello mi padre y si ella lo quería, si quería casarse con él, y si él iba a dejar a mi madre. Podría llamarla zorra, decirle que es una mancha en el recuerdo de mi padre, de mi papá, del hombre al que más quería del mundo, muchas gracias, puta.

Quiero saber por qué. Quiero saber cómo puede una mujer acostarse con el marido de otra. Quiero saber cómo empezó, cómo dio mi padre ese primer paso para alejarse de mi madre. ¿Dejó de querer a mamá poco a poco, como Owen dejó de quererme a mí? ¿O fue solo sexo, algo físico, como el que Adam le describió a mi hermana?

Espero que Dorothy no haya encontrado a nadie. Espero que haya pasado todos estos años despierta por las noches, pensando en la pobre viuda y en sus hijas y en cómo manchó y contaminó los últimos meses de mi padre en este mundo.

«Soy Jenny Tate. La hija de Robert Tate.» Qué bien. Parecería una idiota. «Me llamo Iñigo Montoya y tú te acostaste con mi padre.» ¿Y si me dice, «Y qué», o «¿Robert Tate? ¿Ese quién es?»? ¿Y si estoy equivocada y en realidad no es Dorothy?

No estoy equivocada. Su rostro ha estado grabado en mi cerebro durante veintidós años. No olvidas a la mujer a la que viste besándose con tu padre.

Pero me quedo sentada sin hacer nada, fingiendo estar totalmente concentrada en el formulario.

—¿La amiga de Leo Killian? Puedes entrar.

—Buena suerte —dice Dorothy, y recuerdo su sonrisa, esa sonrisa dulce. Parece mucho más joven que mi madre. Todavía.

—Para ti también —contesto antes de atravesar la puerta de vaivén con la veterinaria y seguir por el pasillo—. ¿Cómo está?

—Le hemos dado algunos medicamentos así que está atontado, pero se pondrá bien.

La mujer abre la puerta de la consulta y allí está Leo, sentado en el suelo con su perro, frotándole la barriga.

Tiene los ojos azules húmedos, pero sonríe.

—Hola —susurro, y antes de poder detenerme, me inclino y le beso la coronilla—. ¿Estás bien?

—Sí.

Me siento en la silla y escucho a la veterinaria explicar que aquello, aunque angustiante, es habitual, y que en la mayoría de los casos los ataques remiten solos. *Loki* es mayor pero está en buena forma, y es evidente que Leo lo cuida bien. Le entrega un medicamento que debería ayudarlo a sentirse más activo, y después se agacha para acariciar al perro.

—Ya estás bueno. Habla con Gina al salir.

—Gracias —decimos Leo y yo. Nos quedamos allí sentados un minuto, yo en la silla, Leo en el suelo con su perro, hasta que me mira.

—Vámonos a casa.

—De acuerdo.

Cuando salimos a la sala de espera, Dorothy ya no está.

—¿Sabe cómo se llama esa señora? —pregunto mientras Leo saca su tarjeta de crédito—. La de la cacatúa. Creo que la conozco.

—Mmm, deja que lo compruebe —dice Gina—. Dorothy Puchalski. Dorothy Puchalski.

El nombre se asienta en mi corazón como una roca.

Dejo a Leo y a *Loki* en casa antes de ir a Luciano y pedir unas berenjenas a las parmesana, pan de ajo y ensalada para llevar. Cuando vuelvo voy directamente a casa de Leo. Está sentado junto a la cama de *Loki,* acariciándolo. El viejo perro está roncando.

—¿Todo bien por aquí? —le pregunto.

—Mucho mejor.

Dejo nuestra comida en la mesa, abro una botella de vino tinto y sirvo una copa. Leo se levanta. Parece mayor, el pobre; todavía no se ha recuperado del suplicio de esta noche. Que Dios lo ayude si alguna vez tiene un hijo.

—Por cierto, ¿dónde encontraste a *Loki?* —le pregunto.

Leo toma un sorbo de vino.

—En una protectora.

—El mejor sitio donde encontrar un perro, según he oído.

—Así es. —Me mira y aparta la mirada rápidamente, como si estuviera avergonzado por lo que he visto esta noche—. ¿Quién es Dorothy Puchalski?

Me sorprende un poco. No creía que hubiera prestado atención.

—Mmm... Alguien a quien mis padres conocían.

—¿Cómo murió tu padre? —me pregunta, y parece una pregunta muy normal. Es verdad; mi padre está muerto. Leo lo sabe e incluso ha visto su tumba, porque Rachel me contó que estuvo allí sentado con ella. Yo no la he visitado desde hace años.

—Le dispararon en el atraco a una gasolinera —le digo—. Mientras compraba un granizado de sandía. Le encantaban.

Leo no dice nada, pero su cara... Joder, nunca antes en mi vida había visto una cara que expresase tanto. Puede que sea porque acabo de ver a Dorothy, o por el pozo de lástima en los ojos de Leo, pero se me hace un nudo en la garganta inesperadamente.

En el trascurso de los años he contado a docenas de personas cómo murió mi padre. Se ha vuelto parte de la historia de mi vida, otro hecho, como tener una hermana, como tener el cabello negro. Estoy acostumbrada.

Pero justo ahora temo decir nada más, porque llevo mucho tiempo sin llorar por mi padre. Ni siquiera cuando se lo conté a Owen; es horrible, pero casi me alegré de tener algo tan inusual de lo que hablar, de ver la tierna compasión en sus ojos oscuros.

Pero Leo... es diferente. Owen era casi siempre amable y compasivo, ahora que lo pienso. El doctor Perfecto todo el día, todos los días, con todo el mundo.

La compasión de Leo, de algún modo, tiene un peso extra.

Me aclaro la garganta.

—Bueno, mi exmarido y su esposa perfecta me han invitado a una cena en la ciudad en el mismo apartamento donde yo vivía con él. ¿Quieres venir? Podría ser un espectáculo divertido.

—Joder, sí.

Leo sonríe y su rostro pasa de la empatía trágica a la malicia, y me siento aliviada. De nuevo en tierra segura.

—¿Cuándo es? No importa, cancelaré mis citas. Renunciaría a una cena en la Casa Blanca por esto.

Me levanto para limpiar la mesa y Leo también se levanta.

—Es un placer divertirte —murmuro—. No te cortes y ríete de mi corazón roto.

—Tú no tienes el corazón roto —me dice con un guiño—. Ya no.

—¿Es difícil, ser una mujer atrapada en el cuerpo de un hombre? —le pregunto—. Porque conoces tan bien el corazón femenino que no puedo más que asumir que eres...

Se acerca y me besa, apenas la presión cálida de sus labios contra los míos, apenas un segundo más para que sea solo amistoso... Un beso, y termina antes de que consiga decidir qué hacer con mis manos o mi boca.

—Gracias por lo de esta noche, Jenny Tate —me dice, y en sus ojos hay calidez—. Eres una buena amiga.

—Gracias a ti, Leo Killian, por besarme y confundirme y hacerme creer que te gusto.

—Me gustas.

—¿En plan «quiero acostarme contigo»?

—Claro. Soy un hombre.

—Pero no quieres una relación de verdad.

—Correcto.

Levanto las manos.

—Odio a los hombres.

Una sonrisa de deleite.

—Cómprate un gato.

—Puede que lo haga. Nos vemos.

—Jenny...

Su rostro es como el clima de Nueva Inglaterra, soleado un instante, lluvioso al siguiente. Nunca he visto un rostro que cambie como lo hace el suyo. Justo ahora, la tristeza atraviesa rápidamente sus ojos, como nubes de tormenta, y creo que está a punto de decirme algo de verdad, algo más. El vello de la nuca se me eriza anticipadamente.

—¿Sí? —susurro.

No responde y baja la mirada. Cuando vuelve a mirarme, sé que ha cambiado de idea.

—Gracias de nuevo —dice sin más, y abre la puerta para que me marche.

Rachel

Adam está siendo perfecto últimamente, lo que me pone de los nervios. No sé por qué. Estoy desconocida. Los detalles que solía tener conmigo (regalarme flores, ofrecerse a traer la cena para que comamos juntos cuando las niñas están dormidas) me parecen sospechosos, un soborno, una tapadera, una disculpa. Hablamos de esto en terapia, en nuestra cita semanal de los martes noche.

—Estoy intentando hacer todo lo que puedo para demostrar a Rachel que quiero que nuestro matrimonio funcione —dice Adam—. Nada parece servir. Me siento como si fuera a ser castigado por esto para siempre.

«Eso suena bien», pienso.

—¿Qué piensas al respecto, Rachel? —me pregunta Laney.

Me miro las manos.

—Creo que está intentando demostrar que es el marido del año, y aunque pienso que debería estar arrastrándose —Así lo llamó Jenny—, me parece que solo es para aparentar.

Adam levanta las manos.

—Entonces, ¿qué? ¿Qué puedo hacer para demostrarte que es de verdad?

No respondo durante un segundo. Nada. La respuesta es nada.

—Adam, si supiera la respuesta te lo diría. Has quebrantado mi confianza. Me has engañado. Cuando te lo pregunté, me mentiste. En la iglesia me juraste fidelidad y, si no has podido cumplir con eso, ¿con qué puedes cumplir? ¿Por qué debería creerte ahora?

—Como si fuera el único hombre que ha sido infiel. El único cónyuge —se corrige apresuradamente.

—Supongo que me resulta difícil superar el hecho de que sigas viendo a Emmanuelle cada día —digo—. Si hay algo que podrías hacer, sería dejar el bufete.

Suspira profundamente.

—Ya hemos hablado de eso, una y otra vez. —Mira a Laney, esa mirada tolerante de «Las mujeres sois tan irracionales» que me echa tan a menudo—. No puedo dejar el bufete. No podría conseguir otro trabajo en esta zona donde pagaran tanto. Podría trabajar como abogado de oficio y ganar una quinta parte de lo que gano ahora, pero entonces Rachel tendría que renunciar a su casa, y a la guardería privada, y quizá tendría que buscarse un trabajo.

—¿Es algo que podrías considerar, Rachel? —me pregunta Laney.

—Sí —miento. Bueno, no, podría considerarlo. Es solo que no lo he hecho todavía.

Lo que quiero es mi antigua vida. Mi antiguo yo. Me echo de menos, si es que eso es posible. Echo de menos el modo en el que miraba a Adam, mi maravilloso, atractivo y divertido marido. Echo de menos esa sensación de asombro y felicidad porque él me hubiera elegido. Echo de menos la felicidad total que sentía cuando los cinco hacíamos algo juntos. Aunque las niñas se pusieran pesadas o tiraran sus bebidas, siempre que estábamos en público, estaba sonriendo. No era petulancia. Era felicidad. Simple y llanamente.

—Entonces, Adam —dice Laney—, ¿por qué no intentas descubrir al menos qué más hay ahí fuera?

—De acuerdo —refunfuña. Rezuma resentimiento como una niebla densa—. ¿Sabes de qué me gustaría hablar? Solo para cambiar de tema de lo mierda que soy a algo diferente.

—Adelante —dice Laney.

Se dirige a mí.

—Estás enfadada porque te fui infiel y lo entiendo perfectamente. Pero ¿alguna vez te has parado a pensar en la razón por la que lo hice?

—Sí. He pensado mucho en ello.

—¿Alguna vez has pensado que quizá creí que tú ya no estabas interesada en el sexo?

—¿Qué? —chillo—. ¿Cómo te atreves? ¡Lo hacíamos continuamente! ¡Mucho más que cualquier otra pareja que conozca!

—Sí, pero no te gustaba.

—¿Qué?

—¿A qué te refieres, Adam? ¿Por qué piensas así? —le pregunta Laney.

Él la mira y cruza las piernas.

—Se quedó dormida. Durante. No antes. Durante.

Lo dice con la misma seriedad y acusación que si acabara de encontrar un laboratorio de anfetaminas en nuestro sótano.

Me hormiguea la cara.

—Pensabas que no me había dado cuenta, ¿verdad? —me pregunta con suficiencia, jugando a ser él la parte agraviada—. Puede que te fuera infiel porque estaba claro que querer una vida sexual normal era un engorro para ti.

—Rachel, ¿te gustaría responder?

—Me gustaría. Sí, me quedé dormida una vez. Las niñas habían tenido un virus estomacal. Llevaba una semana sin dormir bien, pero resulta que me encanta el sexo y he procurado que siguiera siendo parte de nuestra vida juntos, aunque una vez me quedé dormida durante un segundo.

—¿Cómo crees que me hizo sentir eso? —me pregunta Adam.

—¿Cómo crees que me sentí yo, Adam? ¡Estaba agotada! ¿Qué significa esto, que si me canso tendrás permiso para follar por ahí?

Y aquí está, la palabrota que nunca antes había dicho.

—Rachel, deja que te pregunte algo. ¿Por qué no le dijiste a Adam que estabas demasiado cansada y que lo único que querías era una noche de descanso?

Me detengo.

—Porque no quería... No quería que él pensara eso de mí.

—¿Que eres humana? —me pregunta con una leve sonrisa.

—Que soy una esposa que está demasiado cansada para el sexo.

—Pero estabas demasiado cansada. Solo esa vez, quizá, pero seguramente también otras. No estás dejando que Adam te vea como una persona normal y eso puede distanciaros.

—Entonces, ¿esto es culpa mía? ¿Su aventura es culpa mía?

—No, no, para nada. Adam es el único responsable de la infidelidad. Pero la verdadera intimidad es algo más que tener sexo unas cuantas noches prefijadas de la semana. Él tiene que saber cómo te sientes. Eres una mujer muy capaz que es una madre maravillosa y que ha creado un hogar encantador.

—¿Y eso es malo?

—No. Pero puede que Adam no sepa con seguridad cuál es su papel.

—Exactamente —dice él.

Lo miro.

—Entonces, ¿prefieres darme un masaje de espalda y ocuparte de hacer la cena un par de noches a la semana, y limpiar los baños el fin de semana, porque eso te hará sentir más importante y así no te sentirás tentado de acostarte con otras mujeres?

Parpadea.

—Sí —miente.

—Deja que sea una parte importante de tu mundo. Tú no tienes que ser perfecta, Rachel —dice Laney.

Eso es nuevo para mí.

—Nuestro tiempo ha terminado, pero creo que estamos avanzando —afirma—. Nos vemos la semana que viene.

Nos metemos en el automóvil sin hablar y conducimos a través de la ciudad, dejando atrás la residencia de ancianos y el parque.

—¿Por qué no vamos a tomar algo? —me pregunta Adam mientras estamos detenidos en un semáforo. Parece tenso, pero sé que está intentándolo.

—Claro —le digo, porque Laney ha dicho que debo estar abierta a momentos de intimidad, y no solo intimidad sexual. Además, tengo que demostrar que yo también estoy intentándolo.

—¿Quieres ir al Storm King?

—Claro.

Nunca he estado allí; es para la nueva generación de residentes en Cambry-on-Hudson, los *hipsters,* los artistas y los jóvenes estudiantes de la universidad, todavía en la frontera entre la madurez y la perpetua vida estudiantil.

El interior es elegante y oscuro: sillas de cuero blancas ante mesas de cristal, la barra retro iluminada con luz azul. Y, de repente, parece divertido. Jenny está con las niñas; le mando un mensaje diciéndole que llegaremos más tarde de lo que pensábamos, y ella me contesta:

¡No hay prisa! Nos lo estamos pasando bomba.

Aprecio sus ánimos, porque sé que últimamente odia a Adam. También aprecio eso... la solidaridad.

—Me siento como si estuviéramos haciendo novillos —dice Adam, y aunque yo nunca los hice, sé a qué se refiere.

En lugar de pedir mi habitual y aburrido vino blanco, pido un martini seco, muy seco, con tres aceitunas.

Adam levanta una ceja.

—Lo mismo para mí —pide. No hablamos, solo miramos a nuestro alrededor hasta que el camarero nos trae la bebida. Le doy un gran sorbo. Por Dios, está asqueroso. Pero sonrío a Adam—. No hablemos de lo Ocurrido —le digo; esta se ha convertido en nuestra palabra en código para su infidelidad—. Y tampoco de las niñas.

—Trato hecho —dice, ofreciéndome la mano. Se la estrecho y me rio. Después me lamo el labio superior como si saboreara el disolvente que acabo de tragar—. La otra noche tuve un sueño, pero no sé si debería contártelo.

—Adelante —contesto, dando otro sorbo al martini.

—Bueno... Soñé que estaba solo. No estaba seguro de si te habías ido o si estábamos divorciados, pero solo estábamos las niñas y yo, y a medida que el sueño continuaba, me di cuenta de que no volverías. Al principio pensé que me habías dejado. Después me di cuenta de que era porque... habías muerto.

Espera mi reacción.

—Yo sueño que te mueres constantemente —le digo—. Fantasías, las llamo.

Y me rio, y Adam me mira desconcertado y después también se ríe.

—No, no es verdad —dice.

—Sí, claro que sí —replico—. No dejo de comprobar si tu seguro de vida está pagado, porque voy a quedarme muy a gusto. Es todo muy trágico, porque sufres una muerte horrible. Después me hago mechas, me pongo un poco más rubia.

Me rio, bastante entretenida por esta persona que dice lo que piensa de un modo tan divertido.

—Por Dios, escúchate —dice, pero él también está riéndose—. ¿En esa alegre fantasía vuelves a casarte?

—Claro. Él es maravilloso. Bombero, creo. Muy fornido, con un tatuaje en el hombro.

—Mierda. Supongo que debería sacrificarme y dormir esta noche en las vías del tren.

—Te lo agradecería. Yo me aseguraría de que las niñas te recordaran. Con cariño.

Y estamos tonteando. No sé cómo ocurre, pero estamos tonteando y, Dios, es tan atractivo, tan guapo y sexi, y sí, hay mujeres en la barra mirándolo, pero él no aparta los ojos de mí, y de repente siento que puedo hacerlo, que puedo dejar atrás su desliz. La gente supera estas cosas. Nuestro matrimonio podría ser mejor gracias a esto. Ya no soy tan ingenua, soy una mujer de mundo; soy muy europea: sí, mi marido tuvo una aventura, pero eso fue el mes pasado. Y pronto será el año pasado, y después la década pasada y apenas lo recordaremos, excepto irónicamente, casi como un chiste. «¿Recuerdas cuando me pusiste los cuernos? Con esa, ¿cómo se llamaba?» y Adam dirá, «Sí, no sé donde tenía la cabeza».

No esperamos a llegar a casa. Lo hacemos en el asiento trasero del automóvil, y es guarro, rápido e increíble, como si tuviéramos veinte años. Me corro antes incluso de que se quite los pantalones y de nuevo cuando me penetra, y el aroma de su cuello, los sonidos que hace, son tan familiares y maravillosos... Son parte de mi vida y no quiero renunciar a ellos. Quiero que volvamos. Vamos a volver.

Adam quiere sexo duro, y por Dios que lo va a tener.

Los siguientes días me siento un poco vanidosa. Es más fácil ser feliz y, aunque no he vuelto a ser la misma, tampoco soy ya una bruja amargada y llena de odio.

Intento poner esto en palabras cuando estoy al teléfono con Jenny durante la siesta de las niñas. Estoy horneando galletas de avena y pasas para esta semana, las favoritas de Charlotte. Las niñas acaban de terminar con las de canela, favoritas de Grace, y la semana que viene volveré a las de trocitos de chocolate para Rose. Las de avena son también mis favoritas y, si hay un aroma que me encanta, es el de las galletas de avena y pasas cuando están calientes. O el de las cabezas de las niñas cuando se despiertan de la siesta.

O el de Adam por la mañana, ligeramente salado y sudoroso mezclado con el olor de aire fresco de nuestras sábanas secadas al sol.

—Supongo que hemos pasado página —le digo a mi hermana.

—Entonces, ¿has vuelto a acostarte con él?

Siento que mis mejillas se calientan. He vuelto a follar con él, eso es lo que hacemos.

—Ajá.

—¿Todavía con condón?

—¡Jenny! ¿Puedes darnos un respiro, por favor?

La vergüenza residual de esa visita médica hace que se me tense el estómago, y el recordatorio de Jenny me mortifica y me enfada.

Pero, sí. Solo por si acaso.

Añado las pasas a la masa y la remuevo. Jenny sigue callada.

Hace esto a veces, escurrirse como un submarino al sumergirse siguiendo órdenes urgentes para una misión secreta. Lo que esté a punto de decir será muy importante, si sigue su costumbre.

—¿Alguna vez piensas en mamá y papá? —me pregunta en voz baja.

—¿Que si pienso en qué?

Otra pausa.

—En si su matrimonio fue tan bueno como dice mamá.

Frunzo el ceño.

—Jenny, nosotras estábamos allí. Era bueno. Eran muy felices. ¿Por qué me preguntas eso?

—Cuando mamá habla de ello parece demasiado perfecto.

—Bueno, es que era jodidamente perfecto. —La nueva Rachel, la que se folla a su marido, también disfruta diciendo palabrotas—. Y además, ¿qué tiene de malo que embellezca un poco el pasado? Es lo único que tiene.

—Podría tener el presente.

Es una letanía familiar. A veces Jenny es demasiado crítica. No puedo contar cuántas veces le ha dicho a nuestra madre que se apunte a clases de algo, que haga un viaje, que trabaje como voluntaria, que encuentre un trabajo. Antes me preocupaba lo que pensaría de mí por ser ama de casa, pero siempre me decía lo mucho que me admiraba por ello. Siempre me pareció sincera.

—Mamá lo hace lo mejor que puede. No seas tan dura con ella, Jenny. Su marido fue asesinado en la flor de la vida.

—Hace veintidós años.

—Sé cuánto tiempo hace.

Hay un filo en mi voz. La Nueva Rachel se permite ser borde a veces.

—Ya lo sé. Lo siento. ¿Cómo están hoy las niñas?

—Hemos tenido clase de natación en «Mamá y yo». Rose por fin se ha sumergido del todo.

—¡Hurra! La llamaré más tarde para felicitarla, ¿de acuerdo?

—Claro. Tengo que irme. Estoy haciendo galletas y tengo que doblar la colada.

—De acuerdo, Martha Stewart. Te quiero.

—Yo también te quiero.

Sé que la pregunta sobre las niñas ha sido una oferta de paz. Jenny las adora, eso está claro.

Mi mente regresa a la clase de «Mamá y yo» de hoy. Elle me alabó por mi pérdida de peso y me preguntó qué dieta estaba siguiendo. La del ácido estomacal, quise decirle. «Deberías probarla. Puedo presentarle a Emmanuelle a tu marido, si quieres.»

Aun así, verme el hueso de la cadera resulta extrañamente agradable. Y a Adam también le gusta, pues anoche mientras «follábamos» me lo mordió.

Una repentina ráfaga de tristeza hace que me tambalee, una ola inesperada, fuerte y rápida.

Y entonces oigo a las niñas a través del intercomunicador, y me alegro tanto de que estén despiertas que subo corriendo las escaleras.

Un par de días después, Jared llama y me pregunta si puedo almorzar con él. Quedo con Donna para que recoja a las niñas de la guardería; mamá lo haría, me dijo con poca energía cuando se lo pregunté, pero odia conducir con las niñas y nunca consigue colocar bien las sillitas, ¿y si pasara algo? Está celosa de Donna, pero también se alegra de que exista.

Dejo a Donna el monovolumen y subo al regalo de cuarenta cumpleaños que Adam se hizo a sí mismo, un Jaguar biplaza descapotable, rojo, por supuesto. Lo utilizamos cuando salimos de noche y para las reuniones en el club de campo. Yo nunca lo he conducido, y no pido permiso para hacerlo hoy. Lo mío es tuyo, después de todo.

Recuerdo la broma que alguien hizo en el cuarenta cumpleaños de Adam: mejor un automóvil deportivo que una amante, ja, ja, ja.

La Nueva Rachel lo pasa por alto. La Nueva Rachel no se molesta en decirle a Adam que va a salir a almorzar con un amigo.

Tardo un minuto en descubrir cómo arrancar el vehículo, pero lo consigo. Es un precioso día de mayo, y con la capota bajada puedo oler las lilas y las flores de los manzanos. El monovolumen huele a zumo de manzana y galletitas saladas: *eau de maternité*. Al menos ya no huele a vómito. Adam llevó el automóvil para que lo limpiaran después de que las niñas explotaran aquel día.

No le he hablado de Gus, ni de cómo me rescató.

La verdad es que me encanta tener un secreto. Gus y sus ojos risueños no pueden compararse a la vagina de Emmanuelle, pero su recuerdo es reconfortante y un poquito emocionante.

El viento me agita el cabello, así que me pongo las gafas de sol en la cabeza para quitarme el pelo de la cara. Es muy propio de la Nueva Rachel, esto de conducir el Jaguar. Paso junto a Bliss, en cuyo escaparate resplandece la belleza del trabajo de mi hermana. El último vestido que ha expuesto es un corte princesa rosa pálido cubierto de cristales diminutos que parece vaya a salir flotando, tan ligero y etéreo como es.

La tienda es la joya del distrito comercial del centro, dijo el artículo del periódico, y en su momento sentí una punzada de celos. Mi hermana llevaba aquí un mes y la gente acudía a Bliss en manada. Los rumores en «Mamá y yo» dicen que una descendiente de Roosevelt va a pedir a Jenny que diseñe su vestido. Eso no me lo ha mencionado.

En algunos sentidos, Jenny pertenece a Cambry-on-Hudson más que yo. Ella conoce a los camareros del Blessed Bean por su nombre, fue a la inauguración de una exposición, se unió a una clase de zumba en el anticuado YMCA. Un día, cuando salimos a dar un paseo con las niñas, los ancianos negros que se sientan cada día delante de la barbería la llamaron por su nombre. Yo nunca he hablado con ellos, lo que en ese momento me hizo sentirme racista. Pero Jenny siempre ha sido así, capaz de hacer amigos solo con entrar en una habitación y decir hola. Yo también digo hola, pero mi estúpida e inevitable timidez evita que haga el mismo tipo de conexión que Jenny.

Conozco a las demás madres. Conozco a algunos de nuestros antiguos compañeros de clase. Conozco a la gente del club de campo.

Conozco a la bibliotecaria de la zona infantil, pero no al resto de adultos que trabajan allí, aunque voy al menos una vez a la semana.

Se me ocurre que me gustaría tener más amigos.

Pasaré por Bliss después de comer, si tengo tiempo. O no. Podría hacer otra cosa. Puede que me haga un tratamiento facial en Vous, el *spa* de la esquina. Quizá me compre unos zapatos nuevos como esos que usa Jenny. No planos. De ninguna manera.

O volveré a casa y plantaré los pensamientos que las niñas y yo elegimos el otro día. Eso es lo que la Antigua Rachel quiere hacer. Pero puede que sea bueno tener un tiempo mío de verdad.

Entro en el Hudson's, la bonita taberna que antiguamente era un bar oscuro y pegajoso frecuentado por borrachos. Allí está Jared, esperándome con una sonrisa en la cara.

—¡Hola, Rach! —exclama, y nos sentamos en una mesa junto a la ventana para admirar el poderoso río.

—Gracias por reunirte conmigo.

—¡Cómo no! —le digo. Como siempre, Jared me recuerda a los perros que mi familia solía tener: Golden Retrievers que siempre están contentos y moviendo la cola. Jared es como su padre, que es el pastor de nuestra iglesia, no como su madre, que ni una sola vez me ha invitado a llamarla por su nombre de pila y ni una sola vez se ha alegrado de verme en la ciudad o en el club.

Jared lo compensa. Es una de las pocas personas con las que me siento realmente cómoda.

—¿Tienes alguna foto nueva de las niñas? —me pregunta, y yo obedezco y saco mi teléfono para que pueda admirarlas. Las niñas lo adoran; lo llaman tío Jared y él siempre les trae regalos extraños y maravillosos en Navidad y para su cumpleaños—. ¡Dios, están preciosas! Mira a Charlotte. Es clavada a ti. Y Grace es la viva imagen de Adam, ¿no? Guau, ¡mira a Rose! Apuesto a que estaba disfrutando... ¿Qué está comiendo? ¿Barro?

—En realidad, no, Jared. Son natillas de chocolate. Lo creas o no, no doy barro a mis hijas para comer.

Sonríe y pedimos el almuerzo: una hamburguesa enorme, patatas fritas y un batido para él, que está tan delgado como siempre; una ensalada con el aliño aparte para mí, para que se me sigan notando los huesos de las caderas. Cuando llega la comida, me revela la verdadera naturaleza de este almuerzo.

—Rach —me dice—, Kimber quiere saber si participarás en nuestra boda. Como dama de honor. ¿Qué te parece?

—¿En serio? ¡Por supuesto! Me encantaría. —Bebo un sorbo de agua—. Pero, a ver, ¿por qué no me lo ha pedido ella?

—Temía que dijeras que no.

—¿Por qué iba a hacer eso? Quiero decir, soy un poco mayor para ser dama de honor, pero me gustaría mucho.

—Yo soy un poco mayor para casarme por primera vez —dice él, sonriendo.

—Nada. Solo has tardado un poco en encontrar a la mujer adecuada.

—Es estupenda, ¿verdad?

—Me cae súper bien. Es muy... honesta.

—¡Sí! Esa es la palabra perfecta para definirla. —Su sonrisa decae un poco—. La cuestión es, Rach, que mi madre la odia. Y Kimber lo está pasando mal. Ella recibió una educación distinta a la mía y mamá se está asegurando de que lo sepa. Kimber quiere encajar y todo eso, pero como sabes no es una persona...

—Típica.

—Exacto. Y por eso la quiero.

—Puede que Jenny, ella y yo podamos salir alguna vez.

Sonríe de oreja a oreja.

—Esperaba que dijeras eso. Eres la mejor, Rach. Oye, va a venir a verme a la oficina a las dos porque tenemos que ocuparnos de una cosa de la boda, probar el pastel o algo así. ¿Quieres acercarte y saludarla? Se alegrará mucho si le dices que vas a ser su dama de honor.

—Claro, sería estupendo. —Me detengo, golpeada por un horrible pensamiento—. ¿Quién más será dama de honor? ¿Conozco a alguien más? ¿Alguien del trabajo?

De repente me veo posando para las fotos con Emmanuelle. Puede que sean amigos. Después de todo, a Jared le cae bien todo el mundo.

—Nadie del trabajo. Su prima y un par de amigas. Todas tienen tatuajes. Mi madre va a morirse de un infarto.

Sigue hablando, mucho más informado que Adam cuando nosotros nos casamos.

Desde que descubrí lo de Emmanuelle he querido preguntar a Jared por ella. Pero no puedo. Eso le daría autenticidad, de algún modo, y sentiría que estoy utilizando a mi viejo amigo para obtener información. Además, para ser sincera, temo que Jared sepa por qué se lo pregunto, y que nuestra amistad se vea manchada por la lástima. Y las relaciones laborales de Adam se verían afectadas, porque siempre ha estado claro que, aunque ellos se lleven bien, Jared es mi amigo.

De lo que no te das cuenta cuando tu marido tiene una aventura es de lo mucho que tú también vas a mentir. El mes pasado mentí a mi madre por primera vez. A mi familia política, que gracias a Dios vive en Arizona. A la hermana de Adam, que vive en Portugal pero me escribe emails a menudo y envía a las niñas regalos encantadores de sus viajes. He mentido a la maestra de la guardería cuando me preguntó si todo iba bien, y he mentido a mis amigas del club de lectura. Incluso he mentido a Jenny. Mentir se ha convertido en un acto reflejo. Ni siquiera pienso en ello.

Cuando nos marchamos del restaurante, subo al Jaguar. Jared sonríe de oreja a oreja.

—Nunca te había visto conducir esa cosa —me dice.

—Porque nunca lo había hecho —respondo. Él sube a su BMW y nos dirigimos a Triple B. Kimber está esperando en el vestíbulo con una blusa de campesina, una falda multicolor y un chaleco de cuero. Lleva una docena de pulseras que tintinean y cascabelean cuando salta. Se sonroja al ver a su amor.

—Hola, chicos —dice—. ¿Qué tal el almuerzo y todo eso?

—Estupendamente —le digo—. ¡Muchas gracias por dejarme ser dama de honor, Kimber! Me muero de ganas.

—¿En serio? ¡Oh, Rachel, gracias! ¡De verdad! En serio, es que eres la mejor amiga de Jared. Estoy muy contenta de que hayas aceptado. —De repente me da un abrazo—. Gracias.

—Gracias a ti. Oye, le estaba diciendo a Jared que quizá te gustaría salir a tomar algo con mi hermana y conmigo.

—¡Por supuesto! —exclama.

—Entonces te llamaré.

Su entusiasmo me alegra y me hace volver a sentirme yo. La antigua yo.

—Bueno, tenemos que comernos una tarta —dice Jared—. ¿Nos vamos, nena? Adiós, Rachel. Gracias de nuevo.

Me da un beso en la mejilla, se despide de Lydia, la recepcionista, y salen al sol.

Espero que sigan siendo felices. No soy capaz de imaginar a Jared engañándola. Es tan leal... En serio, ¿quién sigue siendo amigo de la chica tímida que se sienta a tu lado en el autobús, incluso después de conocer a un millar de personas más? La gente leal, esa.

—Supongo que quieres ver a Adam, ¿no? —me pregunta Lydia.

—¿Qué? Ah, sí. Sí, por favor.

Levanta el teléfono para avisarlo de que estoy aquí.

—No te preocupes, Lydia. No es necesario que lo avises.

Porque tengo esa sensación de nuevo, esa hormigueante y vertiginosa sensación en las rodillas y en los codos. Atravieso el pasillo, rápido y en silencio, esperando que ninguno de los demás abogados me pare para charlar antes de llegar al despacho de Adam.

La puerta está cerrada.

La abro, rápido, y allí están, besándose.

Se apartan rápidamente. Emmanuelle tiene el rímel corrido y su lápiz de labios ha desaparecido.

—Nena —dice Adam, y yo me quedo allí sin más, paralizada.

Al menos hoy voy mejor vestida. Ese es mi primer pensamiento. La última vez parecía una niña. Hoy voy muy sexi. No tan sexi como ella, eso seguro, pero bastante para ser yo. Su vestido de hoy es de punto rojo muy ceñido con una raja delante, escote abierto y manga larga. Es una de esas mujeres cuyo atractivo está en lo que no enseña, al parecer. Lleva el cabello rojo recogido en una coleta alta y recuerdo un comentario que Jake Golden hizo una vez en el club de campo: pelirroja con vestido rojo igual a erección instantánea. Jake Golden es un capullo. Dicho eso, sí, Adam parece tener una erección.

Debería irme. Es evidente que este es el momento en el que la mujer se marcha, orgullosa, con la cabeza alta y los hombros hacia atrás, para ir a... Mmm, ¿adónde? ¿Adónde va la mujer? Bueno, oye, estoy en un bufete de abogados. Debería ir a ver a uno de los abogados de familia, ¿verdad? O a Jared. Debería ir al despacho de Jared (mucho más grande que el de Adam, mucho más prestigioso), pero no, él está probando tartas. Si mi padre siguiera vivo, iría a verlo a él y lloraría en su hombro hasta quedarme sin lágrimas. Jenny. Iré a ver a Jenny. O a casa. Pero las niñas notarán que me pasa algo y se portarán mal. Siempre pasa lo mismo.

Sigo con la mano en el pomo de la puerta.

—Me iré —dice Emmanuelle. Toma un pañuelo y se limpia los ojos antes de salir del despacho. Me roza el brazo con la mano y retrocedo como si fuera una leprosa.

—Rachel —dice Adam en voz baja—. Entra. Cierra la puerta.

Obedezco y me detengo ante el sofá donde explica las lagunas fiscales a sus clientes, consulta a Bruce, su pasante, o se folla a su amante.

—Siéntate.

—No.

—Esto no es lo que parece. Emmanuelle lo está pasando mal para asimilar que... que hemos terminado. Vino aquí muy disgustada y se me echó encima. Eso es lo que has visto.

—¿Crees que soy estúpida, Adam?

—No creo que seas estúpida.

—Sigues acostándote con ella.

—¡No! No, no me estoy acostando con esa mujer.

—Ahórratelo. Disfruta de la vida de soltero.

Me doy la vuelta para marcharme, pero me agarra del brazo. De repente está furioso.

—¿Quieres el divorcio? ¿De verdad quieres el divorcio, Rach? ¿Quieres ver a las niñas cada dos semanas? ¿Quieres que tengan una madrastra? ¿Quieres mudarte a un apartamento de mierda? Porque, la última vez que lo comprobé, resulta que soy yo quien paga las facturas.

—¿Eso qué significa? ¿Que puedes ir follando por ahí? ¿Puedes engañarme porque yo me quedo en casa para criar a nuestras hijas? ¿Crees que un juez no te exprimiría hasta el último centavo, Adam? ¿Crees que Jared Brewster permitirá que sigas trabajando aquí?

Algo feo atraviesa su rostro.

—Exactamente. Qué pena que no te casaras con él. Todos esos años malgastados esperando a que él se fijara en ti.

No me digno a contestar eso.

—Me llevo a las niñas a casa de Jenny. Que pases un fin de semana maravilloso. Estoy segura de que tu puta estará encantada cuando sepa que eres libre.

Y me marcho, con la cabeza alta y los hombros hacia atrás. Consigo llegar al automóvil antes de vomitar. Justo en el asiento trasero.

Jenny

Aunque ya he visto a Leo con traje (durmiendo en su andrajosa tumbona del jardín), verlo recién afeitado, arreglado y vestido para matar es un poco... eh... guau.

Traje gris. Camisa negra. Corbata con estampado gris. Parece haber salido de las páginas de *GQ,* tan alto y delgado que me dan ganas de cocinar para él. El pelo se le riza sobre la frente y tiene unos ojos tan... Y esos pómulos desgarradores...

—Cierra la boca —me dice—. ¿Estás lista?

—Oh. Sí. Ajá.

—Vamos, Jenny. Espabila.

—Pareces... Estás guapísimo.

Arruga la frente poniendo cara de que no se lo cree.

—¿Nos ponemos en marcha de una vez? Tienes buen aspecto, por cierto.

Consigo cerrar la boca.

—Eso espero. Me he gastado una fortuna en este vestido.

—Impresionar al exnovio. Un básico de la psique femenina.

—«Impresionar a la mujer del exmarido» más bien, pero sí.

Esta noche es la cena en casa de Owen y Ana Sofía y, por supuesto, me he comprado un vestido. Soy diseñadora. La ropa es quizá la única área en la que tengo una ligera ventaja sobre la esposa de mi ex. No es que sea una competición; a ella la coronaron ganadora hace tiempo. Sea como sea, llevo un vestido blanco bordado de Catherine Deane, con detalles de cuero, y mis Manolos de ante con estampado de leopardo gris y negro. No me juzguéis. Siempre que me compro un modelito que cuesta tanto, dono la misma cantidad a la beneficencia. Además, tengo que estar preciosa; es parte de mi labor como RRPP de Bliss... o así justifico mi adicción a los trapitos.

—Tú conduces, por cierto —me dice Leo—. Espera, iré a por *Loki*.

—¿Qué? No, qué va. ¡*Loki* no viene!

—Viene él o no voy yo. —Me echa una mirada paciente y lastimera—. Jenny, ¿y si sufre otro ataque? No voy a dejarlo solo.

—Pero no les he dicho que vamos a llevar un perro.

—¿Y qué? Descolócalos un poco. Jódeles su maravilloso mundo perfecto. Puede que *Loki* te haga un favor y vomite sobre la nueva esposa.

—De acuerdo, esa imagen me gusta, tengo que reconocerlo. Pero si me deja el vestido lleno de pelos lo abandonaré en la autovía.

Se acerca y prácticamente me desmayo.

—No, no podrías —susurra—. Eres demasiado buena.

—Es difícil dejar de comerte con la mirada cuando coqueteas conmigo.

—Lo tendré en cuenta.

Me pongo tras el volante y espero a que mi acompañante que no es mi pareja agarre a su perro y lo meta en el asiento de atrás. *Loki* me gruñe, pero ya estoy acostumbrada. El olor, sin embargo, es nuevo.

—He oído que los perros pueden lavarse —digo mientras Leo sube al asiento del copiloto.

—Sí. Bueno, a *Loki* no le gusta bañarse.

—Tampoco a mis sobrinas, pero las obligamos.

Arranco el automóvil y salgo del aparcamiento.

Leo se vuelve para ver si *Loki* está cómodo y acaricia al malhumorado (y maloliente) perro. Admiro su devoción por el animal. Ojalá el chucho me apreciara un poco. Después de todo, lo veo casi a diario. Ahora que hace buen tiempo y los días son más largos, Leo casi siempre está fuera en su tumbona. He sobornado tanto a Leo como a *Loki* con productos cárnicos, pero hasta ahora solo ha funcionado con Leo.

No ha habido más intercambios de besos. Casi deseo que *Loki* sufra otro ataque.

—Bueno, háblame de don y doña Perfectos —dice Leo.

—Es doctor y doctora Perfectos. Ella tiene un doctorado en algo noble. Él es cirujano plástico; de los que arreglan deformidades faciales, no de los que ponen tetas. Ella dirige una fundación que excava pozos en países del tercer mundo.

—Ya los odio.

—Gracias, eres un buen amigo.

Sonríe y tengo que concentrarme para no meter el Hummer en el carril contrario.

—¿Y qué salió mal entre tú y el doctor Perfecto?

—Owen. En realidad no lo sé.

—Oh, venga ya. Seguro que sí.

—El divorcio fue decisión suya. Yo era muy feliz.

—¿De verdad? Así que te quedaste totalmente desconcertada cuando se sentó a hablar contigo. No hubo señales de alarma solo felicidad y dicha y después te disparó al corazón.

—Sí.

—Jenny, tú no eres tan estúpida, ¿no?

Tenso las manos sobre el volante. A mi espalda, *Loki* se tira un pedo y el olor es casi tóxico. Echo una mirada a Leo y bajo la ventanilla.

—Preferiría no analizar el fracaso de mi matrimonio precisamente ahora, ¿de acuerdo?

—¿Qué mejor momento? Apuesto a que hubo señales de advertencia.

—Puede que estuvieran ahí, pero yo no las veía como advertencias. Pensaba que eran cosas normales.

—¿Como qué? —Se da la vuelta en su asiento para mirarme y hay algo en sus ojos que prácticamente me obliga a hablar. El interés, la amabilidad, el toque de humor... o burla—. Cuéntaselo al tío Leo.

Suspiro.

—Quería viajar más que yo. Pasaba tres semanas al año con Médicos sin Fronteras y quería hacerlo más. Sus jornadas laborales eran cada vez más largas. Se distraía cuando yo hablaba de mi trabajo.

«El sexo ya no era fabuloso. Dejó de reírse de mis chistes.»

«Se aburría conmigo.»

Leo suspira.

—Los hombres dan asco.

—Amén, hermano.

Pongo el intermitente y tomo la salida que nos llevará directamente a mi antiguo hogar.

Ana Sofía me recibe en la puerta con su habitual grito de alegría.

—¡Jenny! ¡Cuánto me alegro de verte! ¡Estás guapísima!

Voy demasiado arreglada. Ana lleva unos pantalones amplios de seda salvaje y un top asimétrico sin mangas de color blanco, perfecto y sencillo. De Elileen Fisher, fantástico en la figura alta y súper esbelta de Ana. Va descalza, sin maquillaje, sin pedicura, con el cabello largo y liso recogido en una cola de caballo.

Maldita sea. Me he equivocado totalmente al elegir el estilo de la ropa para esta noche.

—Y tú eres Leo —dice, besándolo en ambas mejillas—. ¡Entrad, entrad! Oh, ¡has traído a tu perro! ¡Hola, perrito!

Loki, ese chucho pedorro y apestoso, agita el rabito y deja que Ana Sofía le acaricie las orejas. Traidor.

—Joder —murmura Leo—, no estabas mintiendo sobre lo guapa y perfecta que es.

—Eso no ayuda —le respondo.

—Jenny, ¡te he echado de menos! —exclama Owen con un enorme abrazo—. Me alegro mucho de verte. Hola, soy Owen.

—Sí, el exmarido de Jenny. Yo soy Leo Killian. Encantado.

—¿Te gustaría tomar algo? —le pregunta.

—Me encantaría —responde Leo.

—¿Jenny?

—Por supuesto. Lo que tengas. ¿Dónde está Natalia?

—Está durmiendo —dice Ana Sofía—. No has visto su habitación, ¿verdad, Jenny? ¡Ven, echa un vistazo!

Me conduce por el pasillo (donde ya cuelgan tres fotografías en blanco y negro de la nueva familia) hasta el que antes era mi despacho. Se ha transformado en el dormitorio de bebé más bonito que he visto nunca: paredes de color melocotón con moldura blanca, una serie de impresiones clásicas de Winnie the Pooh. Móviles exóticos y vinilos de pared añaden color a la habitación, así como una alegre alfombra roja y naranja. Hay toda una pared llena de estantes de libros infantiles en varios idiomas y una hamaca con peluches, todos de lana orgánica, sin duda, tejidos a mano por monjas de los Alpes Suizos.

Pero lo que más me choca es esto: en pintura blanca, en una letra que conozco muy bien, está escrito «Papá te quiere mucho», y debajo de eso, con una letra distinta, «¡Mamá también!». Natalia está durmiendo boca arriba, con los brazos junto a la cabeza. Está cubierta con la colcha de raso blanco que yo le hice.

La quiero. No puedo evitarlo. Es la hija del hombre con el que me casé, la hija de una mujer amable y generosa, y yo la ayudé a llegar a este mundo. Soy una idiota, pero quiero a este bebé. Se me nubla la mirada y Ana Sofía me pone la mano en la espalda.

—Eres muy buena con nosotros —me dice.

«Oh, cállate», quiero decirle, pero en lugar de eso, sonrío.

Volvemos a la sala de estar, donde dos parejas más se han unido a la fiesta. Nos presentan: Felicia y Howard, Bitty y Evan.

¿Y si no hubiera traído a Leo? Sería la rara, rodeada de tres parejas casadas, como esa escena tan horriblemente familiar de *El diario de Bridget Jones*. ¿O habría escarbado Ana Sofía en su lista de hombres disponibles para encontrarme a alguien? En ese caso, ¿por qué no lo ha hecho? Emparejar a la exmujer debería ser una prioridad, ¿no? Aunque, para el caso, ¿por qué no me ha presentado Owen a un maravilloso médico amigo suyo? «"Jenny, este es Alessandro, cardiólogo (no, tacha eso, demasiadas urgencias) oftalmólogo. Creo que vosotros dos haréis buenas migas". Y miro los ojos oscuros de Alessandro (sí, es de Italia. De Venecia) y hay una chispa en ellos, y cuando nos besamos...»

Recuerdo el beso de Leo. No fue un beso solo de amigos. Lo miro y levanta una ceja. Sí, sí. Soy increíblemente transparente. Lo sé.

El resto de parejas están bien. Son los típicos neoyorquinos, de los que trabajan la mañana de Acción de Gracias en el comedor social y después pasan por la licorería para comprar una botella de vino de trescientos dólares para llevar al ático de sus amigos. Escuchan la NPR; yo también, aunque solo por los audiorelatos. Son de esos que envían peticiones online para que las firmes y detengas las muertes donde quiera que estén teniendo lugar. Como si esas firmas fueran a servir de algo.

Felicia Balewa, que es nigeriana, rueda documentales sobre injusticias sociales. Su marido, Howard, es productor de cine... y también un Vanderbilt. Bitty Lamb, lo sé, es gastroenteróloga (es difícil creer que haya gente que elija esa especialidad). Su marido, Evan Allard (francés) recauda fondos para una organización que se ocupa de la enseñanza de las niñas de la India.

Y la cuestión es que todo eso es fantástico. Me alegro de que trabajen en el comedor social y de que estén comprometidos con una causa. Es la sensación de autocomplacencia a su alrededor, mientras hablan con tanta seriedad de su compromiso y conocimiento, lo que no me gusta.

Me descubro haciéndolo yo también. «Todavía no he encontrado el voluntariado adecuado para mí, pero todavía estoy de mudanza. Un programa de aprendizaje seguro, absolutamente.» En mi defensa, había pensado en ello de verdad... aunque todavía no he hecho nada al respecto. «Sí, la marginalidad es terrible. Seguramente podemos hacer más por esos niños en situación de riesgo.» Odio cómo sueno.

Al menos Leo no me está oyendo. Está examinando los libros de Owen y Ana, tomos brillantes e importados y libros enormes de fotografía sobre temas que importan.

Vaya por Dios.

La hora del aperitivo se me hace interminable. Comemos queso de oveja ecológico con especias también ecológicas y sostenibles servido sobre, sí, galletas saladas ecológicas, sin gluten y de comercio justo. Ana Sofía habla sobre los últimos pozos que su organización ha excavado. Felicia menciona su entrevista de la semana anterior en la CNN, en referencia a su último documental sobre un colegio secreto femenino creado por una amiga de Malala. Bitty y Owen hablan de Médicos sin Fronteras y adónde están interesados en ir la próxima vez.

El tema de los vestidos de novia no sale.

Owen debe de notar que estoy incómoda, porque se acerca y me aprieta el hombro.

—El tío de Bitty nos visitó hace poco —dice Evan con su denso y bonito acento—. Lo llevamos a la exposición en el Frick. Preciosa. Hicimos una visita privada, por supuesto, para que no lo reconocieran.

—¿Quién es tu tío, Bitty? —le pregunto.

—No me gusta decirlo —responde, sonriendo a su copa de vino.

—Te daré una pista, ¿sí? —se ofrece Evan—. El tío de mi mujer es un autor de cierta fama. Ha estado en el programa de esa mujer, cómo se llama... ¿Oprah?

—¿Wally Lamb? —digo, sintiéndome como si tuviera la respuesta correcta al último Jeopardy. «¿Veis, gente? ¡Yo también sé leer!»—. ¿Wally Lamb es tu tío?

Se encoge de hombros y sonríe levemente.

Guardamos un minuto de silencio por el gran hombre, cuyos libros estoy casi segura de que he leído. Bueno, he leído uno o dos. Probablemente solo uno. Tomo nota mental de leerlos todos, porque ahora mismo me siento bastante estúpida.

Entonces *Loki* se levanta de detrás del sofá, donde ha estado durmiendo esta última eternidad, se despereza y nos atufa con un largo y ponzoñoso siseo.

—Oh, no, ¿eso es un perro? —pregunta Felicia—. Me dan miedo los perros.

—Entonces mantente alejada de él —le dice Leo amablemente. No es de demasiada utilidad.

—Leo, tu trabajo... ¿a qué te dedicas? —le pregunta Eva.

—Soy profesor de piano.

—Se graduó en Juilliard —aclaro—. ¿Verdad, Leo?

Me echa una oscura mirada.

—Tenemos un piano —dice Ana Sofía, asintiendo en dirección al piano de media cola—. Sería maravilloso que tocaras para nosotros, Leo.

—Ya no toco —dice Leo—. Lo siento.

Se sirve más vino.

—La cena está lista —anuncia Owen.

—Has recordado que soy vegana, ¿verdad? —le pregunta Bitty—. No tolero productos animales de ningún tipo.

—Siento llevar mi sujetador de beicon —digo. Nadie se ríe excepto Owen, que me rodea el hombro con el brazo mientras vamos al comedor. Se lo agradezco. Aunque los invitados de mi ex no sean mi tipo, aunque Leo no esté siendo una gran compañía, Owen sigue siendo Owen, y se preocupa por mí.

—Creo que he oído al bebé —dice Ana Sofía—. Disculpadme, por favor.

—Iré contigo —se ofrece Felicia—. Me muero por tenerla en brazos.

—Jenny, ¿me echas una mano? —me pregunta Owen. Mientras nos dirigimos a la cocina me pone la mano en la parte inferior de la espalda—. Ana me ha dicho que le eche un ojo al cuscús pero, si te soy sincero, no tengo ni idea de qué estoy haciendo.

Durante los siguientes minutos, Owen y yo trabajamos juntos en la elegante cocina. Espárragos y cuscús, batatas y quinoa. Como en los viejos tiempos, aunque cuando estábamos casados solíamos servir comida más normal: pollo asado, estofado y lasaña, y de vez en cuando algo japonés, si Owen tenía ganas de lucirse un poco. Pero conocemos bien el espacio, y el ritmo del otro. Se desliza a mi espalda y le recuerdo dónde están las cucharas de servir. Supongo que Ana Sofía y él no habrán cambiado la distribución de los utensilios.

—Tú y ese Leo... ¿Vais en serio? —me pregunta Owen.

—Somos amigos. Nos conocimos cuando me mudé. —Owen asiente—. ¿Qué tal la paternidad, Owen?

Su rostro cambia, amable y radiante al mismo tiempo.

—Increíble. El otro día sonrió y yo... Lo sentí, Jen. ¿Sabes? En mi corazón. —Se seca los ojos—. Siento mucho haber creído que no quería hijos. Me equivocaba.

¿Cuál es la respuesta apropiada a algo así? «¡Estupendo! Entonces vamos a matar a Ana Sofía y a criar al bebé nosotros dos.» ¿O qué te parece «Que te den, gracias por nada»?

—Bueno. Supongo que le pasa a mucha gente.

Al parecer, Natalia la Niña Perfecta ha vuelto a quedarse dormida. Ana y Felicia regresan a la mesa y hablan de cine extranjero. Leo me echa una mirada desesperada y se sirve más vino. Ana me sonríe como si se disculpara.

—Siempre he pensado que *El séptimo sello* es el mejor trabajo de Bergman —dice Howard.

—¡No! ¿Bromeas? —exclama Evans—. Sin duda habrás visto *El manantial de la doncella.* ¡Es muy superior!

—The Angelika celebró la noche de documentales retro más increíble el mes pasado —dice Bitty—. *Deus e o Diablo na Terra do Sol.* Tienes que verlo sin los subtítulos para que te impresione más.

—Iba a decir justo eso —apunta Leo.

—¿En serio? —exclama Bitty.

—No.

Qué bien. Creo que Leo podría estar un poco borracho. Aunque, claro, si yo no tuviera que conducir esta noche, también lo estaría. Pero no está siendo el mejor acompañante del mundo y está bordeando la mala educación, hablando claro.

—Acabo de ver *Ciudadano Kane* de nuevo —dice Howard.

—¡Por enésima vez! —exclama Felicia.

—El mensaje sobre la corrupción y la inocencia... Es muy profundo.

Entonces Ana Sofía sale del dormitorio con la perfecta Natalia y me la entrega. Inhalo ese perfecto aroma a bebé y apoyo su carita cálida contra mi cuello.

—Ha echado de menos a su tía Jenny —dice Ana.

Oh, los bebés. Me duele todo el cuerpo con el anhelo de tener uno, su dulce y confiado peso, la sedosa cabeza de pelo negro. Cierro los ojos, envuelta en el cálido y suave abrazo del amor.

Leo se levanta.

—Tengo que llevar a *Loki* a dar un paseo —anuncia—. Disculpad.

El bebé pasa de brazo en brazo mientras Leo no está. Lleva fuera más tiempo del que me gustaría.

Para maquillar su falta de participación en la conversación, me descubro esforzándome el doble. Después de todo, estas personas no son malas. De hecho, son realmente sinceras, aunque sea un poco difícil de tragar. Sí, son ricas. Muchos neoyorquinos lo son. Owen lo es. A mí tampoco me va mal. Todavía no. Así que charlo, escucho y bromeo, consiguiendo que Felicia admita que echa de menos el jamón, contando historias sobre novias y Andreas. Me gusta, además, porque Owen replica de vez en cuando, diciendo, «Jenny, cuéntales la Navidad en la que Andreas y tu madre se perdieron en el Bronx» o «Oh, Dios, ¡me acuerdo de esa boda!».

Natalia, no obstante, es la estrella del espectáculo: está sonriendo y balbuceando. No puedo apartar los ojos de ella y, cuando Felicia la sostiene en brazos, me atraviesan puñales de celos. Felicia vive a tres manzanas de distancia. Puede ver a Natalia siempre que quiera.

Leo regresa por fin, se lava las manos en la cocina y vuelve a la mesa.

—Hace buena noche —dice, echándose hacia atrás en su silla mientras *Loki* se derrumba en la sala de estar.

—¿Quieres sostener al bebé? —le pregunta Felicia, ofreciéndole a Natalia como si fuera una hogaza de pan.

—No, gracias.

No entiendo cómo puede resistirse a mimar al bebé, o a tocar sus adorables piececitos, que no deja de patear en su dirección.

—Leo, ¿tú tienes hijos? —le pregunta Ana Sofía.

—No.

Hay un silencio incómodo.

—A Leo se le dan muy bien los niños mayores —digo.

—Debe de ser muy gratificante, Leo, introducir a los niños en la música —le dice Ana.

—A veces.

—Háblales de Evander —sugiero.

No contesta, pero se sirve más vino.

—Evander es un verdadero niño prodigio —explico para cubrirlo—. Leo cree que tiene un gran potencial. Deberíais oírlo tocar, es increíble. Me pone el vello de punta, y eso que ni siquiera me gusta la música clásica.

Sonrío. Leo no me devuelve la sonrisa.

—Jenny, ¿recuerdas cuando te llevé al Met a ver *La flauta mágica* y te quedaste dormida? —me pregunta Owen con cariño.

—No recuerdo la ópera, pero recuerdo la siesta. Fue estupenda.

Empiezan a hablar de música y cada vez me siento más molesta con Leo. Después de todo, probablemente es el más capacitado para hablar de este tema concreto; pero no dice una palabra, solo bebe vino. Y no poco. Aunque los demás intentan incluirlo en la conversación, sus respuestas son escuetas.

Ojalá no lo hubiera traído.

Cuando Ana Sofía empieza a retirar los platos del postre, me levanto para ayudarla; noto con irritación que nadie más lo hace.

—Jenny, por favor, eres nuestra invitada —me dice amablemente.

—Pero no siempre lo fue, ¿eh? —replica Leo en voz baja—. Antes era ella la anfitriona. Probablemente todavía recuerde dónde va todo.

La mesa se queda en silencio y me arde la cara.

Entonces oímos el inconfundible sonido de un perro a punto de vomitar. Ooah. Ooah. Ooaaah... Y *Loki* vomita, justo debajo de la mesa del café.

—Yo lo limpiaré —digo, agradecida (¡sí, agradecida!) por poder limpiar vómito de perro en lugar de quedarme aquí sentada luchando contra el deseo de darle a Leo unas buenas patadas en las espinillas. Ana Sofía nos asegura que no pasa nada, que la alfombra no es nada especial, solo algo que trajo de Siria hace algunos años; probablemente un regalo de valor incalculable de un jefe tribal, conociendo a Ana.

Pero recuerdo dónde está el papel de cocina y ella tiene al bebé en brazos, así que, sí, ayudo a limpiarlo, intentando no que no me den arcadas; la cena estaba buena y Ana Sofía ha conseguido que la cocina vegana no solo sea comestible sino deliciosa.

Owen ayuda. Leo no. Leo, el Capullo, pone la correa a *Loki* y el dúo dinámico se detiene junto a la puerta. Asumo que nos vamos.

Me lavo las manos en la cocina.

—Jenny —me dice Owen—, no sé a qué se refería Leo exactamente, pero espero que sepas lo importante que es para Ana Sofía y para mí tenerte en nuestras vidas.

—Lo sé. Él... Él no sabe lo que dice.

Owen me echa una larga mirada y después me toma la mano. Como es cirujano, siempre se ha cuidado mucho las manos. Las tiene suaves y están inmaculadas, con las uñas perfectamente cortadas. La alianza de oro de su mano izquierda todavía parece muy nueva.

Siempre me han encantado sus manos, tan suaves y perfectas. Solía frotarme los hombros casi cada noche, sabiendo que al menos una parte del día la había pasado ante la máquina de coser o encorvada sobre un cuaderno de bocetos, y bromeaba diciendo que era bueno también para sus manos, que así las mantenía fuertes para las largas operaciones en las que tenía que sostener sus instrumentos con precisión y cuidado. Mi parte favorita del sexo con él era el modo en el que me recorría la piel con las manos, tan ligeras y meticulosas.

—Me alegro mucho de verte —murmura—. Echo en falta hablar contigo a diario.

De repente se me hace un nudo en la garganta.

—Bueno —susurro—, yo también.

—Podríamos almorzar o cenar alguna vez. Solo nosotros dos. Para ponernos al día.

—Eso estaría bien. —Me aclaro la garganta—. Supongo que debería irme ya.

Me despido de los demás invitados, cosa que me resulta tremendamente incómoda porque Leo sigue junto a la puerta como un niño que quiere marcharse de casa de la abuela. Ana y Owen me acompañan hasta donde está, con cara de que aquí no pasa nada. Una energía extraña emana de él. El estrés por el perro, sin duda.

—Gracias por una noche estupenda —digo, y los beso a ambos en la mejilla.

—Ha sido un placer conocerte, Leo —dice Owen.

—Esperamos verte de nuevo —añade Ana Sofía.

—Igualmente —se fuerza Leo.

—Te llamaré para almorzar, ¿de acuerdo? —dice Owen. Toma al bebé en brazos y hace que su diminuto puño se despida de mí. Podría ser mi imaginación, pero creo que Natalia Genevieve acaba de sonreírme. Se me contrae el corazón y fuerzo una sonrisa, que termina en cuanto la puerta se cierra.

El perro no me deja entrar en el ascensor, así que Leo lo levanta en brazos y como consecuencia recibe un leve gruñido. Miro al animal, que tiene los ojos nublados por las cataratas. Pobrecillo. Primero los ataques, ahora el vómito. Leo debería soltarlo. El perro me eructa. Lo que faltaba. El olor es asqueroso.

Las puertas del ascensor se abren y Leo deja a *Loki* en el suelo. Me despido del portero (Steve, siempre tan amable) y él asiente. Parece que se ha olvidado de mí.

Fuera, el aire es húmedo y cobrizo, como el de una ducha. La omnipresente canción de la ciudad (bocinas y sirenas de bomberos, frenazos y el traqueteo del metro) suena a nuestro alrededor. Leo me echa una mirada.

—¿Podemos irnos, o antes quieres arrodillarte ante el edificio un minuto o dos?

—¿Sabes, Leo? Esta noche has sido una pareja de mierda. Tengo que decirlo: creí que lo harías mejor.

—¿No he lamido suficientes traseros? Lo siento —dice.

—No hacía falta lamer traseros, Leo. Un poco de conversación educada habría bastado.

—Oh. ¿Debería haber utilizado a Evander como tema de sobremesa? ¿Para que esa gente pueda volver y decir, «¡Conocemos a un niñito negro que está recibiendo clases de piano gratis! ¿No es el mundo un lugar maravilloso?»

—¡No! Estábamos hablando de música y Evander es interesante, eso es todo. Por Dios.

—Sí, bueno, también es un niño.

—Un niño con un gran talento musical. ¿Cuál es el problema, Leo?

—¡Tú! Intentando impresionar a esos idiotas, y definitivamente incluyo a tu exmarido en ese grupo.

Loki ladra a un desaliñado perro blanco que pasa junto a nosotros. Su dueño nos mira mal.

—De acuerdo, vámonos —digo, buscando las llaves en mi bonito y pequeño bolso. Por suerte, encontramos aparcamiento a solo dos manzanas de distancia. Con esas piernas tan largas que tiene, Leo va más rápido que yo, que además voy cojeando por los tacones que llevo, así que no intento alcanzarlo.

Además, echo de menos este barrio. Las casas señoriales y los edificios de preguerra del Upper West Side son más famosos, pero el Upper East también tiene sus joyas. Me tomo mi tiempo, deteniéndome a mirar una ventana bonita o admirar una puerta. Los edificios son como viejos amigos, con sus viejos ladrillos rojos y sus puertas de roble, y aunque no conocía a muchos vecinos, sí a algunos. Aquel había sido mi hogar. Más o menos.

En el camino de ida, Leo me preguntó si había notado alguna señal de que mi matrimonio tuviera problemas. Una cosa que podría haber mencionado era que, durante toda mi vida de casada, me sentí como si estuviera jugando a los adultos. «¡Mira este apartamento tan estupendo! ¡Mira a mi marido, el médico! ¡Vamos a salir con amigos! ¡Conozco a Tim Gunn! ¡Sí, en serio!»

También he tenido esa sensación hoy... En esta cena de gente guapa a la que me han invitado, donde he hablado con todos ellos, tan educados y sofisticados. La comida elegante, el buen vino, la conversación inteligente (y a veces pretenciosa, claro). ¿Y qué si les gustan los documentales y el cine sueco? A alguien tenía que tocarle.

Y yo soy tan buena como ellos. No soy ninguna palurda a la que todo le va mal.

Me meto en el automóvil con lo que espero que sea un silencio gélido. Leo acomoda a su apestoso perro en el asiento de atrás y se pone el cinturón. Ninguno de nosotros dice nada mientras conduzco hasta la 97 a través del parque, y desde ahí hasta la autovía.

—Lo que no puedo entender —dice Leo finalmente— es por qué sigues buscando la aceptación de tu ex. Te dejó y le faltó tiempo para encontrar a otra y tener un hijo con ella, pero a ti parece como si no te hubiera castigado bastante.

—Lo que yo no comprendo es por qué estás tan emperrado en que Owen sea el malo. No lo es. Es un buen hombre.

—Que le den.

—Leo, creo que estás un poco borracho.

—No lo suficiente.

—Bueno, de todos modos deberías dejar de hablar.

—¿Quieres saber lo que creo?

—No, no quiero.

—Creo que tu exmarido y su mujer te mantienen cerca porque así no tienen que admitir lo que hicieron.

—¿Y qué hicieron, Leo? ¿Eh?

—Te abandonó. Te dijo que no quería tener hijos y, en menos de un año, es padre. ¿Cómo es posible que no te hayas enfadado por eso?

—¿De qué serviría? Él no pretendía dejar de quererme.

—Puede que nunca te quisiera, para empezar.

—Gracias. Me siento mejor ahora.

—¿Por qué no le dices cómo te sientes de verdad? Dile, «Oye, Owen, me merezco más que las migajas que me echas, y no voy a aplacar tu conciencia culpable viniendo a tus putas cenas de gente guapa. Me rompiste el corazón. Que te den, y que le den también a tu esposa perfecta». Eso es lo que deberías decir. Si quieres, te lo escribo.

—Paso.

—Creo que Owen es idiota. El amor es una decisión, no es solo un sentimiento.

—Qué profundo —replico—. Y lo dice un hombre cuyas aficiones son echarse en una tumbona de playa de 1975 y beber sin parar. Un graduado en Juilliard que tiene fobia al compromiso, vive con lo justo porque su ego es demasiado frágil para tocar delante de alguien de más de catorce años y que es incapaz, literalmente, de cambiar una bombilla en el edificio donde según parece es el casero.

—No sabes nada de mí, Jenny.

—Sí, de eso te has cuidado bien, ¿verdad?

Loki contribuye a la conversación vomitando. Leo se da la vuelta.

—¿Estás bien, chico? —le pregunta, acariciándolo.

Suspiro.

—Leo, ¿cuánto tiempo más vas a mantener a este perro con vida? ¿No crees que estás siendo egoísta?

Mierda.

Leo me mira como si acabara de arrancarle el corazón para darle un mordisco.

—Lo siento —le digo, mirando de nuevo la carretera—. Eso no ha venido a cuento. Lo siento de verdad.

No dice nada más. No me parece justo; yo he dicho algo desagradable y me he disculpado. Él también ha dicho cosas desagradables, pero no se ha disculpado.

—¿Crees que deberíamos ir a la clínica veterinaria? —le pregunto—. Para comprobar si está bien.

Leo asiente.

—Gracias.

Y así es como el personal de la clínica veterinaria veinticuatro horas termina viendo mi vestido de Catherine Deane. *Loki* es considerado «bastante sano para ser un tipo viejo», a pesar de los vómitos, y nos envían a casa con unas cuantas pastillas que deberían proporcionarle algo de energía y aplacar su estómago a la vez.

Cuando llegamos a casa son casi las tres de la mañana. Tengo que hacerle a una novia algunos retoques en el vestido dentro de cinco horas. Ha roto mi norma sagrada de no ganar peso después de la última prueba, pero ¿qué voy a hacerle? ¿Dejar que camine hacia el altar desnuda? Tengo los ojos cansados, los pies doloridos y el corazón abatido.

—No pretendía decir eso de *Loki* —aclaro mientras Leo abre la puerta del jardín—. Le quieres muchísimo. Sé que no estás siendo egoísta.

—No. Lo estoy siendo.

Me mira. Tiene los ojos tristes bajo la suave luz rosada de la farola, tanto que a mí se me llenan los míos de lágrimas.

—Leo, lo siento muchísimo.

Entonces suelta la correa de *Loki* y me abraza, un abrazo fuerte, cálido, tremendamente maravilloso. Le rodeo la espalda con los brazos y también aprieto, y al hacerlo siento que le estoy enviando el corazón directo a su pecho. Huele muy bien, a jabón, a espuma de afeitar y a vino tinto. Ojalá nos quedáramos así toda la noche.

—Yo también lo siento —murmura.

Entonces me suelta y entra. Yo subo los peldaños hasta mi puerta, haciendo todo lo posible por no llorar.

Rachel

Mi hermana no está en casa cuando llego allí, pero tengo una llave.

Arrastro los dos petates gigantes al interior y después saco a las niñas del monovolumen. Las llevo a cenar a Chili's y después al parque para que se cansen.

—¡Hora del baño! —digo, y saltan y dan palmas, porque Jenny tiene una vieja bañera victoriana que les parece maravillosa. Después de eso, leemos cuentos y las meto en la cama de matrimonio de la habitación de invitados de Jenny, las tres juntas como pequeñas flores junto a un millón de almohadas que hay en la cama.

—¿Papá también va a venir? —me pregunta Grace—. ¿Para quedarse a dormir?

Se frota los ojos y bosteza.

—No —le respondo—. Papá tiene que trabajar mucho estos días.

Con su amante, nada menos.

Se me ocurre que, marchándome de esta manera, le estoy dando muchísima de libertad. Pero ¿qué otra cosa voy a hacer? ¿Amarrarlo? ¿Ponerle un candado en ese estúpido pene suyo?

Cuando las niñas se quedan dormidas, me sirvo una copa de vino y veo la tele. No llamo a Jenny ni le mando ningún mensaje. Podría haber salido con alguien, y ya estoy interfiriendo demasiado en su vida.

Me quedo dormida en su enorme sofá rojo y me despierta el sonido de la puerta. Mi reloj dice que son las tres y cuarto. Caramba.

Jenny entra, tan guapa como siempre.

—Hola —digo. Se sobresalta un poco.

—¡Hola! ¿Qué...? —Suma dos y dos—. Oh, cariño.

Entonces lloro, parece, y ella me toma en sus brazos y me abraza.

—No he querido dejarte un mensaje —digo contra su hombro—. Tenía que irme. Él sigue... Los he pillado besándose en el trabajo. Entré en su despacho y allí estaban, besándose como si fuera su último día en la tierra, así que tuve que marcharme.

Me deja llorar, murmurando y dándome palmaditas, y Dios, sería la mejor madre del mundo. Mejor que la nuestra, que se pondría peor que yo.

Al final me sueno la nariz y Jenny se levanta. Me prepara leche con cacao, caminando por la pequeña cocina con los pies descalzos. No he pasado suficiente tiempo con ella aquí, en este adorable apartamento, porque temía dejar solo a mi marido por miedo a lo que haría sin mi furiosa y punitiva presencia.

Deja una taza ante mí, toma otra para ella y se sienta.

—Me alegro mucho de que estés aquí —dice, y los ojos se me vuelven a llenar de lágrimas.

—Creo que tengo que divorciarme de él —susurro.

Ella asiente y me cubre la mano con la suya.

—Yo también lo creo. Te mereces un marido que se corte la polla antes de engañarte, Rach. De verdad.

—Podríamos poner eso en mi perfil de Match.com —sugiero, hipando un sollozo.

—Sin duda. —Sonríe, y la quiero muchísimo. Es mi hermana. Dios, ¿qué haría yo sin ella?—. Tengo una idea.

—Bien. Porque venir aquí ha sido mi gran idea. No me quedan más.

—¿Por qué no dejas a las niñas conmigo este fin de semana y te vas a algún sitio? Es viernes... Bueno, ya sábado. Vete de la ciudad. Vete a... No sé. A Maine. A Cape Cod. A algún sitio lejos de las niñas, lejos de Adam, y date un capricho. Lee, hazte un tratamiento facial o que te den un masaje o las dos cosas, pide bebidas caras, duerme en una cama tú sola. ¿Qué te parece? Adam gana un dineral. Es tiempo de gastarlo, ¿no crees?

Asiento. Sé exactamente adónde ir.

Y, diez minutos después, la *suite* del ático del Tribeca Grand está reservada a mi nombre.

Sin las niñas, la casa parece la de otra persona. Es sábado por la mañana; Jenny tenía que correr a la tienda para arreglar un vestido, pero cuando regresó me echó de su casa. Sospecho que ha cambiado la cita de algunas novias por mí. Tengo que pensar en cómo agradecérselo.

Le mandé un mensaje a Adam para decirle que las niñas se quedarían con Jenny este fin de semana y que yo me iría a un hotel a pensar, que hablaría con él el martes cuando regresara... Sí, el martes. La tienda de Jenny cierra los lunes e insistió en que me quedara hasta el martes. Le he pedido que no estuviera en casa cuando fuera yo a por algunas cosas, y me dijo que, de acuerdo, que me tomara mi tiempo, que se alegraba de que me fuera y que esperaba que lo pasara bien.

También me envió tres mensajes de voz, que escuché después de leer los textos.

Se muestra arrepentido en todos ellos:

Tienes que creerme, Rachel, ella se abalanzó sobre mí. No quiere que terminemos, pero se ha acabado. Sé lo que parecía, pero fue un beso de despedida.
Rachel, Dios, siento muchísimo lo que te dije. Te quiero, te quiero mucho, por favor, llámame.

Y el que más loca me dejó:

Rachel...

Un largo silencio, y después su voz se vuelve ronca.

Haré cualquier cosa para arreglarlo.

Bueno. Pensaré en eso más tarde.

Abro mi armario y saco un par de vestidos, pues Jenny me enviará algunas recomendaciones de restaurantes más tarde. Mi mejor pijama, el de seda a rayas rosas y blancas que Adam me regaló el año pasado por el Día de la Madre. Pantalones negros y una blusa blanca, porque Jenny dice que no puedes equivocarte si tienes la blusa blanca adecuada y esta me la regaló ella: es nueva y suave y solo me la he puesto una vez. Los botines de ante rojos con tacones metálicos.

Me ducho, me seco el pelo y me maquillo con más cuidado de lo normal. En lugar de «solo un poco de colorete y máscara», ese *look* de madre de todos los días, voy a muerte. Rabillo. Base de maquillaje. Lápiz de labios.

Cuando me visto y me miro en el espejo, casi parezco otra persona.

Qué rara me siento. Rara y un poco emocionada.

Una hora y media después, la recepcionista del Tribeca Grand, Sylvia, prácticamente salta cuando le doy mi nombre.

—¡Señorita Carver! ¡Estábamos deseando tenerla con nosotros!

Sylvia es la mujer con la que he hablado tantas veces por teléfono. Y sí, es suiza, lo creáis o no.

Hace una señal a un botones, que se lleva mi maleta. También he traído mi portátil y tres libros.

—Espero que su estancia aquí esté al nivel de sus expectativas —me dice—. Por favor, no dude en contactar conmigo personalmente para cualquier cosa que necesite.

—Se lo agradezco —respondo. Mi voz suena grave y agradable. Me pregunto quién creerá que soy. ¿Una actriz, quizá, alguien a quien no consigue ubicar? Sí, puede. Quizá una guionista o productora. Una importante novelista que necesita estar a solas con su obra. Una ejecutiva. Una abogada famosa que acude como invitada a la CNN.

Cualquier cosa menos una ama de casa cuyo marido la engaña fingiendo ser otra persona.

Subimos en el ascensor y el corazón me late a toda prisa. Y aun así, por fuera parezco una mujer tranquila y atractiva, delgada y alta (gracias a los botines) y que lleva un bolso caro pero discreto.

Seguro que a nadie se le ocurriría que esta mañana, mientras me desvestía, me encontré con un trozo de hamburguesa seca en el sujetador.

—Y aquí estamos —dice Sylvia, agitando la llave ante el panel para abrir la puerta.

Es tan... Es precioso. La palabra no le hace justicia. Aunque lo he visto una docena de veces en fotos, el ático es impresionante. Es sofisticado, acogedor y discretamente alegre, con sus lámparas de diseño, sus mesas auxiliares muy originales y esos ventanales enormes con vistas a la joya de la parte baja de Manhattan.

—Permítame que le muestre algunos detalles —dice Sylvia, y procede a hacer justo eso. Hay flores recién cortadas; anoche a las 3:43 de la madrugada, la persona que respondió a mi llamada me preguntó cuáles eran mis flores favoritas. Dije peonías, y hay no menos de cinco ramos en la *suite,* todos de peonías con ramas de cerezo. En el sofá de cuero marrón podrían sentarse diez personas. Hay un bar. Otra zona para sentarse. El dormitorio está inmaculado; la cama está tan perfectamente hecha que ni siquiera me atrevo a apoyar el bolso para no arrugar la colcha.

Y entonces llegamos a la escalera que conduce a la terraza superior. Subimos y tengo que controlarme para no reírme. Hay tumbonas, sillones y macetas con palmeras, y las vistas... Unas impresionantes vistas de Manhattan, del Liberty Tower brillando bajo el sol. En la otra acera hay una casa señorial y puedo ver el interior de las ventanas del último piso. ¿Podrán verme ellos a mí? ¿Se preguntarán quién es esa mujer fabulosa y afortunada? «¿Será esa la mujer que ganó el Oscar el año pasado? ¿No? ¿Estás seguro?»

Sylvia me anima de nuevo a contactar con ella si me hace falta cualquier cosa, y entonces se marcha.

Cuando trabajaba para Celery Stalk, viajaba bastante. Nuestra empresa siempre me reservaba habitación en un Westin, una cadena de hoteles agradables y muy cómodos. Una vez al año, teníamos que ir todos a una conferencia sobre software educativo, y Adele se reservaba una *suite* para ella sola (era la dueña de la empresa, después de todo). Nos invitaba a todos a subir a tomar algo, y Dios, ¡nos lo pasábamos bomba! Me encantaban esos hoteles; me encantaba ver la tele en la cama, que era un lujo que nunca tenía a menos que estuviera en viaje de negocios. Recuerdo haber pensado lo increíble que era la *suite* de Adele, lo mucho que se la merecía y que yo probablemente nunca me alojaría en un sitio tan bonito.

Pero esto... Esto es increíble.

Busco mi teléfono para llamar a Adam y contarle lo del hotel, las flores, el bar, y entonces me acuerdo.

Así que, bueno, nada de Adam.

Llamaré a Jenny entonces.

—¡Hola! —dice—. ¿Y bien?

—Es increíble. Me encanta. Jenny, ¡ojalá pudieras venir!

—No, no. Te vendrá bien este tiempo a solas. Olvida tus problemas. Las niñas se están portando muy bien... —Escucho un estrépito y un grito—, excepto Rose, pero no te preocupes, puedo con ella. ¡Me lo estoy pasando en grande! ¡Las quiero un montón! Dios, debería haberte enviado lejos hace años para poder fingir que son mías. No te importa que le diga eso a la gente, ¿verdad?

Sonrío. Mi hermana siempre sabe qué decir.

Prometo que no me quedaré escondida en el hotel y, sí, me quedaré hasta el martes. Prometo mimarme.

—Puedes llamar a Donna si las cosas se complican —le digo—. O si necesitas ir a la tienda. Tienes su número, ¿verdad?

—Sí, sí, me lo dejaste aquí. Ahora diviértete. Mis hijas me esperan. ¡Te quiero!

—Yo también te quiero.

Cuelgo. Camino de nuevo por la *suite*, cuelgo mi ropa y coloco mis artículos de aseo en la amplia encimera de piedra del baño. Me aseguro de que todo esté ordenado, no quiero que echar por tierra esta experiencia por ser desordenada. Tengo trillizas y el desorden es una realidad en mi vida, por mucho que intente lo contrario, así que voy a intentar disfrutar de esta pulcritud, maldita sea.

Todo hecho, miro mi reloj.

Son las 11:22 horas.

Estoy muerta de hambre.

Levanto el teléfono.

—¿En qué podemos ayudarla, señorita Carver? —pregunta una voz. ¡Se saben cómo me llamo!

—Hola. Me gustaría pedir el almuerzo.

—Por supuesto. ¿Qué le apetece que le prepare hoy nuestro chef?

Pido una hamburguesa con queso; bueno, una Angus con queso azul y beicon, guarnición de patatas fritas con trufa y ensalada verde. Una botella de... tacha eso, en realidad. Un vermú, por favor.

Veinte minutos después (porque soy fabulosa y voy a estar alojada en la *suite* del ático durante los siguientes días) llega el servicio de habitaciones.

—¿Desea la señora comer en la terraza?

La señora lo desea. Y la señora lo hace.

Leo mi libro, que no es una elección del club de lectura sino una novela divertida y absorbente sobre una asesina en la Inglaterra victoriana. Recuerdo levantar la vista a menudo para disfrutar del lugar donde estoy, para notar la comodidad de la tumbona que se adapta a mí a la perfección.

Durante una hora, como, bebo, leo y miro y después, sintiéndome un poco mareada, bajo, entro en el dormitorio, me desnudo por completo y me meto en la cama. Nunca duermo desnuda, pero ahora lo haré.

Estas sábanas deben de tener seiscientos hilos, pienso, y entonces me quedo dormida.

Cuando despierto, me doy un baño en la maravillosa bañera (¡hay una almohada especial para la cabeza!), leo un poco más, y después decido salir de compras. El hotel proporciona unas bonitas bicicletas azules y, ¡qué diablos!, pido una y salgo traqueteando por las calles adoquinadas. Nunca antes había montado en bici por Manhattan. Es aterrador y vivificante. Consigo llegar al carril bici junto al Hudson sin morir en el intento y me relajo un poco.

No pienso en nada, qué bien. El sol de finales de mayo baña la ciudad de azul y oro, el milagro arquitectónico que es la Gran Manzana. Nunca he querido vivir aquí, no entendía por qué Jenny quería salir de Cambry-on-Hudson, pero hoy lo entiendo. Quizá viviría en una casa señorial, o en un apartamento en uno de esos elegantes edificios. Conocería a mis vecinos. Trabajaría para Domani Studios, la destacada agencia de publicidad que una vez intentó contratarme.

De vez en cuando me apresa una oleada de dolor, pero la aparto a un lado. Jenny tiene razón. Voy a divertirme.

No obstante, me pregunto cómo lo hicieron papá y mamá. Sinceramente, soy incapaz de recordar una pelea entre ellos. Papá nunca miró a otra mujer, y eso que tuvo sus oportunidades, Dios lo sabe. Recuerdo haber espiado sus fiestas desde las escaleras y lo orgullosa que me sentía porque mis padres eran «la pareja»: los más felices, los más cariñosos. Recuerdo un matrimonio que no dejaba de criticarse y otro que no se hacía caso, e incluso recuerdo haber oído a dos mujeres hablando de una tercera que se acostaba con alguien más. Me sentía muy, muy agradecida porque mis padres fueran felices. Eso hizo que de niña siempre me sintiera segura.

Dios, quiero eso para mis hijas. Pero no puedo hacerlo sola.

Me pregunto si Adam sabe lo que ha hecho en realidad.

Giro la bicicleta y me dirijo al SoHo. Es hora de comprar ropa nueva. Es hora de ser Julia Roberts en *Pretty Woman*, la fantasía de toda mujer. El dinero que me gasto es, imagino, el dinero que Adam ha estado ahorrando para su barco. O para su puta. Después de todo, imagino que tendrán que ir a hoteles a follar. Imagino que le habrá pagado una o dos cenas. Tal vez algunas joyas. Sin duda, unas cuantas prendas de lencería sexi. Le gusta la lencería sexi. Menudo cliché.

«Pues te aguantas. Nada de barcos para ti, adúltero. En lugar de eso, Armani para mí.»

Lo que algunas personas no entienden sobre estrenar ropa nueva es que no se trata de la ropa. Es la promesa de lo feliz que serás cuando la uses, de las cosas maravillosas que harás con ella puesta, de la gente que te mirará y dirá, sí, esa es una mujer que se gusta a sí misma. Normalmente, mi ropa es de calidad, sencilla y bonita. Soy una madre bien vestida. Hoy, sin embargo, compro ropa, joyas y accesorios para el pelo que dicen «Soy una mujer interesante. Sorprendente y chic. Tengo estilo. Soy alguien a quien tener en cuenta».

De vuelta en la *suite,* saco la ropa y los zapatos nuevos y me doy una larga ducha, usando los productos del hotel para oler distinta y exótica. Me envuelvo en el lujoso albornoz del hotel y compruebo mi email; hago caso omiso a los mensajes de Adam y abro los enlaces de los restaurantes que Jenny me ha enviado. Ooh. Qué sofisticados. Me da un poco de miedo, pero son preciosos.

Llamo a Jenny y hablo con las niñas, que me cuentan que han jugado a los disfraces con la tía Jenny, que han horneado galletas con la tía Jenny, que se han sentado en los armarios de la tía Jenny. Las echo tanto de menos que me duele el corazón.

Pero es bueno para ellas alejarse de mí de vez en cuando, lo sé. Lo que sucede es que siempre imaginé esta escapada de fin de semana en otras circunstancias. Adam y yo podríamos haber hecho este viaje juntos en nuestro décimo aniversario, por ejemplo.

Me imagino vistiéndome de nuevo, poniéndome más maquillaje y la ropa nueva y dirigiéndome a uno de los lugares preciosos que Jenny me ha recomendado. Sola. Con un libro, quizá.

Pero de repente estoy agotada. No puedo. Esta noche no.

Aunque tengo hambre.

Una vez más, llamo al servicio de habitaciones y, cuando el botones llega con mi carrito, me disculpo, diciendo que tengo demasiado trabajo que terminar. Además, me digo a mí misma, siempre he querido quedarme en este hotel. Este es un sueño hecho realidad. Una vez más como en la terraza, y acuno mi copa de vino mientras las luces empiezan a encenderse. Las niñas deben de estar a punto de meterse en la cama.

Echo de menos arroparlas. No he faltado ni un solo día, y ahora siento morriña. Veré una película, eso haré. En la cama. Bien cómoda, sin una sola interrupción, una película entera. Me llevaré el vino y me pondré mi bonito pijama, ¿no es maravilloso?

Mañana iré a uno de esos restaurantes, por muy bonito que sea el hotel. Puede que llame a alguien para que disfrute de la ciudad conmigo. ¿A Kathleen, quizá? No, mencionó que sus padres iban a visitarla este fin de semana. A Elle no, a Claudia tampoco; seguro que se olerían algo, como un tiburón huele una gota de sangre en el agua. Ya ha sido suficientemente duro estar con ellas en la guardería.

La mayoría de los contactos de mi teléfono están relacionados con las niñas. Bajo en la lista. Doctor Cato, su pediatra. Doctor DeSoto, su dentista, justo como el del libro de William Steig, que encanta a las niñas. Donna, la adorable niñera. Mamá de Emily, cuyo nombre no conozco aunque su hija viene a casa a jugar a veces.

Gus Fletcher.

No tiene nada que ver con las niñas.

Gus Fletcher el de los ojos risueños. Me mandó su número después del incidente del vómito y lo guardé en mi teléfono. Lo hice por algo, ¿no?

Sin esperar un segundo más, marco su número. Lo más seguro es que tenga una cita. Son las nueve de un sábado noche. Si no, habrá salido con sus amigos. Rezo porque me pase al buzón de voz.

—¿Diga?

Me sobresalta el sonido de su voz.

—¿Gus?

—¿Sí?

—Soy... Soy Rachel. Rachel Carver. Rachel Tate Carver.

—¿La mujer de las niñas vomitonas?

Sonrío.

—Afortunadamente no están vomitando ahora, pero sí.

—Eres la única Rachel que conozco, que conste. Los apellidos no eran necesarios.

—Oh. De acuerdo.

Estoy nerviosa. Puedo decir que nunca en mi vida he llamado a un hombre para salir. Siempre me han llamado a mí, no al contrario.

—¿Qué puedo hacer por ti, Rachel?

Su tono de voz resulta acogedor.

—Bueno, este fin de semana estoy en la ciudad y me preguntaba si querrías tomar algo o cenar conmigo. Mañana. Domingo.

Hay una larga pausa.

—Te lo debo, después de todo —continúo—. Te portaste muy bien ese día. Y me gustó volver a verte.

—En ese caso, sí. Acepto.

—¿En serio?

—Sí.

Estoy sonriendo.

—¡Bien! Estoy en el Tribeca Grand.

—Estupendo.

—No tienes ni idea. ¿Quieres ver mi *suite*? Es increíble.

—Claro. ¿A las siete en punto?

—Las siete será perfecto. Te veo entonces.

Mañana voy a tomar algo con un hombre encantador que no es mi marido.

Una ligera advertencia resuena en mi cerebro. Las cosas ya están lo bastante complicadas como para que yo... No hace falta que yo haga... ¿Que yo haga qué? Nunca engañaría a Adam. Ni siquiera ahora. Estoy segura de que Gus también lo sabe, pero me aseguraré de dejarlo claro mañana.

Aun así, la idea de estar con él, casi en una cita («casi» es la palabra clave aquí) resulta deliciosamente peligrosa y tentadora, como un suflé de chocolate negro esperando al final de una comida.

Sabes que no deberías, pero también sabes que lo harás.

Jenny

No había sido consciente de cuánto me gustaba la soledad hasta que mis sobrinas vinieron de visita.

Tampoco de lo estupendo que es comer sin que algo se derrame, rompa, caiga o sea lanzado a alguna parte. Ni de lo bonito que es ir al baño sola.

Pasamos el sábado bien, pero hoy parece que las hubiera poseído algún demonio. Desde las cinco cuarenta y tres de la mañana, ni más ni menos.

Como soy la tía Jenny, Proveedora de Diversión, las niñas parecen haber abandonado su estado angelical anterior (es decir, la forma en que actúan cuando mi hermana está presente) para convertirse en pequeños ciclones que han traído el caos y la destrucción. Al principio, sentían un respeto reverencial por mi casa, y además, estaba la novedad. Pero ahora eso se ha acabado. Lo tiran todo por ahí, se lo comen todo, lo escupen, se suben a todas partes. Después de un almuerzo frenético, encuentro a Grace de pie sobre la encimera, golpeando la lámpara con una cuchara de madera.

—Grace! ¡Corazón, no hagas eso! Puedes hacerte daño.

La bajo de la encimera solo para ver un pequeño trasero saliendo del armario donde guardo la batidora y sus accesorios afilados.

—¿Rose, eres tú? —Saco a mi sobrina por las piernas—. Sal, cariño, ahí hay cosas que cortan.

—¡Me gustan las cosas que cortan! —dice, intentando escapar para volver a meterse—. ¡Quiero cosas que cortan! ¡Tía, eres muy mala! ¡Quiero cosas que cortan!

Por Dios santo.

Grace empieza a golpear los muebles con la cuchara de madera, que no he conseguido quitarle. Pega a Rose en la cabeza, haciéndola gritar como si estuvieran arrancándole las uñas.

—¡Oh, cielo! ¿Te encuentras bien? —le pregunto, arrebatando la cuchara a Grace—. Ven, vamos a ponerte un poco de hielo. Grace, pídele perdón, nena.

—No quiero —replica Grace haciendo un mohín—. ¡Ha sido un accidente!

—Bueno, dile que no era tu intención y que sientes haberle hecho daño.

Grace parece estar a punto de estallar.

—¡No! ¡Ha sido un accidente! ¡Accidente!

Voy a llamar al exorcista.

Me doy cuenta de que falta Charlotte.

—Quedaos aquí —ordeno al dúo de protestonas—. ¿Charlotte? Lottie, ¿dónde estás, guapa?

La puerta está cerrada con llave, gracias a Dios, así que no ha podido salir. No está en la sala de estar. No está en el baño de abajo. No está en la despensa. Subo las escaleras corriendo. No está en la habitación de invitados.

—¡Charlotte! ¡Responde a la tía Jenny ahora mismo!

Si responde, no puedo oírla debido a los gritos de las *banshees* de mi cocina.

—¡Charlotte!

Está en mi cuarto de baño, sentada en el lavabo, agitando las piernas despreocupadamente y mirando por la ventana.

—¡Tía! —exclama alegremente—. ¡Estoy haciendo pipí, tía!

Murmuro una maldición. Está haciendo pis, muy bien. Pero no se ha quitado el peto, lo que significa que tendré que cambiarla de ropa.

Se oye un estruendo escaleras abajo. No tengo tiempo de cambiar a Charlotte, así que la levanto en brazos, haciendo una mueca, y corro abajo, donde encuentro tres cuencos rotos. Al parecer se han caído del aparador.

—¿Alguien se ha hecho pupa? —pregunto.

—Yo tengo sangre —dice Rose—. Aquí.

Levanta la mano, pero no se ha hecho nada.

—No tienes sangre.

—Por dentro, tía. Tengo sangre por dentro.

Mierda. ¿Podría tener razón? ¿Tendrá una hemorragia interna? ¿Debería llamar a Rachel?

—Toma. —Grace abre el armario de los trastos de hornear y saca una bolsa de trocitos de chocolate—. Esto cura la sangre.

—¡«Dacias», Grace! —dice Rose alegremente, abriendo la bolsa de golpe. Un kilo de trocitos de chocolate se esparce por el suelo.

—¡Caca! ¡Es caca! —chilla Charlotte, retorciéndose como un pez en mis brazos.

—¡No es caca! —grita Rose.

Grace empieza a pisar los trocitos.

Dios mío.

Miro el reloj. Son las tres y media de la tarde. Me quedan cuatro horas hasta la hora de dormir. ¡Como mínimo! Una hora y media hasta que el vino sea socialmente aceptable. Pero, no, ¡no puedo tomar vino! Soy el único adulto aquí. ¡Qué horror!

La puerta se abre y entra *Loki*. Y Leo.

—Hola —dice, mirando a mis sobrinas—. Callaos, ¿de acuerdo?

Se callan.

—¿Quién eres? —le pregunta Rose, cruzando los brazos sobre el pecho.

—Soy Leo.

—¿Por qué estás aquí?

—Este edificio es mío. ¿Por qué estáis vosotras aquí?

—Porque esta es mi tía Jenny, por eso.

Espera. ¿Este edificio es suyo? ¿Desde cuándo?

Charlotte está tumbada en el suelo, comiendo trozos de chocolate sin usar las manos. Es una niña con talento.

—Leo, te presento al triunvirato del terror, mejor conocido como Grace, Charlotte y Rose Carver, mis preciosas y angelicales sobrinas.

—¿Cómo se llama tu perro? —pregunta Rose, acercándose a Leo y rodeándole la rodilla con el brazo mientras se mete el pulgar en la boca.

—*Loki*. Y se come a las niñas ruidosas.

Rose sonríe sin sacarse el pulgar.

—No es muy amist... —empiezo a decir, pero me detengo cuando *Loki* se tumba en el suelo y rueda para ofrecer su panza a las niñas. Leo se arrodilla y toma la mano de Rose.

—Quiere que lo acaricies —dice Leo, y el rabito de *Loki* empieza a moverse. Grace y Charlotte se unen, hablando a la vez.

—*Loki* es un nombre muy gracioso.

—*Loki*, no me muerdas.

—A *Loki* le caigo bien.

—¡*Loki,* no me comas!

Leo me mira.

—¿Quieres compañía? —me pregunta—. Mis clases han terminado por hoy.

—Dios, sí —respondo.

Treinta minutos después la cocina está limpia, Charlotte se ha cambiado de ropa y Leo y las niñas están sentados a la mesa, haciendo cosas con una versión ecológica de Play-Doh de un kit nauseabundo llamado Pequeñas Mentes Creativas, que siempre tengo a mano para sus visitas. Charlotte no está modelando nada; ha optado por pegar trocitos de plastilina en los bordes de la mesa.

—Cántanos canciones —pide Grace.

Leo la mira.

—Había una vez una niña llamada tía Jenny —empieza, obediente—. Sus sobrinas eran Lila, Lola y Lula. Les encantaba armar mucho ruido y disfrazarse, lo que estaba muy bien porque Jenny tenía muchos vestidos.

—No está mal —murmuro. Tiene una voz bonita. Por supuesto.

—Juilliard. Introducción a las Canciones Tontas.

—Yo no me llamo Lila —dice Rose, metiéndose un trozo de Play-Doh en la boca—. Soy Rose.

—Eso no se come, cariño —le digo, pescando el trozo. Cuidar niños no es para los escrupulosos.

—¿Qué estás haciendo, Leo? —pregunta Grace.

Les enseña su escultura, que está hecha de plastilina rosa y tiene unos ojos saltones verdes y cuatro patas.

—Es *Loki* —dice.

Las niñas se ríen. Es un sonido tan bonito y puro que se me encoje el corazón.

—*Loki* es marrón, blanco, gris y negro —dice Grace—. No rosa.

—Tiene toques rosas —afirma Leo—. Y además, brilla. —Escoge unas cuantas lentejuelas que vienen con el juego y hace un perro de plastilina con collar y todo—. Y no podemos olvidar esos lunares púrpuras —añade, buscando la plastilina lavanda.

—¡*Loki* no es morado! —exclama Rose.

—Ni las rayas amarillas —continúa Leo, guiñándole el ojo. Ella sonríe, otra mujer que ha sucumbido a sus encantos.

Al final, el *Loki* de plastilina parece un demonio, pero a las niñas les encanta.

—¿Me lo puedo quedar? —pregunta Charlotte.

—¡Es mío! —grita Rose.

—¡Yo lo quiero más! —dice Grace.

—Es para la tía Jenny —dice, entregándome la figura.

—Niñas, ¿os gustaría ver una peli? —les pregunto.

Cuando están sentadas en el sofá, fascinadas por Mi vecino Totoro, empiezo a limpiar el caos de plastilina de la cocina. Leo entra, pasando sobre la versión de verdad de su perro.

—Gracias por subir —le digo.

—Te lo debía.

—¿Sí?

Se encoge de hombros.

Busco un palillo de dientes para sacar la plastilina de donde Charlotte la ha metido.

—¿Quieres que haga la cena? —me pregunta.

—Mmm... Sí. Claro.

—¿Qué comen las princesitas?

Abre el frigorífico y examina mis existencias.

—Todo lo que no esté clavado al suelo.

—¿Espaguetis con albóndigas?

—Les encantan. Incluso tengo salsa. Casera, ni más ni menos. Una de las pocas cosas que sé hacer.

Abro la despensa y saco un bote de salsa y un paquete de pasta. Leo saca un poco de pavo picado, leche y huevos del frigorífico y empieza a buscar en mis armarios.

Es peligroso, creo, estar jugando a las casitas con un hombre que no quiere una relación seria. Que afirma que solo quiere divertirse. Que dice que no le gustan los niños pero que los sabe llevar de maravilla, que me envía mensajes contradictorios de celos, amistad e inaccesibilidad, si es que esa palabra existe.

Pero también es agradable.

—¿Te he oído bien? ¿Este edificio es tuyo? —le pregunto.

Me mira de soslayo.

—Sí.

—Eso explica tus habilidades de mierda como casero.

—Sí, supongo.

—¿Por qué van mis cheques a la inmobiliaria en lugar de directamente a ti?

—Porque es más fácil dejar que ellos se ocupen. Y les pedí que no dijeran al inquilino que yo era el propietario. No quería que pensaras que soy un magnate inmobiliario con montones de dinero.

—El próximo Donald Trump.

Sonríe, después añade un huevo al pavo picado.

—Tendré que trabajarme ese flequillo.

—No te atrevas. Tienes el pelo más bonito sobre la faz de la tierra.

—Cierto.

—Mis sobrinas te adoran —le digo, sacando una lechuga que espero que no esté demasiado pasada.

—Claro que sí. Son mujeres, ¿no?

Pongo los ojos en blanco.

—Menudo ego tienes.

—Siento haber sido un acompañante de mierda la otra noche —dice sin mirarme. Las rodillas se me aflojan peligrosamente—. Estoy celoso de tu exmarido, por si todavía no te has dado cuenta.

—¿No lo estamos todos? Tiene la vida perfecta.

—No por eso, tonta.

Miro a las niñas, que están concentradas en la película. *Loki* se ha unido a ellas y está acurrucado junto a Grace, con la cabeza en su regazo.

—¿Por qué estás celoso de Owen?

—Porque tú sigues loca por él.

Me siento mareada e irritada, una sensación que estoy pensando en llamar El Efecto Leo.

—¿Qué más te da? No estás interesado en mí. Por lo que a mí respecta, eres gay. ¿Recuerdas?

—Soy contradictorio. No es algo reservado solo a las mujeres.

—¿Cuál es la contradicción? ¿Quieres que te preste toda mi atención para poder pasar de mí?

—Sí. Exactamente eso.

—¿Sabes? Si alguna vez decidieras ser claro, podríamos tener algo bonito.

—Solo con fines recreativos, corazón.

—Exacto. Pero naciste para estar casado. Deberías tener una docena de críos.

Añade las albóndigas a la salsa y se lava las manos.

—Ya he estado casado.

Supongo que el desconcierto se me ve en la cara, porque él... Bueno, joder, nunca me lo había dicho.

—¿Qué pasó? —le pregunto.

No me mira, opta por seguir enjabonando sus diestras manos.

—Ella me dejó.

Ah. No es de extrañar que entienda tan bien mis sentimientos hacia Owen.

—¿Quieres hablar de ello?

—No. —Me mira con unos ojos claros y neutrales—. Quiero ver la peli con las niñas.

Dicho eso, sale de la cocina. Le oigo decir algo a las niñas.

Así que a él también le rompieron el corazón. Y supongo que no lo ha superado; de ahí lo de no querer nada serio.

Resulta extrañamente alentador, saber que Leo está divorciado. Así que yo tenía razón: nació para estar casado, pero eligió a la mujer equivocada.

Y quizá yo sea la adecuada.

Hago caso omiso a la leve advertencia que suena en algún lugar de mi cabeza. El viejo «Oye, tranquila, no elijas todavía la tela del vestido». Estoy cansada de ese soniquete, os lo juro. Y, por favor. Leo está viendo una película con tres niñas pequeñas. Adora a su apestoso perro viejo hasta el absurdo. Sabe hacer albóndigas. Es la esencia del hombre familiar.

La cena es alegre e informal. Las niñas se han enamorado de Leo y demuestran su amor masticando las albóndigas y haciéndolo con la boca abierta para que les vea los dientes, poniéndose espaguetis sobre la nariz y la cabeza, y haciendo gorgoritos con las bebidas. *Loki* acecha debajo de la mesa y aspira la comida que llueve desde arriba.

Leo les canta canciones y finge tocar el piano sobre la mesa. Incluso verlo tocar de mentira es emocionante. Tiene las manos enormes, los dedos largos y ágiles. Canta mientras lo hace: ba bum, bababa bababa bababa BA bum. No come demasiado, pero toma una copa de vino tinto. Solo una.

La planta de arriba de mi casa está cerrada con llave. Contiene enseres del propietario, me dijo el agente inmobiliario.

Me pregunto si podría forzar la cerradura.

Hola, soy Jenny, y soy una acosadora.

—Gracias por la cena, tía Jenny —dice Leo, poniéndose en pie y retirando su plato.

—Gracias por la cena, tía Jenny —repiten las niñas.

Las llevo arriba y les doy un baño que les hace mucha falta, después les leo un cuento.

—Queremos que Leo nos lea —me informa Grace.

—Sí, sí. Leo —repiten Rose y Charlotte. Rose pronuncia su nombre «Weo», y me hace mucha gracia.

—Leo —lo llamo—. Se solicita tu presencia.

No hay respuesta.

—Puede que haya ido a dar un paseo a *Loki* —digo.

Terminamos la historia y las meto en la cama. Entonces llamamos a Rachel para que puedan contarle todo que ha ocurrido durante este día tan emocionante: los trocitos de chocolate, el escondite, haber hecho pipí en el lavabo, *Loki*.

—Se han portado muy bien —miento cuando me llega el turno—. ¿Cómo estás?

—Oh, estoy bien —dice, pero oigo una nota de incertidumbre en su voz—. Tengo morriña.

—¿Qué vas a hacer esta noche?

—He quedado con un viejo amigo de Celery Stalk para tomar algo. Quizá para cenar.

—¡Muy bien! Buena chica, Rach.

Se produce una pausa.

—¿Ha llamado Adam?

Había llamado.

—Sí. Dejé que Grace contestara al teléfono. No he hablado con él.

Porque no quería que las niñas oyeran cómo lo amenazaba de muerte.

—Me pregunto si habrá estado con... ella este fin de semana —dice mi hermana.

No tengo una respuesta para eso.

—Oye, disfruta de la cena y del hotel. Envíame más fotos, ¿de acuerdo? Te quiero.

—Yo también te quiero.

—¿Por qué se ha ido mamá? —me pregunta Rose.

—Ha ido a divertirse un poco —le contesto.

—Ella se divierte con nosotras —dice Grace, frunciendo el ceño.

—Sí. Cuando más se divierte es con vosotras, niñas. Os quiere mucho —les digo—. Pero sabe que la tía también os quiere mucho y por eso os comparte conmigo. ¡Vosotras sois mi regalo!

Esto mitiga sus labios fruncidos. Besuqueo a las niñas, inhalo su aroma, pongo a Charlotte a hacer pipí una vez más y vuelvo a meterla en la cama.

—Os quiero, corazones —les digo.

—Nosotras te queremos a ti —me informan.

Leo no está abajo, aunque la cocina está limpia. Dios bendiga a los hombres que saben limpiar la cocina.

Ahora puedo servirme una copa de vino, y nunca en mi vida me he merecido una más.

Me pongo un poco de cabernet y lo llevo a la sala de estar.

Mi hermana tenía la voz quebrada. Y esa pregunta, si Adam estará aprovechando su ausencia para estar con su amante... Dios.

Apuesto cualquier cosa a que la respuesta es sí. Apuesto a que ha dicho a Emmanuelle (vaya nombre de actriz porno) que su mujer no le comprende, que es irracional y exigente, y Dios sabe qué más. Que las cosas llevan sin ir bien mucho, mucho tiempo y que él ha estado intentando que funcione, pero... Ya sabéis cómo son las esposas. No son tan comprensivas como las amantes.

¿Qué le diría papá a Dorothy?, me pregunto. ¿Que su mujer estaba obsesionada con su trabajo? ¿Que ya no era tan joven como antes? ¿Que el sexo entre ellos era muy de casados?

Podría ser el momento de buscar a Dorothy y tener una pequeña charla con ella. O no. Joder, no tengo ni idea.

Personalmente, siempre he pensado que el sexo de casada era el mejor. Owen y yo conocíamos nuestros cuerpos, nuestras partes favoritas. Estaba el factor confianza, el amor, el deseo. Siempre fue bueno.

Me pregunto cómo será el sexo entre Owen y Ana Sofía. De los que te cambian la vida, sin duda. Una prueba de la existencia de Dios para mi anteriormente ateo marido.

Se abre la puerta y entran Leo y *Loki*.

—Ey —dice—. ¿Las niñas están en la cama?

—Sí. Apuesto a que les encantaría que subieras a darles las buenas noches.

—No. Solo las molestaría.

Se sienta en el sofá a mi lado. *Loki* se tumba a sus pies sin gruñirme. Es un cambio agradable.

Entonces me mira. Es una mirada gris y amable. Hay una leve sonrisa. Me derrumbo por dentro y me tenso. Alarga la mano y me toca la cara.

Me rasca la mejilla.

—Tienes un poco de salsa seca aquí —dice.

—Ah. Gracias.

A continuación desliza la mano por mi nuca y me acerca hacia sí. Coloco una mano en su pecho y noto el sólido latido de su corazón.

—Solo con fines recreativos —murmura, y su voz araña algo en el fondo de mi estómago—. ¿Entendido?

—Entendido —susurro.

Sus ojos se arrugan con una pequeña sonrisa y me besa, y su boca es... Dios, su boca es buena en lo que hace; un beso lento, suave, concienzudo que hace que me brinquen las entrañas y echen chispas. Me besa las comisuras de la boca, luego los labios de nuevo, deslizando la lengua contra la mía, moviéndose hasta estar casi tumbado sobre mí, su cuerpo largo y delgado cubriéndome con su peso delicioso. Subo las manos por sus brazos, tiene los músculos tensos, por sus hombros y por su cuello, todo ello sin dejar de besarlo.

—No podemos... Las niñas están... Así que no... —consigo decir contra su boca perfecta.

—Lo sé —susurra, besándome bajo la oreja—. Solo estamos dándonos el lote. —Me besa el cuello, haciendo que me tense y me derrita—. ¿Cuándo se van a casa, por cierto?

Entonces se aparta y sonríe, y me parece que todo lo que podría desear y todo lo que he esperado está en esa sonrisa.

Las sirenas de advertencia se callan bajo los sonidos de nuestros besos y de la felicidad que canta en mi corazón.

Rachel

Cuando Sylvia, la recepcionista suiza, llama para preguntar si estoy esperando al señor Gus Fletcher, consigo decir que sí, que lo deje subir.

Si Adam supiera que tengo a un hombre en la *suite,* que vamos a salir a beber y a cenar, se sentiría muy, muy incómodo.

Y supongo que de eso se trata. Adam se ha acostado con otra mujer. Yo solo voy a cenar con un viejo amigo.

Eso no hace que me sienta menos nerviosa. Me seco las axilas con pañuelos de papel y bebo un poco de agua. Me doy un retoque con el lápiz labial. Me seco las axilas de nuevo.

Y entonces llaman a la puerta, y voy a abrir.

—Virgen santa —dice Gus.

—Sí, lo sé. Es enorme. En realidad es un poco absurdo, demasiado grande para una persona. A ver, no quiero decir nada con eso. Solo que... No sé. Hola. ¿Qué tal?

—Me refería a, virgen santa, estás increíble.

Hago una pausa.

—Oh. Gracias.

Llevo uno de los vestidos que compré ayer, uno rojo y ceñido que me costó más que mi primer automóvil. Sandalias de tiras metálicas con tacón alto. Maquillaje. También me he cortado el pelo, me he puesto mechas y me lo he alisado.

Gus me mira un segundo antes de acercarse y darme un beso en la mejilla.

—Da gusto verte cuando no estás cubierta de vómito.

Sonrío, aunque me estoy retorciendo las manos.

—Eso me pasa a menudo.

—Enséñame esto. Lo más probable es que nunca vuelva a ver una *suite* como esta, así que quiero empaparme bien.

255

Ahí está, esa sonrisa que hace que sus ojos casi desaparezcan en unas oscuras y pequeñas medias lunas.

—Gus —le digo—. Yo... Solo para asegurarme de que no hay malentendidos, yo no... Ya sabes. No me estoy insinuando.

—Lo sé. No tengo tanta suerte. ¿Adónde lleva esta escalera?

—A la terraza. Es toda mía. Y tuya.

Subimos para admirarla.

—Preciosa. Estoy muerto de hambre. ¿Dónde vamos a comer?

Como anoche me acobardé y me quedé en el hotel, he reservado en uno de los sitios chic que me recomendó mi hermana. Caminamos por la calle. Los tacones se me atascan de vez en cuando en los adoquines, hasta que Gus me toma del brazo.

—Lo siento —digo—. Estoy probando algo nuevo.

—Estás preciosa. Siempre lo has estado.

Él lleva una camisa blanca y *jeans* con zapatillas Converse negras de caña alta. Eso hace que parezca mucho más famoso y sofisticado que yo, que podría llevar un cartel que dijera «No soy de aquí y me estoy esforzando demasiado».

—Oh, Dios, creo que esa es Gwyneth Paltrow —dice alguien, y me doy la vuelta para mirar.

—¿Dónde? —susurro.

Gus se ríe.

—Se refiere a ti, Rachel.

—¿En serio?

—En serio.

Por alguna razón, eso hace que me sienta mucho más segura. Eso y la mano de Gus en mi brazo. Lo conozco desde antes de conocer a Adam y ahora me doy cuenta de lo mucho que he echado de menos tenerlo como amigo estos últimos cuatro años.

—¿Es aquí?

Se detiene delante de un restaurante.

—Aquí es.

El maître nos mira de arriba a abajo, después tacha algo en su lista.

—Por aquí, por favor —dice, y nos conduce a un enorme reservado en la parte de atrás del restaurante. Es una mesa fantástica. Lo sé porque el puto Robert De Niro está en el reservado de al lado, charlando animadamente con su acompañante. El actor levanta la mirada mientras nos sientan y asiente ligeramente.

—Gwyneth, Robert De Niro está sentado ahí al lado —me dice Gus en voz baja.

—Estoy intentando no mearme encima de la emoción —le respondo—. Y es difícil después de tener trillizas.

Se ríe.

Dios, me gusta. No he estado con un hombre que me gustara tanto desde lo que parece un millar de años.

El departamento de arte del Celery Stalk era un enorme espacio de trabajo. Yo compartía una mesa gigante con otra mujer, Liara, una lesbiana tatuada y con *piercings* que hablaba sin parar sobre los milagros de su vida amorosa. Mi participación en la conversación no era necesaria. Liara era extrovertida, divertida y muy popular... Yo hacía la mayor parte del trabajo, más o menos.

Gus siempre me pedía que trabajara en sus proyectos. Él se ocupaba (se ocupa) del diseño conceptual. Yo no era llamativa y no tenía una personalidad jovial como Liara, pero hacía un buen trabajo y Gus siempre lo valoró.

En realidad nunca tuve la impresión de gustarle hasta aquella inoportuna petición, y para entonces ya era demasiado tarde.

Pedimos una botella de vino y charlamos, primero de los compañeros de trabajo, después de él. Su novia, con la que vivía, lo había dejado el año anterior.

—¿Lo viste venir? —le pregunto.

Él me mira durante un minuto que parece eterno.

—Sí. No sabría decirte si deberíamos haberlo intentado más o roto antes. En cualquier caso, fue duro.

—Lo siento.

Y lo sentía. No puedo imaginar a alguien dejando a Gus, sinceramente.

Se encoge de hombros.

—Bueno, me recuperé. Siempre lo hago. Pensé en lanzarme a las vías del tren, pero...

—Ana Karenina lo hizo. A nadie le gustan los copiones.

—Lo sé —dice—. Además, es muy del siglo diecinueve. Así que, en lugar de eso, escuché a Beck y comí helado.

—¿Beck? ¿En serio? El tren habría sido menos doloroso.

Otra carcajada, fuerte y descarada.

Llega nuestra cena y la atacamos.

—Oh, Dios —dice Gus—. Puede que esto sea lo mejor que he comido o visto a alguien comer en mi vida.

—Es posible —asiento—. Bobby De Niro come aquí.

—Oh, ¿ya tenemos tanta confianza?

—Bueno, estamos sentados a su lado. Lo suyo es usar un diminutivo.

La sonrisa de Gus me provoca un hormigueo en el estómago. Bajo la mirada.

La Vieja Rachel nunca habría tenido el valor de preguntar a un tipo guapo si quiere cenar con ella, y mucho menos enfrascarse en una conversación ingeniosa con él. Ella nunca se habría puesto este vestido. La Nueva Rachel habría hecho esto por despecho.

Ahora mismo no siento ningún despecho. Me siento... feliz.

Y había pasado mucho tiempo.

—Dime la verdad —dice Gus, soltando el tenedor. Su plato está tan limpio como el mío—. ¿Estoy aquí porque quieres cabrear a tu marido? Porque supongo que este fin de semana tiene algo que ver con él.

—Mi marido no sabe que estás aquí. Aunque tienes razón, es por él. —Tomo un sorbo de vino—. Estamos pasando por una época difícil.

—¿Quieres hablar de ello? Quiero decir, yo te he contado mi momento Anna Karenina. Te lo debo.

Miro el rostro amable de Gus, su pelo rapado, la sonrisa omnipresente.

—Mejor no. Hablemos de cualquier otra cosa, ¿de acuerdo? No te he invitado a cenar porque quisiera hablar de mi marido, o ponerlo celoso, ni nada de eso. Te lo pedí porque no se me ocurría nadie mejor con quien estar.

Baja el tenedor y me mira durante un buen rato.

—Ese podría ser el mayor cumplido que me han hecho nunca —dice. Después sonríe y sigue comiendo. Siento un calor en el corazón que nada tiene ver con el vino.

Cuando nos marchamos del restaurante es casi medianoche y Tribeca vibra con la música de los clubes y los restaurantes.

—¿Te apetece ir a algún sitio? —me pregunta Gus.

Dudo.

—Puedes venir al hotel. La terraza es toda mía.

Me siento tonta al decirlo. La mujer despechada que gasta un montón de dinero para castigar a su marido. Qué original.

Pero la vista desde allí es soberbia. El Liberty Tower es precioso y conmovedor, el Woolworth Building majestuoso e imponente. Subo una botella de vino; Gus la abre y nos sentamos sin decir nada, solo mirando las luces y escuchando los sonidos de la ciudad debajo. Me quito los zapatos y me envuelvo en la suave manta que el hotel deja como detalle.

—¿Rachel?

Él nunca me llama por el diminutivo. La mayoría de la gente lo hace.

—¿Sí?

Me echa una larga mirada.

—Quiero decirte una cosa. Sabes que siempre me has gustado. Que estaba colado por ti.

—En realidad no lo supe hasta que me preguntaste si quería salir contigo.

El rubor cosquillea en mis mejillas y agradezco la luz tenue de la terraza.

—Bueno, estaba. Todavía lo estoy.

Lo miro, pero eso es todo lo que tiene que decir, al parecer.

—Tú también me gustas, Gus, pero no puedo hacer nada al respecto. Sigo casada.

—Lo sé. No querría que lo hicieras. Pero quería decírtelo de todos modos. —Se levanta—. Y con esta incómoda salva de despedida, lo mejor será que me vaya.

Lo acompaño a la puerta.

—Me alegro mucho de que hayamos quedado.

Sonríe.

—Gracias por llamarme. Ha sido un honor.

De repente, tengo un nudo en la garganta.

—Buenas noches, Gus.

—Cuídate.

Me besa la mejilla y, por un segundo, pienso en volver la cabeza y besarlo en la boca.

No lo hago. En lugar de eso, cierro la puerta.

Ocurra lo que ocurra, esta noche es una pequeña joya que voy a atesorar, una noche perfecta con un hombre amable al que le gustaba y todavía le gusto, más de diez años después de que me pidiera salir. Que no ha intentado nada, que ha sido sencillamente sincero, encantador y amable.

Después entro en el baño y me desmaquillo. Cuelgo el vestido rojo con cuidado. Hilo dental. Cepillo.

Una noche antes de la infidelidad, mientras me cepillaba los dientes antes de ir a la cama, Adam entró en el baño, me tocó el trasero y me dijo, «¿Te imaginas siquiera lo guapa que eres?», y me reí, porque tenía la boca llena de espuma. Recuerdo lo afortunada que me sentí porque mi marido todavía quería tocarme el trasero, todavía me encontraba atractiva.

¿Qué ocurrió con ese tipo? ¿Desapareció porque me quedé dormida una vez? ¿Soy de algún modo responsable de su aventura?

Dejando a un lado al adorable Gus, estoy casada con Adam Carver. Él hizo una promesa, pero yo también. Y, de repente, me doy cuenta de que su aventura no ha terminado con mi amor por él: lo ha ensordecido. Lo ha cohibido. Humillado. «Soy una estúpida porque todavía te quiero.»

La mujer de la cena, la que coqueteaba despreocupadamente con un hombre guapo, sentada junto a Robert De Niro... Es agradable, sin duda, pero tiene un marido y tres niñas y una relación que se está yendo a pique.

Mañana es lunes, pero volveré a casa. A donde pertenezco, a Cambry-on-Hudson, a mi casa blanca de persianas azules, con mis hijas.

Con Adam.

Jenny

Me despierto por la mañana con tres cuerpecitos calientes acurrucados a mi lado. Se despertaron a las cinco, que es la hora de Satán, como todo el mundo sabe, así que las convencí para que se acostaran conmigo y así poder echar una cabezadita más.

Y pensar en Leo.

Todo mi cuerpo se eriza de felicidad. Anoche estuvimos besándonos durante horas, mientras los muelles del sofá rechinaban, en un estado delicioso de excitación y calidez. También hablamos, murmurando a veces y riéndonos. Comimos helado cerca de medianoche. Nos besamos un poco más. Y, cuando se marchaba, me empujó contra la puerta y me dio un beso largo y caliente. Bajó las manos hasta ponérmelas en los muslos, y me atrajo hacia sí y yo lo rodeé con las piernas, con la espalda contra la puerta, y si no fue ese el momento más caliente de mi vida, no sé cuál fue. Después dejó que me deslizara contra él, con las manos en mi cabello.

—Asegúrate de pagar el alquiler a tiempo —murmuró contra mi boca, y después sonrió y se marchó, y yo me tambaleé hasta el sofá y me derrumbé allí, sonriendo como una idiota.

—¿Tía? ¿Tía? Tengo que ir al baño —dice Rose, sacándome de mi ensoñación.

—De acuerdo, cielo —le respondo.

Fuera está lloviendo, una lluvia suave y constante. Es lunes, así que el autobús escolar traquetea y suspira subiendo la calle para recoger a los niños del vecindario. Las niñas no tienen guardería los lunes, así que por ahora solo estamos ellas y yo. Y quizá Leo, porque sus clases no comenzarán hasta las dos y media.

La mayoría de los lunes voy a la tienda a trabajar. El vestido de Kimber Allegretti necesita otra réplica de muselina, esta vez con corte de princesa. Pobrecilla. No es su estilo en absoluto... Preferiría verla con algo sexi, tipo Gatsby, con montones de cuentas y la espalda baja para mostrar los tatuajes que es evidente que le encantan. Después de todo, se supone que el vestido debe ser del gusto de la novia, no de la reprobadora suegra. Pero Kimber quiere hacer feliz a la señora Brewster, así que espero hacerle un vestido princesa que no odie.

Además tengo un montón de bocetos que improvisar para una de las novias que pidieron cita durante la inauguración y los últimos toques de un cinturón con cuentas para una novia de Connecticut. Pero todo eso puede esperar. Trabajaré en el vestido de Kimber aquí, en la sala de costura de arriba. Esta es la primera vez que tengo a las niñas para mí durante más de unas horas, y me encanta. Es un examen práctico para la maternidad.

Apuesto a que Leo sería un padre fantástico. El modo en el que se comporta con Evander (con todos sus estudiantes, pero sobre todo con Evander), cómo es con mis sobrinas... Ya sabéis, un montón de hombres dicen que no quieren niños hasta que conocen a la mujer adecuada. Mirad a Owen. Él no quería, y ahora está encantado. Y hoy ni siquiera me molesta esa idea.

Preparo tortitas para las niñas con formas que supuestamente son de animales, después las lavo y les doy cuencos, sartenes, varillas y el siempre fascinante batidor de huevos para que se entretengan mientras limpio los restos pegajosos sobre la mesa de la cocina. Dibujamos; les encanta que dibuje vestidos para después colorearlos.

Esa tarde, cuando las niñas se echan la siesta (y Dios las bendiga por dormir tan bien) uso el dormitorio de arriba para empezar la última versión del vestido de Kimber. La señora Brewster probablemente preferiría un burka. Una cosa es el recato (he hecho un montón de vestidos para gente que no quiere mostrar mucha piel), y luego está esto. Creo que el mensaje está claro: la señora Brewster quiere que Kimber sepa que no es la adecuada para su querido hijo.

Justo a tiempo, a las dos y media de la tarde, oigo que alguien habla en el patio. Es una de las alumnas de Leo, una que no es demasiado mala, una divertida mujer de mediana edad que hace un par de semanas me contó que siempre había querido aprender a tocar el piano y que el guapetón de Leo le dio el ímpetu para empezar. Pienso en sacar la cabeza por la ventana, pero no quiero que parezca que estoy vigilándolo.

Sin embargo, subo a la cuarta planta. No se oye nada... Lógicamente, por otra parte; no me imagino a Leo con su propia versión de *Flores en el ático*.

Me pregunto qué guardará ahí.

Tengo la mano en el pomo. Está cerrada con llave y es un alivio, porque aunque me gustaría pensar que no la abriría, no quiero ponerme a prueba. Seguramente contiene montones de partituras y algunos muebles. Nada más que eso.

Pero estoy ansiosa por saber más sobre Leo Killian. No quiero descubrirlo husmeando ni buscando en Google, quiero que él me lo cuente. Anoche empezamos algo. Puedo sentirlo.

Cuando las niñas despiertan, les doy una caja grande para que jueguen. Las tres se sientan dentro, riéndose y fingiendo estar en una nave espacial; después le dan la vuelta y la convierten en una casa para gatos y conejitos.

Les hago un millón de fotos. Mando a Rachel un par porque, conociéndola, las estará echando de menos.

El teléfono suena y corro a buscarlo, esperando que sea Leo. No es él.

—Hola, mamá.

—¿Dónde está tu hermana? —me pregunta—. Tengo un mensaje diciendo que está pasando el fin de semana fuera de la ciudad con unas amigas. ¿Adónde ha ido? ¿Y por qué?

—Solo se ha tomado un par de días libres con sus amigas —miento. Si mamá supiera que Rachel está sola, se volvería loca—. Las niñas están conmigo.

—¿Qué? ¿Por qué?

—Porque son mis sobrinas y las quiero.

—¿Por qué no me lo pidió a mí? —exige saber.

«Porque tú siempre le dices lo difíciles y agotadoras que son.»

—Porque yo se lo pedí por favor.

—¡Tía! ¡Soy un gato! ¡Soy un gato!

Grace hace un horrible siseo y convierte sus dedos en garras.

—¡Uno muy feroz! —digo.

—¡Yo «tamén» soy feroz! —exclama Rose—. ¡Soy un conejito feroz!

—¡Sí! ¡Muy fiero! —afirmo—. ¿Qué puedo hacer por ti, mamá?

—Yo soy un gato amable —replica Charlotte, subiéndose a mi regazo—. Purr. Purr, tía. Purr.

Quiero un montón a estas niñas. Le doy un beso a Charlotte en la cabeza y ella se apoya en mí, un peso dulce y cálido.

—Me gustaría que Rachel llevara a Rose a un logopeda —dice mamá—. Grace y Charlotte hablan mucho mejor que ella.

—Creo que está bien. Y, si hubiera algún problema, estoy segura de que Rachel ya está al tanto, así que, por favor, no se lo digas.

—Bueno, entre eso y el autismo de Grace...

—¡Mamá! No muestra ningún signo de eso, ¿de acuerdo? Deberías dejar de decirle a Rachel esas cosas. —Charlotte baja de mi regazo y vuelve a meterse debajo de la caja con sus hermanas—. ¿Y qué me dices de Charlotte? —gruño—. ¿No tienes ningún diagnóstico para ella?

—Creo que podría ser lesbiana.

Pongo los ojos en blanco con tal fuerza que creo que me he quedado bizca.

—¿Qué necesitas, mamá?

—Solo echaba de menos a las niñas, eso es todo. Rachel ha sido muy difícil de localizar últimamente y no sé por qué. La echo de menos. Sé que hay algo que no me cuenta. Vosotras siempre habéis formado vuestro propio club.

Ahí está, la eterna punzada de compasión por mamá. Siempre un poco fuera de lugar. Ella misma se coloca ahí, pero eso no significa que no lo sienta por ella.

—Eso es porque nos criaste para ser íntimas —le digo.

Resopla.

—Bueno, como eres tú quien está a cargo de mis nietas, ¿puedo ir a verlas? Yo también las quiero, ¿sabes? Son mis únicas nietas y Dios sabe que he tenido que esperar mucho para tenerlas. Porque, claro, tú tuviste que ir y dejar a Owen justo cuando estaba listo para ser padre.

Se me abre la boca, perpleja. Ella sabe que eso no es cierto.

El hecho de que esa espera tuviera que ver con los años de problemas de fertilidad de Rachel y Adam no significa nada para mamá. El hecho de que ella sepa que yo quería tener hijos y que el destino está ahora mismo riéndose de mí no significa nada para ella. La lenta combustión de la ira hace que las gotas de empatía que había sentido hace un momento se evaporen. Algún día, quizá, me acostumbraré a las puñaladas por la espalda de mi madre. Hoy no es ese día.

—¿A que no adivinas a quién vi el otro día? —le pregunto, y sí, estoy siendo ruin

—¿A quién? ¿A quién viste, Jenny?

—A Dorothy.

Durante tres segundos se produce un silencio.

—¿Quién es Dorothy? —me pregunta. Ja. Ella sabe perfectamente quién es Dorothy.

—Trabajó para papá un tiempo.

—¿Sí? Mmm. No lo recuerdo.

Su voz suena altiva.

—Era madre soltera. Le dimos alguna ropa usada, Rachel y yo.

—Si tú lo dices. ¿Puedo ir o no?

Oigo la puerta de un automóvil abrirse en la calle y miro por la ventana. Oh, oh. Es Rachel, de regreso un día antes.

—Mamá, alguien acaba de llegar. Te llamaré más tarde, ¿de acuerdo? —Entonces, sintiéndome culpable, añado—: ¡Te quiero! —Cuelgo—. ¡Niñas! ¡Mamá está aquí! ¡Mirad por la ventana!

—¡Mamá! ¡Mamá ha vuelto! ¡Mamá!

Las niñas corren a la ventana y la golpean con sus puñitos. Mi hermana levanta la mirada y veo que en su cara se refleja una enorme sonrisa. Agita ambos brazos y lanza besos, después saca un par de bolsas de su automóvil.

—¡Vamos, tía! —ordena Grace—. ¡Mamá ha venido!

Cuando Rachel entra, las niñas se lanzan sobre ella y no puedo evitar sentirme un poco abandonada. Durante dos días han sido mías para mimarlas, confortarlas, leerles y adorarlas. Bueno, es casi la hora de cenar. Quizá pueda convencer a Rachel para que las deje quedarse una noche más.

—¿Os habéis portado bien con la tía? —les pregunta Rachel, comiéndoselas a besos.

—¡Sí! —anuncia Rose—. ¡Muy «mien»!

—Han sido buenísimas —digo—. ¡Una compañía estupenda!

Las niñas a coro le cuentan cada uno de los minutos emocionantes que ella se ha perdido.

—¡Mamá, hemos comido «algónbigas»!

—¡Mamá, hemos dormido en la cama de la tía!

—¡Mamá, he hecho pipí sola!

—¡Hemos estado cantando!

—¡El amigo de la tía nos cantó una canción sobre nosotras!

—¡Hicimos un perro rosa!

—Leo subió a ayudar cuando las cosas se pusieron un poco ruidosas —le explico. Pronunciar su nombre hace que mi interior se comprima.

—Ah, ¿sí? —murmura Rachel, levantando una ceja. Vuelve a concentrar su atención en las niñas—. He traído regalos —dice, y las niñas atacan las bolsas.

Hacemos la cena (Rachel es mucho mejor manejando a sus hijas que yo) y después las bañamos y les leemos cuentos. Van a quedarse una noche más, dice Rachel, y me alegro un montón. No hemos dormido juntas desde hace mucho tiempo, desde que Adam hizo un viaje de negocios hace dos años.

Me pregunto si entonces también la engañó.

Como sé que Rachel ha echado de menos a las niñas, bajo mientras ella las arropa. La oigo cantando sus canciones favoritas y cómo se levanta un revuelo de risas cuando dicen algo adorable, sin duda.

Si alguna vez llego a ser madre, espero ser como ella. El enorme abismo de deseo siempre consigue tomarme por sorpresa.

Pero quizá... solo quizá... pueda empezar a pensar en niños de cabello rizado, con destreza musical y una sonrisa increíble.

Cuando Rachel vuelve, le sirvo una copa de vino y otra para mí. La lluvia ha cesado por ahora, aunque el cielo sigue encapotado. Enciendo la luz de la cocina, inundando la habitación de luz ámbar.

—¿Y bien? No te esperaba hasta mañana —le digo.

Rachel suspira.

—Me sentía muy sola. Intenté quedarme. Hoy he ido a Cloisters a almorzar y ha sido estupendo, pero la verdad es que quería regresar.

—¿Te ha llamado Adam?

Asiente.

—Me ha mandado varios mensajes y emails. No he contestado.

—¿Y?

—Sigue diciendo que no es lo que parecía, que no ha vuelto con ella.

—¿Lo crees? —le pregunto.

—No lo sé. ¿Tú lo creerías?

«¿Estás de broma?» No respondo.

Ella levanta la mirada.

—Venga. Di lo que piensas.

Me soplo el flequillo de la frente.

—De acuerdo. Bueno, tú le diste otra oportunidad. Lo descubriste in fraganti besando a esa guarra, lo que no encaja bien con su intención de ser un marido mejor, ¿no? Blanco y en botella...

Juega con el borde de su copa de vino.

—Anoche cené con un hombre.

Me quedo boquiabierta.

—¿En serio?

—Sí. ¿Te acuerdas de Gus Fletcher, de mi antiguo trabajo?

Cuando estaba en Celery Stalk visitaba a Rachel de vez en cuando.

—Mmm... ¿El de los ojos risueños?

—Sí. Ese.

—Recuerdo que era muy simpático.

—Sí. Lo es. Estuvo bien. —Las lágrimas que estaban haciendo que sus ojos brillaran se escapan—. Pero fue como si estuviera fingiendo ser otra persona. Ya no sé nada, Jenny, ni siquiera sé quién soy. Anoche era una Rachel falsa, emperifollada y saliendo con un hombre, con otro corte de pelo... cuando la verdad es que habría preferido estar en casa. Yo no estoy hecha para hoteles y restaurantes, y eso que vimos a Robert De Niro, ¿no te lo he contado? Estábamos sentados a su lado, ¡y no era yo!

Mira la sala de estar y se traga un sollozo.

—Rach, cielo, has pasado dos días fuera. Se llama escapada, tomarse un respiro. Está permitido ser otra persona. Es casi necesario. —Hago una pausa—. ¿Solo cenasteis?

Me dedica una sonrisa temblorosa.

—Sí. Y después volvimos a mi hotel y tomamos una copa. En la terraza, no en el dormitorio ni nada de eso. Hablamos y se marchó. Me dio un beso en la mejilla, pero no pasó nada.

No. Ella no es de esas. En toda nuestra vida nunca la he visto tan confusa y triste como estos últimos dos meses, y eso hace que mi corazón se sienta atenazado.

—Robert De Niro, ¿eh?

Sonríe.

—Asintió al verme.

—Bueno, tienes el pelo increíble.

Y entonces se ríe y la tenaza se relaja.

—Así que te alojaste en un hotel precioso, disfrutaste de una cena fabulosa con un hombre atractivo y viste a una estrella de cine... Suena bastante interesante.

—Lo fue.

—Y, Rach, claro que estás conmocionada por esta infidelidad. Tienes derecho a estar enfadada. Confiabas en tu marido al cien por cien y él estaba follando por ahí...

—No digas palabrotas. Las niñas.

—No nos oyen. Pero lo hizo, Rach. ¡Y puede que todavía lo esté haciendo! Es normal sentirse como... como si... —Recuerdo como me sentí cuando Owen me dijo que quería el divorcio—. Como si estuvieras viviendo en el mundo equivocado.

Hace una mueca.

—Exactamente. Y, Jenny, Dios, me encantaba el antiguo mundo, mucho, mucho. —Empieza a llorar de verdad, y joder, yo también—. Es como cuando murió papá —dice, secándose los ojos con la servilleta—. La vida era perfecta y de repente se acabó y nunca pudimos recuperarla. ¿Me divorcio de Adam? ¿Intento arreglarlo? A veces lo odio tanto que creo que podría matarlo, pero ayer lo eché de menos, Jenny. Lo eché de menos. Y me sentí como una idiota.

Las lágrimas se deslizan por su rostro y veo reflejada en él mucha confusión, mucha añoranza.

Aprieto los labios para no llorar.

Si Adam pudiera verla ahora, ¿pensaría que Emmanuelle merece la pena? ¿Que romper el corazón de este humano maravilloso, cariñoso, generoso y considerado fue de algún modo aceptable porque sus orgasmos fueron increíbles?

Cabrón. Puto adúltero mentiroso de mierda. No se me ocurren suficientes palabrotas para él.

En ese momento alguien llama a mi puerta.

—Seguramente es Leo —digo, aclarándome la garganta—. Lo ahuyentaré.

El espejo del vestíbulo me muestra que tengo los ojos brillantes por las lágrimas, la nariz roja, la cara hinchada. No es mi mejor cara.

No es Leo.

Es Adam.

—¿Está aquí mi mujer? —pregunta.

Lo miro fijamente, llena de ira. Por lo que a mí respecta, ha perdido el derecho a llamar a Rachel su «nada».

—Vete a la mierda, Adam.

—Jenny, por favor. ¿Está aquí mi esposa?

—¿Mi hermana, quieres decir? Mi hermana está aquí. No tengo claro que planee ser tu esposa durante mucho más tiempo.

Se me revuelve el estómago y me duele de empatía por Rachel. Antes sentía cariño por Adam Carver, me gustaba su encanto, su risa, su dulzura con las niñas. Ahora quiero patearle los huevos. Más de una vez.

Él exhala un suspiro de sufrimiento.

—Por favor, ¿puedes dejar de intentar dirigir su vida y decirle que estoy aquí?

—Preguntaré a mi hermana si quiere verte. Hasta que sepa la respuesta, aléjate de mi puerta. No tienes permiso para estar aquí.

Estoy temblando de rabia. Le cierro la puerta en la cara, pero despacio, para no despertar a las niñas, y regreso a la cocina.

Mi hermana está pálida.

—No quiero verlo. Todavía no. Volveré a casa mañana, pero esta noche no quiero verlo.

—Por supuesto, por supuesto —digo, arrodillándome para darle un abrazo—. Quédate aquí. Volveré en un momento.

Salgo a la puerta. Adam está esperando abajo. Me siento bien al mirarlo desde arriba, como la mierda seca que es.

—No quiere verte —le digo—. Y con razón. Adiós.

No mueve un músculo.

—Adam, márchate.

—¡Rachel! —grita de repente—. ¡Rach! ¡Cariño, por favor! ¡Te echo mucho de menos! ¡Las niñas y tú sois mi vida!

Bajo las escaleras precipitadamente y me detengo cara a cara con mi cuñado.

—Aquí no, capullo, y ahora no. Ella no quiere hablar contigo.

—¡Rach! ¡Por favor, nena! ¡No era lo que parecía! ¡Tienes que creerme! ¡Emmanuelle no es nada para mí!

—Bueno, algo sería cuando te la follaste, ¿no? —siseo, clavándole el índice en el pecho—. Tienes dos segundos para meterte en el automóvil antes de que llame a la policía.

—Quizá sea yo quien la llame, Jenny —replica—. Eres tú quien está agrediéndome.

—¿Con el dedo? —contesto—. Dios, soy increíble. O tú eres una piltrafa de hombre. Creo que va a ser eso.

—¡Rach! ¡Rachel, por favor! —grita sobre mi cabeza.

—Adam, cállate —dice Rachel desde la puerta—. Las niñas están dormidas.

Adam hace una mueca.

—Rachel, por favor.

Nunca le he pegado a nadie, pero, Dios, hay que ver lo que me apetece ahora. Miro a mi hermana, que se está mordiendo el labio.

—Va a marcharse. No te preocupes.

—No voy a marcharme —le dice con la voz quebrada—. Dormiré en la acera si tengo que hacerlo. Pero no me marcharé hasta que hables conmigo.

—Adam, vete a casa —dice, pero su voz no es convincente.

—Ya la has oído —gruño.

—Que te den, Jenny —murmura en un tono muy distinto al que está usando con mi hermana.

—¡Vete a casa, Adam! —le espeto—. ¡Tú has montado este lío, así que ten un par y apechuga con ello! ¡Ella no quiere verte!

Le clavo el dedo de nuevo, con fuerza.

Y entonces se desencadena la catástrofe. Las aceras de esta calle son irregulares y están llenas de raíces de árboles que se plantaron aquí hace cincuenta años. Adam retrocede un paso, gracias a la fuerza de un dios vikingo que parece concentrarse en mi dedo índice, y tropieza con una de ellas. Cae hacia atrás y acaba sobre un cubo de basura metálico que golpea un vehículo aparcado.

Justo cuando una patrulla de policía pasa por la calle. Se oye el pitido de la sirena y las luces empiezan a parpadear.

Supongo que parece que, efectivamente, lo he agredido.

—¡Por Dios, Jenny, cálmate! —exclama Adam lo suficientemente alto para que Rachel lo oiga. Me saca el dedo, pero sutilmente.

Y funciona.

—¡Jenny! ¿Qué haces? ¡Tranquilízate!

Baja las escaleras corriendo.

—¡Nada! Rach, se ha caído. Dile que te has caído, gusano.

Doy otro paso hacia Adam con la intención de darle la mano, pero alguien me rodea con los brazos desde atrás. Es Leo.

—¿Qué estás haciendo?

Me levanta del suelo (fácil para él, porque es al menos quince centímetros más alto que yo) y me aparta un par de pasos, como si yo fuera una amenaza real.

—¡Suéltame!

—Cálmate, Jenny, cállate.

—Solo le he dado con el dedo, ¿de acuerdo? Se ha caído porque es un capullo mentiroso que ni siquiera es capaz de mantener el equilibrio.

—Calla —me murmura al oído—. No querrás que te arresten.

Con eso basta. Me detengo. Sí, de acuerdo. Entiendo por qué parece otra cosa. Adam en el suelo, Rachel retorciéndose las manos, yo cerniéndome sobre el caído.

Mierda.

El policía sale del automóvil. Rachel se agacha junto a Adam.

—¿Estás bien? —le pregunta, poniéndole la mano en el hombro. Ella nunca toleraría que alguien resultara herido.

Menuda mierda.

—Señor —dice el agente—, ¿puede levantarse?

—Eso creo —contesta Adam. Él nunca ha sido estoico. Una vez fue a urgencias por un resfriado, convencido de que tenía la nariz llena de mocos por una neumonía. Esa solía ser una historia divertida—. Me duele la espalda. Creo que me he hecho daño cuando me ha empujado.

—Yo no te he empujado, Adam. ¡Se ha caído él solo! ¡Ha tropezado!

Parezco un marido maltratador explicando por qué tiene su mujer un ojo morado. Leo tiene razón. Van a arrestarme.

—Quédese donde está y cálmese. Señora —dice el poli a Rachel—, por favor, acérquese. —Levanta la radio de su hombro y añade—: Tenemos un incidente doméstico aquí, Magnolia 11. Posible herido.

En menos de dos minutos aparece una ambulancia en la calle. Legiones de vecinos (gente que suele apreciarme pero que ahora mismo me miran raro) han salido para disfrutar de la escena, mientras intento aparentar que soy totalmente inofensiva y amable. Y es que lo soy.

Adam rechaza la oferta de la ambulancia; supongo que pedir una forma parte del protocolo, incluso cuando la víctima está fingiendo.

Un agente de policía interroga a mi hermana. También interrogan a Adam. A mí, también. Cuando pregunto si todo esto es realmente necesario, el agente me informa con frialdad de que las llamadas de VD (violencia doméstica) pueden ser las más peligrosas. A Leo lo interrogan como testigo y, por desgracia, dice la verdad: que lo único que vio fue a mí cerniéndome sobre mi cuñado. *Loki* ladra como un histérico desde el patio, para contribuir al ambiente de telenovela policíaca de la noche.

—¿Puedo llevar a mi perro dentro? —pregunta Leo—. Es viejo y está nervioso.

—Claro —contesta el policía—. Tengo que hacer un par de preguntas más al señor Carver.

Leo me mira.

—Ya sabes dónde vivo —me dice.

—Sí. Gracias.

Me aprieta la mano y se marcha con su verdadero amor.

Me siento terriblemente sola sin él. Miro a Rachel con algo que es mitad mueca y mitad sonrisa.

Ella aparta la mirada y el corazón me da un vuelco tan deprisa que casi me mareo.

—De acuerdo —dice el policía cuando se acerca de nuevo a mí. Levanta una ceja—. No va a presentar cargos.

—¿Contra la acera? Porque es con lo que ha tropezado. Son un peligro, ya sabe.

—Señora, mire, estas situaciones pueden ponerse muy feas. Intente controlar ese enfado. ¿De acuerdo?

—Yo no estoy enfadada.

—No me obligue a hacer un informe.

—Gracias, agente —me enmiendo.

—Eso está mejor.

Adam firma un papel sin dejar de mirarme.

No me gusta que Rachel solo se haya apartado de su lado para ir a ver a las niñas. Las ventanas del dormitorio están abiertas, así que las oiríamos si necesitaran algo.

Creo que mis días de niñera van a verse restringidos durante un tiempo.

Tengo que reconocerle a Adam una cosa: su interpretación ha sido perfecta. No me extraña que se haya ido de rositas después de una infidelidad.

—Entremos a hablar —dice Rachel cuando los polis se marchan y los vecinos vuelven a sus casas. Todavía estoy en la acera, sin saber qué hacer.

—No —responde Adam—. Mira, Jenny me odia, lo entiendo. Me lo merezco. Pero, Rachel, no podemos arreglar nuestro matrimonio si te quedas con ella. Te quiero. Quiero a las niñas. —Hace una pausa—. Echo de menos la vida que teníamos antes.

Y esas son las palabras mágicas, al parecer, porque Rachel flaquea.

—Por favor, nena —susurra Adam, y si no me hubiera sacado el dedo y fingido esa caída, tal vez estaría de su parte. Pero ahora no me engaña.

A Rachel sí. De repente se están abrazando; ella llora, él murmura, y no puedo evitarlo, me oigo decir: «Rachel, ¡tienes que estar bromeando! ¡No caigas otra vez! Te mereces algo mejor que este capullo».

Se aparta y se dirige a mí.

—Este capullo es el padre de mis hijas, Jenny —sisea—. Tenemos una familia. ¡Para ti es fácil dar consejos porque no sabes lo que está en juego!

Es como si esas palabras me abofetearan.

—Rachel, yo solo...

—No es asunto tuyo.

—¡Tú lo convertiste en asunto mío! ¡He estado aquí para ti desde el primer día! ¿Cómo puedes decir eso?

—Bueno, ahora no te necesito, ¿de acuerdo? Aprecio todo lo que has hecho por mí, pero Adam tiene razón. Somos él y yo quienes tenemos que resolver esta situación. No tú. —Mira a Adam—. Iré a por las niñas y nos marcharemos a casa.

—Iré a ayudarte. Si te parece bien, Jenny. Si es que me dejas contaminar tu casa el tiempo suficiente para preparar a mis hijas.

—Sí. Yo... Yo... De acuerdo.

Me tiemblan las manos. Estoy furiosa con Rachel por ser tan ingenua... ¡Otra vez! ¡Ni siquiera sabía que era una foto de unos genitales! Y después, oh, bueno, fue solo una equivocación; Adam nunca la engañaría, y claro que la estaba engañando. Hasta Leo, que era un desconocido, lo sabía.

Quiere que cuide de ella y lo hago, pero después me culpa por ello. Necesita un hombre en el que llorar y es el mío, y me culpa por enfadarme.

Es una puta injusticia.

Cinco minutos después veo cómo meten a las niñas, que seguirían durmiendo mientras las devoraran los zombis, en el monovolumen. Rachel se aleja y se despide con la mano lacónicamente. Adam no se molesta en decir nada. Después, cuando está a punto de meterse en el automóvil, se da la vuelta y me dice:

—Te agradecería que no le llenaras la cabeza de imágenes incendiarias, Jenny. Lo único que haces es empeorar las cosas.

—¿Yo? ¡Tu puta es la que le llenó la cabeza de imágenes cuando te envió esa foto!

Adam me sonríe. Me sonríe y se mete en el automóvil, y me quedo sola en la calle mientras el chico de los DelFuego bota su balón de baloncesto al otro lado de la calle.

Empieza a llover de nuevo. Se me saltan las lágrimas, que me caen calientes y feroces por las mejillas heladas.

—Jenny. Entra —dice Leo en voz baja desde la puerta.

Me doy la vuelta y obedezco. No consigo llegar a su apartamento antes de empezar a llorar.

—¿Cómo puede estar enfadada conmigo? Es... ¿Cómo me he convertido de repente en la mala? —sollozo. Leo mira a su alrededor y me entrega un rollo de papel de cocina. Lo acepto y me sueno la nariz mientras me conduce a su inmaculada sala de estar—. ¡Ella se lo ha dado todo! Tres hijas preciosas, el corazón, cada hora del día dedicada a esa familia, a él. Rachel creía que él prácticamente podía separar las aguas del mar Rojo, y él va y se acuesta con un zorrón.

Ese sonido estúpido y chillón soy yo, me doy cuenta. Odio todo esto. Odio mi Cara Fea de Llorar, odio los sollozos que me rajan la garganta, odio que mi hermana esté enfadada conmigo y que haya vuelto con Adam.

Loki, que por fin se pone de mi parte, empieza a aullar. Se acerca y me pone la cabeza en el regazo.

—¿Por qué no aprecian los hombres lo que tienen? ¿Por qué tienen que estropearlo todo? ¿Por qué, Leo? ¿Por qué?

—No lo sé, cielo —me dice en voz baja.

—Ella sabe que él sigue acostándose con la otra. No es ninguna tonta. ¡Esa mujer y él estaban dándose el lote en su despacho el viernes! ¿Y ahora Rachel lo abraza en la calle? ¿Por qué va a darle otra oportunidad? ¿De verdad puedes olvidar que tu marido te ha mentido, una y otra y otra y otra vez?

Mi voz se convierte en un chirrido.

—No me he enterado del ochenta por ciento de lo que has dicho —dice Leo, rodeándome con el brazo—. Ahora solo puede oírte *Loki.*

El perro se tumba y me pone el morro en el pie. Me sueno la nariz e intento controlarme.

—Mi padre engañaba a mi madre, ¿lo sabías? —digo, con un espasmo—. Todo el mundo creía que formaban el matrimonio perfecto, pero él también la engañaba. Y cuando murió ni siquiera pude seguir enfadada con él.

Leo me besa el pelo y no dice nada.

—Debería haberlo contado.

—¿Por qué?

—Porque entonces quizá no habría ido a comprar ese granizado.

—Así que, ¿tú controlas el mundo? Es bueno saberlo.

—No te rías de mí. —Pero es agradable estar aquí, con la cabeza en su pecho, oliendo su cálido aroma. Anoche nos estuvimos besando. Parece que ha pasado una semana—. ¿Crees que debería contarle a Rachel lo de nuestro padre?

—No tengo ni idea.

—Por favor, Leo.

—Cielo, no tengo ni idea, de verdad. No se me dan bien estas cosas.

Pero me acaricia el pelo y me sienta de maravilla.

—Tengo miedo de que, si sabe lo de mi padre, eso le sirva para justificar quedarse con Adam.

—*Loki,* ¿tú qué opinas?

—Odio que esté enfadada conmigo. Yo soy la buena aquí.

—Lo eres. Eres una hermana muy buena, por lo que he visto.

Eso hace que los ojos vuelvan a llenárseme de lágrimas. Corto otra servilleta de papel del rollo y me sueno la nariz.

—No entiendo a los hombres —digo, con la voz entrecortada—. Lo tienen todo, y entonces un trasero bonito hace que lo tiren todo por la borda, todo lo que es bueno en sus vidas, solo por... ¿Por qué? ¿Por un poco de sexo? ¿Es el sexo en realidad tan importante para pasar por encima de tu mujer y de tus hijos y hacer que se sientan como una mierda, como si fueran unos estúpidos que no importan nada?

¿Le ocurrió eso mismo a él? Podría abrir la boca y hacerme sentir un poco menos rara, ahora que he destripado toda mi miseria emocional y ando por ahí con las tripas colgando.

—¿Sabes tú por qué, Leo? —le pregunto, levantando la cabeza para mirarlo.

—No.

Vuelvo a apoyar la cabeza en su pecho.

—E incluso si no te engañan —digo, en voz baja—, encuentran un modo de romperte el corazón y hacer que te preguntes qué has hecho mal. Pero no tienes tiempo de contestarte porque ya han encontrado al siguiente amor de su vida, y tú te quedas en la esquina, preguntándote cómo demonios no te diste cuenta de que tu marido había dejado de quererte.

Estoy llorando de nuevo.

Supongo que ambos sabemos de quién estoy hablando en realidad.

—*Loki,* ¿has oído lo que acaba de decir? —pregunta Leo, pero su expresión es amable. Me toma la cara entre las manos. Me besa la frente, después la mejilla—. No todos los hombres rompen corazones. Ahora límpiate para que pueda besarte.

Ahí está esa sonrisa de nuevo, pero hay algo más en sus ojos azules claros. Amabilidad. Empatía.

Tristeza.

¿Le rompió el corazón a su mujer? No parece capaz de eso, el divertido y amable Leo. No. Fue su corazón el que se llevó el golpe.

Me seco los ojos y me sueno la nariz. No es el sonido más sexi del mundo, lo sé, pero él me mira, con su sonrisa, sus ojos, su cabello injustamente bonito.

Estoy totalmente segura de que estoy enamorada de Leo Killian.

—¿Vamos a acostarnos por fin? —le pregunto.

—Sí —me dice, y entonces me besa, me besa durante mucho tiempo. Tiene las manos en mis mejillas y entrelaza sus dedos en mi cabello y me besa, y me besa hasta que el corazón me palpita de deseo y todo mi cuerpo se tensa, y se enrosca sin poder evitarlo con el suyo, con un deseo tierno y caliente que bloquea toda la fealdad de antes. Después me lleva a su dormitorio y cumple su promesa.

La cumple muy bien.

Rachel

No sé si creo a Adam sobre cuándo terminó su aventura. Casi me parece que eso no importa, porque estoy muy cansada. Estoy cansada de mí misma, cansada de él, cansada de la confusión, de la tristeza, del pánico. Solo quiero ver *Juego de tronos* y no pensar en nada excepto en lo mucho que me gusta Tyrion.

Pero creo lo que dijo en la calle: que quiere que vuelva. Un fin de semana sin las niñas y sin mí fue exactamente lo que necesitaba, un atisbo de la vida que tendría con una familia rota, pasando los días sin ver a Charlotte, Grace y Rose.

Sin verme a mí.

La casa no es un desastre cuando llegamos después del fiasco en casa de Jenny, pero mi ausencia está escrita en toda la planta baja. El lavavajillas sin descargar, el montón de correo sobre la encimera, la colada sin doblar en la cesta. Evidencia que él ha estado aquí. No con ella. El plato sobre la mesa de café, la copa de vino vacía, con un residuo rojo y pegajoso en el fondo, me dicen que este fin de semana estaba demasiado asustado para estar con ella. Con la zorra. Con la puta «destrozahogares».

El alivio me envuelve como una manta.

Metemos a las niñas en la cama y las arropamos, y mientras Adam les da un beso en la cabeza, susurra, «Papá os quiere».

Y es verdad. Sé que es verdad.

Nos miramos el uno al otro. No estoy segura de qué hacer a continuación.

—Vamos a hablar —me dice, tomándome de la mano.

Nos sentamos en la sala de estar y me ofrece una copa de vino. Me toca el hombro.

—Menuda escena en casa de Jenny —murmuro, porque no sé qué más decir.

—Ha sido sorprendente —dice Adam con sequedad.

Me moriré si esto se sabe: Jenny Tate y Rachel y Adam Carver peleándose en la calle hasta que llaman a la policía. Toda esta primavera he estado agradecida a mi hermana por un millar de razones, pero esta noche no es una de esas veces. Ella siempre está tan... segura, siempre intentando encargarse de todo. (Paso por alto el hecho de que fui yo quien le pidió que lo hiciera.) Pero, sinceramente, ¿y si las niñas se hubieran despertado y hubieran visto por la ventana como su tía empujaba a su padre?

Odio el modo en el que a veces me trata, como si fuera un poco tonta. A mamá también. Y no lo somos.

Mi enfado con ella ayuda a que los demás sentimientos, más complicados, se escabullan a la parte de atrás de mi cerebro.

—¿Qué tal tu fin de semana? —me pregunta Adam, y es curioso, porque apenas me acuerdo. Es como un sueño que tuve hace mucho tiempo. La *suite,* las vistas, las compras... Gus.

A él lo recuerdo.

—Estuvo bien —digo—. Estuve de compras por el SoHo, vi a Robert De Niro y me alojé en una *suite* impresionante.

—Te lo mereces, nena. Te mereces todo eso y más.

Me da igual. No me imagino a Gus diciendo eso. Está demasiado manido.

—Adam, tienes que terminar con Emmanuelle. —Pronunciar ese nombre me llena la boca de un sabor amargo—. Si sospecho siquiera que no lo has hecho, lo nuestro se habrá acabado. No habrá más oportunidades.

—He terminado, Rach. Lo juro. Lo juro por nuestras...

«Hijas», está a punto de decir, pero lo corto.

—No. No jures nunca por las niñas.

—De acuerdo. Pero he terminado, de verdad. Tú lo eres todo para mí, Rachel. He aprendido la lección.

«¿Por qué necesitabas que te la enseñaran, Adam? ¿Por qué no la sabías ya?»

—No quiero que trabajes con ella. Es demasiado pedir. Busca otro trabajo.

Estoy muy exigente, ¿no? Esta Nueva Rachel tiene algunas cualidades, después de todo.

—De acuerdo. Lo haré, nena. Tienes razón. Hablaré con Jared mañana.

—Bien. —Me bebo el vino—. Estoy molida. Vamos a la cama.

No hacemos el amor, pero cuando me despierto en la oscuridad, su brazo me rodea. No sé si me alegro de que así sea.

Tenemos una sesión más con nuestra terapeuta matrimonial. Donna se queda con las niñas; cree que vamos a salir a cenar. No se lo pido a Jenny, como hago normalmente. Sigo furiosa con ella. Reconozco que esto no es justo, pero necesito estar furiosa con alguien. Ella puede con esto. Es la hermana dura, después de todo, siempre tratándome como si yo fuera demasiado frágil para tener una vida de verdad.

Una vez más, no estoy siendo justa con ella.

Adam le cuenta a Laney la historia de su encuentro con Jenny como si estuviera en un bar, entreteniendo a sus colegas del trabajo. Ella debe de haberse entrenado para poner esa cara impasible, porque lo cierto es que su expresión no cambia un ápice.

—¿Cómo te hizo sentir eso, Rachel? —me pregunta.

—Me enfadé mucho —contesto con tranquilidad—. No me gusta que se aireen mis problemas maritales.

—Parece que fue Adam quien los difundió.

—Estaba desesperado —se excusa—. Sentía que, si Rachel se quedaba una hora más con su hermana, jamás tendríamos una posibilidad.

—¿Por qué?

—Porque Jenny... A ella nunca le he caído bien.

Lo miro con incredulidad.

—Eso no es verdad.

—Bueno. Creo que estaba un poco celosa de Rach y de mí. Ella es muy protectora con Rachel, aunque no es que tú lo necesites, nena, y cuando yo aparecí, creo que se sintió apartada.

—¿Por qué crees que se sintió apartada, Adam?

—Porque Rachel me quiere más a mí —dice sin más.

Yo no respondo.

—Estoy segura de que Jenny tiene sentimientos muy fuertes respecto a tu aventura —dice Laney.

—Bueno —interrumpo, porque no quiero hablar de mi hermana—, la cuestión es que Adam y yo vamos a seguir juntos. Estoy cansada de hablar de esto.

—¡Yo también! —exclama Adam con una carcajada de alivio.

—De acuerdo —dice la terapeuta con tono medido y tranquilo—. Muchas parejas quieren hacer sencillamente eso: dejarlo todo atrás. Lo que ocurre a veces es que el asunto parece resuelto, y entonces algo lo hace estallar de nuevo.

Estoy cansada de estallidos. Yo nunca había tenido estallidos.

Hace la clásica pausa, esperando a que uno de los dos hable.

Ninguno lo hace.

Debe de leerme la cara.

—Si puedo servir en algo más, no dudes en llamar.

—Gracias. Has sido de mucha ayuda.

Se lo digo en un tono brusco y desconocido incluso a mis propios oídos. La Nueva Rachel, con sus tacones sexis comprados en la ciudad.

Del estilo de los que Emmanuelle se pondría.

Más tarde esa misma semana, cuando las niñas están en el colegio y Adam en el trabajo, voy a Bliss. Como siempre, la belleza del trabajo de mi hermana resulta ser una sacudida sensorial para mí: el lustre de la tela, la belleza dulce de un escote, el brillo de un corpiño bordado. Su talento es asombroso, y esta tienda... es bonita, acogedora e impresionante, todo a la vez.

Como mi hermana. Le debo una disculpa.

—Hola, Doris Day —dice Andreas al verme.

—Hola, Rock Hudson —respondo—. ¿Está mi hermana?

—Tiene una cita en quince minutos. Kimber, de hecho. Pero ahora está libre.

Jenny aparece.

—¡Hola! —dice, sonrojándose—. Ven a la trastienda.

Entro al probador con ella, donde un enorme vestido de muselina cuelga de la pared. Me siento en el sofá (raso melocotón, algo que yo ayudé a elegir hace eones).

—Jenny, lo siento —le digo.

—Yo no lo empujé, Rachel. Le di con el dedo y él tropezó.

Asiento.

—Entonces, ¿habéis vuelto? —me pregunta, concentrada en algo sobre mi cabeza.

—Sí. Estamos intentando superarlo. Y lo estamos consiguiendo.

Apenas puede mirarme, y un atisbo de la Vieja Rachel, esa blanda idiota, grita para que la deje salir y le suplique un abrazo.

—Jenny, necesito que me apoyes. No puedo dejar que sigas odiando a mi marido y al padre de mis hijas.

—Lo entiendo, pero no me castigues por saber lo que sé. Lo que tú me contaste. No puedo evitar odiarlo.

—¡De eso es exactamente de lo que estoy hablando!

—Bueno, ¡es que lo odio! ¡Te ha hecho daño! ¡Te ha roto el corazón!

—¿Y qué vas a hacer? —le espeto—. ¿Hacerme la vida imposible porque las dos personas a las que más quiero no se soportan?

—No. No. —Toma aliento profundamente y aprieta los labios—. Le perdonaré, pero no voy a hacerlo por él. Lo haré por ti. Va a llevarme algún tiempo. No puedo perdonarlo y olvidar sin más. A ver, ¿tú has perdonado a Owen?

Echo la cabeza bruscamente hacia atrás.

—Owen se casó con otra y tuvo un hijo con ella. Así que, no, no lo he perdonado. Él no se ha dado cuenta de lo erróneo de sus actos.

Dios, eso suena muy santurrón.

—¿Y Adam sí?

—¡Sí! ¡Tan difícil es de creer? Ojalá no te hubiera contado nada. Siento haberte arrastrado a esto, pero por el amor de Dios, deja de juzgarnos. Sabes que tú habrías vuelto con Owen en un suspiro. Todavía lo harías.

Inclina la cabeza.

—Eso fue verdad durante mucho tiempo. Pero ya no lo es.

—¿Por qué? ¿Porque estás colada por Leo? Ten cuidado con eso, Jenny. Va a ser el siguiente en romperte el corazón. Siempre ves solo lo que quieres ver. No seas ingenua.

—¿No es eso un poco hipócrita? Tú creíste que una foto de unos genitales era un árbol con hongos.

Nunca antes nos habíamos peleado. Discutido sí, cuando éramos adolescentes, por haber usado toda el agua caliente, o tomado prestada ropa de la una o la otra sin permiso. Pero no así. Esto se está poniendo feo. Es tan desagradable que me tiembla el corazón, pero no sé qué más decir.

Afortunadamente, Andreas llama a la puerta.

—¡La futura señora Brewster está aquí! —murmura, y entra Kimber, la madre de Jared y una señora a la que no conozco.

—Oh, ¡hola! —exclama Kimber alegremente—. ¡Rachel! ¡Hola, Jenny! ¡Mamá, esta es Rachel Carver, una de mis damas de honor! ¡Y esta es la increíble Jenny!

Me levanto y abrazo a Kimber, presiono la mejilla contra la de la señora Brewster y estrecho la mano de la madre de Kimber.

—Soy Rachel. Encantada de conocerla, señora Allegretti.

—Oh, no es Allegretti. Es Puchalski. El padre de Kimber falleció cuando ella era muy pequeña y después de un tiempo volví a casarme, pero no funcionó, así que... Bueno. Demasiada información, ¿verdad? Como sea, encantada de conocerte. Llámame Dorothy.

La señora Brewster, como siempre, nos mira a las demás como si fuéramos sapos.

Dorothy me cae bien de inmediato.

—Kimber me ha hablado mucho de ti.

—Es mi niña querida. Mi mejor amiga, ¿verdad, cielo?

—Verdad, mamá. ¡Bueno! Jenny, ¿vamos?

Kimber ve el vestido que cuelga en la pared y su sonrisa flaquea.

Miro a mi hermana. Su expresión es... extraña. No dice nada.

—¡Kimber, tu pelo! —digo para cubrirla—. Te lo has teñido.

—Sí, bueno, yo... Es más apropiado, creo. Ya sabes. Castaño en lugar de rosa. ¿Verdad?

—Me encantaba el rosa —dice su madre, ganándose una mirada fulminante de la señora Brewster. Dorothy le responde levantando una ceja. Bien por ella. Ya era hora de que apareciera alguien dispuesto a pararle los pies a esa mujer.

—¿Alguien quiere café? —pregunta Andreas.

—No, gracias —contesta la señora Brewster—. Terminemos con esto cuanto antes.

Mi hermana sale de su parálisis.

—Soy Jenny —dice a Dorothy—. Jenny Tate.

Dorothy hace una pausa y después sonríe, aunque parece extrañamente incómoda.

—¡Hola! —dice con cordialidad—. Yo soy Dorothy.

—Nos vimos una noche en la consulta del veterinario. ¿Cómo está tu loro?

—¡Es verdad, es verdad! Está bien. Gracias. ¿Y el perro de tu amigo?

—También bien. —Jenny se dirige a la novia—. Entra en el probador, Kimber, a ver qué te parece.

Toma a Kimber del brazo y se la lleva.

—¿Cómo estás, Eleanor?

Uso el nombre de pila de la señora Brewster porque sé que eso le molesta. A la Nueva Rachel no le importa. Conozco a esa mujer desde que tenía cinco años, por el amor de Dios.

—Bien —responde. No me pregunta cómo estoy yo.

Esperamos, casi todo el rato en silencio. Aunque al principio Dorothy parecía amistosa, ahora está tensa. Pero, claro la señora Brewster estresaría a una cría de perezoso si se lo propusiera. Dorothy hace crujir los nudillos, ganándose un parpadeo de la señora Engreída.

Entonces sale Kimber y el primer adjetivo que me viene a la cabeza es «puritana».

Kimber sonríe con incertidumbre.

—Oh, cielo —dice Dorothy—. Estás... Bueno, estás preciosa.

Tiene los ojos llenos de lágrimas.

—¿Está bien? —pregunta Kimber, mirando a ambas madres alternativamente.

—Está bien —dice la señora Brewster—. Al menos no podemos ver esos horribles tatuajes.

—¡Qué grosera! —le espeta Dorothy.

—Y sincera —responde la señora Brewster, con témpanos en la voz.

No podemos ver nada de piel, en realidad. El vestido en sí no es feo, pero... Bueno, no es el mejor trabajo de mi hermana.

Pero Jenny solo mira a Dorothy. Es extraño.

—Jenny, ¿el vestido de verdad tendrá algunos detalles? —le pregunto.

—Creo que debería —dice, saliendo de su encantamiento—. El raso es increíble, pero demasiado sencillo, así que estaba pensando en algunos cristales...

—No. Va a casarse en la iglesia de mi marido, no en Las Vegas —la interrumpe la señora Brewster—. Debe parecer tan decente como sea posible.

—¿Qué estás insinuando? —le pregunta Dorothy y, una vez más, le concedo un punto por oponerse al malicioso Viejo Dragón. Si Jared es tan amable es gracias a su adorable padre, eso está claro—. Mi hija es decente. Podría llevar un saco y parecer decente.

—Si tú lo dices —dice la señora Brewster—. Pero va a casarse con el hijo de un pastor congregacional...

—El hijo del predicador —digo en referencia a la vieja canción de Dusty Springfield, y el rostro de Kimber se ilumina.

—¡Esa es nuestra canción favorita! —exclama—. ¡Fue así como nos conocimos! Yo estaba cantando en un bar y...

—Como estaba diciendo antes de que me interrumpieras, Rachel, debería mostrar algún respeto por la iglesia y la familia del hombre con el que va a casarse.

—Y tú deberías mostrar algún respeto por mi hija, Eleanor —dice Dorothy.

Kimber se retuerce las manos, que están llenas de anillos de plata y un solitario, el más llamativo, con su diamante.

—Mamá, mamá, no pasa nada. Me encanta este estilo. Está bien. Es bonito. —Se dirige a Jenny—. Será estupendo, ¿verdad?

La expresión de Jenny se suaviza.

—Sí. Estarás increíble, Kimber. Te apuesto diez dólares a que Jared llora cuando te vea. He estado en un montón de bodas y sé reconocer a los llorones.

Sonríe y siento una oleada de amor por ella.

Dios, odio discutir.

Ella parece leerme la mente y también me sonríe.

Vamos a estar bien.

Y aunque no puedo admitirlo (ni ante Adam, porque estamos intentando arreglar las cosas, ni ante Jenny, porque eso no la ayudaría a perdonar a Adam) desearía haber sido yo quien empujara a Adam en la calle y le gritara unas cuantas cosas. Quien se hubiera plantado allí, como una leona defendiendo a sus cachorros. Quien estaba tan enfadada que la policía pensó que podría hacer daño a alguien.

Mi hermana es una fiera.

Espero que mis hijas sean así si sus maridos las engañan. Espero que les planten cara y les griten, y no toleren absolutamente nada.

No como su madre.

No como ahora.

Jenny

Cuando llego a casa el día de la última prueba de Kimber, necesito una copa de vino. Y a Leo. Leo me vendría bien.

Pero Evander tiene a Leo en este momento; el niño está tocando algo ligero y lírico y un poquito triste. Entro. Leo me dijo que eso era mejor que quedarme acechando desde el patio como una acosadora, pero creo que quería que tuviera una llave por lo de que soy su novia. Me mira, guiña el ojo y concentra de nuevo su atención en su niño prodigio. Evander no se detiene; dudo que sepa que estoy aquí. La música crece, convirtiéndose en algo más fiero e insistente antes de suavizarse de nuevo, unas notas tan delicadas que las siento más que escucharlas. Los brazos del niño son elegantes y parecen no tener huesos, y su rostro, incluso de perfil, parece concentrado, totalmente conectado a la música.

Espero hasta que termina y, efectivamente, Evander se sobresalta un poco al verme.

—Hola, amigo —digo.

—Hola, señorita Jenny —susurra él.

—Ha sido precioso. Lo he sentido en mi corazón.

En su rostro florece una sonrisa preciosa. Le falta un incisivo desde la semana pasada y eso lo hace aún más guapo, joder.

—Gracias, señorita Jenny. Me alegro.

—¿Estás coqueteando con mi novia? —le pregunta Leo—. Pues no lo hagas, hombre. No tengo ninguna posibilidad contra ti. —La sonrisa de Evander crece—. De acuerdo. La siguiente pieza, Bach, *Invención a dos voces número cinco en Mi bemol mayor,* tu favorita. Podrás seguir poniendo ojitos a la señorita Jenny más tarde. Señorita Jenny, ¿he mencionado que Evander hará una audición para el programa preuniversitario de Juilliard?

—¿En serio? ¡Guau! ¡Evander, eso es estupendo!

No tengo ni idea de qué es, pero suena bien.

—Sí, señorita Jenny —dice, mirándome un segundo.

—Es para niños extremadamente dotados —dice Leo, levantando una ceja a su estudiante—. Es decir, niños que practican muchísimo. —Me mira a mí—. Evander va a quedarse a cenar, señorita Jenny. ¿Te gustaría acompañarnos?

El corazón casi se me sale del pecho. Esto es lo que quiero, este tipo de relación sencilla, que da por sentado que estamos juntos sin esa fase llena de ansiedad y dudas porque no sabes si te llamará.

—A la señorita Jenny le encantaría. Subiré a cambiarme.

Acaricio a *Loki,* que agita su colita (es un progreso) y tolera que le rasque sus suaves orejas triangulares. Luego me gruñe, agotado mi tiempo de mimos. Pero supongo que, para ser un perro viejo y apestoso, no está tan mal.

Mientras me marcho, Evander comienza a tocar una pieza vivaz y absurdamente complicada.

El hecho de haber visto a la amante de mi padre hoy (y que ella sepa quién soy) queda atenuado porque tengo a alguien esperándome en casa. Aun así, el corazón me aporrea ansiosamente el pecho al pensarlo.

La madre de Kimber fue amante de mi padre. Por Dios.

Me pongo unos *jeans* y un jersey suave de cachemir, me suelto el cabello, me pongo unos pendientes distintos y me sirvo una copa de vino.

Mi teléfono suena y miro la pantalla antes de contestar.

—Hola, Owen.

—¡Hola, desconocida! Apenas hemos hablado esta semana.

De hecho, no he hablado con él desde la cena en su casa.

—¿Cómo va la cosa?

—Oh, no va mal. Solo quería oír tu voz.

Conozco a Owen desde hace el tiempo suficiente para captar esa nota en su voz. «No va mal» significa «Todo se ha ido a la mierda».

Y esa última frase ha sonado casi romántica. Puede. Su voz todavía me hace vibrar, su tono profundo y amable. Ya no recuerdo la voz de mi padre, pero creo que era parecida.

—¿Qué pasa? —le pregunto.

—Ah, nada. ¿Estás libre para cenar una noche de estas?

Hago una pausa. Pero no hay ninguna razón para no ver a Owen y Ana Sofía, solo porque me esté acostando con Leo.

—Claro. Veamos. ¿El martes?

—Ese día no puedo. Tengo una conferencia en Columbia. ¿Qué te parece el viernes?

El viernes es una noche de cita. Todo el mundo lo sabe.

—Mmm... Quizá. Te llamaré para confirmar.

—Claro. —Hay una pausa—. Te echo de menos.

—Yo también os echo de menos a vosotros, chicos.

«No es cierto», pienso. Antcs contaba los días que tenían que pasar antes de llamarlos para no parecer demasiado necesitada y sola. Solo una buena, buena amiga.

—Seremos solo tú y yo. ¿Te parece bien? —dice Owen—. Ana Sofía tiene algo esa noche.

—Oh, de acuerdo. Pero veré a Natalia, ¿verdad?

—Bueno, estaba pensando en un restaurante. Tenemos una niñera estupenda.

Sí. Y estar a solas con mi ex y su bebé, jugando a las casitas, probablemente no sea demasiado sano.

—Suena bien.

No responde.

—Owen, ¿va todo bien?

—Sí, sí, por supuesto. Todavía estoy en el hospital. Es solo que... No lo sé. Te echo mucho de menos. Creo que nunca he estado tanto tiempo sin verte.

—Excepto cuando te ibas con Médicos sin Fronteras —le recuerdo.

—Exacto. ¿Te acuerdas de esa vez que te llamé y estabas en una boda? Me volvía loco con las zonas horarias.

—Me acuerdo.

Eso fue cuando estábamos enamorados. Me llamó desde alguna parte de Indonesia y yo cubrí mi teléfono móvil y escapé del esplendor azul y nacarado de la iglesia de St. Thomas y me fui a la Quinta Avenida para poder hablar con él, oír su voz, decirle cuánto lo quería y cuánto lo echaba de menos. Y él me dijo lo mismo.

Sí.

Eso fue hace años. ¿Cinco, quizá? Todavía estábamos recién casados.

—Tengo que irme —le digo—. Tengo una cita.

—¡Oh! Uh, de acuerdo. Lo siento, Jenny. Pásalo bien. Llámame para lo del viernes. Cuídate, cielo. Adiós.

Cielo. Costumbre, o simple cariño. Yo llamo «cielo» a mis novias continuamente.

Cuelgo, perpleja. Aunque no desearía que le pasara nada malo a mi exmarido, no puedo negar que me sienta de maravilla que me eche de menos. Ser yo la que tiene planes.

Hablando de eso, dos caballeros muy atractivos están esperándome abajo, así que abajo voy.

Después de la cena llama la madre de Evander. Leo habla con ella en voz baja durante un par de minutos, después me mira.

—¿Puedes llevar a Evander a casa?

—Claro. —Solo he tomado una copa de vino—. ¿Tienes el automóvil en el taller?

—No. Vamos, Wonderboy.

Doy por supuesto que *Loki* viene con nosotros. Leo no va a ninguna parte sin él. Atravesamos Cambry-on-Hudson hasta una zona marginal de la localidad, cerca de la cantera de grava. Evander me da las instrucciones, no Leo, y eso me sorprende. Pensaba que llevaba a Evander a casa de vez en cuando.

La residencia de los James es una casa de dos familias; en la acera hay un grupo de adolescentes que gritan, maldicen y arman jaleo como suelen hacer los adolescentes, pero se quedan en silencio cuando Leo y Evander salen del automóvil y entran en la casa.

Los chicos me miran y vuelven a hablar a gritos. El mensaje es claro: «Míranos, tennos miedo, esta calle es nuestra». Sonrío. No me la devuelven.

Pero Leo solo está dentro un minuto.

—Debede ser duro para Evander ser un prodigio musical en un barrio así. ¿Tú que crees? —le pregunto cuando vuelve al automóvil.

—Sí —dice—. Sus padres no están seguros de querer que siga tocando.

—¡Estás de broma!

—Ojalá. Estoy intentando ponérselo fácil con las clases gratis, los taxis y dejando que cene conmigo, pero podría ser cuestión de tiempo.

—Para que pueda, ¿qué? ¿Vender droga con esos chicos?

Señalo el grupo de críos. El aire huele a maría.

—Eso es un prejuicio racista, Jenny.

—La mitad de esos chicos son blancos y, ¿es que no hueles eso? Es marihuana, querido.

Se pasa una mano por su maravilloso cabello y suspira.

—Creí que traías a Evander a casa cada semana —le digo.

—No. No llevo a los alumnos a casa. Demasiada responsabilidad.

Eso tiene sentido. Pero está tenso y mueve los dedos sobre sus rodillas como si tocara el piano.

—¿Y qué es el programa preuniversitario? —le pregunto.

—Es un curso de fin de semana para grandes talentos. Intensivo pero, si consigue entrar, es casi seguro que lo acepten en Juilliard más tarde.

—¿Tan bueno es?

—Sí. Posiblemente sea un genio.

Imagina eso. Sería increíble ver a Evander tocando en el Carnegie Hall algún día, poder decir «Yo lo conocí cuando era pequeño. Mi marido era su profesor».

No creo estar precipitándome.

—¿Por qué no te he oído nunca tocar? —le pregunto.

Deja de mover los dedos y se encoge de hombros.

—Toco a veces. Puede que estés en el trabajo cuando lo hago. No lo sé.

Creo que acaba de mentirme.

—Bueno, ¿tocarás para mí cuando lleguemos a casa? Me encantaría.

Me echa una mirada.

No soy estúpida. Acabo de cruzar una línea. Primero, acabo de decir unas palabras que todo hombre odia oír: «Cuando lleguemos a casa». Técnicamente no estamos viviendo juntos, a pesar de estar en el mismo edificio y haber dormido juntos cada noche de estas dos últimas semanas. Y segundo, le he pedido que toque para mí... No es la primera vez que lo hago y tampoco la primera vez que me dice que no. Cualquiera creería que a un pianista debe gustarle tocar el piano, ¿no? Sobre todo, damas y caballeros del jurado, para su novia, y ha sido él quien me ha llamado así. Evander es testigo.

El silencio está poniéndome nerviosa.

—Jenny —me dice en un stop—. ¿Recuerdas que te dije que no buscaba nada serio?

—Sí. También recuerdo que me dijiste que, por lo que a mí respectaba, eras gay, y creo que lo he refutado.

—Lo que te dije iba en serio. Somos amigos con derecho a roce, ¿de acuerdo?

Su voz es amable.

Mierda. Ya tengo un nudo en la garganta.

—Así que eso descarta lo de tocar el piano, ¿no?

—Entre otras cosas, sí.

—¿Como la planta cerrada de arriba? Mira, he leído *Jane Eyre*. Espero que sea un cuarto rojo del dolor lo que tienes ahí arriba, y no a tu exmujer.

—¿Qué es un cuarto rojo del dolor?

—No importa. —Aunque estoy bastante segura de saber la respuesta, no puedo evitar hacer la siguiente pregunta—: ¿Vas a ser mi pareja en la boda de Kimber y Jared, dentro de un par de semanas?

—Yo no voy a bodas. Ya sabes cómo sois las mujeres. Os hacéis todo tipo de ideas raras al respecto y después os pisoteáis unas a otras para conseguir el ramo.

Asiento, con el clásico «No pasa nada, en realidad no me importa ni un poquito, oye, ¿quién necesita pareja en una boda? A las chicas nos encanta ir solas».

La mayoría de los hombres no disfrutan de las bodas. No pasa nada. Leo y yo llevamos poco tiempo juntos. Ya llegaremos ahí.

—¿A que no adivinas qué? —digo animadamente—. Hoy he visto a la amante de mi padre. El mundo es un pañuelo, porque es la madre de una de mis novias. De hecho, Rachel y yo le dimos ropa de segunda mano a la propia novia.

Leo, siempre interesado en mis problemas personales (aunque nunca comparte conmigo los suyos), me mira con aspereza.

—Vaya.

Estamos en casa de nuevo. *Loki* se incorpora y me eructa en la oreja. Apago el motor y me quedo inmóvil, con las manos todavía en el volante.

—Reconoció mi nombre, así que ahora sé que sabe quién soy. ¿Sabes?

—Uh... Claro. —Sonríe un poco—. ¿Estás bien después de verla?

—Fue desconcertante. Un poco perturbador —reconozco.

Por extraño que parezca, me hizo extrañar a mi padre.

Leo me mete un mechón de cabello detrás de la oreja, con los ojos concentrados en la tarea.

—¿Quieres que suba a tu apartamento? Puedes contármelo, llorar sobre mi hombro y después tontearemos un poco.

—Es lo que solemos hacer, ¿no?

Sonríe de nuevo, esa sonrisa rompecorazones, porque, a Dios pongo por testigo, es la mejor sonrisa que he visto, tan amplia e inesperada que transforma todo su rostro, y esa sombra ligeramente trágica sale por la ventana cuando él sonríe.

No hay duda. Estoy enamorada.

Puede que Rachel tenga razón. Esto es un desastre en ciernes.

Rachel

Un par de semanas después de mi fin de semana en la ciudad, llega un paquete. Es un libro envuelto para regalo de una pequeña librería de la localidad más cercana: *Dexter: El oscuro pasajero,* de Jeff Lindsay. También hay una tarjeta escrita a mano. ¿No es extraño? «Creo que te gustará. Gus.»

Conozco la premisa del libro (el asesino en serie que solo acaba con los tipos malos), pero nunca he tenido el valor de ver la serie de televisión. Tampoco Adam, que no tiene tolerancia alguna para el género gore.

Creo que Gus probablemente se ha equivocado. Yo nunca leería ese tipo de libro. Pero el hecho de que haya pensado en mí (de que esté pensando en mí) es una pequeña perla en mi día. Un día al que le vendría bien una ristra entera de perlas, porque las niñas llevan seis días con un resfriado de primavera y para ellas sonarse la nariz está al mismo nivel que obligarlas a poner las manos sobre una llama. Les he frotado Vicks VapoRub en el pecho y en las plantas de los pies; funciona, confiad en mí. He puesto el humidificador, nos hemos acurrucado juntas, he cocinado sopa de pollo y me he levantado por la noche cuando Rose lloraba porque «¡Tengo la lengua dura!». Les he dado baños largos y he abierto la ducha para que la habitación se llenase de vapor. Dormí con Grace en el cuarto de invitados la noche en la que su resfriado se puso un poco serio, y la llevé al pediatra al día siguiente con las otras dos para descartar neumonía. De algún modo, el catarro hizo que Charlotte volviera a hacerse pipí, así que tuve que cambiarle la ropa cuatro veces en un día, y ella insistía en llevar el jersey de cuello alto rojo que es tan difícil de sacar por esa cabeza tan redonda que tiene y gritaba cuando se quedaba atascado.

Y aun así, conseguí mantenerlas felices.

Así que hoy, cuando por fin las tres están casi recuperadas de sus resfriados y han vuelto a sus horarios normales de sueño, me sirvo una copa de vino y me siento en el porche cerrado. Es ese momento de principios de junio en el que el sol se pone sobre el Hudson en un largo y prolongado degradado rosa y amarillo, y los pájaros se cantan unos a otros con largos trinos.

Me llevo el libro conmigo y empiezo a leer.

Me equivocaba. Gus tenía razón.

El libro me encanta.

Entro cuando está demasiado oscuro para leer, y entonces me acurruco en mi butaca y sigo leyendo. Adam está haciendo algo en el ordenador, rodeado de documentos y carpetas. Está de malhumor, pero tengo que reconocérselo: ya no pasa largas jornadas en el despacho. Llega a casa todos los días a las seis. Hemos estado haciendo cosas en pareja. La semana pasada cenamos con Jared y Kimber. Adam se mostró cariñoso y atento, casi la pareja perfecta, pero yo me descubrí mirando a Jared y preguntándome si debía advertirle. Decirle que no engañara nunca a Kimber, que cuidara su corazón, porque está claro que ella lo quiere mucho, mucho.

Obviamente, no dije nada. No creo que Jared sea de los que engañan. Pondría la mano en el fuego, de hecho.

Muy oportunamente, Emmanuelle se ha marchado de Triple B. Adam me lo contó la semana pasada. Le dijo que no podía seguir trabajando con ella y que iba a buscar otro trabajo. Para su sorpresa, ella abandonó el barco y aceptó otro puesto en la ciudad antes de que él tuviera que renunciar. Fue un gran alivio; no tendré que cruzármela en el supermercado o en la oficina de correos. Y Adam me dijo que él también se alegraba; le encantaba trabajar tan cerca de casa. Traducción: «Soy un padre de familia devoto, ¿ves?».

Yo no le creí del todo, así que conduje hasta Ossining, busqué una cabina telefónica, llamé a Triple B y pregunté por Emmanuelle en un mal acento británico.

—La señorita St. Pierre ya no trabaja aquí —me dijo Lydia—. Si quiere puedo pasarla con...

Colgué, aliviada y disgustada conmigo misma a la vez.

Pero se ha marchado.

Así que yo he ganado.

Adam levanta la vista de su trabajo. Puedo sentir su mirada, pero no dejo de leer. Este libro es una pequeña barrera. Es un regalo de un amigo y, como no le he contado a Adam lo de Gus, resulta delicioso y secreto.

Adam y yo hemos vuelto a dormir juntos. A tener sexo. Un par de veces, en cualquier caso. No puedo decir que me apetezca, casi es una obligación. Es lo que hacen los matrimonios. No obstante, usamos preservativo en ambas ocasiones.

—¿Por qué estás leyendo ese libro? —me pregunta, frunciendo el ceño al leer la portada.

—Me está dando ideas para librarme de tu cadáver —le respondo sin levantar la mirada.

—Eso no tiene gracia —dice—. Cielo. De verdad.

Oh, es bastante gracioso. Pero le concedo una leve sonrisa sobre las páginas antes de seguir leyendo.

Un par de días después quedo con Jared para almorzar. El curso está a punto de acabar; la semana que viene es la última que las niñas tienen guardería, así que quiero hacer algunas cosas de adulto mientras todavía tengo tiempo. Donna las recogerá encantada.

Pienso en pasar por Bliss pero decido no hacerlo. Jenny y yo todavía no hemos vuelto a la normalidad; sé que ella quiere que me divorcie de Adam. La vida no es todo blanco o negro cuando tienes hijos. O sí. No lo sé. Pero ahora soy la Nueva Rachel. No necesito a mi hermana tanto como antes. No del mismo modo, en cualquier caso. Sin embargo, pensar en ello me corta la respiración. Puede que sea por eso por lo que estoy recurriendo a Jared un poco más; extraño la antigua yo.

Jenny vino a casa el pasado fin de semana por mi cumpleaños (mi cuarenta cumpleaños) y me regaló un collar precioso y una tarjeta que decía, «Eres la mejor madre que conozco». Traducción: «Entiendo que te quedas con él por las niñas».

Pero ¿es eso cierto? ¿O me quedo por mí, porque no quiero admitir que he fracasado? Emmanuelle se ha marchado. Él me ha elegido a mí, pero yo todavía me siento derrotada.

—¡Rachel! —Jared me da un abrazo enorme cuando atraviesa la puerta del restaurante—. ¿Cómo estás?

Hablamos sobre Kimber y el deporte sangriento en el que se ha convertido su boda; su madre ha provocado la dimisión de tres coordinadores, y Kimber sigue esforzándose por hacerla feliz.

—Asegúrate de que tu madre no la pisotee —le digo.

—Lo estoy intentando. Kimber solo quiere caerle bien.

—Eso nunca ocurrirá —digo sin poder contenerme. Así es la Nueva Rachel, muy directa—. Lo siento. Lo que quiero decir es que nadie es jamás suficientemente bueno para tu hijo.

Jared sonríe.

—No dejo de decirle a Kimber que tiene que hacerle frente. No es un secreto que mi madre necesita controlarlo todo. Imagínate cuando tengamos hijos. Pero Kimmy dice que la dejemos hacer en la boda, que en realidad no le importa.

—Bueno, entonces es una santa —le digo—. Y su madre es muy agradable. Puede que le dé a la tuya un buen repaso.

—¡Lo sé! —dice Jared sonriendo—. Por fin va a hacerlo alguien. Oye, escucha. Puedes decir que no si crees que va a ser demasiado, pero ¿les gustaría a tus hijas llevarnos las arras?

—Oh, Dios mío, ¡se pondrán locas de contentas! ¡Sí, por supuesto! ¡Gracias!

—Fue idea de Kimber. Le encantan los niños.

Nos sirven la comida. Ensalada para mí y un filete enorme para él. Le cuento un par de anécdotas de las niñas, porque es uno de los pocos hombres que de verdad parece interesado en las travesuras de los críos.

Siempre ha sido un buen amigo.

—Jared —le pregunto mientras me como la ensalada—, ¿conoces a Emmanuelle St. Pierre?

—Claro —dice. Sé de inmediato que él no está al tanto de la aventura. Jared es tan transparente como un Golden Retriever.

—¿Qué ha pasado con ella? He oído que ha dejado el bufete.

—Oh, no, que va —dice, limpiándose la boca—. Me sorprende que Adam no te lo haya contado, ya que fue él quien la recomendó para el puesto. Ahora está en nuestra sucursal de Manhattan. Es la nueva jefa del Departamento de Litigios.

Durante un segundo no me muevo. Después, al darme cuenta de que tengo que contestar de algún modo, asiento.

—Oh.

—¿Erais amigas?

—No. No, para nada.

—Bueno, ha alquilado un apartamento de puta madre en Trump Place —dice—. La semana pasada nos invitó a todos a un cóctel. Estuvo bien. ¿No te lo mencionó Adam? Él también estuvo allí.

Creo que se me ha parado el corazón.

—Fuimos juntos. Nos lo pasamos bien. Tomamos una cerveza antes de volver a casa. Fue muy agradable. Nosotros no hablamos mucho, si te digo la verdad. En el trabajo, quiero decir. —Deja de masticar—. Rach, ¿estás bien?

—Sí.

—¿Estás segura?

—Uh... Sí. Es que acabo de comerme un trozo de lechuga pasado o algo así.

Sonrío y bebo un poco de agua.

Adam recomendó a su amante para un ascenso y fue a una fiesta en su casa.

Es curioso, que eso no haya salido en la conversación.

Esa noche espero hasta que las niñas están en la cama antes de discutir con mi marido.

—Así que me has mentido otra vez —le digo tranquilamente—. Emmanuelle no ha dejado el trabajo. La han ascendido. Gracias a ti, según me han dicho.

Me mira con una expresión de falsa confusión/inocencia en la cara, igual que la noche en la que se mostró indignado porque lo creyera capaz de engañarme. Al menos he aprendido a distinguir cuando miente.

—Te lo conté —me dice.

—No, Adam —replico—. No lo hiciste.

—Estoy seguro de que te lo conté.

—¡No me lo contaste! ¡Me dijiste que había aceptado un trabajo en otra ciudad!

—Bueno, y así es, Rach. Está trabajando en Manhattan. No comprendo cuál es el problema. Tú no querías que siguiéramos trabajando juntos, y no lo estamos haciendo.

Levanta las cejas con su expresión patentada de «Las mujeres sois unas histéricas». Podría darle una patada ahora mismo.

—Lo que me dijiste, Adam, es que había recibido una oferta mejor en otra parte.

Su rostro se tensa.

—Mira —me dice con dureza—, podría haberse cebado conmigo. Podría haberlo hecho público, haberse quejado a los socios, lo que fuera. En lugar de eso, hicimos un trato.

—Y todo esto es nuevo para mí.

—Le dije que la recomendaría para el ascenso siempre que no contara nada de lo ocurrido.

—Así que te chantajeó, consiguió un ascenso y ahora vive en un apartamento muy chic en Manhattan, un apartamento que tú has visitado recientemente. Bien hecho, Adam. Sí que has puesto punto y final, ¿eh?

—Estás malinterpretando las cosas otra vez. Tú querías una solución y yo la encontré. No he tenido que dejar Triple B, conservamos mi salario, el plan de jubilación y el seguro médico, y nadie sabe lo de la aventura. ¿Puedes imaginar a esas brujas amigas tuyas del club de lectura si se enteraran de esto? Te comerían viva.

Se acerca a mí y me toma las manos.

—Creo que todos ganamos así —me dice con voz suave—. Cielo, ella se ha ido. Yo estoy aquí. Probablemente no vuelva a verla. ¿No podemos dejar todo esto atrás? ¿Por favor?

—Quiero hacerlo, Adam, pero parece que cada vez que creo estar avanzando, descubro algo nuevo, encuentro otra pequeña mentira. —Me voy acelerando al hablar—. Quiero pasar página, pero fuiste tú quien trajo esto a nuestras vidas. Tú eres el que me ha cambiado, y yo no quería cambiar, para empezar, y ahora me odio.

Dicho eso, estallo en lágrimas. Los sollozos me toman por sorpresa y me cubro la cara con las manos, incapaz de contenerme.

Es la primera vez que lloro de verdad delante de Adam desde que descubrí esa horrible foto.

—Oh, cielo —dice, abrazándome, y odio que su abrazo me siente tan bien, odio que encajemos de un modo tan perfecto y me encanta cómo me frota la espalda y me acaricia el pelo. Lo adoro. Lo odio. Y estoy muy cansada de sentir ambas cosas.

—Nena, por favor, no llores —murmura—. Marchémonos juntos. Tengamos una segunda luna de miel. Te quiero, Rach. Te quiero mucho.

Asiento, sencillamente porque estoy demasiado cansada de estar enfadada. No me queda nada. Excepto por las niñas, estoy vacía.

—Dejaremos a las niñas con mi madre, o con Jenny —continúa—. Podríamos ir a París, ¿qué te parece? O a las Turcas y Caicos. Siempre has querido ir allí, ¿verdad?

Y así se decide, cuando termino de llorar, que iremos la semana después de la boda de Jared y Kimber. Adam llamará a la agencia de viajes. Yo no tendré que hacer nada.

—Y así te veré en bikini —me dice Adam con un guiño.

Así que, gracias a su infidelidad, Emmanuelle consigue un ascenso y una subida de sueldo, Adam consigue unas vacaciones, y yo consigo un análisis de ETS.

A través de mis ojos cansados y nublados puedo ver que la cocina está desordenada y llena de migajas, ya que Adam se ofreció a limpiar esta noche. Es un buen gesto de todos modos, pero al mirarla de cerca está mugrienta. Hay que fregar los quemadores, y hay salpicaduras en los tiradores de las puertas de los armarios. Las flores que recogí la semana pasada están secándose en el jarrón, huelen a podrido, puedo notarlo.

Parece que esta casa nunca volverá a estar limpia.

Jenny

A pesar de las advertencias de Leo de que no quería nada serio (una frase de la que estoy realmente cansada) esto se parece demasiado a una relación. Desde la pelea en la calle ha sido maravilloso conmigo. Condujimos río arriba hasta la finca de los Vanderbilt y paseamos agarrados de la mano antes de comer en una cafetería donde al parecer la tarta de queso la hacía Dios. Anoche fuimos a ver una película aterradora sobre posesión demoniaca, que hizo reír a Leo y a mí encogerme de miedo (aunque eso pudo ser porque él me rodeaba con el brazo cada vez que lo hacía). Cuando volvimos a casa, terminamos dándonos el lote en el sofá, después en el suelo y más tarde en mi dormitorio, donde se marcaron varios tantos.

Así que estoy totalmente segura de que tenía razón sobre él. Eso de no querer nada serio... es temporal. Eso es lo que dicen siempre los hombres. Este en concreto solo necesita relajarse un poco para volver a confiar. ¡Qué especiales y significativas suenan esas palabras! Ya verá cuando llevemos más tiempo juntos. En mí se puede confiar.

Y casi estamos ahí. Una noche me desperté y Leo estaba mirándome con la cabeza apoyada en la mano. Solo mirándome. Empecé a decir algo, pero él me puso el dedo sobre los labios y me besó, un beso suave y caliente, me subió sobre él y me sonrió. ¿Sabes quién hace eso? Los hombres que mantienen una relación seria, esos.

El asunto se confirma cuando llego a casa el martes por la noche. Está lloviendo, una lluvia encantadora que brinca sobre mi paraguas con diseño de Monet mientras bajo la calle desde donde he aparcado hasta mi querido 11, mi casa favorita de la calle.

Hay una imagen extraña: Leo Killian está subido a una escalera delante de mi puerta, limpiando los canalones. Es extraña porque no imaginaba que Leo supiera que hay que limpiarlos, pero ahí está, empapado, con el cabello pegado a la frente, la camiseta (More Cowbell) colgando de su esbelto cuerpo, y los *jeans* empapados.

Se me revolucionan los ovarios mientras subo las escaleras.

—Hola, inquilina —me saluda sacando un puñado de hojas—. Los canalones se han atascado y no quería que te mojaras, bella doncella, con tu ropa cara y esos zapatos crueles.

—Así que de verdad te estás ocupando del mantenimiento de esta casa. Déjame documentar este momento histórico con una foto.

Saco el teléfono y le hago una foto, y ahí está, sonriéndome con insolencia y los ojos azules arrugados. Esta me la guardo, eso está claro.

Leo tira otro puñado de hojas mojadas y espera un segundo, evaluando su trabajo.

—Ya está. Vaya, pues no ha sido tan duro.

—Pareces sorprendido. Sacar hojas de un canalón difícilmente podría considerarse el tercer concierto para piano de Rachmaninoff.

Salta de la escalera y se quita sus guantes de trabajo.

—Dios mío. ¡Sabes quién es Rachmaninoff! Estoy cachondísimo ahora mismo.

Me toma la cara con esas manazas que tiene y me besa.

—No te vuelvas demasiado loco —murmuro contra su boca—. Solo he buscado «Piezas de piano más difíciles» para poder meterlo en la conversación e impresionarte.

—Estoy impresionado.

Me besa de nuevo, justo allí, en la escalera, para que todo el vecindario lo vea. Se me cae el paraguas y le devuelvo el beso, sin importarme nada la lluvia.

—¿Jenny? —pregunta una voz desde la acera—. ¿Jenny? ¿Qué...? ¿Estás...? ¿Qué está pasando aquí? ¿Conoces siquiera a este hombre?

Y allá va mi felicidad.

—Hola, mamá —digo—. No, no lo conozco. Es un indigente que estaba aquí sentado, pero me sentía sola, así que le pregunté si podíamos darnos un revolcón.

—Y yo le dije que sí —añade Leo—. Me prometió que después me daría de comer y diez dólares para priva, así que, ¿por qué no?

Mamá nos mira a ambos frunciendo el ceño. Es como un gato y odia mojarse, así que lleva un enorme chubasquero negro, botas de lluvia, un gorro de plástico transparente y un paraguas tamaño familiar. Su cara está diciendo: «No Me Hace Gracia».

—Mamá, este es Leo Killian —le digo—. Es mi...

Mierda. Es mi ¿qué? ¿Casero? ¿Novio? ¿Follamigo?

—Su amante —dice Leo, sonriendo. Mi corazón se derrite un poco más. No solo por la palabra, sino porque está chinchando a mamá. Solidaridad, ya ves.

Mamá se estremece.

—Oh, Jenny —dice con una voz cargada de decepción—. Ya te dije que el despecho era mala idea. Todavía sigues enamorada de Owen.

—Solo estoy interesado en ella desde un punto de vista físico —le explica Leo—. Aun así, quizá podríamos hablar de ello durante la cena. He cocinado.

Ha cocinado.

—Lasaña —murmura—. Ensalada. Pan de ajo. Vino tinto. No te hagas ideas raras.

—Por supuesto que me las hago. —Me dirijo a mi madre—. Venga, mamá. ¿Quieres quedarte a cenar?

Quince minutos después, Leo ha servido la comida, nos hemos puesto ropa seca, mamá se ha quedado convencida de que en realidad no es un indigente, y estamos sentados alrededor de la mesa de cocina con *Loki* roncando a nuestros pies. La ofensiva encantadora de Leo no está funcionando con mi madre (después de todo, él no es cirujano plástico pediátrico), pero no hay duda de que está funcionando conmigo.

—¿Puedes ganarte la vida así, dando clases de piano? —le pregunta, dudosa.

—No. Por eso vivo de Jenny.

Se me ocurre que esta casa debe de ser bastante cara. Y, aunque Leo tiene un flujo constante de alumnos, es difícil imaginar que se comprara una casa en Westchester County solo con esos ingresos. Pero, claro, también compone un poco, según me dijo una vez. Supongo que eso se paga bien.

—Entonces, ¿cuáles son tus intenciones con mi hija? —le pregunta mamá—. Ella sigue enamorada de su exmarido, ¿sabes? Owen. Es médico. Él y su esposa acaban de tener un bebé.

—En realidad no lo estoy, mamá. Pero gracias por compartirlo.

—Conozco a Owen. No me impresionó.

Leo levanta las cejas y se echa hacia atrás en su silla.

Le ha tirado el guante.

—¿No te impresionó Owen? —chilla mamá—. ¡Pero si es maravilloso! Es médico. Deberías ver su trabajo. Cambia vidas.

—Dejó a tu hija.

—Bueno, bueno —digo, llenando la copa de Leo—. Tú también me dejarás algún día.

Mamá resopla.

—Entonces, cielo, ¿por qué estás malgastando tu tiempo con este... profesor de piano?

—Tiene necesidades —dice Leo—. Necesidades físicas. Lo comprendes, ¿verdad, Lenore?

Ella lo fulmina con la mirada. Yo me trago una sonrisa.

La cena es una especie de batalla, como suele pasar cuando el ángel de la muerte está intentando terminar con la alegría. Mamá está totalmente descentrada e intenta castigarme por no hablarle de Leo, aunque de haberlo hecho me hubiera sermoneado porque Owen era el hombre perfecto y yo lo estropeé y jamás encontraré a otro como él, etc., etc.

Pero es agradable tener a alguien de mi parte, de un modo en el que Rachel nunca está, porque estar de mi parte significaría no estar de la de mamá, y ella quiere que no haya frentes.

—¿Adivinas qué? —digo cuando todos hemos tomado dos raciones de la excelente lasaña de Leo—. Me han pedido que haga un vestido para la sobrina nieta del rey de Liechtenstein. ¿O era su prima segunda? Como sea, ¡es de la familia real! ¿No es maravilloso? Y creo que me pedirán que vaya a la boda. Solo por si hay alguna emergencia con el vestido, claro, pero aun así. Liechtenstein en primavera. Será estupendo.

—Qué pena que no sea Noruega —apunta Mamá—. Me encantaría conocer ese país.

—Creo que no lo has entendido —le dice Leo—. Han pedido a Jenny que haga un vestido para una princesa.

—Oh, lo sé. Tiene mucho talento. Es solo que yo siempre he querido ir a Noruega.

—Pues compra un billete —replica Leo enfáticamente—. Felicidades, Jenny. Es realmente impresionante. Estoy seguro de que tu madre está muy orgullosa. ¿Estás orgullosa, Lenore?

—Ya he dicho que sí.

—No —insiste Leo con voz sedosa—. No lo has dicho.

—Bien. Jenny, estoy muy orgullosa de ti. Pero creo que Noruega es un país precioso. No sabía que eso fuera un crimen.

Su rostro se está plegando sobre sí mismo, y ahí está, la reacia compasión. Me gusta que Leo me defienda, pero... Bueno, es mi madre. Estoy acostumbrada a sus pullitas y sus insultos velados. Se siente como si sobrara, está claro.

—A mí también me gustaría ir a Noruega —digo, canalizando a mi hermana. Además, este es solo el modo en el que mi madre intenta ser parte de la conversación. No es que quiera fastidiar a propósito.

Hora de cambiar de tema.

—Leo, ¿qué tal le va a Evander? —pregunto—. Evander es uno de los alumnos de Leo, mamá. Es un verdadero encanto.

Leo me echa una mirada oscura. Le doy una patada bajo la mesa.

—Le va bien. Muy bien. Debería estar preparado de sobra para la audición en Juilliard.

Pero hemos herido a mamá y no nos permitirá olvidarlo.

—Os dejaré seguir con vuestra noche —dice, levantándose para quitar la mesa—. De todos modos pensaba ir a visitar a Rachel.

—Yo quitaré la mesa, mamá. Gracias por venir.

La abrazo y la beso, y Leo dice que se alegra de conocerla, pero ella lo mira como un perro apaleado y se escabulle.

Envío un mensaje rápido a Rachel desde mi teléfono. «Mamá va de camino. Advertida estás.»

—No seas demasiado duro con mi madre —le digo a Leo—. No lo hace con maldad.

—¿En serio? —me pregunta—. Creo que la odio.

—Bueno, es mi madre, así que supéralo.

—No, no creo que lo haga.

—Tienes que hacerlo.

—En realidad no.

Cruza los brazos sobre el pecho y me mira levantando una ceja.

Ah. De acuerdo. Está claro que lo siguiente es la frase de «Solo para fines recreativos».

—Cierto —le digo—. No es que vayas a terminar siendo su yerno.

—Correcto.

La palabra hace que me duela el corazón. Algo titila en los ojos de Leo. Tristeza. Angustia. Algo.

Entonces sonríe y es injusto, porque esa sonrisa promete todo tipo de cosas: días alegres y soleados y noches largas llenas de helado, risas y sexo.

Sus ojos siguen tristes.

Dios, ojalá hablara conmigo.

—Venga un abrazo, ¿qué me dices? —pregunta, y me atrae hacia sí.

Soy tan estúpida con los hombres. Joder.

Entonces me besa suavemente y me acaricia el pelo.

—No me gusta que nadie se meta contigo —murmura.

—Excepto tú —contesto sin devolverle el beso.

—Exactamente. —Me abraza y, como no respondo, me pone los brazos alrededor de su cintura—. Venga, no te hagas de rogar. Te he hecho la cena. He pensado en ti toda la tarde. He defendido tu honor y te he arreglado los canalones.

—En realidad son tus canalones. Yo solo los alquilo.

—Limpiaré la cocina si me perdonas. Y también te daré un masaje en los pies.

—Hecho. No puedo creer que tu mujer te dejara.

Las palabras salen de mi boca antes de pensarlas. La expresión de Leo se congela en su rostro.

Sin embargo, ya está dicho, así que...

—¿Por qué lo hizo, de todos modos? —le pregunto tan amablemente como puedo—. Tú conoces todos mis trapos sucios. Puedes contarme los tuyos.

Baja la mirada. Se frota la coronilla con la mano. El reloj sobre la repisa de la chimenea hace tictac.

Entonces toma aliento profundamente y dice:

—¿Sabes qué, Jenny? No vamos a hablar de esto, porque no tenemos ese tipo de relación y no vamos a tenerla. Lo siento, pero tengo ciertas... limitaciones. Y una verdadera intimidad es probablemente una de ellas.

Se me tensa la garganta.

—Vaya, doctor Phil. Eso es muy profundo.

Él no sonríe.

Si no fuera tan tonta, rompería con él ahora mismo. «Mira, Leo, eres un tipo estupendo pero queremos cosas distintas. Te deseo lo mejor, pero yo quiero formar una familia. Quiero verdadera intimidad. Quiero a alguien que me quiera.»

El reloj da la media hora.

—Una cocina limpia y un masaje de pies, ¿eh? —me oigo decir—. ¿Qué mujer podría resistirse a eso?

Su sonrisa es mi recompensa. «Después de todo, está prácticamente viviendo contigo. Lo que dice y lo que hace son cosas distintas. Cambiará de opinión», me dice una voz más animada en mi cabeza.

Reconozco que esto no es necesariamente verdad, así que lo deseo con más fuerza.

Como he dicho, soy una tonta con los hombres.

Un par de noches después, llego a casa un poco tarde. Una de mis novias ha venido de la ciudad para cenar y enseñarme su álbum de boda; fue prácticamente la clienta perfecta: me dejó hacer lo que creí que encajaría con ella y el resultado fue un glorioso vestido de corte sirena que me ha conseguido cuatro clientas nuevas. Esto me pasa mucho; mis novias y yo nos hacemos amigas. Hay algo muy íntimo en el acto de diseñar un vestido para el gran día; es como una ventana a la personalidad de los involucrados. En el caso de Jo, su personalidad es adorable, y la abrazo cuando nos despedimos.

—Oye, ni siquiera te he preguntado —me dice—. ¿Estás saliendo con alguien?

Dudo antes de contestar.

—En realidad sí.

Levanta una ceja.

—Espero que me invites a la boda —es todo lo que dice, después me sopla un beso y se mete en su automóvil.

Es un pensamiento extremadamente agradable. Y Leo, a pesar de sus palabras, está comportándose como el mejor novio del mundo.

Creo que pasaré a verlo y pondré su mundo patas arriba. El sol acaba de ponerse y el cielo es de un azul sacado de un cuadro de Maxfield Parrish. ¿Qué podría ser más romántico?

Pero cuando aparco delante de nuestra casa, veo una nota pegada a la puerta del patio.

Tengo el corazón encogido mientras salgo del automóvil.

Canceladas las clases de hoy por emergencia.

Oh, Dios. Saco mi teléfono (no tengo mensajes nuevos) y marco su número. Me envía al buzón de voz.

—Leo, soy yo. Estoy en casa y he visto el letrero. Llámame de inmediato, ¿de acuerdo?

Puede que me haya dejado una nota. Subo corriendo hasta mi puerta, donde no hay nada, y después entro y miro alrededor. Nada en ningún sitio donde una persona dejaría normalmente una nota, ni junto al teléfono, ni en la encimera, ni sobre la mesa, ni en el frigorífico. Nada.

Tengo un mal presentimiento. ¿Por qué no me ha llamado? ¿Se habrá puesto peor su madre? ¿O se habrá hecho daño, quizá intentando usar herramientas eléctricas de nuevo, o habrá tenido un accidente de automóvil, o...?

Pero, espera. Ahí está su automóvil, aparcado a un par de espacios del mío. Solo lo he visto conducirlo una o dos veces, pero es ese.

Vuelvo al patio y llamo. No hay respuesta. Pruebo la puerta. Está cerrada, pero tengo una llave.

El corazón me tiembla de miedo.

Abro la puerta y enciendo la luz de la cocina. Pasamos mucho más tiempo en mi casa que en la suya. Como siempre, su apartamento está inmaculado, tan impersonal como una exposición de Ikea.

Entro en la sala de estar y enciendo una luz, entonces retrocedo con un grito.

—¡Leo! Por dios, me has asustado.

Me mira con los ojos entornados.

Oh, Dios. Hay un vaso de buen tamaño en su mano y el líquido es transparente. Apuesto a que no es agua. Una botella de Grey Goose sobre la mesa de café confirma mi sherlockiana sospecha.

—¿Estás bien, ci... colega?

He estado a punto de decir «cielo», pero por alguna razón me ha dado miedo hacerlo.

—Jenny, me gustaría estar solo —dice, pronunciando las palabras con cuidado.

Está en el centro exacto del sofá y en su impersonal sala de estar parece un pilar, sentado con la espalda recta, como si ya no supiera sentarse.

—¿Qué ha pasado? —le pregunto.

—*Loki* ha muerto.

—¡Oh, no! Lo siento muchísimo, Leo.

Me siento a su lado y le pongo la mano sobre la pierna. Da otro sorbo a su bebida.

—Bueno. Era viejo, como tú señalaste tan amablemente.

Me muerdo el labio.

—Lo siento. Tu... Tuvo una buena vida.

—¿La tuvo, Jenny? ¿Tú cómo lo sabes?

Es una pregunta extraña. Le quito la mano de la pierna.

—Sé que tú lo querías y que cuidaste muy bien de él —le digo.

—Eso es cierto. Sí.

—¿Qué edad tenía? —le pregunto.

—Quince años.

—Eso es... Vaya.

—No te molestes en decirme que era su hora y que está en el Puente Arcoíris y que al menos ya no tiene ataques y ni le duele la artritis. —Otro buen trago—. Vendería mi alma por recuperarlo. Ese perro estúpido era lo único que me quedaba.

Las palabras me atraviesan las entradas.

Después de todo, tiene a sus alumnos. Me tiene a mí.

Pero en este momento no parece querer lo consuelen.

—Sé cuánto lo querías —le digo con calma—, y siento muchísimo tu pérdida.

Se ríe.

—Tú no tienes ni idea de lo que he perdido.

—Supongo que no.

Me mira con esos ojos insondables, un océano completo de todo y nada. Todo lo que siente, y lo que quiere que yo vea: nada.

Entonces se inclina y me besa la frente.

—Aunque eres muy amable, tengo que darte las buenas noches —me dice—. Creo que estoy suficientemente borracho para desmayarme, así que me voy a la cama.

Se levanta, se tambalea y salto para agarrarle el brazo.

—Te arroparé.

—Haz lo que tengas que hacer.

Lo conduzco a su dormitorio. Como el resto del apartamento, es poco acogedor. Sobre la mesita de noche está *Cementerio de animales*, del maestro del insomnio, Stephen King. Lo pongo en el suelo para no dar ideas a Leo.

Parece no saber cómo quitarse la camiseta.

—Deja que te ayude, ¿de acuerdo?

Tiro de ella, fijándome en el montón de pelo de perro que tiene, y se me hace un nudo en la garganta. Quiero preguntar si fue una buena muerte, si *Loki* murió mientras dormía o se apagó lentamente gracias a un veterinario amable... O si Leo tuvo que llevarlo hasta allí presa del pánico, mientras el perro sufría ataques o chillaba de dolor.

Teniendo en cuenta el estado actual de Leo, tengo la desasosegante sensación de que fue esto último.

Leo consigue quitarse los *jeans*. Retiro las colchas y no pierde tiempo en meterse dentro. Cierra los ojos de inmediato, como hace Rose en el segundo en el que cae en el colchón.

—¿Quieres que me quede? —susurro, acariciándole el pelo.

—No. —Abre un poco los ojos—. No, gracias, de verdad.

—¿Estás seguro?

—Sí.

Cierra los ojos de nuevo.

Le llevo un vaso de agua para la mesita de noche, me llevo *Cementerio de animales* conmigo y voy a la sala de estar. Meto la botella de vodka en el frigorífico.

Lo que quiero es que salga de su habitación y me pida que me quede. Le haría huevos revueltos y tostadas, veríamos una peli y pondría la cabeza sobre mi regazo y me diría que me quiere, y que se alegra de que esté aquí. Que, al final, a *Loki* le caí bien, aunque fuera un poco.

Pero no lo hace. Escucho en su puerta un par de segundos, pero no se oye nada.

A la mañana siguiente bajo a ver cómo está con una taza de café extra en la mano, pero él no me abre y no quiero volver a entrar sin permiso. Puede que esté recuperando el sueño que tanto necesita. Y yo tengo dos citas. Mi hermana vendrá después de la siesta de las niñas, porque van a llevar las arras en la boda de Jared y yo me he ofrecido a confeccionarles los vestidos.

Así que envío a Leo un mensaje.

Estoy pensando en ti. Llámame si quieres, luego nos vemos.

A pesar de mi preocupación por él, el día pasa sorprendentemente rápido; después de mi primera cita recibo una llamada de un periodista. *Hudson Bride* quiere hacer un reportaje sobre Bliss y los trajes de novia hechos a medida, así que invito a la mujer a venir. Ella trae un fotógrafo para tomar fotografías de los vestidos en exposición, de mí con un cuaderno de bocetos, de mí cosiendo. Andreas mirando sobre mi hombro, y una mía con mi segunda novia del día, que está entusiasmada de salir en una revista. Después me despido de ellos para concentrarme en mi cliente, que quiere un «Grace Kelly mezclado con Gwen Stefani», aunque no sé qué diablos puede salir de ahí, y me pregunta qué opino de las bodas de las Kardashian. Creo que no vamos a llegar a ser amigas.

Aunque nunca miro mi teléfono durante una cita, ahora lo hago. ¡Ajá! Leo me ha contestado.

Grcs.

Preocupación, irritación y decepción vibran en mi interior. No es que yo sea insensible, es que me estoy muriendo por ayudarlo. Quiero abrazarlo, estar allí para él. Sé que quería a *Loki*, sé que está triste, pero vamos, dame algo más que cuatro letras.

Por fin se marcha mi novia histérica, media hora después de lo planeado, y mi hermana entra con las tres niñas a remolque.

—¡Tía! —gritan, lanzándose sobre mí.

—¡Caramelitos! —respondo, abrazándolas. Les doy besos una y otra vez mientras se retuercen para escapar de mis brazos y correr por la sala.

—No toquéis nada, diablillos —dice Andreas, y estallan en risas y le atacan las piernas—. ¡Jenny, sálvame! —exclama, haciéndolas reír más fuerte. Está serio, por supuesto, pero parte de su sustanciosa nómina se debe al trabajo con las niñas de arras. En especial cuando son familiares mías.

Llevo a las niñas al taller con Rachel y las entrevisto de broma.

—¿Es vuestra primera boda? Ajá, entiendo. ¿Y vuestro color favorito es el de la purpurina? El mío también. Estoy pensando que deberíais parecer princesas. ¿Estáis de acuerdo?

Les tomo medidas y, por una vez, las tres son angelicales al mismo tiempo, y se ríen mientras les rodeo sus adorables tripitas con el metro verde. Rachel y yo hablamos despreocupadamente sobre los vestidos; nos decidimos por la niña de arras clásica de raso blanco y tul con cinturones rosas y coronas de flores de seda rosa.

—¡Sí, sí, coronas, mamá! —dice Grace.

—¡Coronas! ¡Coronas! —corea Charlotte.

—Yo quiero violeta —demanda Rose.

Al final pido a Andreas que entretenga a las niñas unos minutos.

—No —se niega.

—Tienes que hacerlo. Soy tu jefa. Te despediré si no lo haces.

—Ooh. Estoy temblando de miedo. Además, tengo una novela que escribir.

—¿Y si te doy un día libre extra? Podrías pasarte todo el día escribiendo.

Duda.

—Dos días. Jolín, Andreas. Solo son niñas.

—De acuerdo, tú ganas. Vamos, niñas. —Suspira—. Os compraré una galleta en la pastelería si me prometéis no morderme.

—¿Te parece bien? —pregunto a mi hermana. Ella es realmente estricta con lo que comen las niñas.

—Adelante —dice a Andreas, y le da un billete de veinte que él rechaza. Creo que en realidad le encantan los niños.

Las niñas gritan y se empujan intentando llamar su atención.

—¡Andreas, yo te doy la mano!

—¡Yo también!

—¡No, Rose, yo la pedí antes!

—¡Para!

—¡Yo la pedí primero!

—Dios santo, mátame ya —murmura Andreas poniendo los ojos en blanco en plan dramático—. Volveré tan pronto como sea humanamente posible. ¿Qué he dicho sobre morder, rubita? Déjalo ya.

Se marchan. Todo se queda muy tranquilo.

—¿Cómo te va? —le pregunto.

—Bien. Las cosas van bien —responde.

—Me alegro. —Hay una pausa incómoda—. Rachel, yo solo quiero que seas feliz y tengas todo lo que te mereces.

Mis palabras suenan tensas y firmes... y sinceras.

Ella sonríe con cierta tristeza y se me hace un nudo en la garganta.

—Lo sé. Gracias. Yo quiero lo mismo para ti, claro. —Hace una pausa—. Adam y yo estamos tratando de resolver la situación. Estamos en ello. Tengo que creer que lo superaremos.

—Claro. Y, mmm, algunos lo consiguen.

Ahora sería el momento de hablarle de nuestro padre, supongo.

Pero no puedo. Ella no lo sabe, no lo supo, ¿por qué debería envenenar su recuerdo de él? Hasta que vi a papá besando a Dorothy, él era perfecto a mis ojos. Rachel todavía tiene eso.

—¿Cómo está Leo? —me pregunta.

—Está... Bueno, su perro ha muerto, así que está bastante deprimido.

—Dile que lo siento mucho.

—Lo haré. Gracias.

—¿Estáis saliendo? —me pregunta.

—Bueno... más o menos. Tenías razón, está un poco encerrado en sí mismo. Pero es maravilloso.

Asiente.

—Te echo de menos —me dice de repente, y entonces lloramos y nos abrazamos y, menos mal, porque tenía mucho miedo de que las cosas nunca volvieran a ser como eran, que Rachel, mi querida hermana y mejor amiga, se mantuviera alejada de mí para siempre por lo que dije sobre el capullo de su marido.

Le mentí. Yo jamás perdonaré a Adam.

—Yo también te he echado de menos —le digo.

—Mamá está como un tiburón que ha olido sangre en el agua —dice Rachel, sacando un pañuelo para secarse los ojos—. Sabe que está pasando algo.

—Lo sé. Me llama a diario intentando sonsacarme.

—No le habrás dicho nada, ¿verdad?

—¡Dios, no!

Nos reímos, unidas gracias al eterno recurso de los hermanos: los defectos de sus padres.

—Quizá... Bueno, quizá Leo y tú y Adam y yo podamos salir a cenar alguna vez —sugiere Rachel—. Sería agradable conocer a Leo un poco mejor.

Asiento, aunque mi sonrisa decae un poco.

—Se lo preguntaré. Como te he dicho, está un poco triste.

Ya sé que, igual que se ha negado a venir conmigo a la boda de Kimber, no querrá cenar con mi hermana y su marido. Demasiado familiar.

Pero al menos Rachel y yo hemos vuelto felizmente a la normalidad. Gracias a Dios.

Cuando cierro la tienda esa noche, veo a Leo esperándome al otro lado de la calle, y mi corazón, ese órgano esquizofrénico, brinca alegremente olvidando todas mis preocupaciones anteriores.

—¡Hola! —exclamo, esperando a que pase un automóvil para poder cruzar la calle corriendo... con tacones, ni más ni menos, una increíble habilidad—. ¿Cómo estás?

Lo abrazo y él me devuelve el abrazo, rápido pero fuerte.

—Estoy bien. Siento lo de anoche. —Aparta los ojos y luego vuelve a mirarme—. ¿Te acompaño a casa?

—Claro. ¿Tienes hambre? Podríamos cenar fuera.

—No, estoy bien. Te prepararé algo en casa, si quieres.

«En casa.» Suena bien.

Y aun así Leo y yo nunca hemos comido juntos en público, no en COH. Almorzamos aquella vez en la cafetería, a una hora de distancia al norte desde aquí.

—Claro —le digo.

No me toma la mano mientras caminamos.

Mierda.

De algún modo, sé que está a punto de romper conmigo.

—El otro día recibí una llamada —comienza, y los ojos se me empiezan a llenar de lágrimas—. Hay un programa musical en España. De dos semanas de duración. No iba a ir, por *Loki,* pero ahora creo que lo haré.

—¿Y tus alumnos?

—Los profesores de piano también se toman vacaciones, Jenny.

—¿Y Evander y lo de Juilliard? ¿No tiene una audición?

El pánico de mi voz... No es muy atractivo, lo sé.

—Sí. Ya le he dado sus piezas para practicar y volveré antes del gran día.

—Bueno. Parece que ya lo tienes todo pensado. Qué viaje tan divertido. ¿Cuándo te marchas?

—Mañana.

Por Dios.

—¿Tomas el avión en JFK? ¿Quieres que te lleve? Puedo llevarte.

Deja de caminar. Yo también.

Aquí viene.

«Leo, te quiero. No estoy contigo por despecho. Te quiero de verdad. Quiero ayudarte. Pienso en ti constantemente. Me encanta cómo sonríes, cómo te ríes, cómo me tocas. Quiero que me cuentes por qué te dejó tu mujer. Quiero que tú también me quieras.»

—Jenny —dice, mirándome. Tiene los ojos tristes. Son preciosos y de un azul puro—, quizá deberíamos...

—¿Sabes qué? —lo interrumpo—. Vete a España. ¡Va a ser estupendo! Es justo lo que necesitas. Y cuando vuelvas ya veremos cómo van las cosas. ¿De acuerdo? Acabas de perder a *Loki* y no es un buen momento para... Ya sabes. Para hacer nada. Lo que tenemos es extraño. Quizá, cuando regreses, podríamos hablar.

—Creo que deberíamos...

—¡No, no! No. Vamos... Ya nos veremos cuando regreses. ¿Sabes qué? Estoy muerta de hambre. Voy a volver a Luciano a por unas berenjenas a la parmesana. ¿Tú quieres algo?

Sonrío como si estuviera muy animada... Falso.

—No —dice. Esa terrible tristeza ondea en sus ojos.

—Muy bien, entonces. Bueno, escucha. Pásatelo bien en España. Olvida tus problemas y disfruta.

Asiente y lo abrazo, y vuelve su rostro hacia mi cabello y me sostiene durante rato bastante largo, sí, muy largo.

Y así nuestra ruptura se produce sin palabras, porque puede que sea tonta, pero no soy estúpida. No quiero que se vaya cargando con mis sollozos el día después de la muerte de su querido perro. Ni ahora ni nunca. No quiero que Leo Killian vuelva a estar triste.

Me aparto y le doy un golpecito en la mejilla.

—Pásalo bien —le digo. Por suerte, la voz vuelve a sonarme normal y por fin consigo sonreír de verdad.

Gracias a Dios, estoy muy atareada las siguientes dos semanas: tengo tres bodas y cuatro modificaciones de emergencia. Hago de niñera de mis sobrinas, visito a mi madre, voy a la ciudad a cenar con amigos. Owen tuvo que cancelar nuestra cita del viernes, lo que fue un alivio. Después Andreas y su novio decidieron casarse en una ceremonia casi improvisada en el ayuntamiento, seguida de una de las mejores fiestas en las que he estado en toda mi vida, en la que Tim Gunn no solo apareció, sino que de nuevo recordó cómo me llamaba, me preguntó por mi trabajo y me besó ambas mejillas. ¿Ves? Que mi vida amorosa apeste no significa que sea una desgraciada.

Aunque siento la desgracia arrastrándose hacia mí como arenas movedizas, como esos zombis reptantes de la tele. Pero no puedo hacer eso, no puedo ser esa mujer que depende de que un hombre la haga feliz.

Ya estamos en julio; hace calor, así que me siento en el patio con los aspersores puestos, respirando los aromas del verano, el definido olor del agua sobre la hierba y las hortensias, el denso perfume dulce de las rosas que crecen junto a la valla. Bebo una copa de vino preguntándome por qué siempre acabo enamorándome del hombre equivocado. Si debería irme de este apartamento (debería), si Leo y yo hemos roto de verdad (así es). Si quizá me equivoco (no lo hago) y dos semanas en España harán que Leo descubra que soy perfecta para él (no será así).

Hemos estado acostándonos durante cinco semanas. Solo nos conocemos desde abril, pero... (Y me doy cuenta de que no tengo mucha credibilidad en esto debido a la situación con Owen)

Pero nunca me había sentido tan cómoda, tan bien, tan feliz con nadie como con Leo. Me sentía segura de mí misma y, recordando mis años con Owen, me doy cuenta de que siempre he estado un poco en la cuerda floja, como si tuviera que esforzarme demasiado para ser digna de él (lo sé, lo sé).

Con Leo soy solo yo, y no importa lo que él dijera o lo que vaya a decir cuando nos veamos, me sentía... querida.

Aunque él estuviera por mí solo una cuarta parte de lo que yo estaba por él.

Si conociera a su exmujer, la llevaría aparte, la zarandearía y le diría: «¿Qué le hiciste, cabrona?».

Apuesto a que lo engañó. Apuesto a que por eso fue tan maravilloso con mi hermana ese primer día. Parece que fue hace una eternidad. Parece que fue ayer.

Solo porque sí, paso por casa de Evander una noche; sus padres recelan un poco de mí pero me dejan pasar cuando el niño me llama por mi nombre. El pequeño apartamento está limpio y lleno de buenos olores. Las manualidades de Evander cuelgan de la pared.

Es un niño querido.

Pregunto cómo va la práctica y mira a sus padres antes de mirarme de nuevo.

—Bien —contesta.

—Debéis de estar muy orgullosos —les digo.

—Lo estamos, lo estamos. Solo queremos que tenga un buen trabajo algún día, y quizá el piano... Es posible que eso no esté muy bien pagado —me explica su padre.

Su madre asiente.

—Quizá no debería pasar tanto tiempo en algo que es un pasatiempo.

Hay un silencio incómodo. Después de todo, son sus padres. Pero Evander está mirándome con esos enormes ojos castaños, suplicándome en silencio que lo defienda.

—Leo cree que vuestro hijo es muy especial —les digo—. Y aunque yo no sepa mucho de música, parece que Dios ha dado a vuestro hijo un don muy valioso.

Tienen un crucifijo en la pared. No creo que haga mal jugar la carta de Dios. Me disculpo ante Él en silencio por ser una aprovechada insensible.

—Lo es, mamá. Es valioso —dice Evander.

—Lo sé, cielo —contesta ella, rodeándolo con el brazo—. Bueno. Gracias por venir.

Vuelvo a casa mientras el aire húmedo y los mosquitos se burlan de mí.

Después, un sábado noche muy tarde, quince días después de que Leo se marchara, oigo un automóvil deteniéndose ante la casa. Se cierra una puerta; oigo voces y, sin poder evitarlo, me pongo a mirar desde detrás de la cortina, como la esposa loca de Rochester en Jane Eyre.

Leo está en casa. El taxi se aleja.

«Llaman a mi puerta y cuando la abro ahí está Leo, sonriendo, increíblemente feliz. Me abraza y me dice: "Me moría de ganas de volver contigo, Jenny Tate, te quiero tanto que tienes que casarte conmigo o me explotará la cabeza", o algo igualmente bobo y romántico y por supuesto yo diré que sí, y que por qué esperar, y que nosotros... nosotros...»

Con las ventanas abiertas lo oigo abriendo su puerta. No la mía.

Tardo horas en quedarme dormida.

Supongo que voy a tener que mudarme.

Se me escapan las lágrimas y me llegan hasta el cabello. Soy tan idiota, ¿cómo se me ocurre enamorarme de un hombre que me ha dicho una y otra vez que no quiere una relación seria? Para empezar, este apartamento es perfecto para mí. Solo por esa razón no debería haber mezclado negocios y placer.

Pero no he podido evitar enamorarme de él, por mi triste y alegre casero que adora a los niños, a los perros y a las mujeres y que de algún modo es el hombre más solitario sobre la faz de la Tierra.

Cuando despierto está lloviznando, ese irritante aguaviento que no llega a ser lluvia pero que aun así te arruina el día. Me visto y bajo. Supongo que hoy iré a ver a Rachel. O a trabajar. No puedo quedarme aquí, esperando a que Leo aparezca.

Entonces lo veo por la ventana, saliendo de su patio. Lleva traje.

Claro. Es domingo.

De repente decido seguirlo. Lo sé, lo sé, es una estupidez, pero he salido por la puerta antes de escuchar a la voz de la razón. Leo ya va una manzana por delante, sus largas piernas casi me hacen trotar para no perderlo. Me mantengo a suficiente distancia para que no me pille. Al menos me he traído mi teléfono móvil. Siempre puedo fingir estar hablando o mandando un mensaje. ¿Cómo espiaba la gente cuando no existían?

Leo se detiene en Floristas Cambry-on-Hudson, donde yo compro un arreglo cada martes para la tienda. Él también es un cliente habitual; siempre lleva un ramo a su madre, aunque a veces lo rechaza. Me meto en la cafetería y pido un café con leche. Oye. Trabajo en el centro. Es la excusa perfecta si me pilla. «¡Leo! ¡Bienvenido a casa! No, voy de camino al trabajo, no estoy espiándote, claro que no.»

Pago y acecho un minuto más hasta que sale, y baja la calle de nuevo. Se cambia el ramo de mano... Espera, son dos ramos, casi idénticos, girasoles y rosas rojas. Bueno, puede que tenga más de un familiar en la residencia de ancianos. O, más probable, la compañera de habitación de su madre se ha enamorado de él. De hecho, me sorprende que Leo no lleve un ramo para cada una de las residentes.

Tres manzanas más. Cinco. Siete. Cruza el parque con vistas al poderoso Hudson y después toma el sendero oeste. Joder, es rápido; ya ha cruzado la calle y está en la entrada de la Residencia Asistida Olmos Plateados, donde mi madre trabajaba hace mucho.

Bueno, de acuerdo. De todos modos necesito un par de minutos para recuperar la respiración. Además, sería horrible que me sorprendiera en el vestíbulo de la residencia de su madre.

Espero hasta que supongo que es seguro, después entro en el edificio.

Esto es una tontería monumental. Sé que su madre está aquí. Todo esto de Harriet la Espía no va a descubrirme nada.

—¿Puedo ayudarte? —me pregunta la recepcionista.

—¡Oh! Mmm... Bueno, no. Está lloviendo, ¿sabes?

Me mira con cara inexpresiva.

Qué demonios.

—La madre de un amigo está aquí, creo. Había pensado en visitarla. La señora Killian.

—No tenemos a ninguna señora Killian.

—Mmm... Qué raro, juraría que mi amigo acaba de entrar. Su hijo, Leo.

—¿Oh, Leo? Visita a la señora Walker todas las semanas.

Tienen distintos apellidos. Ah.

—¡Exacto! Así es. Ella volvió a casarse.

—La señora Walker está en la habitación 227 —dice, señalando el pasillo a la izquierda del mostrador.

—De acuerdo.

Espera, así que trago saliva y me dirijo al pasillo.

No tengo intención de visitar a nadie mientras Leo está aquí. Ni nunca, en realidad. Buscaré un aseo, esperaré un segundo y después me marcharé. Ni siquiera sé qué estoy buscando.

Y entonces oigo la voz de Leo y, ¿qué puedo hacer excepto esconderme como una tonta de remate? Me meto en un armario y me acurruco contra la pared, con el corazón desbocado. Alguien (una mujer) parece bastante turbada. Creo que debe de ser la madre de Leo porque, aunque no distingo las palabras, reconozco el murmullo de su voz, reconfortante y tranquila.

Después se oyen unos pasos rápidos y firmes. Me arriesgo a mirar. Leo va hacia la recepción.

Todavía lleva un ramo de flores.

Bueno, ya estoy hasta el cuello en esto. Estoy mojada y me he escondido en un armario. Ya puestos, podría ir a por todas.

Leo es jodidamente rápido. Pero lo veo, cruzando el parque una vez más; no se dirige al centro ni a casa.

No, va en dirección opuesta, a un lugar en el que no he estado en mucho tiempo.

El cementerio.

Dejé de visitar la tumba de mi padre cuando iba a la universidad. Antes de eso, acudía cada año con mamá y Rachel, en el cumpleaños de papá, en Navidad, en Pascua, el Día del Padre y el aniversario de su muerte. Odiaba hacerlo. Nunca sentí que papá estuviera allí, y las visitas ponían a mamá más triste que de costumbre. Rachel se quedaba en silencio y con los ojos llorosos. Yo estaba en una agonía de inquietud e impaciencia, muriéndome por salir de allí.

Me pregunto si Dorothy habrá estado aquí, si habrá visto la tumba de mi padre. Si habrá regado sus flores. Si habrá hablado con él, como yo no me he permitido hacerlo desde el día en el que el doctor Dan me confirmó lo que había visto todos aquellos años antes.

Leo ya ha atravesado las puertas.

Si lo sigo al interior me verá, así que acecho desde detrás de un pino gigante del parque. La lluvia gotea desde sus agujas, y el olor del árbol es profundo y suntuoso. Leo desaparece de la vista. Espero.

No tarda mucho en regresar. Un par de minutos después sale con las manos en los bolsillos y la cabeza agachada para evitar la lluvia, que cae más fuerte. Los hombros de su traje están oscurecidos por la humedad. No mira en mi dirección; regresa al centro, hacia casa.

Aunque su casa no es en realidad un hogar. Es un lugar donde vivir pero no es un hogar, y siento el corazón denso y cargado porque empiezo a darme cuenta de la razón.

Me adentro corriendo en el cementerio y camino por sus senderos. Es fácil encontrar el ramo; los girasoles amarillos destacan sobre el granito gris oscuro.

Me acerco a la lápida.

Amanda Walker Killian.
Adorada esposa, madre e hija.

La mujer de Leo tendría ahora treinta y cinco años.

Rachel

El domingo llueve todo el día, lo que significa que las niñas se suben por las paredes. Adam se me adelanta dejándolas ver una película a las diez de la mañana, así que ya no podré plantarlas en el sofá a la hora bruja, que es desde las cuatro hasta la hora de cenar, cuando parecen poseídas por demonios. El tiempo limitado de pantalla es una norma estricta; no quiero que mis hijas sean incapaces de mantenerse sentadas sin un artilugio en las manos, así que los uso con mucho cuidado.

Pero Adam se me ha adelantado y no me doy cuenta de ello hasta que termino de limpiar el caos del desayuno. Las ha puesto delante de la tele porque está trabajando en la sala de estar. O jugando a *Soldier of Fortune.* O viendo porno. ¿O quién sabe? Se comporta de un modo magnífico desde hace unas semanas. Sé que se está esforzando.

El mal tiempo también implica que más tarde habrá que limpiar no solo el caos que las niñas forman normalmente al jugar, sino uno peor, porque si no pueden salir a gastar algo de energía, se vuelven más creativamente destructivas de lo habitual. Una vez, cuando pensaba que estaban durmiendo la siesta y yo doblaba la colada (en el Tiempo Para Mí) rasgaron ocho rollos de papel higiénico para hacer nieve. Otra vez, Grace inundó el baño para poder «ser un pececito naranja, mamá».

Ya están discutiendo sobre quién se sienta en qué parte del sofá. Charlotte está usando el vasito de Rose sin pedírselo. Rose está enfadada porque no la he dejado beber vino en el desayuno... «¡Ni nunca, mamá! ¡Eres muy mala!». Grace está viendo la película de morros porque ella prefería *Dexter,* que hace poco compré en DVD. Sorprendentemente, le dije que no.

Por impulso, meto la cabeza en el despacho de Adam. Él gira su silla y cierra el portátil.

—¡Hola!

No es una buena señal.

—¿En qué estás trabajando? —le pregunto.

—Oh, en algunos sumarios. Cosas aburridas.

Sonríe. No sé si de verdad.

—¿Para qué cliente?

—Bloomfields. Ya sabes, los propietarios del centro comercial.

—Sí. Oye, me marcho, voy a pasar el día fuera, ¿de acuerdo? Te veo más tarde.

—¡Espera! ¿Adónde vas?

—Es que estoy un poco ansiosa. No lo sé todavía, en realidad.

—¿Quieres que vayamos todos a alguna parte? —sugiere.

—No. Quiero un poco de tiempo para mí.

Sonrío. Tampoco sé si de verdad.

—¿Cuándo volverás?

—No lo sé. Te llamaré.

Diez minutos después estoy en el BMW. No me hago preguntas, ni siquiera busco explicaciones. Saco mi teléfono y llamo a Kathleen del club de lectura.

—Hola, soy Rachel. Sé que es un poco precipitado pero ¿quieres hacer una escapadita de un día conmigo? ¿Ahora mismo?

—Dios, sí. Este tiempo me está matando.

—Entonces te recojo en cinco minutos.

Cuando me detengo ante su casa corre hacia el automóvil, riéndose.

—Me siento como si estuviera haciendo novillos —dice—. Se suponía que hoy íbamos a ir a ver a los padres de Brett. Y ya sabes cómo es eso. Vamos, los niños empiezan a hacer trizas la casa y Brett decide que es un buen momento para arreglar el horno de sus padres. Cualquier cosa excepto hablar con ellos. Así que, sí, estoy encantada de que hayas llamado. —Se ríe y cierra la puerta del automóvil—. ¿Adónde vamos?

—A espiar a la amante de mi marido —le digo.

Se queda boquiabierta.

—Bueno, joder, Rachel. —Niega ligeramente con la cabeza—. Vamos, entonces.

El querido y viejo Google nos da la dirección de Emmanuelle, cortesía de una búsqueda de «Emmanuelle St. Pierre, Trump, operaciones inmobiliarias recientes, Manhattan».

Encontramos un aparcamiento en la calle (una señal, dice Kathleen, de que Dios aprueba nuestra misión) y entramos en el portal. La cuestión es que es un edificio enorme. No tengo ni idea de qué hacer a continuación.

—¿Puedo ayudarlas? —me pregunta el portero.

—Mmm... Ah...

Mierda. No tengo imaginación.

—Estamos interesadas en mudarnos aquí —dice Kathleen—. ¿Hay algún apartamento vacío que podamos ver?

—Tendrán que concertar una cita con el administrador.

—Oh, ya veo. Discrimináis a las lesbianas.

Guau. Definitivamente, Kathleen tiene imaginación.

—Eh, ¡no! —dice el portero—. No, no es cierto. Tenemos varias parejas del mismo sexo en el edificio.

—Sí, seguro que sí. Pero ni siquiera puedes dejarnos ver un apartamento —replica Kathleen—. Menos mal que soy abogada de derecho civil.

—Mire, señora, no me dé el coñazo, ¿de acuerdo?

—De modo que usas una parte intrínsecamente femenina con connotaciones peyorativas. Sexista y homófobo. Interesante. —Kathleen me rodea con el brazo—. No puedo esperar a presentar la demanda, nena. Mira que no dejarnos siquiera ver un apartamento.

El portero levanta las manos.

—De acuerdo, de acuerdo. Firme aquí. Necesito ver sus carnés.

—Soy francesa —digo, sin molestarme en fingir acento. De ningún modo voy a dejar mi nombre en una lista en el edificio de Emmanuelle—. No tengo carné.

Kathleen firma y le enseña su carné mientras me sonríe de oreja a oreja.

El portero hace una llamada y, en menos de un minuto, un hombre muy bajito llega al vestíbulo. El portero habla con él en español, mira con odio a Kathleen y allá vamos.

Nuestro diminuto guía nos conduce a los ascensores, pasa su tarjeta y pulsa el botón para la planta dieciocho. Se me tapan los oídos. Kathleen me mira con alegría, y sonrío. Mi corazón brinca con una sensación que casi había olvidado: diversión.

Le he contado todo en el camino hacia aquí. De algún modo, sé que no lo irá contando por ahí.

El tipo de mantenimiento nos abre el apartamento 1819. Sostiene la puerta abierta para que entremos, pero él no pasa.

El apartamento está muy bien. Sin muebles, por supuesto, pero la vista de la ciudad es increíble. Suelos de madera, una cocina pequeña aunque elegante (y aburrida), con encimeras de granito y electrodomésticos de acero inoxidable. Las paredes son blancas. Es elegante, impresionante y estéril. Oh, claro, alguien podría hacerlo acogedor. Pero yo soy una especie de esnob a la inversa; dudo que alguien que viva en este edificio aprecie el estilo hogareño.

—¿Tienes idea de en qué planta vive? —me pregunta Kathleen.

—No. Todo ha sido demasiado espontáneo. Pero qué bien que hayamos visto esto, ¿verdad?

—Desde luego.

—¿Alguna vez te preguntas cómo sería vivir aquí? Quiero decir, si no tuviéramos hijos, y fuéramos solteras, y pudiéramos disfrutar de estas vistas cada día.

Kathleen sonríe.

—Yo viví en un apartamento como este —me cuenta—. Cuando era productora de informativos. Tenía unas vistas maravillosas, el sofá blanco y todo eso. Y, la verdad, no miraba demasiado por las ventanas. Llegaba a casa, trabajaba un poco más y me desmayaba en la cama a la una de la madrugada. Todos mis amigos eran unos capullos presumidos, más o menos... Yo también lo era, claro. —Se sienta en un taburete ante la barra de desayuno—. Lo único que quería era tener un par de hijos y vivir en las afueras.

Asiento.

—Bueno, en alguna parte de este edificio está Emmanuelle.

—Apuesto a que tiene un sofá blanco.

—Sí. Y un vodka muy caro.

Mi chardonnay parece muy provinciano.

—Oh, sí. Y lo bebe solo, sin duda.

—Lleva tanga a diario.

—Y Christian Louboutin.

—En realidad los tiene —le digo.

—Y un vibrador gigante —continúa Kathleen, y empezamos a reírnos, desternillándonos hasta que se nos saltan las lágrimas. Entonces nuestro pequeño amigo entra y dice:

—Terminado, ¿sí?

—Sí —dice Kathleen—. Gracias.

—Te invito a cenar —le digo—. Hay un italiano estupendo en el Village que lleva ahí toda la vida. Hace años que no voy.

—Suena perfecto.

Y entonces, mientras caminamos de vuelta al automóvil, veo a Emmanuelle. Está a media manzana de distancia y se dirige directamente hacia nosotras.

—Mierda —siseo, agarrando a Kathleen del brazo y arrastrándola hacia la otra acera—. Es ella. ¡Agáchate, agáchate!

Nos agachamos detrás de un Mercedes y después echamos un vistazo. Ahí está. La amante de mi marido.

Lleva unos *leggings,* zapatillas y una camiseta. Se ha recogido el cabello en una cola de caballo. Lleva una bolsa de lona de Whole Foods en una mano y una bolsa de plástico de la farmacia de la otra. El bolso de cuero negro colgado del hombro.

Parece... normal. Sin la ropa, el lápiz de labios rojo y los zapatos posmodernos, no es la mujer fatal tipo Angelina Jolie que me imagino cada vez que pienso en ella.

—Una bolsa de la farmacia —murmura Kathleen—. Debe de ser el tratamiento para la sífilis.

Empiezo a reírme de nuevo. Dios, no me he reído así en años.

Entonces Emmanuelle se detiene y Kathleen dice, «¡Mierda!», y tira de mí hacia abajo de modo que acabamos sentadas en la acera, conteniendo la risa.

Miro de nuevo. Emmanuelle ha pisado un chicle. O una mierda de perro. En cualquier caso, se está limpiando el zapato en el bordillo.

—Es el karma, zorra —susurro, y eso nos provoca un nuevo paroxismo de risa.

Emmanuelle levanta el zapato para inspeccionar la suela. Entonces tropieza de un modo extraño y vuelca la bolsa de Whole Foods.

Una manzana roja gigante rueda hasta la alcantarilla. Una botella de cristal verde (Perrier) se rompe. Hojas verdes llueven desde un envase de ensalada.

—¡Joder! —exclama. Recoge los residuos de su compra y entra enfadada en el edificio.

Ya no me río.

Imagina tomarte la molestia de ir al supermercado para comprar una triste comida baja en calorías. Una húmeda tarde de domingo, sin nada más que trabajo y un apartamento elegante. Sin vocecitas agudas, sin marido, sin enormes bolsas de la compra llenas de todas las cosas que necesita una familia de cinco. Sin buenos olores ni música alegre. Solo silencio, distracciones autoimpuestas y una manzana de postre.

Me pregunto si de verdad tenía que salir, o si estaba subiéndose por las paredes.

—Debe de sentirse muy sola —digo, fundamentando esa observación solo en esa bolsa de la compra.

—Se lo merece —replica Kathleen. Se levanta y me mira—. No te atrevas a sentir lástima por ella.

—Un poco sí —murmuro.

Pone los ojos en blanco.

—Vamos a cenar —dice—. Yo conduciré de vuelta para que puedas beber. Lo necesitas.

Es curioso. Mientras conducimos por la autopista hacia el Village, me siento más yo de lo que me he sentido en años.

Jenny

Cuando llego a casa del cementerio, voy directamente a la puerta de Leo.

—Hola, Jenny —dice al abrir. Sus ojos se detienen en mi cara un segundo y algo invade su expresión—. De acuerdo —dice, como si ya supiera lo que he visto. Probablemente lo sabe. Siempre ha sabido leerme bien la mente—. Entra, entonces. Ponte ropa seca primero.

Aunque podría subir y cambiarme con mi propia ropa, no lo hago. En lugar de eso, acepto el albornoz que me ofrece y entro en el baño, me quito la ropa húmeda y me seco el pelo con una toalla. Mi reflejo en el espejo muestra un rostro blanco, incluso más pálido por el contraste con el pelo mojado.

El albornoz de Leo huele a él. Me lo ciño; está caliente, es suave y es suyo, y yo tengo frío, sin importar que sea verano.

Está esperándome en la sala de estar, en la butaca frente el sofá. Ya hay una caja de pañuelos ahí, como si supiera que voy a llorar. Ya tengo los ojos llenos de lágrimas.

—Así que has ido al cementerio —supone.

Asiento.

—Y has visto la tumba de mi esposa.

—Sí —susurro.

Se sienta hacia delante, con sus manos de largos dedos entrelazados, y mira la mesita de café.

—De acuerdo. Bueno. Estuve casado durante tres años. Tuvimos un accidente de automóvil. Amanda estaba embarazada de siete meses. Los médicos... intentaron salvar al niño, pero su corazón ya había dejado de latir.

Su voz se rompe un poco, pero eso es todo.

Saco un pañuelo y me seco los ojos; después otro y otro, e intento hablar.

—Oh, Leo, lo siento mucho.

Tengo que forzar las palabras para sacarlas de mi garganta.

Las palabras de Leo parecen aplastarlo bajo su horrible peso. Tiene los codos apoyados en las rodillas y mira fijamente la nada.

Mientras la lluvia murmulla en los canalones y sisea sobre los adoquines, Leo me cuenta la historia que quería que no supiera, una historia que no quiero oír: una mujer, una ambulancia, los sollozos conmocionados de los testigos, los gritos frenéticos del personal de urgencias durante sus esfuerzos heroicos (e inútiles) para salvar a una madre y a su bebé nonato.

Mientras cuenta la historia, Leo no está exactamente tranquilo. Está sencillamente... ido.

Al final se aclara la garganta.

—*Loki* era su perro. Ella lo adoptó mucho antes de conocerme.

Sonríe levemente, casi sin conseguirlo.

—Leo... ¿Por qué no me lo contaste?

Suspira, sonando tan cansado que desearía poder envolver su corazón para protegerlo.

—Me gustaba ser otra cosa, además del trágico viudo —me explica—. Después de su muerte, todos nuestros amigos... ¿Recuerdas a la mujer del restaurante húngaro? Era la mejor amiga de Amanda. —Se pasa una mano por el pelo—. Al mirarme, la gente no podía dejar de pensar en ese día. Yo era un recordatorio andante de una historia de horror. Yo era la historia de horror.

Dios, menuda carga... No solo el dolor de su tremenda pérdida, sino la... la brutalidad de ese final.

—Por eso me mudé aquí —dice en voz baja—. El primer año estuve un poco... ausente. No recuerdo demasiado. Y después diagnosticaron Alzheimer a su madre y comenzó a degenerar rápidamente, así que me mudé aquí para estar más cerca de ella. Además, evitaba encontrarme con gente que me conociera. —Se mira las manos—. Amanda no creció aquí, pero su madre vivió aquí durante años. Ella quería que enterraran a Amanda cerca de ella.

Asiento.

—Lo, eh... Lo peor —dice, mirando por la ventana— es que llegábamos tarde. Irónicamente, íbamos a celebrar la fiesta prenatal. Yo conducía. Ella me dijo que la autopista sería más rápida, pero yo me creía más listo. A setecientos metros del restaurante, sufrimos una colisión lateral. Yo no me hice ni un rasguño, pero ella murió. —Duda, después añade—: Casi de inmediato.

Casi. La imagen es demasiado horrible.

¿Cómo consigue la gente superar tantas cosas? Tengo que esforzarme para no sollozar, pero se me escapa un pequeño quejido de la garganta.

—Leo... —susurro, pero eso es lo único que consigo decir.

—Lo sé —dice—. Es una puta pesadilla, pero una de la que no puedes despertar. Así que, cuando su madre se mudó a Olmos Plateados, yo compré este sitio, di un concierto en el colegio de primaria y comencé a recibir alumnos para poder hacer algo que no fuera beber, aunque la verdad es que tengo dinero de sobra gracias a la demanda contra el conductor del otro vehículo.

—¿Y la madre de Amanda? ¿La señora Walker? ¿Cómo es...? ¿Es consciente?

—No. Perder a Amanda y al bebé... Acabó con ella. Sin embargo, tiene suerte. Ha olvidado todo eso. Ya ni siquiera recuerda a Amanda. —Se le rompe un poco la voz, pero se aclara la garganta—. Cree que es mi madre, y no tengo corazón para decirle que no lo es. Amanda era su única hija.

—Es muy considerado por tu parte.

Se ríe breve y amargamente.

—Sí, bueno, como maté a su hija y a su nieto es lo menos que puedo hacer.

—Leo, no puedes...

—¿Se me olvida algo? —me interrumpe—. Oh, la cuarta planta. Ahí guardo algunas de sus cosas. Algunas de nuestras cosas. Todas nuestras fotografías. ¿Hay algo más que quieras saber?

Me muerdo el labio.

—¿Puedo hacer algo por ti?

—No. Pero gracias. Has sido... muy... recreativa.

Intenta sonreír de nuevo, y de nuevo fracasa.

—¿Habíais elegido el nombre del bebé?

La pregunta no viene a cuento.

Leo parpadea y una corriente de dolor atraviesa su rostro.

—Sean. A mí me gustaba Sean. Ella prefería Daniel. Pero pienso en él solo como... el bebé. —Traga saliva con dificultad—. Lo tuve en brazos un minuto, pero ya estaba... Está enterrado con ella.

Esta vez no puedo contener un sollozo.

Leo se frota los ojos con una mano.

—De acuerdo. Bueno. Siento haber tenido que contarte todo esto. Fue hace tres años.

—No, no. Ojalá lo hubiera sabido antes.

—Me alegro de que no lo supieras. Nunca he querido llegar a este punto, el momento en el que te enteraras. Quiero decir, supongo que era inevitable, al final. Pero... Me gustaba cómo me veías, Jenny. No debería haberte alquilado el apartamento, porque en cuanto te vi supe que me traerías problemas.

Entonces sonríe, la sonrisa más descorazonadora que he visto nunca.

—Pero cuando dije que no quería una relación, lo decía en serio. No quiero volver a estar en esa posición nunca más. No es que no pueda quererte. Eres adorable. —Me mira con una ternura terrible—. Es solo que no quiero hacerlo. No por ti. Por mí. —Hace una larga pausa. La lluvia tamborilea en los adoquines de fuera—. Cuando murió, se lo llevó todo. No puedo superarlo. No puedo tocar el piano, no puedo... no puedo involucrarme con otra persona más de lo que lo he hecho contigo. La verdad es que solo estoy matando el tiempo.

El dolor de mi pecho se inflama, duro y brusco.

—Leo, no digas eso. Sé que no puedo imaginar lo que...

Se inclina sobre la mesa de café para tocarme la mano.

—No sé qué estás a punto de decir pero, por favor, no lo digas. Ya lo he oído todo antes. Por favor, sigue siendo la Jenny que piensa que soy un mujeriego vago y chapuzas.

Trago saliva sonoramente y dos lágrimas gruesas más se escapan de mis ojos.

—De acuerdo —susurro.

Porque no tengo nada. No tengo tópicos que decir, ni sabiduría que compartir, y mi amor no va a salvarlo, porque hay cosas (y personas) que ya no pueden recuperarse.

Pero me levanto y me acerco a él y lo rodeo con los brazos, y él me devuelve el abrazo, apoya la cabeza contra mi pecho y mis lágrimas caen en su pelo.

—Te quiero, ¿sabes? —susurro.

—Gracias. —Me mira un buen rato—. Siento haberte roto el corazón.

—No pasa nada.

Ambos nos reímos un poco ante mi estúpida respuesta, aunque mi risa está ahogada por las lágrimas.

Y entonces me marcho, todavía con su albornoz, porque no hay nada más que pueda hacer.

A la mañana siguiente tengo los ojos tan hinchados del llanto que apenas puedo abrirlos. Menos mal que la tienda está cerrada. Una diseñadora de vestidos de novia llorosa no es lo ideal para el negocio.

Leo me ha enviado un email.

> *Gracias por tu apoyo. Te lo agradezco. Te quedan siete meses de contrato de alquiler, pero quizá sería mejor que te mudaras. Si no quieres hacerlo, yo estaré encantado de buscar otro lugar. Aunque el edificio sea mío. Leo.*

Parece que puede hacerme sonreír incluso mientras lloro de nuevo.

Llamo a la agente inmobiliaria y le digo que voy a buscar un nuevo apartamento.

Pero no me decido a hacer las maletas todavía. Y no quiero que Leo tenga que oírme hacerlo. Respondo a su email y le digo que me buscaré otro sitio, que no tiene que marcharse él. También le digo que voy a quedarme con mi hermana un tiempo para ayudarla con las niñas.

Y entonces subo las escaleras hasta la cuarta planta, me siento en los peldaños delante de la puerta cerrada y lloro por la difunta esposa de Leo, rezo por que no llegara a saber lo que estaba ocurriendo. Lloro por el bebé, que pasó de otro mundo al siguiente, dejando atrás el nuestro, dejando atrás a su padre.

Pero, sobre todo, lloro por Leo, por el horror y el miedo que debió de soportar en el lapso entre «casi» y «hace un instante», y después, mientras intentaban salvar a su hijo, y la demoledora pérdida que ha soportado desde entonces.

Mi hermana me recibe con todo el amor y amabilidad que la define. Le dice a Adam que me dé un poco de espacio y tengo que reconocérselo: los siguientes días es muy amable conmigo. Las niñas son un bálsamo; es difícil quedarse llorando en la cama cuando una niña de doce kilos se lanza sobre tu estómago, y no os digo si son tres a la vez. Cuando vuelvo al trabajo el martes, Andreas me echa un vistazo y dice:

—Por Dios. ¿Quieres hablar de ello?

—No —respondo.

—Voy a traerte un café y tres donuts. Vuelvo ahora mismo.

Su amabilidad casi hace que me sienta peor y lo nota, así que después de una palmadita incómoda en el hombro, vuelve a su portátil y me lee escenas escabrosas de su novela, que ya no es erótica gay sino una descarnada novela negra que se desarrolla en la época de Ricardo Corazón de León.

La semana pasa lentamente. Para salir de COH, opto por pasar un par de noches con mi madre. Sí. A eso hemos llegado.

—Es maravilloso tenerte aquí —me dice, y se me hace raro, que no haya culpa acompañando a esas palabras. Es sábado por la tarde y estamos sentadas en el porche, observando a los niños de Hedgefield que pasan pitando con sus bicis y monopatines, todos con casco y acompañados.

—¿Me harás macarrones con atún mañana? —le pregunto.

—Oh, claro, cielo —dice—. Aunque es malo para la dieta.

—Pero bueno para el alma.

Mamá sonríe.

—¿Se trata de Owen? ¿Estás celosa? ¿Te ha afectado que se haya convertido en padre?

—No, mamá. Me he enamorado de otra persona. Y no ha funcionado.

—Nunca eliges bien —asiente.

—Oh, venga ya. Tú crees que Owen está en la misma liga que Jesús y George Clooney.

Se ríe.

—No sé de qué me hablas. Siempre fue un poco mojigato, ¿no te parece? Me refiero a Owen. George Clooney es perfecto.

La miro fijamente.

—Uh... Sí, en realidad esa palabra encaja con él a la perfección.

—El otro día estuve ordenando algunas cosas de tu padre —comienza.

—Ah, ¿sí? ¿Por qué?

—Por nada. Solo por verlas.

Se mira las manos, al parecer avergonzada de su devoción.

Pero ahora que sé lo de Leo, la comprendo mejor y me siento avergonzada. Siempre he sido muy dura con mi madre en lo que se refería a mi padre. Siempre he pensado que debía seguir adelante.

—Lo echas mucho de menos —le digo.

—Sí.

—Un amigo mío perdió a su mujer y a su hijo. —Prediciblemente, mis ojos se llenan de lágrimas—. No creo que llegue a superarlo.

—Claro que no —dice mamá—. No se supera, nunca.

—¿Y tú cómo lo llevas?

Suspira.

—Algunos días, mal. Otros días, simplemente estoy estancada. —Toma un sorbo de su té helado—. ¿Sabes lo que echo de menos? Quejarme de él. Llamar a una amiga y contarle lo pesado que era mi marido era un auténtico placer culpable.

Me seco los ojos disimuladamente.

—Pensaba que papá era perfecto.

—Ningún marido es perfecto. Ni siquiera Adam.

La miro de repente.

—¿Por qué dices eso?

—Oh, a veces creo que mira demasiado a otras mujeres —responde mi madre.

Bueno, bueno. Mamá es más observadora de lo que yo creía.

Como estoy mirándola fijamente, se encoge de hombros.

—Todos los hombres lo hacen, supongo.

Mi secreto de hace décadas se agita en mi interior. Espero un instante antes de preguntar... por fin.

—¿Papá también?

Se queda callada un minuto, moviendo la zapatilla en la punta del pie.

—Bueno, no. Pero hubo una época en la que... No sé.

—¿Qué, mamá?

Se encoge de hombros.

—En la que creí que quizá había empezado a sentir... algo por alguien. Un capricho. La crisis de los cuarenta.

Pone cuidado en no mirarme.

—¿Y si fue así? —le pregunto.

Toma un sorbo largo de su té.

—Seguramente no —rectifica—. Y, aunque lo hiciera, me quería.

Miro a mi madre, a la viuda que ha dejado que una pérdida sea lo que la defina. Tiene sesenta y cinco años. Si le digo que papá tuvo una aventura con alguien, ¿qué ocurriría? ¿La liberaría? ¿La destrozaría?

—Seguramente te quería. Pero sabes que habría vuelto a casarse dos semanas después de tu funeral.

Ella se ríe.

—Sí. En eso tienes razón. Fuera de esa consulta de dentista era un inútil.

Un colibrí se cierne sobre su cesta colgante de lobelia; el zumbido de sus alas es grave y dulce.

—Mamá, ¿te has planteado alguna vez que ese día podría haber sido diferente? ¿Que, si hubieras cambiado una sola cosita, papá podría no haber muerto?

Me mira con dureza.

—Continuamente. ¿Sabes? Casi lo llamé a la consulta para pedirle que recogiera la ropa de la lavandería, pero se me olvidó. Si lo hubiera hecho, hoy estaría vivo.

Bueno, joder. Parece que no soy la única que se siente culpable.

—Yo... Yo pensaba algo parecido. Si hubiera dicho algo, él no habría ido a esa gasolinera.

—No te sientas culpable, cielo. Los únicos responsables fueron los idiotas que le dispararon.

De repente estoy llorando, aunque no sabía que quería llorar. Mamá me deja espacio en su butaca, me siento entre sus brazos y lloro como una niña pequeña.

—Lo echo de menos —le digo, y me besa la cabeza.

—Lo sé, cielo. Lo sé —dice, y por una vez no intenta superar mi dolor, y lloro, lloro y lloro, y sinceramente, no puedo recordar cuándo la he querido más.

Un centenar de recuerdos se desencadenan a la vez: mamá cuidándome cuando tenía vómitos, mamá viniendo a recogerme al colegio cuando tuve el periodo por primera vez y casi me desmayé del dolor menstrual y el malvado profesor de gimnasia no me dejó salir de clase. Cómo odiaba cuando tenía algún diente suelto y ella (no papá el dentista) era la que tiraba suavemente de él.

—Mamá, no me gustaría que pasaras el resto de tu vida sola —le digo, secándome los ojos y la nariz en la manga como la persona elegante que soy—. ¿Nunca has querido conocer a alguien?

—¡No! —Lo dice como si acabara de preguntarle si alguna vez ha querido comerse un erizo bebé—. Tu padre fue suficiente para mí. Algunos estamos mejor solos. Rachel y yo, por ejemplo, estamos bien sin compañía.

—¿Qué? ¿Quién? ¿Es una broma?

—Eres tú quien nació para estar casada. —Me toma la mano—. Te buscaré un buen hombre, cielo. No te preocupes. No seguirás siendo una solterona mucho más tiempo.

—Dios. Qué amable por tu parte decirme eso, mamá.

Pero vuelvo a poner la cabeza sobre su hombro y observamos pasar a los chicos mientras el viento me seca las lágrimas y me agita el pelo.

Cuando vuelvo a casa la tarde siguiente, llega música desde la casa de Leo, si es que se puede llamar música a *El señor don Gato*. Subo a casa a buscar un par de cosas. La agente inmobiliaria tiene algunos apartamentos que quiere enseñarme, pero por ahora volveré a casa de Rachel.

Compruebo mi buzón de voz: dos llamadas perdidas, ambas de Owen. Claro. Se suponía que iba a cenar con él, pero no llegamos a fijar un día. Pensar en ir a la ciudad me cansa. Si quiere verme, tendrá que venir aquí.

Mientras busco ropa interior limpia, veo el perro de plastilina rosa que Leo hizo cuando las niñas se quedaron conmigo. Lleva en mi cómoda desde esa noche.

Sin pensarlo dos veces, bajo a su casa.

Miro a través de la ventana y veo a Austin, hijo de una Mamá Hambrienta, aporreando *Campanita del lugar;* conozco todas las canciones de principiante, es horrible. La madre está mirando fijamente la nuca de Leo.

Llamo a la puerta haciendo mucho ruido.

—¿Leo? ¿Puedo hablar contigo un segundo?

Campanita del lugar muere (gracias a Dios) y los destructivos puñitos de Austin empiezan a golpear las teclas. Su madre no le dice que pare.

Leo llega a la puerta sorprendentemente rápido.

—Hola.

—Hola.

De repente me siento estúpida. No había planeado esto. Pero ahí está, después de seis días. El corazón me da bandazos y tiembla.

Parece cansado.

Me aclaro la garganta.

—Mmm... ¿Cómo estás?

—Bien. ¿Y tú?

—¡Bien! Estupendamente. Bueno. Mmm... Quería que tuvieras esto.

Mira el *Loki* rosa. Una leve sonrisa acude a su rostro y es como si el alma se me ensanchara.

—Gracias, Jenny.

—¡Leo! —grita Austin—. ¡Me aburro!

—No grites, Austin —dice su madre con voz cantarina.

—Un momento, amigo —dice Leo sobre su hombro. Vuelve a mirarme—. ¿Qué tal va la búsqueda de apartamento?

—Bien. Escucha, Leo, solo quiero decirte una cosa.

—Dime.

Sus ojos son hoy de un azul puro.

—No me has roto el corazón —le digo—. Me lo has llenado. Y te quiero, pero también comprendo que hay cosas que puedes y cosas que no puedes hacer. Solo espero ser un buen recuerdo para ti. Eso es lo que tú eres para mí. Siempre pensaré en ti y sonreiré y me alegraré de haber estado contigo y haber llegado a conocerte.

Abre la boca ligeramente.

—¡Me aburro mucho! —brama Austin, enfatizando cada palabra con un golpe de puño.

—Está aburrido —le digo. La sonrisa de Leo acude rápida y después desaparece—. Vuelve. Solo quería que lo supieras. Y darte a *Loki*.

—Gracias, Jenny.

Su voz es dolorosamente grave y amable.

—No hay de qué. Sé cuánto te gusta el rosa.

Le dedico una sonrisa temblorosa y me voy mientras la cosa está bien.

La madre de Evander aparca mientras subo las escaleras.

—Señorita Jenny —dice el muchacho mientras sale del automóvil.

—Hola, chico. —No sé si nota las lágrimas en mis ojos, pero no dice nada—. ¿Cómo van las clases?

—Bien, gracias. —Está muy bien educado—. Leo dice que estoy preparado para la audición.

—Entonces seguro que lo estás.

—¿Vendrá? —me pregunta—. ¿A Juilliard?

Por un momento, el desconcierto me saca de mi tristeza.

—Mmm... ¡Vaya! ¡Gracias, cielo! —El chico sonríe—. Pero asegúrate de que a tus padres y a Leo les parezca bien.

—Mis padres no pueden ir. Tienen que trabajar.

Me da un vuelco el corazón.

—Bueno, pregunta a Leo y, si dice que sí, me encantará ir. Pero en cualquier caso sé que lo harás de maravilla. Porque eres maravilloso.

Tiene la sonrisa de un ángel, este chico. Se me tensa la garganta incluso más cuando entra en casa de Leo. Voy a echar de menos a Evander. Muchísimo.

Entro en mi apartamento.

Parece haber pasado mucho tiempo desde que me mudé aquí. A mis muebles les encanta. A mí me encanta. Las paredes de ladrillo, el crepitar de los radiadores, las entradas en arco, la bañera con patas, el techo de estaño de la cocina, las baldosas blancas y negras del baño... Me gustaría seguir aquí, pienso en una oleada abrupta y cruda.

Qué palabra tan hermosa. «Seguir conmigo. Seguir en casa. Seguir vivo.»

En otro movimiento impulsivo, saco el teléfono y llamo a la inmobiliaria.

—Hola, Jill —le digo—. Creo que estoy preparada para comprar. Olvidémonos del alquiler, ¿de acuerdo?

Está entusiasmada, por supuesto. Me promete enviarme por email algunas casas y concertar algunas visitas.

Después de colgar, echo un largo vistazo a mi alrededor para intentar grabarlo todo en mi corazón y no olvidarlo.

Hay una foto de mis sobrinas recién nacidas en la repisa de la chimenea, las tres con unos pijamitas rosas. Rachel las mantuvo en la misma cuna hasta los tres o cuatro meses. En esta foto se están tocando; Grace en el centro, con una mano sobre Rose y el brazo enlazado con el de Charlotte.

Quiero tener hijos. Quiero una hija, o un hijo. Quiero ser madre. También quiero ser esposa, pero no me parece justo intentar encontrar un marido cuando estoy totalmente segura de que seguiré enamorada de Leo durante mucho, mucho tiempo.

Busco un par de palabras en Google, encuentro un número de teléfono y lo marco. Responde una mujer.

—Departamento de Infancia y Familias.

—Hola. Estoy interesada en acoger a un menor. ¿Puede decirme cómo conseguir más información?

Rachel

Jenny se ha quedado con nosotros diez días. Está triste por lo de Leo, pero de un modo distinto a como lo estuvo por lo de Owen. Con Owen estaba aturdida, como si fuera un animal al que sorprende un automóvil.

Ahora parece... aceptarlo. Ya no se muestra agresiva cuando habla con mamá y, aunque está muy, muy triste, hay algo más. Amabilidad. Madurez. No estoy segura, no lo sé muy bien.

Cuando me contó lo de la esposa y el bebé de Leo, dormí en la habitación de las niñas y las abracé por turnos, llorando sobre la almohada. Sin duda eso hizo que viera mis problemas con Adam desde otra perspectiva. Si perdiera a las niñas... Bueno. Hay algunos pensamientos que son intolerables, ante los que el suicidio casi parece una alternativa feliz.

Pobre Jenny. Siempre está intentando arreglar las cosas de los demás: las mías, las de mamá, las de Leo ahora. Pero hay cosas que no tienen arreglo.

Respecto a mi matrimonio, todo va... bien. Me siento extrañamente neutral estos días. Adam se puso furioso cuando descubrió que había ido a ver a Emmanuelle. A mí me dio igual. Cuando me preguntó por qué diantres la había acechado, me encogí de hombros y le dije que quería ver dónde vivía, que este es un país libre y todo eso. Parecía muy preocupado porque había «reabierto la caja de los truenos».

—Lo que tú digas, Adam. No me importa lo que pienses. Fue divertido espiarla.

—Esto no es propio de ti —me dijo—. Es rastrero, Rach.

Tenía la cara roja de ira.

—Sí. Eso se te da mejor a ti, ¿verdad?

Sonreí con dulzura y me marché de la habitación.

Las niñas irán a clases de natación este verano y Donna las cuidará un día a la semana para que yo pueda tener tiempo libre para hacer cosas emocionantes como la compra, una labor casi imposible con tres niñas que piden todos los productos azucarados que ven. También podré llevar el automóvil a la revisión. Volver a pintar el porche. Limpiar el sótano.

He estado hablando mucho con Kathleen, unidas por nuestra misión de espionaje. Me preguntó si conocía a alguien que pudiera ocuparse de su casa mientras ellos estaban en Nantucket, y Jenny se presentó voluntaria porque dice que no quiere seguir siendo una carga para mí y para Adam. Todavía le odia, lo sé. Por extraño que resulte, se lo agradezco, ya que yo no puedo permitirme ese lujo ahora que volvemos a estar juntos.

Supongo que tengo lo que quería. Estoy aquí, en esta casa que he trabajado tan duro para aislar de los problemas del mundo, nuestra pequeña burbuja de felicidad. Las niñas tienen a su padre cada noche. Adam siente un nuevo respeto por mí, la Nueva Rachel, por el brillante y afilado borde que ha emergido como una cuchilla en la hierba. Cuando pienso en mi antiguo yo, siento lástima y añoranza a la vez. La pobre Vieja Rachel, la dulce e ingenua idiota. Y la afortunada Vieja Rachel, tan absolutamente feliz.

Hay un pensamiento exasperante del que no puedo deshacerme, uno que me mantiene despierta por la noche.

¿Qué diré algún día si una de mis hijas acude a mí con la noticia de que su marido tiene una amante? Que le ha dicho a mi preciosa hija que el sexo con la otra es increíble. «Quédate y arregla las cosas. Ah, ¡y hazte un análisis de ETS cuanto antes, cielo! Pero quédate. Toma todo el dolor y la traición, haz una bola con ambas cosas y trágatela. ¿Quieres que hagamos galletas?».

Cuando Owen le dijo a mi hermana que no quería seguir casado con ella, Jenny se marchó del apartamento al día siguiente. ¡El día siguiente! En el momento, pensé que estaba siendo muy dramática, para ser sincera.

Ahora lo veo de un modo distinto. Él le dijo que ya no estaba enamorado de ella y ella se marchó. Pin, pan, pun.

La primera mañana sin Jenny, antes de que pueda pensar en ello demasiado, decido actualizar mi currículo. Después, por impulso, echo un vistazo en Craigslist.

Hay tres ofertas para diseñadores gráficos en la zona de COH. Dos son a tiempo parcial.

Contesto a las tres. Si quieren hacerme una entrevista, ya veremos. Quizá no estaría mal ser alguien además de mamá. Después de todo, mi madre siempre trabajó, poco cuando éramos realmente pequeñas, más cuando crecimos. Siempre me encantó imaginarla en su trabajo en la residencia, dando a sus pacientes un modo de pasar las horas que llenaba con el buen olor de la pintura, el susurro del papel y los colores alegres.

Me encantaba trabajar en Celery Stalk. Me encantaba tener compañeros a pesar de mi ansiedad social, me encantaba escuchar sus historias, salir de vez en cuando a comer.

Quizá debería llamar a Gus, a ver si están buscando a alguien.

Pero lo pienso mejor, no. Si voy a empezar a trabajar, quiero conseguirlo sola. Quiero que sea nuevo, un lugar donde empezar otra vez.

Ese mismo día, mientras hago unos recados más tarde, me encuentro con la señora Brewster en la oficina de correos.

—Rachel, quería hablar contigo —me dice sin preámbulos—. ¿Tienes tiempo para un café?

Definitivamente, esto es nuevo.

—Claro.

Vamos a Starbucks, un sitio que estoy segura que la señora Brewster nunca había honrado con su presencia. Pido una bebida absurda con un montón de nata montada y sirope de caramelo; ella pide una taza de té. Sin azúcar, sin crema, sin leche, solo limón. Resume su personalidad a la perfección.

—¿Qué puedo hacer por usted? —le pregunto cuando nos sentamos.

Limpia la mesa con una servilleta.

—Bueno. Iré directa al grano. Mi hijo y tú habéis sido amigos durante muchos años.

—Sí.

Doy un sorbo a mi moka no sé qué.

—Me pregunto si estás interesada en él. Románticamente. Siempre he pensado que haríais buena pareja.

Me atraganto. Me ofrece una servilleta.

—¿Disculpe? —consigo decir.

—Jared y tú. Es evidente que sientes algo por él.

—Que yo... ¿Qué?

—Las mujeres y los hombres no son amigos solo porque se caigan bien, querida. Si comenzarais una relación, sería un enorme avance con respecto a esa *choni*[3] de la que está encaprichado.

—¿Se refiere a su prometida? ¿A su futura nuera?

—Sí.

Abro la boca, la cierro, después la abro de nuevo.

—Señora Brewster, primero, Jared y yo solo somos amigos. Segundo, ¡se casa en diez días! Está enamorado de Kimber. Y tercero, ¡yo estoy casada!

—He oído que las cosas no van demasiado... bien... en tu matrimonio, Rachel.

El pecho y las mejillas se me encienden.

—Ah, ¿sí? Qué amable por su parte llamar para ver cómo estoy, en ese caso.

—Yo nunca husmearía en tus cosas.

—Pero está... ¿qué? ¿Intentando liarme con su hijo? ¿O está pidiéndome que me insinúe? No lo tengo claro.

Levanta una ceja.

—Estoy diciendo que creo que va a cometer un terrible error y que si él supiera que tú sientes algo por él...

—Pero no es el caso.

—...entonces quizá estaría dispuesto a cancelar la boda con esa mamarracha de Kimber. —Hace una pausa—. Somos bastante ricos, ya lo sabes.

—Oh. De acuerdo. Así que, si lo hago, ¿me pagará? ¿Mucho? ¿Un millón de dólares?

Su mirada se endurece.

—De acuerdo. Minimiza el problema.

Pongo la tapadera a mi café.

---

3 N. de la Trad.: *Choni* es una palabra de muy reciente aparición en España que todavía no está en el diccionario. Es jerga y hace referencia a un tipo de mujer que quiere aparentar sofisticación, ser chic y vestir a la moda, pero que en realidad es alguien con pocos recursos, tiene mal gusto y lleva demasiado maquillaje, además de ser bastante vulgar.

—Usted es el único problema aquí, Eleanor. Tenga un poco de fe en su hijo, por el amor de Dios. —Dicho eso, me levanto para marcharme—. No le contaré a Jared esta pequeña reunión, pero si me entero de que vuelve a insultar a Kimber, me faltará tiempo para airearlo. Creo que puede imaginarse lo decepcionado que se sentiría su hijo con usted.

Agarro el bolso y mi café y me marcho de la cafetería.

Mi primer pensamiento cuando subo al automóvil es llamar a Gus. Para decir: «¿A que no adivinas? Alguien acaba de ofrecerse a pagarme por seducir a su hijo» y oír su respuesta irónica, algo como «Bienvenida a mi mundo».

Pero no lo hago. Me gusta Gus y no sería justo darle falsas esperanzas de ningún tipo, no ahora que Adam y yo volvemos a estar juntos. Así que llamo a mi madre.

—Oh, ¡bien por ti, Rachel! —exclama cuando termino—. Esa mujer siempre me ha parecido una víbora. ¿Quién habría pensado que tú te atreverías a enfrentarte a ella?

Esta Nueva Rachel tiene algunas cosas buenas, después de todo.

Y aunque no lo he llamado, el pensamiento de Gus y sus ojos risueños me hace compañía durante el resto del día.

Jenny

Por fin quedo con Owen para el *brunch*.

Yo había sugerido cenar cerca de donde estoy, pero Owen, como tantos otros neoyorquinos, empezó a poner pegas a la idea de conducir «todo el camino» hasta Cambry-on-Hudson. Él y Ana Sofía solo han venido una vez, para la inauguración de Bliss. Así que he cedido. Más tarde será la audición de Evander y, como tenía que venir a la ciudad de todos modos, aquí estoy.

Nos encontramos en un sitio al que solíamos ir con amigos en nuestra antigua vida. No he visto a Owen desde hace semanas y durante un segundo, mis ojos pasan de largo al verlo cuando busco en el restaurante: «mujer con un Stella McCartney amarillo, no; asiático con carrito de bebé, no; moderno con gorro de lana, no, y estamos en julio, amigo, ¿no es un poco ridículo llevar gorro? Espera, vuelve al hombre con el bebé...».

Es Owen. Sonrío y me dirijo a la mesa.

—Me alegro mucho de verte —dice, tomándome las manos y besándome la mejilla—. ¡Estás maravillosa!

—Gracias. Tú también. ¡Hola, Natalia! ¡No sabía que ibas a venir hoy, calabacita!

La niña me sonríe. Es un bebé precioso de veras.

—Se suponía que Ana Sofía iba a quedarse hoy con ella. Lo siento.

—¿Estás de broma? Natalia es mi favorita de los tres. ¿A que sí, cariño?

—¿Quieres sostenerla?

—Sí, por favor. Hasta he traído mi propio gel de manos.

Me unto las manos de gel higienizante antes de extenderlas para tomar al bebé.

Su cabeza desprende ese aroma a bebé que es hipnótico y maravilloso, y tiene el pelo muy sedoso. Como cuando estaba recién nacida, me recuerda a una foca con esos enormes ojos oscuros y la mata de pelo negro.

—¿Os traigo algo? —nos pregunta la camarera—. Oh, tu niña es preciosa. Es clavadita a ti.

Me está hablando a mí.

—Oh, no es mía. Pero sí que es preciosa —le digo.

Owen está mirándome con una sonrisa.

Una sonrisa bastante boba.

—Tomaré una mimosa —digo.

—Lo mismo para mí —repite mi ex.

—¡Marchando!

La camarera se aleja.

—Bueno. ¿Cómo estás? —me pregunta Owen.

—Bien. No estoy mal. Estoy buscando casa —digo, besando la cabeza del bebé. En serio, ojalá Owen se fuera y me dejara tranquila mientras inhalo los buenos aromas de su hija.

—¡Excelente! ¡Una casa! ¡Eso es estupendo! —dice, y su copioso entusiasmo me irrita de inmediato.

—¿Cómo está Ana Sofía? —pregunto.

—Oh, está bien. Como siempre.

—¿Amable, trabajadora y guapísima?

Owen parece indeciso.

—Sí, supongo. —Suspira—. No lo sé. Todo esto ha sido muy rápido... La boda, el bebé. La cabeza todavía me da vueltas.

—Oh, bueno. Así es la vida, ¿no?

—No lo sé. A veces echo de menos cuando estábamos juntos.

—¿Cómo? ¿Te refieres a vuestra relación de pareja antes de que Natalia naciera?

Me dedica una sonrisa ligeramente desconcertada.

—Me refiero a ti y a mí.

—¿De verdad? —pregunto, tal vez un poco demasiado alto.

—Bueno, siempre he echado de menos cuando estábamos juntos. Nosotros nunca fuimos el problema.

¿Qué? Los hombres son tan... Natalia está empezando a revolverse un poco, así que la vuelvo hacia mí y, con un suspiro, se acomoda contra mi cuello.

—¿A qué te refieres con que nosotros nunca fuimos el problema? —le pregunto, en voz baja por el bebé, y con dureza, porque, ¡joder!—.

Tú no querías seguir casado conmigo, Owen. Ese era en realidad un problema muy gordo.

Está poniendo cara de doctor Perfecto. Compasivo, comprometido y tranquilizador.

—Solo me pregunto si Ana y yo no nos habremos precipitado.

—Bueno, por supuesto que sí. Eso no es una novedad.

Sonríe.

—Lo sé. Es solo que... En el momento parecía el destino.

—¿Y ahora?

—Ya no tanto. —Parpadeo—. Las cosas eran perfectas al principio. De verdad, parecía que estábamos predestinados. Pero ahora... No lo sé. Apenas hablamos. Ella siempre está cansada y haciéndose la mártir porque está amamantando, y le digo que se pase al biberón, que eso no va a matarla, y ella se pone como si le hubiera sugerido que lanzara a la niña al Hudson. Y Natalia no duerme más de un par de horas seguidas. El otro día me quedé dormido en la consulta. Yo. ¿Te lo puedes creer?

Respondería, pero estoy demasiado perpleja. Owen está quejándose. Owen. Quejándose. El de la Vida Perfecta.

Se le está empezando a caer el pelo.

—A veces desearía volver atrás en el tiempo y seguir contigo, eso es todo.

Sonríe con tristeza.

Pongo al bebé en su cochecito/silla de automóvil/cafetera de capuchinos, porque creo que mi mirada de odio tendrá más efecto si no lo hago sobre la cabeza de una preciosa niña dormida.

—No me vengas con ese tipo de mierda, Owen —le digo.

Levanta las cejas, sorprendido.

La camarera nos trae la bebida y, aunque me gustaría lanzarle la mía a la cara, no lo hago porque podría mojar al bebé y además tengo sed. Me la bebo.

—¿Os gustaría pedir ya? —nos pregunta la camarera.

Owen sonríe.

—Yo tomaré el...

Levanto la mano.

—Perdona —digo a la camarera—. Estamos en mitad de una conversación. Lo siento. ¿Podrías volver en diez minutos?

—Tengo mucha hambre —dice Owen, y ¿sabéis? Había olvidado eso. Owen tiene que comer cada cuatro horas o se pone un poco coñazo. Esa es la única palabra para definirlo.

—Diez minutos —digo a la camarera.

—Yo tomaré el salmón Benedi...

—¡Owen!

—Os daré diez minutos —dice la chica, y se aleja de la mesa.

—Estás enfadada.

—Sí, Owen, lo estoy. —Tomo aliento profundamente—. Mira. Tú me pediste el divorcio. Tú, por alguna razón, creíste que yo no era suficiente para ti.

—No, no es eso.

—Sí. Sí lo es. —Las palabras me salen por entre los dientes, que mantengo apretados—. Y después encontraste a tu alma gemela y habéis tenido a este bebé perfecto y, ¿vienes quejándote? ¿A mí? ¿Cómo te atreves?

—Jenny, lo único que quería era...

—No creo que podamos seguir siendo amigos.

Las palabras nos sorprenden a ambos.

Pero en el buen sentido. Al menos a mí.

De repente me siento mucho más ligera de lo que me he sentido en mucho tiempo.

—Mira —digo con mayor suavidad—. Estoy segura de que ser padre es duro. Y ahora que Ana Sofía y tú lleváis un tiempo casados, la realidad empieza a asentarse. Pero no puedes quejarte a mí de eso. Tú me dejaste. Yo quería tener hijos y tú no, y ahora yo no los tengo pero tú sí. Resulta que estás un poco cansado. Resulta que las tetas de Ana tienen otra utilidad aparte de tu entretenimiento. Pues madura.

Empieza a hablar, pero no se lo permito. Estoy desbocada, en realidad.

—Y es más, no creo que sea bueno que sigamos siendo amigos. Estoy cansada de fingir que todo es alegría y felicidad y que los tres nos queremos mucho. No es así. Tú eres mi exmarido. Ella es la mujer que ha ocupado mi lugar. No me importa que seáis buena gente. Estoy cansada de aplacar vuestra conciencia culpable acudiendo a vuestras cenas dos veces al año y recibiendo una llamada telefónica día sí y día no. ¿De acuerdo? Tú me dejaste. Está bien. Estoy bien. Pero ya es suficiente.

Me levanto. Él también.

—Jenny —dice, frotándose la boca con la mano—. Yo... Lo siento mucho.

—Acepto tu disculpa. —Miro a la niña, a ese bebé precioso que yo ayudé a traer al mundo—. Mantenme en tu lista de correo para las felicitaciones de Navidad, ¿de acuerdo?

Entonces le doy un abrazo rápido y me marcho, echando mano de un danés de queso del mostrador de las pastas al salir.

—Cárgalo en su cuenta —digo a nuestra camarera.

—Pues claro, guapa.

Me guiña el ojo.

Camino hacia el Lincoln Center, donde Evander tiene su audición, comiéndome el danés y escuchando las conversaciones a mi alrededor mientras esquivo a la gente que camina concentrada en sus teléfonos móviles casi deseando que el darwinismo haga acto de presencia y se caigan por una alcantarilla abierta. Pero es un día precioso de verano, estoy caminando por Central Park y el danés está estupendo.

Me doy cuenta de que soy feliz.

Es bueno que Owen y yo rompamos el contacto, porque la verdad es que yo nunca encajé en esa vida. Me encantaba y lo quería, pero no encajaba. Era una vida para otra persona; para Ana Sofía, espero, porque me cae realmente bien y no quiero que Owen termine siendo uno de esos clichés masculinos solitarios y tristes, con tres exmujeres e hijos a los que nunca ve.

Y aunque lo mío con Leo no funcionara...

No sé cómo terminar esa frase. ¿Estoy mejor por quererlo? Muy cursi. Muy cierto.

La vida es bonita, incluso sin todos los elementos en su lugar. Me encanta mi pequeña familia, mi hermana y mis sobrinas, mi madre. Incluso Adam, porque si Rachel lo quiere, yo también lo haré. Quiero a Andreas y adoro mi trabajo. Y pronto, con suerte, me pondré en marcha para convertirme en madre. Una madre de acogida al principio. Después de hablar con la trabajadora social el otro día, dije que estaría dispuesta a acoger a un niño mayor. Tengo mi primera entrevista en dos semanas, después de que analicen mi historial.

Llego a Alice Tully Hall, ese edificio extraño y maravilloso lleno de ángulos bruscos y de luz, y ya tengo el estómago revuelto. Evander tiene once años. ¡Once! No tengo ni idea de cómo aguantan la presión estos niños.

Me guían por un pasillo. Ahí está Leo, con un traje marrón oscuro y camisa y corbata violeta. El pelo rizado perfecto. El rostro volátil que adoro.

El corazón, que me corretea por el pecho, entra en taquicardia. Levanta la barbilla al verme, una señal de que las cosas no van tan bien. Evander está sentado en el suelo con las rodillas contra el pecho.

—Hola —digo—. Aquí está nuestro chico.

—Me alegro de verla, señorita Jenny —me dice Leo, pero está crujiéndose los nudillos y tiene la boca tensa.

—¿Estás preparado para esto, campeón? —pregunto a Evander, que no ha levantado la mirada.

No responde.

Esto no pinta bien.

—Está un poco nervioso. Como todos los que hacen esta prueba —dice Leo, intentando sonar firme y tranquilizador. Pero puedo notar el pánico bajo sus palabras.

—Claro. Lo tienes chupado, cielo.

Aunque yo no tengo ni idea de nada.

Una niña de unos catorce años sale por la puerta. Tiene la cara roja y está llorando. No se detiene, corre por el pasillo. Su madre la sigue, llamándola:

—Cariño, ¡no te deprimas! Lo has hecho lo mejor que has podido. ¡No pasa nada!

Mierda. ¿Se comen a los niños ahí dentro?

—Jenny, ¿puedo hacerte una pregunta? Evander, ya venimos. —Leo me toma la mano y prácticamente me arrastra un par de pasos por el pasillo—. Está muerto de miedo.

—¿Qué puedo hacer? —susurro.

—No tengo ni idea. E, incluso si consigue entrar, no estoy seguro de que sus padres vayan a dejar que lo haga. Pero justo ahora lo único que quiero es que no vomite. —Entonces sus ojos se encuentran con los míos y su expresión se suaviza—. Hola.

La sencilla palabra me hace eco en el estómago.

—Hola.

—Me alegro de que hayas venido.

—Bueno. Adoro a este crío. —Leo sonríe un poco—. A ver, ¿qué tiene que hacer exactamente?

—Tiene que tocar tres piezas que lleva meses practicando. Se las sabe al dedillo, pero dice que no cree que hoy pueda tocar el piano.

—¿Por qué?

—No lo sé, Jenny.

Entonces se abre la puerta.

—¿Evander James? —Una joven sonriente sale al pasillo—. ¿Estás preparado?

Evander no responde.

—Somos nosotros, muchacho —dice Leo, volviendo y extendiendo la mano.

Evander la acepta sin decir nada y se levanta. Nos acompañan a una habitación oscura.

Joder. Esto es de verdad el Alice Tully Hall. Recuerdo haberme quedado dormida aquí más de una vez, cuando Owen me arrastraba para escuchar a una orquesta de Eslovaquia, Transilvania o algún otro sitio así.

El escenario es enorme, ocupado solo con un resplandeciente piano de cola negro. Las luces nos ciegan los ojos. Hay hileras, hileras e hileras de asientos.

Cuatro personas se sientan en la primera fila. Tres hombres (dos afeitados con el cabello encrespado, uno calvo con barba blanca) y una mujer que se parece a Diane Sawyer y que lleva un bonito traje St. John rojo. Aun así, parecen estar a punto de sentenciarnos a muerte.

—¿Evander James? —pregunta el hombre de barba blanca.

Evander asiente, con los ojos en el suelo.

Reorganizan algunos papeles.

—Cuando estés preparado —dice la mujer.

Evander no se mueve.

Oh, no.

—Está un poco nervioso —dice Leo. Se arrodilla junto a su alumno y le susurra al oído—: Escucha, colega. Estás preparado para esto. Eres bueno de sobra.

—No puedo —le contesta Evander. Le pongo la mano sobre la cabeza.

—¿Por qué? —le pregunta Leo.

—Porque no.

Este es el niño que «solo» toca cinco o seis horas al día. El que dijo que la música es su mejor amiga. El que toca el piano como si fuera un animal tímido y no quisiera nada más que llevarlo a casa.

—¿Qué ocurre, cielo? —le pregunto, agachándome a su lado.

Le tiembla el labio.

—Es que... Es que cuando toco es para dejar que la música salga, porque hay música dentro de mí y tengo que dejarla salir, pero justo ahora no hay música en mí y lo único que puedo oír es... miedo.

Empieza a llorar y mira a Leo con impotencia.

Leo parece igualmente desvalido.

Me dirijo a los jueces.

—¿Podrían darnos cinco minutos? —pregunto con firmeza—. Lo siento. ¿Sería posible?

—Claro —dice Barba Blanca—. Tengo que hacer una llamada telefónica, de todos modos.

Tomo al niño de la mano y lo saco de la sala porque estar en uno de los escenarios más prestigiosos del mundo no va a ayudar para que se calme. Yo me siento mareada, y no soy más que una espectadora.

—¿Hay alguna sala de ensayo? —pregunto a Leo.

—Buena idea —dice, atravesando el pasillo—. Ven por aquí.

Acompaño a Evander tras él. Tiene la mano sudorosa y se le saltan las lágrimas.

—Estás muy guapo —le digo.

—Leo me compró este traje —susurra.

Por supuesto. Y también le compraría una casa, si pudiera.

Leo prueba una puerta. Está cerrada. Prueba la siguiente; esa está abierta, y sostiene la puerta para que entremos. Por suerte, hay un piano dentro.

—De acuerdo, amigo —dice Leo—, siéntate y deja que fluya, y después volveremos al escenario...

—No puedo —insiste Evander—. No hay nada en mi interior. La música se ha ido.

Leo se muerde una uña.

—Bueno, lo comprendo, pero este no es el momento de...

—Leo, toca algo —le ordeno.

—¿Qué?

—Tócanos algo.

Sus ojos se clavan en los míos.

—Yo...

—Evander necesita llenarse de música. Llénalo.

La expresión del chico, de repente, es de esperanza.

—De acuerdo —dice Leo—. Mmm... De acuerdo.

Duda un segundo.

—Tenemos cinco minutos —digo, clavándole la mirada que reservo a las damas de honor desagradables. La mirada de «Cállate y sonríe».

Funciona. Leo toma aliento profundamente.

—Vamos.

Tenemos cinco minutos para calmar a este niño que, si es tan bueno como Leo cree, podría tener un futuro con el que solo puede soñar una entre un millón de personas. Una entre diez millones, incluso. Me siento en el suelo, porque no hay sillas, y tiro de Evander.

Leo se acerca al piano, se quita la americana y se sienta.

—¿Alguna petición? —pregunta. La voz le tiembla un poco.

—*El hombre del piano* —sugiero.

—*Rapsodia húngara número dos* de Liszt —dice Evander.

—Qué malos sois —murmura Leo.

Pone las manos, que también tiemblan, sobre las teclas. A continuación nos echa una mirada y las famosas notas retumban en nuestros oídos. Incluso una troglodita como yo reconoce la *Rapsodia húngara*. Gracias, Tom y Jerry.

Leo está tenso y erguido. Pero entonces se inclina un poco... Y después un poco más. Está siendo hipnotizado, casi, todo su ser está conectando con el piano.

Después de los primeros compases, sus manos no solo tocan las notas: se ondulan y fluyen, a veces casi saltando sobre las teclas. Su concentración se vuelve singular, como si la música lo hubiera atrapado y él solo estuviera sintonizándola. Parece que está arrancando la música del piano a golpe de seducción y, aunque yo no sepa nada sobre interpretación, sé que para ser grande un pianista tiene que hacer justo eso... seducir al instrumento, ganárselo, convertirse en parte del enorme y hermoso piano y de la propia música.

Y Leo es genial.

Mueve las manos tan rápido que casi se le pierden de vista los dedos, y la música le cambia la cara. Mueve los labios como si estuviera hablando con el piano. La melodía pasa de grandiosa a sombría, saltando cada vez más rápido a algo distinto, y justo como si el propio Leo pudiera pasar de la oscuridad a la luz, de lo trágico a lo alegre.

Evander ha elegido bien.

Las manos de Leo se mueven sobre las teclas y las notas se hacen más ligeras y más rápidas, mucho más rápidas, y entonces Leo sonríe.

Y cuando lo hace, juraría que la Tierra ha dejado de girar.

Por fin veo su verdadero ser, unido al piano, a las notas danzantes y doradas que brincan y giran y llenan la habitación con su propia y brillante luz.

No me doy cuenta de que estoy llorando hasta que Evander me rodea con el brazo. El niño mira a Leo, que tiene una mirada distante en la cara.

La puerta a nuestra espalda se abre. Son los jueces. Los cuatro.

—¿Es Leo Killian? —pregunta la mujer.

—Lo es —dice el hombre de la barba blanca.

Unos acordes dorados y maravillosos escapan del piano. Leo no se ha dado cuenta de que su audiencia ha crecido. Estoy segura de que podríamos arder espontáneamente, y él no se daría cuenta. Tiene las manos cruzadas sobre las teclas... En serio, ¿por qué diantres no está tocando en el Carnegie Hall y La Scala? No creo que esto pueda considerarse normal, ni siquiera en Juilliard. Seguramente es tocar como los dioses.

Por fin, en un repiqueteo de ruido bullicioso y manos ondeantes, Leo termina. Levanta los dedos y casi salta hacia atrás, apartándose del piano como si se hubiera electrocutado, y se queda allí, un poco aturdido, con el sudor oscureciéndole la camisa. Está jadeando.

—Imagina lo que podrías hacer si practicaras —dice amargamente uno de los jueces.

—He detectado cuatro errores —dice otro y, sinceramente, ¿en serio? Supongo que su trabajo es darse cuenta de esas cosas, pero ¿en serio?

Leo no responde. Se acerca a Evander y se arrodilla frente a él; frente a ambos, en realidad, pero solo tiene ojos para el chico.

—¿Preparado? —le pregunta.

Evander asiente. Está sonriendo.

Leo mira a los jueces.

—Este es mi alumno, Evander James.

—Es un placer conocerte, jovencito —dice el hombre de la barba—. Y es un placer oírte tocar de nuevo, Leo.

—*Maestro.* —Sonríe ligeramente—. Me alegro de verte.

El hombre le echa una larga mirada, después se dirige a Evander.

—¿Podemos, señor James?

Indican a Evander que vaya con ellos, y Leo se levanta y me ofrece la mano para ayudarme a que me incorpore.

—Eso ha sido...

Se me ahoga la voz.

Leo asiente bruscamente. Está sudoroso y todavía le tiemblan las manos. Ahora casi parece tímido.

Entonces toma aliento, recupera su americana y volvemos al escenario.

La señora James está allí, con el uniforme de enfermera, abrazada con fuerza a su enorme bolso.

—¿Está bien que haya venido? —pregunta.

—¿Bromeas? Llegas justo a tiempo —le dice Leo, acompañándola.

Cuando Evander ve allí a su madre, su hermosa carita se ilumina. Tengo un nudo en la garganta y me seco los ojos con la manga.

Tomamos asiento y Evander se inclina ante el jurado y comienza.

Lo clava. Lo sé porque Leo sonríe todo el tiempo.

Cuando termina, mientras los jueces le hacen preguntas y dicen a su madre lo especial que es el don que tiene, cuando el maestro estrecha la mano de Leo y le da una palmadita en la espalda, miro a Evander y le lanzo un beso, con las manos sobre el corazón. Él sonríe: mi regalo.

Entonces me marcho, con la música de la *Rapsodia húngara número dos* de Liszt (ahora la obra musical más perfecta y hermosa que he oído nunca) resonando en mi alma.

Rachel

La mañana de la boda de Jared y Kimber, mi plan es ducharme y prepararme mientras Adam vigila a las niñas. Les pondremos sus vestidos de arras en el último segundo para evitar accidentes.

Me tomo mi tiempo. En los últimos tres años y medio las duchas han sido una necesidad, no un lujo. Hoy me afeito las piernas y me dejo el acondicionador en el pelo tres minutos enteros. Uso un gel de ducha distinto, uno estupendo que Jenny me regaló para el Día de la Madre.

No puedo esperar a ver la versión final del vestido de novia que Jenny ha hecho para Kimber. De un modo u otro, sé que lo habrá conseguido. En su última encarnación parecía un poco soso, pero Jenny no ha confeccionado un vestido feo en su vida. Todos esos cambios que la señora Brewster pidió no le facilitaron el trabajo, pero sé que el vestido será impresionante.

Por extraño que parezca (dada mi avanzada edad de cuarenta años) estaba deseando que llegara este día. Llevo mucho tiempo sin ir a una boda, e incluso después de los últimos meses y a pesar de mi esquizofrénica opinión sobre el matrimonio, creo que a Jared y Kimber les irá bien. Hay una parte en algunas ceremonias nupciales en las que el pastor pregunta a los invitados si apoyarán a la pareja. Mi respuesta será un sí de todo corazón.

Todavía me molesta que la señora Brewster pensara que podía comprarme. O separar a Kimber y Jared. Esa misma noche, Adam y yo cenamos con la feliz pareja y los observé, sus miradas largas, el rubor en las mejillas de Kimber, el modo en el que Jared le rozaba la oreja, como si no pudiera pasar otro minuto sin una pequeña caricia.

Recuerdo haberme sentido así con Adam cuando estábamos empezando.

También recuerdo mi arrogancia... El pensar que, de algún modo, nuestro matrimonio estaba protegido porque yo era muy cuidadosa y me portaba muy bien (escuchaba atentamente, le ofrecía sexo con regularidad, cumplía con mi autoimpuesto papel de Fan Número 1 de Adam Carver), que lo que les ocurría a las demás parejas jamás nos ocurriría a nosotros porque yo estaba en guardia.

Me perdí a mí misma al convertirme en la esposa de Adam y, más tarde, en la madre de las niñas. Me olvidé de ser una persona yo también, una persona que tiene derecho a decir: «Esta noche estoy cansada, cariño. ¿Por qué no me das un masaje de espalda? Te lo agradecería mucho».

Y aunque Adam me engañó, puede que yo tenga más parte de culpa en ello de lo que quiero admitir.

Bueno. Es hora de seguir con esto.

Me pongo mi vestido de dama de honor, que es de gasa azul pálido y sin mangas. Bonito, aunque un poco aburrido. Afortunadamente, el peinado aprobado por la señora Brewster para las damas de honor es un recogido francés, que puedo hacerme sola.

Me siento ante el tocador y comienzo a maquillarme. Base. Un poco de polvos. Colorete. Sombra. Máscara. Brillo de labios.

Me gusta el resultado. Tengo patas de gallo, claro. Y ya no tengo la piel tan tersa como antes... Gané un montón de peso durante el embarazo, como suele ocurrir cuando llevas tres bebés dentro, y eso se nota.

Pero esta es la cara de una mujer que ha pasado por un montón de cosas, de una mujer que ha perdido mucho y ha conservado mucho también.

Esta es la cara que adoran mis hijas, la cara que miran cuando buscan consuelo y amor incondicional, cuando buscan paciencia.

Sabiduría.

Orientación.

Adam entra. Ya está vestido, un traje azul oscuro del mismo tipo que lleva a diario para trabajar. Los hombres lo tienen muy fácil.

—Las niñas están viendo una peli —dice. Me mira de arriba a abajo, una mirada lenta y apreciativa—. Vaya. Estás increíble, señora Carver.

—Gracias. Tú tampoco estás mal.

Sonríe y siento esa vieja atracción por él.

Entonces su teléfono vibra. Lo saca, lo mira y vuelve a guardarlo sin contestar. Me sonríe una vez más.

—Quiero el divorcio —le digo.

No sé quién está más sorprendido. Abre la boca y yo miro mi reflejo, casi como si estuviera comprobando quién ha hablado. Es la Nueva Rachel, pero también es la Vieja Rachel. No hay enfado en mi cara. Solo estoy... yo.

No seguiré casada con un hombre en quien no puedo confiar. Olvidad el sexo, olvidad a Emmanuelle. Mi marido me mintió, más de una vez, y me mentirá de nuevo. En lo más profundo de mi corazón, lo sé. Siempre lo he sabido.

Me merezco algo mejor.

—No puedo creer que estés con eso otra vez —dice. Hay dureza en su voz, pero no me afecta.

—Lo siento, Adam. No puedo seguir casada contigo.

—Mira, te lo he dicho mil veces ya. Lo siento.

—Yo también lo siento.

Y es cierto. Siento que no vaya a funcionar, pero algo se ha abierto en mi pecho y, en lugar de dolor, parece que hay... certeza. Estos últimos meses en los que no he sabido cómo ser, en los que he intentado ver esta situación desde cada ángulo... han terminado.

Ahora sé qué hacer.

Está rojo de ira, algo que he visto más en los últimos tres meses que en los anteriores diez años.

—Entonces, ¿vas a ser una mujer independiente? ¿Vas a trabajar a horario completo?

—Todavía no lo sé. Pero, sí, buscaré trabajo. Y me mudaré, si tenemos que hacerlo.

Es curioso, pero estoy en paz con esa imagen. De repente, me doy cuenta de cuánto peso he estado cargando: vergüenza, secretos, furia, pérdida, dolor. Y ahora todo eso parece estar alejándose y disolviéndose en el aire.

—¿Tenemos?

—Las niñas y yo. Me encanta esta casa, pero si tenemos que buscar algo más pequeño, también me parece bien.

Eso lo pone nervioso. La casa y que yo no trabajara ha sido siempre su as en la manga. Pone cara de preocupación.

—Rachel. Por favor, cielo. —Se acerca y se arrodilla a mi lado. Me toma la mano—. Esto no es lo que quieres en realidad. Perdóname. Supéralo de una vez. —Hace una mueca—. Quiero decir, déjalo atrás.

Pero «Supéralo» es en realidad lo que quería decir.

—Adam —susurro—, si una de nuestras hijas acudiera a ti y te contara que su marido la ha engañado, que no pudo evitarlo porque la otra mujer estaba demasiado buena... ¿Qué le dirías? ¿Qué dirías a Grace, o a Charlotte, o a Rose?

Mira al suelo cuando menciono los nombres de nuestras hijas.

—Le diría que trabajara en ello. Que se quedara con su marido.

Vuelve a mirarme.

—¿De verdad? ¿Incluso después de que le mintiera, después de que se acostara con otra? ¿Después de que follara salvajemente con otra mujer mientras ella está en casa enseñando el abecedario a nuestros nietos?

De repente, los ojos se le llenan de lágrimas. Aparta la mano de la mía.

—No. Le rompería la puta cara al tipo y le diría que no volviera a acercarse a mi pequeña.

—Por supuesto que sí —le digo—. Porque nuestras hijas se merecen algo mejor que eso. Y yo también, Adam.

Se seca los ojos.

—Puedo ser mejor.

—Enséñame tu teléfono.

—¿Qué?

—Acabas de recibir un mensaje. Enséñamelo.

Se rinde.

—Dame otra oportunidad.

—No. No creo que lo de Emmanuelle fuera una casualidad, pero aunque esta fuera la primera vez que me engañas, no creo que vaya a ser la última. No puedo ser esa esposa triste que se queda en casa por la noche, esperando que su marido esté de verdad trabajando hasta tarde en lugar de follándose a otra. Tengo que ser más que eso.

Resopla de indignación.

—Bueno, no pienso ser un padre ausente. Quiero la custodia compartida. Yo también las quiero, ¿sabes?

Los ojos se le vuelven a llenar de lágrimas.

Una oleada de dolor por nuestra antigua vida me apresa, quitándome el aliento. Es triste, muy triste que esa adorable fantasía haya acabado.

—No tiene por qué acabar mal —le digo—. Eres un buen padre. Quiero que las niñas vean lo mejor de ti. Siempre seremos sus padres, y no tengo intención de odiarte.

—Caramba, gracias.

De su voz se desprende un toque de amargura. Sus actos van a tener consecuencias y no se está saliendo con la suya, así que va a pasar una temporada enfadado.

Pero podré con ello.

—¿Quieres que vaya a la boda? —me pregunta—. ¿O quieres anunciarlo por todo lo alto y asegurarte de que todo el mundo me odia?

—Seamos una familia feliz hoy. Porque hemos sido eso, y podemos serlo de nuevo. Lo único que cambiará es que ya no estaremos casados. —Hago una pausa—. Pero no tienes por qué venir si no quieres.

Traga saliva y se seca los ojos.

—Quiero ir. Quiero ver a las niñas camino del altar.

—De acuerdo.

Una última vez para parecer una familia feliz. Me trago un sollozo.

Entonces se oye un estrépito en la habitación de las niñas y él se levanta corriendo.

—Voy a prepararlas. —Sale del dormitorio, pero se detiene en la puerta—. Lo siento —dice, y esta vez las palabras significan más que el resto de veces que las ha dicho.

—Yo también, Adam.

Y así termina mi matrimonio, apenas una hora antes de que empiece el de Jared.

Espero que Adam y yo podamos ser esa pareja que sigue siendo amiga. Que venga aquí el Día de Acción de Gracias y la mañana de Navidad. Que siempre cuidemos el uno del otro. Que siempre seamos amables. Yo lo intentaré. Espero que Adam también lo haga.

Pero me he quitado de encima un peso enorme, como si una roca hubiera rodado sobre mi alma.

No. Como si yo la hubiera apartado y me hubiera alzado, parpadeando, bajo el sol.

Jenny

Cuando el teléfono suena, me caigo de la cama intentando buscarlo porque parece que me han robado la mesita de noche. Espera. ¿Dónde estoy?

Oh, de acuerdo. Estoy cuidando una casa. No hay mesita de noche. ¡Y son las seis y treinta y dos de la mañana, por Dios! ¡Estoy soltera y no tengo hijos! ¡No tengo que levantarme a las seis y treinta y dos! ¡Esa es la única ventaja de mi solitaria vida!

El teléfono sigue sonando. Está ahí, sobre la silla.

—¿Diga?

—¿Jenny?

—Soy yo.

—Soy Kimber.

Oh, oh. Reconozco ese susurro. El Susurro de Echarse Atrás.

—¡Hola! —digo animadamente—. ¡Hoy es el gran día! ¿Estás nerviosa?

—Creo que tengo... que suspender esto. Yo... Me he probado el vestido, y me he dado cuenta... Y Jared... Yo no...

Luego se oyen un montón de sollozos.

—De acuerdo, cielo, no pasa nada. Respira. ¿Hay algún problema con el vestido?

—Sí —consigue decir—. Y con todo lo demás.

Esta no es la primera vez que una novia se derrumba al verse con el vestido de novia el gran día. Kimber podría haber ganado peso en los diez días desde su última prueba, la razón más común para las crisis el día de la boda. Pero tengo la sensación de que no es eso.

—¿Quieres reunirte conmigo en la tienda?

—Yo... Supongo.

—De acuerdo. Estaré allí en veinte minutos. Todo va a salir bien, Kimber. Confía en mí.

Me ducho más rápido que un gato y me pongo el vestido amarillo pálido que planeaba llevar a su boda. Mejor ser optimista, como siempre pienso. Esa filosofía no siempre funciona (¿recordáis a Leo?) pero no puedo evitarlo.

No he visto a Leo desde el recital de Evander. Envié a Andreas a mi apartamento para recoger un par de cosas, pero Leo no parecía estar en casa. La señora James me llamó para agradecerme lo bien que me había portado con su hijo. Sí, Evander entró en el programa de Juilliard. Aunque yo no tenía ninguna duda.

Me pregunto qué tal le irá a Leo.

Durante un segundo, no puedo incorporarme.

La añoranza me apresa, tan ansiosa que me sorprende.

Lo echo mucho de menos.

Pero le prometí que no me había roto el corazón, así que invoco un recuerdo de su impresionante y transformadora sonrisa y trago saliva. Me encantó nuestra breve historia juntos. Me hizo muy feliz. Me reí un montón estando con él, y él también conmigo.

Así que me seco los ojos y me recojo el cabello en una cola de caballo. Después de todo, puede que tenga que ponerme ante la máquina de coser. Tengo una novia a la que consolar y trabajo que hacer.

Cuando llego, Kimber está esperándome en Bliss con la enorme bolsa del vestido sobre su brazo. Tiene los ojos enrojecidos.

Su madre está con ella. Dorothy no me mira a los ojos y su rostro está tenso por la ansiedad. Se retuerce el dobladillo de la camisa, el mismo gesto nervioso que hizo aquel día en el almacén.

Por un instante puedo imaginarlos, a Dorothy y mi querido padre. El recuerdo es tan nítido que casi puedo oler su loción de afeitar y oír la lluvia que caía del cielo ese día.

—Entremos —digo.

—No puedo seguir con esto —comienza Kimber.

—Bueno, hablaremos de ello dentro. Vamos. Haré un poco de café.

Es demasiado temprano para que haya clientes; los sábados abrimos a las diez. Andreas no está aquí todavía (¿he mencionado ya lo temprano que es?) así que la tienda es nuestra.

Kimber y Dorothy me siguen al probador, pero me detengo para preparar una jarra de café.

—Va a hacer buen día —comento amablemente, y Kimber rompe a llorar.

Ah, novias. Le ofrezco una caja de pañuelos y una taza de café y me siento a su lado.

—Entonces, ¿qué está pasando?

Kimber no responde; está llorando con fuerza. Le froto la espalda y miro a su madre.

—Anoche fue horrible —me explica Dorothy—. Esa vieja disecada no deja de meterse con mi pobre hija cada vez que tiene la oportunidad. Es sigilosa como una terrorista, o algo así. Sutil, malvada y educada al mismo tiempo.

—Sí, la conozco desde siempre. Es buena en eso.

Dorothy parece agradecida por la camaradería.

—Así que, bueno, Kimber se probó el vestido esta mañana y se derrumbó.

Kimber se suena la nariz.

—Quiero caerle bien —dice entre sollozos.

—No lo conseguirás —respondo—. A esa mujer no le cae bien nadie.

—Me he esforzado mucho —dice entre hipidos—. Jared es su único hijo y sé que no soy lo suficientemente buena para él...

—Oh, por favor. Él es muy feliz contigo.

Kimber titubea.

—Me vi en ese vestido, y entonces lo supe... Yo nunca encajaré en su mundo.

La miro, a esta guapa y vivaz chica que creció sin padre, que llevaba mi ropa vieja. Que ilumina una habitación al entrar en ella, que se ganó a un soltero de oro cantando una canción.

—Oh, Kimber —digo con una sonrisa—. Tú eres su mundo.

Dorothy parece más tranquila.

—Y, de verdad —continúo—, ¿vas a dejar que lidie él solo con ese dragón? ¡Pensaba que lo querías!

—¡Lo quiero! Lo quiero tanto que no puedo creer que sea de verdad. No sabía que se podía ser tan feliz. Lo único que quiero es estar con él, pero su madre va a hacernos la vida imposible y nada de lo que yo intente será suficiente.

—Tienes toda la razón. No será suficiente para ella, pero será más que suficiente para Jared. Y no vas a caerle bien, Kimber, pero podría llegar a respetarte.

—Eso es exactamente lo que yo le estaba diciendo —dice Dorothy.

La miro.

—Estos chicos de hoy en día... Nunca hacen caso a sus madres.

Dorothy sonríe, un poco insegura.

—Vamos —le digo, poniéndome en pie—. Pruébate el vestido para mí y veremos qué podemos hacer para mejorarlo un poco. Porque, Kimber... Vas a caminar hasta el altar. Y vas a casarte.

Kimber sonríe de verdad esta vez, aunque las lágrimas todavía corren por su rostro.

—De acuerdo —dice—. De acuerdo, y gracias.

Cinco minutos después se pone el vestido.

No es feo. Por favor, yo no diseño vestidos feos. La tela es preciosa, aunque gruesa, y se ciñe a Kimber perfectamente. Las costuras son impecables.

Pero es horriblemente sencillo, sin un solo adorno. Ni encaje, ni cristales, ni drapeado. Y la cubre del cuello a las puntas de los dedos de los pies.

Ladeo la cabeza y pienso en mi novia, sintiendo una punzada de culpabilidad. Mi trabajo era hacerla feliz a ella, no a la señora Brewster. ¿Y qué si se aprovecha de su influencia en el club de campo para criticarme? No necesito su aprobación.

Necesito la de Kimber.

—¿Confías en mí? —le pregunto.

—Totalmente —responde.

Hago un par de marcas, pero en realidad es fácil. Estoy inspirada. Estoy en mi elemento.

En otras palabras: he vuelto.

Ayudo a Kimber a quitarse el vestido.

—Tardaré una hora, una hora y media a lo sumo —le digo—. Puedes quedarte o puedo llevarte el vestido a tu casa. Lo que sea más fácil.

—Volveremos a por él —dice Dorothy—. Kimber, cariño, vamos a la droguería a por un tinte para el pelo. Echo de menos el rosa.

Parece que la amante de mi padre me cae bien. Quién lo iba a decir.

—De acuerdo. Deja que me limpie un poco. Apuesto a que tengo ojos de mapache.

Kimber entra al aseo.

Y Dorothy y yo nos quedamos a solas con nuestro secreto.

—Gracias por todo esto —dice.

—No hay de qué. Para empezar, debería haberle hecho un vestido más acorde con ella.

—Bueno, ella creía de verdad que así ganaría algunos puntos con esa vieja bruja.

Se retuerce el dobladillo de la camiseta y mira el suelo.

—Dorothy, creo que tú conociste a mi padre —le digo despreocupadamente—. ¿No trabajaste para él durante un tiempo?

Se sonroja, pero me mira a los ojos.

—Sí. Él era... Era un hombre muy agradable. Sentí mucho su muerte.

Y, en ese momento, veo que Dorothy quería de verdad a mi padre. A mi padre, que no la eligió a ella, que no se convirtió en el padrastro de Kimber, que decidió quedarse con su esposa en su lugar.

La perdono. Pero, sobre todo, lo perdono a él.

—Fue un padre estupendo —le digo con la voz ronca—. Rachel y yo tuvimos mucha suerte.

Kimber sale del baño. Parece estar mucho mejor.

—De acuerdo, mamá. Vámonos.

Tengo trabajo que hacer y mis tijeras, tan afiladas como un escalpelo, sisean a través del raso. Corto y pongo alfileres, plancho y coso. La lustrosa tela se desliza sin esfuerzo a través de la máquina, cuyo ronroneo es uno de los sonidos más alegres que conozco. Hay varios montones de tela descartada a mi alrededor.

Descubro que estoy cantando *El hijo del predicador*. Siempre me encantó esa canción. Tomo un poco de mullido tul rosa pálido, esa tela tan alegre, y se lo añado a la falda; un drapeado aquí, un nudo allá.

En la sala de muestras hay toda una pared dedicada al brillo. Cinturones y perlas, tocados y tiaras, encaje y malla. Elijo una cinta gruesa de cristales Swarovski y un destellante tocado estilo años veinte y vuelvo corriendo al taller.

Cuando termino, estoy un poco acalorada pero, nena, oh, nena, este vestido es perfecto. Perfecto para Kimber.

—Joder —dice una voz, y es la de Dorothy. Han regresado y el cabello de Kimber vuelve a ser de un rosa brillante. Está radiante.

—¿Mejor? —pregunto.

—Me encanta —jadea Kimber—. Oh, Jenny, me encanta.

Cuando llego a la iglesia a las diez menos cuarto, mi hermana ya está fuera con las niñas. Adam y mamá están allí también. Reparto besos (incluso a Adam, porque soy la mejor hermana del mundo) y piropeo a mis sobrinas, que parecen sacadas de la portada del *Martha Stewart Weddings*.

—¡Tía, tía! ¿A que estamos guapas? —preguntan las niñas, girando para hinchar sus faldas.

—¡Preciosas! Oh, ¡me encantan vuestros zapatos!

La señora Brewster también está aquí, con un vestido largo de color verde bilis.

—¿Dónde está Kimber? —pregunta mi madre.

—Llega un poco tarde —respondo mientras Grace me tira de la mano y Charlotte me pregunta si puede probarse mis tacones—. ¡Señora Brewster! Qué día tan bonito, ¿verdad? Y ese color encaja a la perfección con su personalidad.

Sus fosas nasales se vuelven blancas. Parece que se ha tragado una anguila viva y que está intentando que no escape, tan fuerte tiene cerrada la boca. Supongo que sus sueños de que su hijo sea plantado en el altar acaban de esfumarse.

Rachel parece estar muy tranquila hoy. Asiente para que me acerque; las demás damas de honor están llegando, entre ellas una embarazada con muchos *piercings*. Estupendo, pienso. Bien por Kimber.

—Estás preciosa —le digo a mi hermana—. Y pareces feliz.

Mira a las niñas: Grace está rebuscando en el bolso de mi madre y Charlotte y Rose corren alrededor de Adam.

—Vamos a divorciarnos —susurra—. Se lo he dicho esta mañana.

—¡Oh, Rach!

—No, está bien. Él estaba realmente... Está bien.

Parece que estoy llorando. Rachel pesca un pañuelo en su bolso para mí; siempre preparada, ese es su lema. Me seco los ojos. No había nada que deseara más que Adam tuviera que reptar hasta un agujero frío y fangoso, pero de repente me siento mal por él. Me mira y sonríe con tristeza.

—Lo siento, Rachel —susurro.

—Sí. Yo también. Pero me siento... más ligera.

—También me alegro. Lo siento y me alegro.

—Sé exactamente a que te refieres. —Sonríe y parece tranquila y triste a la vez—. Los próximos meses voy a necesitarte mucho.

—Me tendrás.

Rachel me da un abrazo rápido y después obedece al fotógrafo, que está intentando reunir a las damas de honor.

—¡Jenny! —me llama mamá—. Vamos a entrar, cielo. Quiero elegir un buen sitio.

La luz fluye a través de las altas ventanas de la iglesia. Mamá y yo nos hemos sentado en la parte de delante. Me pregunto si esto es un anticipo de cómo van a ser las cosas, si voy a ser la escolta de mamá en los distintos funerales, bodas y eventos benéficos mientras veo pasar los años.

Pero dentro de poco habrá alguien más con nosotras: mi hijo de acogida. No será demasiado pronto, ya que todavía no tengo una residencia permanente, pero la trabajadora social me dijo que no preveía problemas. Han comprobado mis antecedentes, y yo ya he empezado a leer casos y ver fotos online de niños que necesitan un hogar, imaginando que son míos.

—Estás muy guapa —dice mamá—. El amarillo normalmente hace que parezcas necesitar un trasplante de hígado, pero hoy no.

Esa es mi madre. Incapaz de hacer un cumplido sin, de algún modo, insultarte también. Ella lleva su uniforme de «no me miréis»: pantalones negros y camisa masculina de vestir blanca.

—Te quiero, mamá —le digo con un beso en la mejilla.

Jared va al altar con su padrino. Su padre está allí, vestido de pastor, sonriendo. La música empieza y mis sobrinas se ganan un suspiro universal de arrebato mientras caminan por el pasillo: Grace esparciendo sus pétalos de rosa solemne y metódicamente, Charlotte siguiéndola demasiado cerca, Rose gesticulando mientras lanza puñados de pétalos al aire. Se unen a Adam junto al altar y él las besa, sonríe y se seca los ojos.

Es un buen padre. Ya que el perdón parece estar a la orden del día, me descubro perdonándolo yo también. Va a sufrir suficiente sin que yo añada nada a la carga. Lo mejor que puedo hacer por Rachel y mis sobrinas es mostrarme amistosa. Y eso haré. Al parecer, soy increíblemente madura.

Las damas de honor desfilan sonriendo. Mi hermana es la más guapa, por supuesto.

Y entonces la puerta se abre y entra Kimber, sosteniendo la mano de su madre.

La señora Brewster abre la boca. De asombro, no de alegría.

Pero todos los demás parecen entusiasmados.

El vestido de Kimber es ahora un vestido corto. Tiene cuello barco y el cinturón de cristal acentúa sus voluptuosas curvas, mientras la falda del vestido destaca con la misma efervescencia que irradia la novia. Sus tatuajes están a la vista y, mientras camina hacia el altar, la espalda baja del vestido muestra sus alas de ángel. Por delante parece casi recatada; por detrás, es una gatita sexi. El vestido es alegre, divertido y descarado, justo como la propia novia. Miro a Jared y, sí, es un llorón, Dios lo bendiga. Parece totalmente turulato de amor.

Kimber está radiante. Casi flotando.

Rachel se vuelve para mirarme y levanta el pulgar.

—Eso es un vestido —dice mi madre.

Cuando la ceremonia termina, después de recibir las gracias de los novios, los elogios de una docena de invitados y las miradas de odio de la señora Brewster, me meto en el automóvil.

—¿Adónde vas? —me pregunta mamá.

—Volveré un poco más tarde. Tengo un recado que hacer. Guárdame un sitio.

Tengo que hacerle una visita a alguien.

Mi padre está enterrado en una pequeña loma del cementerio cerca de un grupo de pinos. Los tacones que llevo se hunden en la hierba tierna por la lluvia y el rico e intenso aroma de los pinos llena el aire.

Olvidé lo bonito que es esto. Rachel ha plantado petunias violetas y rosas de colores chillones y alegres en la tumba de papá.

Pongo la mano en el granito caliente de su tumba.

—Hola, papá.

El viento me trae el aroma del humo y la carne; alguien, no demasiado lejos, está de barbacoa. A papá le encantaban.

Me alegro de que mi padre no sufriera. Pero, oh, cuánto desearía haberme despedido de él.

—Gracias por todo —susurro.

Entonces me levanto, y las rodillas me crujen un poco. Miro en dirección a la tumba de la esposa y el hijo de Leo, pero no quiero ir allí. Ese no es mi lugar.

No obstante, iré a ver a su madre. Leo me dijo que era lo único que le quedaba y eso es demasiado triste. Da igual que no me conozca; al menos estaré allí. Le diré que soy amiga de su hijo y eso será suficiente.

La residencia está justo al otro lado del cementerio, a dos minutos andando. El cielo hoy es muy azul.

En el interior el aire está cargado y rancio, a pesar de las flores sobre la mesa de café. La recepcionista, una distinta de la del día que seguí a Leo, está al teléfono. Me indica que entre. La habitación 227 es la de la señora Walker, según recuerdo.

Atravieso el pasillo. Los nombres de los pacientes están escritos en la puerta con letra infantil y dibujos de flores y animales. Seguramente hay algún tipo de programa tipo «Adopta un abuelo». Apuesto a que Rachel lo sabe.

Me detengo fuera de la habitación 227. «Elizabeth Walker», dice el letrero, y hay un dibujo de un gato, un árbol con dos ramas y un cuervo gigante. Echo un vistazo al interior y retrocedo.

Leo está aquí.

—¿Jenny?

Mierda, me ha descubierto. Entro, notando cómo me arde la cara.

—Hola. Lo siento, no sabía que estabas aquí. Es sábado y normalmente vienes los... Bueno. Pensé en pasar por aquí.

Se levanta. Había olvidado lo alto que es. Dos semanas sin verlo, y se me olvida.

—¿Quién es? —pregunta la señora Walker—. ¡No conozco a esta mujer! ¿Qué quieres? ¡No me robes! ¡La última persona se lo llevó todo!

Supongo que venir a visitarla no ha sido una buena idea.

—No pasa nada, mamá —le dice Leo, y su voz es tan amable y tierna que puedo notarlo en el pecho—. Es amiga mía. Se llama Jenny.

—Hola, señora Walker.

La suegra de Leo parece demasiado joven para estar aquí. Tiene una piel preciosa, el cabello abundante y rubio ceniza, pero está muy delgada y sus ojos tienen una expresión perdida y asustada.

—No te conozco —me dice, mirando a Leo de nuevo.

—Es simpática —le dice Leo—. Siéntate, Jenny.

—No me robes —insiste la señora Walker.

—No lo haré —le aseguro, intentando parecer responsable y amable, aunque temo parecer culpable.

—¿Cómo estás? —me pregunta Leo.

—Bien. Bueno. —Miro a la señora Walker y bajo la voz—. Lo siento. Estaba visitando la tumba de mi padre y pensé... pensé que quizá le vendría bien un poco de compañía.

Me mira fijamente un segundo con sus ojos dolorosamente tristes.

—Es muy amable por tu parte. —Vuelve a sentarse—. Estás muy guapa, por cierto.

—Oh. Sí. Ha sido la boda de Kimber. Una de mis novias, ¿recuerdas?

—¿Novia? —pregunta la señora Walker, mirando a Leo—. ¿Esta es tu mujer?

Oh, Dios. Las palabras me arañan el corazón. No imagino cómo debe de sentirse Leo. Esta pobre mujer que no puede recordar a su hija, a su única hija, al bebé que crio y amó.

Y aun así, esta mujer afortunada, que no recuerda que su hija ya no está.

—No —le dice Leo, aclarándose la garganta—. Me temo que mi mujer murió.

Algo atraviesa la cara de la señora Walker, como una hoja de otoño movida por el viento. Después desaparece.

—Bueno. Estoy segura de que ella te quería mucho.

Las palabras llenan la habitación y tengo que bajar la cabeza bajo el peso de la tristeza.

—Sí —dice Leo.

Me levanto. No puedo llorar delante de Leo; no añadiré mis lágrimas al dolor con el que carga cada día. Eso no sería propio de una amiga. Eso no sería un regalo.

—Debo irme. Ha sido un placer conocerla, señora Walker —le digo. Extiendo la mano, pero ella no parece entender por qué. Al final le pongo la mano en el hombro, muy brevemente.

Después miro a Leo.

—Cuídate —le digo—. Me he alegrado de verte.

—Yo también de verte a ti.

Salgo, caminando a paso rápido pero sin correr, y atravieso el pasillo hasta el vestíbulo, y después hasta la acera, mientras se me saltan las lágrimas. ¿Por qué he venido aquí? ¿Por qué no he pasado de largo?

Volveré caminando a la iglesia y después iré al club de campo. Mamá y yo lo pasaremos bien, bailaré con mis sobrinas y, ¿quién sabe? Puede que incluso conozca a un hombre agradable.

Pero en realidad no quiero hacerlo. Solo hay un hombre al que quiero.

—Jenny.

Me detengo y me seco los ojos rápidamente.

—Eres más rápida de lo que parece —dice Leo.

—Hola.

—Gracias por venir a visitarla.

—Lo siento. No pretendía alterarla.

—No. Ella siempre está así.

Asiento. La brisa susurra, secando el rastro de lágrimas sobre mis mejillas.

—¿Cómo estás?

—Bien. Bueno. —Sonríe y me doy cuenta de que está imitándome. Entonces su sonrisa desaparece—. En realidad, estoy bastante jodido. —Toma aire profundamente—. Desde la audición de Evander he estado tocando. Mal. Eso... me remueve muchas cosas, ¿sabes?

Asiento. Después de verlo tocar con todo su corazón, sí, supongo que sí.

—La cuestión es, Jenny... Supongo que, para mí, lo nuestro no fue solo un entretenimiento. Y no quiero seguir estando... atormentado. Así que estoy trabajando para perdonarme. Me han pedido que toque en Juilliard en otoño. He estado practicando mucho, porque ese día recuperé algo, y es como golpear las teclas con mazos de madera pero al menos estoy haciendo algo, aunque sé que lo que estoy diciendo no tiene sentido porque estoy aterrorizado.

—¿Por qué?

—Solo vivir puede ser bastante terrorífico. No sé cómo lo haces para mantenerte siempre tan jodidamente optimista.

—Lo siento. —Noto que empiezo a sonreír—. Intentaré reformarme.

—Además, me preocupa que te des cuenta de que puedes aspirar a algo mucho mejor que yo.

Se me para el corazón.

—Buen argumento —jadeo.

—Espero que no lo hayas descubierto todavía, pero me siento moralmente obligado a mencionarlo. —Me mira y parte de su energía nerviosa se disipa, dejándolo solo con esa intensidad tranquila—. Te echo de menos.

Las lágrimas me inundan los ojos.

—Yo también te echo de menos.

—Soy irritante y estoy deshecho y a veces soy bastante maniático, por no mencionar...

—Te acepté tal como eras, ¿no? Retírate mientras puedas.

Me rodea con los brazos y me abraza tan fuerte que me crujen las costillas. Yo lo abrazo muy fuerte también y entonces me besa, un beso largo y perfecto, y tengo el corazón tan lleno que late con un dolor caliente y maravilloso.

Todo lo que quiero está justo aquí. Justo ahora.

—Sabía que me traerías problemas —dice Leo.

—Yo también te quiero —respondo, y él se ríe y me abraza de nuevo. Inhalo su buen aroma (a limpio, a Leo), mientras el corazón se me parte en dos de alegría, rebosante de amor.

Solía pensar que en algún momento encontraría la llave a esa vida perfecta, la que Rachel parecía tener, y que, cuando la tuviera, cada día sería dorado y fácil y todo encajaría. Pero la vida no es así. Hay momentos perfectos, resplandecientes como este, y después están los momentos de cada día que entretejemos para formar un sendero tan brillante que siempre puede ser visto, incluso en la oscuridad.

—¿Todavía necesitas acompañante para ir a esa boda? —me pregunta Leo.

—Solo si de verdad quieres ir.

—Sí, quiero.

Sonríe, me da la mano y caminamos por la calle juntos, dejando atrás el parque, dejando atrás el cementerio, hacia el precioso día de verano.